I0710719

FRANZ KAFKA

LA METAMORFOSIS, LA MURALLA CHINA Y CARTA AL PADRE

LA METAMORFOSIS, LA MURALLA CHINA Y CARTA AL PADRE
Franz Kafka

©Astria Ediciones
Diseño de portada: Andrea Rodríguez—Lilyana Gálvez
Ilustración de portada: J.R. Sosa
Supervisión Editorial: Óscar Flores López
Administración: Tesla Rodas y Jessica Cordero
Levantamiento de texto: Zona Creativa
Director Ejecutivo: José Azcona Bocock

Primera edición
Tegucigalpa, Honduras—Junio de 2024

ÍNDICE

EL MUNDO KAFKIANO

A mí quién me presentó a Franz Kafka fue el Gabo: Gabriel García Márquez.

En la página 41 de *El Olor a la Guayaba,* un libro en formato de entrevistas, Plinio Apuleyo Mendoza le preguntó al autor de Cien años de soledad si fue la abuela la que le permitió descubrir que iba a ser escritor.

"No, fue Kafka, que, en alemán, contaba las cosas de la misma manera que mi abuela. Cuando yo leí a los diecisiete años La Metamorfosis, descubrí que iba a ser escritor", comenzó diciendo García Márquez.

Y agregó: "Al ver que Gregorio Samsa podía despertarse una mañana convertido en un gigantesco escarabajo, me dije: ´Yo no sabía que eso era posible hacerlo. Pero si es así, escribir me interesa´".

Así como a García Márquez, Kafka influyó en muchísimos escritores, y, además, en millones de lectores de todo el mundo..

Por esa razón —y coincidiendo con los cien años de su fallecimiento—, ASTRIA ha decidido publicar dos tomos con una selección de las historias, relatos y cuentos más importantes del célebre escritor checo.

Además de La Metamorfosis, en este primer tomo, el lector podrá deleitarse con la perfección de los relatos de La Muralla China y Carta al padre, dos de las mejores creaciones literarias de Kafka.

Y, por último, el relato de El Fogonero.

¿Quién no ha sentido que el corazón le estalla en pedazos al leer las tristes confesiones que Franz le hace a su propio padre.

"Queridísimo padre: Hace poco me preguntaste por qué digo que te tengo miedo. Como de costumbre, no supe darte una respuesta, en parte precisamente por el miedo que te tengo, en parte, porque para explicar los motivos de ese miedo necesito muchos pormenores que no puedo tener medianamente presentes cuando hablo. Y si intento aquí responderte por escrito, sólo será de un modo muy imperfecto, porque el miedo y sus secuelas me disminuyen frente a ti, incluso escribiendo, y porque la amplitud de la materia supera mi memoria y mi capacidad de raciocinio".

La famosa carta que nunca le entregó…

En el mundo creado por Kafka, la tristeza, el abatimiento, el dolor, son fantasmas que andan de página en página.

Pero en ese mundo, oscuro, sombrío, también existe nostalgia, humor… y muchos sin sentidos. Es decir… ¡Lo kafkiano!

El mundo que el tímido, enfermizo, antisocial, egoísta, malhumorado e hipocondríaco, como él mismo se definía, creó en medio de un ambiente hostil, es único, irrepetible.

Su padre, un tipo autoritario, se opuso siempre a que Franz se dedicara a escribir. Sin embargo, este estaba decidido a todo, incluso a desafiarlo con tal de dedicarse de cuerpo y alma a su pasión.

Con el peso de ser judío, fracasó en el amor durante la mayor parte de su vida. Por si fuera poco, contrajo tuberculosis, enfermedad con la que batallaría durante siete años, hasta que falleció en 1924.

Fue un ser atormentado… pero único. Genial, en el amplio sentido de la palabra.

"Estoy cansado, no puedo pensar en nada y solo quiero poner mi cara en tu regazo, sentir tu mano sobre mi cabeza y permanecer así por toda la eternidad", decía Kafka.

Eterno.

Ese es Franz Kafka.

ÓSCAR FLORES LÓPEZ
EDITOR DE ASTRIA

I. LA METAMORFOSIS

Una mañana, tras un sueño intranquilo, Gregorio Samsa se despertó convertido en un monstruoso insecto. Estaba echado de espaldas sobre un duro caparazón y, al alzar la cabeza, vio su vientre convexo y oscuro, surcado por curvadas callosidades, sobre el que casi no se aguantaba la colcha, que estaba a punto de escurrirse hasta el suelo. Numerosas patas, penosamente delgadas en comparación con el grosor normal de sus piernas, se agitaban sin concierto.

—¿Qué me ha ocurrido?

No estaba soñando. Su habitación, una habitación normal, aunque muy pequeña, tenía el aspecto habitual. Sobre la mesa había desparramado un muestrario de paños —Samsa era viajante de comercio—, y de la pared colgaba una estampa recientemente recortada de una revista ilustrada y puesta en un marco dorado. La estampa mostraba a una mujer tocada con un gorro de pieles, envuelta en una estola también de pieles, y que, muy erguida, esgrimía un amplio manguito, asimismo de piel, que ocultaba todo su antebrazo.

Gregorio miró hacia la ventana; estaba nublado, y sobre el cinc del alféizar repiqueteaban las gotas de lluvia, lo que le hizo sentir una gran melancolía.

"Bueno —pensó—; ¿y si siguiese durmiendo un rato y me olvidase de todas estas locuras?".

Pero no era posible, pues Gregorio tenía la costumbre de dormir sobre el lado derecho, y su actual estado no le permitía adoptar tal postura. Por más que se esforzara volvía a quedar de espaldas. Intentó en vano esta operación numerosas veces; cerró los ojos para no tener que ver aquella confusa agitación de patas, que no cesó hasta que notó en el costado un dolor leve y punzante, un dolor jamás sentido hasta entonces.

—¡Qué cansada es la profesión que he elegido! —se dijo—. Siempre de viaje. Las preocupaciones son mucho mayores cuando se trabaja fuera, por no hablar de las molestias propias de los viajes: estar pendiente de los enlaces de los trenes; la comida mala, irregular; relaciones que cambian constantemente, que nunca llegan a ser verdaderamente cordiales, y en las que no tienen cabida los sentimientos. ¡Al diablo con todo!

Sintió en el vientre una ligera picazón. Lentamente, se estiró sobre la espalda en dirección a la cabecera de la cama, para poder alzar mejor la cabeza. Vio que el sitio que le picaba estaba cubierto de extraños puntitos blancos. Intentó rascarse con una pata; pero tuvo que retirarla inmediatamente, pues el roce le producía escalofríos.

—Estoy atontado de tanto madrugar —se dijo—. No duermo lo suficiente. Hay viajantes que viven mucho mejor. Cuando a media mañana regreso a la fonda para anotar los pedidos, me los encuentro desayunando cómodamente sentados. Si yo, con el jefe que tengo, hiciese lo mismo, me despedirían en el acto. Lo cual, probablemente sería lo mejor que me podría pasar. Si no fuese por mis padres, ya hace tiempo que me hubiese marchado. Hubiera ido a ver el director y le habría dicho todo lo que pienso. Se caería de la mesa, ésa sobre la que se sienta para, desde aquella altura, hablar a los empleados, que, como es sordo, han de acercársele mucho. Pero todavía no he perdido la esperanza. En cuanto haya reunido la cantidad necesaria para pagarle la deuda de mis padres —unos cinco o seis años todavía—, me va a oír. Bueno; pero, por ahora, lo que tengo que hacer es levantarme, que el tren sale a las cinco.

Volvió los ojos hacia el despertador, que tictaqueaba encima del baúl.

—¡Dios mío! —exclamó para sí.

Eran más de las seis y media, y las manecillas seguían avanzando tranquilamente. En realidad, ya eran casi las siete menos cuarto. ¿Es que no había sonado el despertador? Desde la cama se veía que estaba puesto a las cuatro; por tanto, tenía que haber sonado. Pero ¿era posible seguir durmiendo a pesar de aquel sonido que hacía estremecer hasta los muebles? Su sueño no había sido tranquilo. Pero, por eso mismo, debía de haber dormido al final más profundamente. ¿Qué podía hacer ahora? El tren siguiente salía a las siete; para cogerlo tendría que darse muchísima prisa. El muestrario no estaba aún empaquetado, y él mismo no se sentía nada dispuesto. Además, aunque alcanzase el tren, no evitaría reprimenda del amo, pues el mozo del almacén, que había acudido al tren a las cinco, debía de haber dado ya cuenta de su falta. El mozo era un esbirro del dueño, sin dignidad ni consideración. Y si dijese que estaba enfermo, ¿qué pasaría? Pero esto, además de ser muy penoso, despertaría sospechas, pues Gregorio, en los cinco años que llevaba empleado, no había estado nunca enfermo. Vendría el gerente con el médico del Montepío. Se desharía en reproches, delante de los padres, respecto a la holgazanería de Gregorio, y refutaría cualquier objeción con el dictamen del doctor, para quien todos los hombres están siempre sanos y sólo padecen de horror al trabajo. Y la verdad es que, en este caso, su diagnóstico no habría sido del todo infundado. Salvo cierta somnolencia, fuera de lugar después de tan prolongado sueño, Gregorio se sentía francamente bien, además de muy hambriento.

Mientras pensaba atropelladamente, sin decidirse a levantarse, y justo en el momento en que el despertador daba las siete menos cuarto, llamaron a la puerta que estaba junto a la cabecera de la cama.

—Gregorio —dijo la voz de su madre—, son las siete menos cuarto.

¿No tenías que ir de viaje?

¡Qué voz tan dulce! Gregorio se horrorizó al oír en cambio suya propia, que era la de siempre, pero mezclada con un penoso y estridente silbido, en el cual las palabras, al principio claras, se confundían luego y sonaban de forma tal que uno no estaba seguro de haberlas oído. Gregorio hubiera querido dar una explicación detallada; pero, al oír su propia voz, se limitó a decir:

—Sí, sí. Gracias, madre. Ya me levanto.

A través de la puerta de madera, la transformación de la voz de Gregorio no debió notarse, pues la madre se tranquilizó con esta respuesta y se retiró. Pero este breve diálogo reveló que Gregorio, contrariamente a lo que se creía, estaba todavía en casa. Llegó el padre a su vez y, golpeando ligeramente la puerta, llamó:

—¡Gregorio! ¡Gregorio! ¿Qué pasa?

Esperó un momento y volvió a insistir, alzando la voz:

—¡Gregorio!

Mientras tanto, detrás de la otra puerta, la hermana le preguntaba suavemente:

—Gregorio, ¿no estás bien? ¿Necesitas algo?

—Ya estoy bien —respondió Gregorio a ambos a un tiempo, esforzándose por pronunciar con claridad, y hablando con gran lentitud, para disimular el insólito sonido de su voz. El padre reanudó su desayuno, pero la hermana siguió susurrando:

—Abre, Gregorio, por favor.

Gregorio no tenía la menor intención de abrir, felicitándose, por el contrario, de la precaución —contraída en los viajes— de encerrarse en su cuarto por la noche, aun en su propia casa.

Lo primero que tenía que hacer era levantarse tranquilamente, arreglarse sin que le molestaran y, sobre todo, desayunar. Sólo después de hecho todo esto pensaría en lo demás, pues se daba cuenta de que en la cama no podía pensar con claridad. Recordaba haber sentido en más de una ocasión un vago malestar en la cama, producido, sin duda, por alguna postura incómoda, la cual, una vez levantado, se disipaba rápidamente; y tenía curiosidad por ver desvanecerse paulatinamente sus imaginaciones de hoy. En cuanto al cambio de su voz era simplemente el preludio de un resfriado, enfermedad profesional del viajante de comercio.

Apartar la colcha era cosa fácil. Le bastaría con arquearse un poco y la colcha caería por sí sola. Pero la dificultad estaba en la extraordinaria anchura de Gregorio. Para incorporarse, podía haberse apoyado en brazos y manos; pero, en su lugar, tenía ahora innumerables patas en constante agitación y le era imposible controlarlas. Y el caso es que quería incorporarse. Se estiraba; lograba por fin dominar una de sus patas; pero, mientras tanto, las demás proseguían su anárquica y penosa agitación.

"No es bueno haraganear en la cama", pensó Gregorio.

Primero intentó sacar la parte inferior del cuerpo. Pero dicha parte inferior —que no había visto todavía y que, por tanto, no podía imaginar con exactitud— resultó sumamente difícil de mover. Inició la operación muy lentamente. Hizo acopio de energías y se arrastró hacia delante. Pero calculó mal la dirección, se dio un fuerte golpe contra los pies de la cama, y el dolor subsiguiente le reveló que la parte inferior de su cuerpo era quizá, en su nuevo estado, la más sensible. Intentó, pues, sacar la parte superior, y volvió cuidadosamente la cabeza hacia el borde del lecho. Hizo esto sin problemas y, a pesar de su anchura y su peso, el cuerpo siguió por fin, lentamente, el movimiento iniciado por la cabeza. Pero entonces tuvo miedo de continuar avanzando de aquella forma, porque, si se dejaba caer así, sin duda se haría daño en la cabeza; y ahora menos que nunca quería Gregorio perder el sentido. Prefería quedarse en la cama.

Pero cuando, después de realizar a la inversa los mismos movimientos, en medio de grandes esfuerzos y jadeos, se halló de nuevo en la misma posición y volvió a ver sus patas moviéndose frenéticamente, comprendió que no podía hacer otra cosa, y volvió a pensar que no debía seguir en la cama y que lo más sensato era arriesgarlo todo, aunque sólo tuviera una mínima posibilidad. Pero en seguida recordó que meditar serenamente era mejor que tomar decisiones drásticas. Sus ojos se clavaron en la ventana; pero, por desgracia, la niebla que aquella mañana ocultaba por completo el lado opuesto de la calle, pocos ánimos le infundió.

"Las siete ya —pensó al oír el despertador—. ¡Las siete ya, y todavía sigue la niebla!".

Durante unos momentos permaneció echado, inmóvil y respirando lentamente, como si esperase que el silencio le devolviera a su estado normal.

Pero, al poco rato, pensó: "Antes de que den las siete y cuarto es indispensable que me haya levantado. Además, seguramente vendrá alguien del almacén a preguntar por mí, pues abren antes de las siete". Se dispuso a salir de la cama, balanceándose sobre su borde. Dejándose caer de esta forma, la cabeza, que pensaba mantener firmemente erguida, probablemente no sufriría daño ninguno. La espalda parecía resistente, y no le pasaría nada al dar con ella en la alfombra. Únicamente le hacía vacilar el temor al estrépito que esto habría de producir, y que sin duda asustaría a su familia. Pero no quedaba más remedio que correr el riesgo.

Ya estaba Gregorio con casi medio cuerpo fuera de la cama (el nuevo método era como un juego, pues consistía simplemente en balancearse hacia atrás), cuando cayó en cuenta de que todo sería muy sencillo si alguien viniese en su ayuda. Con dos personas robustas (y pensaba en su padre y en la criada) bastaría. Sólo tendrían que pasar los brazos por debajo de su abombada espalda, sacarle de la cama y, agachándose luego con la carga, dejar que se estirara en el suelo, en donde era de suponer que las patas se mostrarían útiles. Ahora bien, y prescindiendo del hecho de que las puertas estaban cerradas con llave, ¿convenía realmente pedir ayuda? Pese a lo apurado de su situación, no pudo por menos de sonreír.

Había adelantado ya tanto, que un solo balanceo, algo más enérgico que los anteriores, bastaría para hacerle bascular sobre el borde de la cama. Además pronto no le quedaría más remedio que decidirse, pues sólo faltaban cinco minutos para las siete y cuarto. En ese momento, llamaron a la puerta del piso.

"Debe ser alguien del almacén", pensó Gregorio, mientras sus patas se agitaban cada vez más rápidamente. Por un momento permaneció todo en silencio. "No abren", pensó entonces, aferrándose a tan descabellada esperanza. Pero, como no podía por menos de suceder, oyó aproximarse a la puerta las fuertes pisadas de la criada. Y la puerta se abrió. A Gregorio le bastó oír la primera palabra del visitante para percatarse de quién era. Era el gerente en persona. ¿Por qué estaría Gregorio condenado a trabajar en la cual la más mínima ausencia despertaba inmediatamente las más terribles sospechas? ¿Es que los empleados eran todos unos sinvergüenzas? ¿Es que no podía haber entre ellos algún hombre de bien que, después de perder un par de horas en la mañana, se volviese loco de remordimiento y no estuviera en condiciones de abandonar la cama? ¿Es que no bastaba con mandar a un chico a preguntar (suponiendo que tuviese fundamento esa manía de averiguar), sino que tenía que venir el mismísimo gerente a enterar a una inocente familia de que sólo él tenía autoridad para intervenir en la investigación de tan grave asunto? Y Gregorio, excitado por estos pensamientos más que decidido a ello, se tiró violentamente de la cama. Se oyó un golpe sordo, pero no demasiado. La alfombra amortiguó la caída; la espalda tenía mayor elasticidad de lo que Gregorio había supuesto, y esto evitó que el ruido fuese tan estrepitoso como había temido. Pero no tuvo cuidado de mantener la cabeza suficientemente erguida; se lastimó y el dolor le hizo frotarla furiosamente contra la alfombra.

—Algo ha ocurrido ahí dentro —dijo el gerente en la habitación de la izquierda. Gregorio intentó imaginar que al gerente pudiera sucederle algún día lo mismo que hoy a él, cosa ciertamente posible. Pero el gerente, como replicando con energía a esta suposición, dio unos cuantos pasos por el cuarto vecino, haciendo crujir sus zapatos de charol. Desde la habitación contigua de la derecha, la hermana susurró:

—Gregorio, está aquí el gerente del almacén.

—Ya lo sé —contestó Gregorio débilmente, sin atreverse a levantar la voz hasta el punto de hacerse oír por su hermana.

—Gregorio —dijo por fin el padre desde la habitación contigua de la izquierda—, ha venido el señor gerente y pregunta por qué no tomaste el primer tren. No sabemos que contestar. Además, desea hablar personalmente contigo. Con que haz el favor de abrir la puerta. El señor tendrá la bondad de disculpar el desorden del cuarto.

—¡Buenos días, señor Samsa! —terció entonces amablemente el gerente.

—No se encuentra bien —dijo la madre a este último mientras el padre continuaba hablando junto a la puerta—. Está enfermo, créame. ¿Cómo si no, iba a perder el tren? Gregorio no piensa más que en el almacén. ¡Si casi me molesta que no salga ninguna noche! Ahora, por ejemplo, ha estado aquí ocho días; pues bien, ¡ni una sola noche ha salido de casa! Se sienta con nosotros alrededor de la mesa lee el periódico en silencio o estudia itinerarios. Su única distracción es la carpintería. En dos o tres tardes ha tallado un marquito. Cuando lo vea, se va a asombrar; es precioso. Está colocado en su cuarto; ahora lo verá en cuanto abra Gregorio. Por otra parte, me alegro de que haya venido usted, pues nosotros no hubiéramos podido convencer a Gregorio de que abra la puerta. ¡Es tan testarudo! Seguramente no se encuentra bien, aunque antes dijo lo contrario.

—Voy en seguida —dijo débilmente Gregorio, sin moverse para no perder palabra de la conversación.

—Seguro que es como dice usted señora —repuso el jefe—. Espero que no sea nada serio. Aunque, por otra parte, he de decir que nosotros, los comerciantes, tenemos que saber afrontar a menudo ligeras indisposiciones, anteponiendo a todo los negocios.

—Bueno —preguntó el padre, impacientándose y volviendo a llamar a la puerta—; ¿puede entrar ya el señor?

—No —respondió Gregorio.

En la habitación de la izquierda se hizo un apenado silencio, y en la de la derecha comenzó a sollozar la hermana.

¿Por qué no iba a reunirse con los demás? Claro, acababa de levantarse y ni siquiera habría empezado a vestirse. Pero ¿por qué lloraba? Acaso porque el hermano no se levantaba, porque no abría la puerta, porque corría riesgo de perder su empleo, con lo cual el dueño volvería a atormentar a los padres con las viejas deudas. Pero, por el momento, estas preocupaciones no venían a cuento. Gregorio estaba allí, y no pensaba ni remotamente en abandonar a los suyos. Yacía sobre la alfombra, y nadie que supiera en qué estado se encontraba hubiera pensado que podía hacer pasar a su jefe. Pero esta leve descortesía, que más adelante explicaría satisfactoriamente, no era motivo suficiente para despedirle. Y Gregorio pensó que, de momento, en vez de molestarle con quejas y sermones era mejor dejarle en paz. Pero la incertidumbre en que se hallaban con respecto a él era precisamente lo que inquietaba a los otros, disculpando su actitud.

—Señor Samsa —dijo por fin, el gerente con voz engolada—, ¿qué significa esto? Se ha atrincherado usted en su cuarto y no contesta más que con monosílabos. Inquieta usted inútilmente a sus padres y, dicho sea de paso, falta a su obligación con el almacén de una manera inconcebible. Le hablo en nombre de sus padres y de la empresa, y le ruego encarecidamente que se explique en seguida y con claridad. Estoy asombrado; yo le tenía a usted por un hombre formal y juicioso, y no entiendo estas extravagancias. La verdad es que el señor director me insinuó esta mañana una posible explicación de su ausencia: el cobro que se le encomendó que hiciese efectivo anoche. Yo dije que respondía personalmente que no había ni que pensar en tal posibilidad; pero por ahora, ante esta incompresible actitud, no siento ya deseos de seguir intercediendo por usted. Su posición no es, desde luego, muy sólida. Mi intención era decirle todo esto a solas; pero como a usted al parecer no le importa hacerme perder el tiempo, no veo por qué no habrían de oírlo sus señores padres. Últimamente su trabajo ha dejado bastante que desear. Es verdad que no está en la época más propicia para los negocios; nosotros mismos lo reconocemos. Pero, señor Samsa, no hay época, no puede haberla, en que los negocios se paralicen.

—Ya voy —gritó Gregorio fuera de sí, olvidándose en su excitación de todo lo demás—. Voy inmediatamente. Una ligera indisposición me retenía en la cama. Estoy todavía acostado. Pero ya me siento bien. Ahora mismo me levanto. ¡Un momento! Aún no me encuentro tan bien como creía. Pero ya estoy mejor. ¡No entiendo cómo me ha podido ocurrir! Ayer me encontraba perfectamente. Sí, mis padres lo saben. Mejor dicho, ya ayer percibí los primeros síntomas. ¿Cómo no me lo habrán notado? ¿Por qué no lo diría yo en el almacén? Pero siempre se cree uno que pondrá bien sin necesidad de quedarse en casa. ¡Por favor, tenga consideración de mis padres! No hay motivo para los reproches que me acaba de hacer; nunca me han dicho nada parecido. Sin duda, no ha visto usted los últimos pedidos que he transmitido. Además, saldré en el tren de las ocho. Con estas dos horas de descanso he recuperado las fuerzas. No se entretenga usted más. En seguida voy al almacén. Explique allí esto, se lo suplico, y presente mis respetos al director.

Mientras decía atropelladamente todo esto, Gregorio, gracias a la habilidad adquirida en la cama, se acercó sin dificultad al baúl e intentó enderezarse apoyándose en él. Quería abrir la puerta, presentarse ante el gerente, hablar con él. Sentía curiosidad por saber lo que dirían cuando le viesen los que tan insistentemente le llamaban. Si se asustaban, no era culpa de él y no tenía nada que temer. Si, por el contrario, se quedaban tranquilos, tampoco él tenía por qué excitarse, y podía, si se daba prisa, estar a las ocho en la estación. Varias veces resbaló contra las lisas paredes del baúl; pero, al fin logró incorporarse. El dolor en el abdomen, aunque muy intenso, no le preocupaba. Se dejó caer contra el respaldo de una silla cercana, a cuyos bordes se agarró fuertemente con sus patas. Logró tranquilizarse, y calló para escuchar lo que decía el gerente.

—¿Han entendido una sola palabra? —preguntó éste a los padres—. ¿No será que se hace el loco?

—¡Por el amor de Dios! —exclamó la madre llorando—. Tal vez se encuentre muy mal y nosotros le estamos mortificando. —Y seguidamente llamó—: ¡Grete! ¡Grete!

—¿Qué quieres madre? —contestó la hermana desde el otro lado de la habitación de Gregorio, a través de la cual hablaban.

—Tienes que ir en seguida a buscar al médico Gregorio está enfermo. Ve corriendo. ¿Has oído cómo hablaba?

—Es una voz de animal —dijo el gerente, que hablaba en voz muy baja, en comparación con los gritos de la madre.

—¡Ana! ¡Ana! —llamó el padre, volviéndose hacia la cocina a través del recibidor y dando palmadas—. Vaya inmediatamente a buscar un cerrajero. Se oyó por el recibidor el rumor de las faldas de dos jóvenes que salían

corriendo (¿cómo se habría vestido la hermana?), y el ruido brusco de la puerta del piso abrirse. Pero no se escuchó ningún portazo. Debían de haber dejado la puerta abierta, como suele suceder en las casas en donde ha ocurrido una desgracia.

Gregorio, sin embargo, estaba mucho más tranquilo. Sus palabras resultaban ininteligibles, aunque a él le parecían muy claras, más claras que antes, sin duda porque ya se le iba acostumbrando el oído; pero lo importante era que ya se habían percatado los demás de que algo anormal le sucedía y se disponían a acudir en su ayuda. Se sintió aliviado por la prontitud y energía con que habían tomado las primeras medidas. Se sintió nuevamente incluido entre los seres humanos, y esperaba tanto del médico como del cerrajero acciones insólitas y maravillosas.

A fin de poder intervenir lo más claramente posible en las conversaciones decisivas que se avecinaban, carraspeó ligeramente; lo hizo muy levemente, por temor a que también este ruido sonase a algo que no fuese una tos humana, pues ya no tenía seguridad de poder apreciarlo. Mientras tanto, en la habitación contigua reinaba un profundo silencio. Tal vez los padres, sentados a la mesa con el gerente, estuvieran hablando en voz baja. Tal vez permanecieran pegados a la puerta, escuchando.

Gregorio se deslizó lentamente con la silla hacia la puerta; al llegar allí, soltó la silla se dejó caer contra la puerta y se sostuvo en pie, pegado a ella por la viscosidad de sus patas. Descansó así un momento del esfuerzo realizado. Luego intentó hacer girar la llave con la boca. Por desgracia, no parecía tener dientes propiamente dichos. ¿Con qué iba entonces a coger la llave? Pero, en cambio, sus mandíbulas eran muy fuertes y, gracias a ellas, pudo poner la llave en movimiento, sin reparar en el daño que seguramente se hacía, pues un líquido oscuro le salió por la boca, resbalando por la llave y goteando hasta el suelo.

—Escuchen —dijo el gerente—; está girando la llave.

Estas palabras alentaron mucho a Gregorio. Pero todos, el padre, la madre, deberían haber gritado: "¡Adelante, Gregorio!" Sí, deberían haber gritado: "¡Adelante! ¡Duro con la cerradura!". Imaginando la ansiedad con que todos seguirían sus esfuerzos, mordió con desesperación la llave, desfallecido. A medida que la llave giraba en la cerradura, Gregorio se bamboleaba en el aire, colgando por la boca, forcejeando, empujando la llave hacia abajo con todo el peso de su cuerpo. El sonido metálico de la cerradura al abrirse le volvió completamente en sí.

"Bueno —se dijo con un suspiro de alivio—; no ha sido necesario que viniera el cerrajero", y dio con la cabeza en el pestillo para acabar de abrir.

Este modo de abrir la puerta fue la causa de que no le viesen inmediatamente. Gregorio tuvo que girar lentamente contra una de las hojas de la puerta, con gran cuidado para no caer de espaldas. Y aún estaba ocupado en llevar a cabo tan difícil operación, sin tiempo para pensar otra cosa, cuando oyó una exclamación del gerente que sonó como el aullido del viento, y le vio, junto a la puerta, taparse la boca con la mano y retroceder lentamente, como empujado por una fuerza invisible.

La madre —que, a pesar de la presencia del gerente, estaba allí sin arreglar, con el pelo revuelto— miró a Gregorio, juntando las manos, avanzó luego dos pasos hacia él, y se desplomó por fin, en medio de sus faldas desplegadas a su alrededor, con la cabeza caída sobre su pecho. El padre amenazó con el puño, con expresión hostil, como si quisiera empujar a Gregorio hacia el interior de la habitación; se volvió luego, saliendo con paso inseguro al recibidor y, cubriéndose los ojos con las manos, manos rompió a llorar de tal modo, que el llanto sacudía su robusto pecho.

Gregorio no llegó, pues, a salir de su habitación; permaneció apoyado en la hoja de la puerta, mostrando sólo la mitad de su cuerpo, con la cabeza ladeada, contemplando a los presentes. La lluvia había amainado, y al otro lado de la calle se recortaba nítido un trozo de edificio negruzco de enfrente. Era un hospital, cuya monótona fachada jalonaban numerosas ventanas idénticas. La lluvia caía ahora en goterones aislados, que se veían llegar claramente al suelo. Sobre la mesa estaban los utensilios del desayuno; para el padre, era la comida principal del día, que prolongaba con la lectura de varios periódicos. En la pared que Gregorio tenía enfrente, colgaba un retrato de éste durante su servicio militar, con uniforme de teniente, la mano en el puño de la espada, sonriendo despreocupadamente, con un aire que parecía exigir respeto para su uniforme y su actitud. Esa habitación daba al recibidor; por la puerta abierta se veía la del piso, también abierta, el rellano de la escalera y el primer tramo de ésta que conducía a los pisos inferiores.

—Bueno —dijo Gregorio, convencido de ser el único que había conservado la calma—. Enseguida me visto, recojo el muestrario y me voy. Me dejaréis que salga de viaje, ¿verdad? Ya ve usted, señor gerente, que no soy testarudo y que trabajo con gusto. Viajar es cansado; pero yo no sabría vivir sin viajar. ¿Adónde va usted? ¿Al almacén? ¿Sí? ¿Lo contará todo tal como ha sucedido? Uno puede tener un bajón momentáneo; pero es precisamente entonces cuando deben acordarse los jefes de lo útil que uno ha sido y pensar que, una vez superado el contratiempo, trabajará con redobladas energías. Yo, como usted bien sabe, le estoy muy agradecido al señor director. Por otra parte, tengo que atender a mis padres y a mi hermana. Es verdad que hoy me encuentro en un apuro. Pero trabajando saldré bien de él. No me ponga las cosas más difíciles de lo que están. Póngase de mi parte. Ya sé que al viajante no se le quiere. Todos creen que gana el dinero a espuertas, sin trabajar apenas. No hay ninguna razón para que este prejuicio desaparezca; pero usted está más enterado de lo que son las cosas que el resto del personal, incluso que el propio director, que, en su calidad de propietario, se equivoca con frecuencia respecto a un empleado. Usted sabe muy bien que el viajante, como está fuera del almacén la mayor parte del año, es fácil blanco de habladurías, equívocos y quejas infundadas, contra las cuales no le es fácil defenderse, ya que la mayoría de las veces no llegan a sus oídos, y sólo al regresar reventado de un viaje empieza a notar directamente las consecuencias negativas de una acusación desconocida. No se vaya sin decirme algo que me pruebe que me da usted la razón, por lo menos en parte.

Pero, desde las primeras palabras de Gregorio, el gerente había dado media vuelta y le contemplaba por encima del hombro, con una mueca de repugnancia en el rostro. Mientras Gregorio hablaba, no permaneció un momento quieto. Se retiró hacia la puerta sin quitarle la vista de encima, muy lentamente, como si una fuerza misteriosa le retuviese allí. Llegó, por fin, al recibidor y dio los últimos pasos con tal rapidez que parecía que estuviera pisando brasas ardientes. Alargó el brazo derecho en dirección a la escalera, como si esperase encontrar allí milagrosamente la libertad.

Gregorio comprendió que no debía permitir que el gerente se marchara de aquel modo, pues si no su puesto en el almacén estaba seriamente amenazado. No lo veían los padres tan claro como él, porque, con el transcurso de los años, habían llegado a pensar que la posición de Gregorio en aquella empresa era inamovible; además, con la inquietud del momento se habían olvidado de toda prudencia. Pero no así Gregorio, que se daba cuenta de que era indispensable retener al gerente y tranquilizarle. De ello dependía el porvenir de Gregorio y de los suyos. ¡Si al menos estuviera allí su hermana! Era muy lista; había llorado cuando Gregorio yacía aún tranquilamente sobre su espalda. Seguro que el gerente, hombre galante, se hubiera dejado convencer por la joven. Ella habría cerrado la puerta del piso y le habría tranquilizado en el recibidor. Pero no estaba su hermana, y Gregorio tenía que arreglárselas solo. Sin reparar en que todavía no conocía sus nuevas facultades de movimiento, y que lo más probable era que no lograse entender, abandonó la hoja de la puerta en que se apoyaba y se deslizó por el hueco formado al abrirse la otra con intención de avanzar hacia el gerente, que seguía cómicamente agarrado a la barandilla del rellano. Pero inmediatamente cayó al suelo, intentando con grandes esfuerzos, sostenerse sobre sus innumerables y diminutas patas, profiriendo un leve quejido. Entonces se sintió, por primera vez en el día, invadido por un verdadero bienestar: las patitas, apoyadas en el suelo, le obedecían perfectamente. Con alegría, vio que empezaban a llevarle adonde deseaba ir, dándole la sensación de que sus sufrimientos habían concluido. Pero en el momento en que Gregorio empezaba a avanzar lentamente, balanceándose a ras de tierra, no lejos y enfrente de su madre, ésta, pese a su desvanecimiento previo, dio de pronto un brinco y se puso a gritar, extendiendo los brazos con las manos abiertas: "¡Socorro! ¡Por el amor de Dios! ¡Socorro!". Inclinaba la cabeza como para ver mejor a Gregorio, pero de pronto, como para desmentir esta impresión, se desplomó hacia atrás cayendo sobre la mesa, y, ajena al hecho de que estaba aún puesta, quedó sentado en ella, sin darse cuenta de que a su lado el café salía de la cafetera volcada, derramándose sobre la alfombra.

—¡Madre! ¡Madre! —gimió Gregorio, mirándola desde abajo.

Por un momento se olvidó del gerente; y no pudo evitar, ante el café vertido, abrir y cerrar repetidas veces las mandíbulas en el vacío. Su madre, gritando de nuevo y huyendo de la mesa, se lanzó en brazos del padre, que corrió a su encuentro. Pero Gregorio no podía dedicar ya su atención a sus padres; el gerente estaba en la escalera y, con la barbilla apoyada sobre la baranda, dirigía una última mirada a aquella escena. Gregorio tomó impulso para darle alcance, pero él debió de comprender su intención, pues, de un salto, bajó varios escalones y desapareció, profiriendo unos alaridos que resonaron por toda la escalera.

Para colmo de males, la huida del jefe pareció trastornar por completo al padre, que hasta entonces se había mantenido relativamente sereno; pues, en lugar de correr tras el fugitivo, o por lo menos permitir que así lo hiciese Gregorio, empuño con la diestra el bastón del gerente —que éste no había recogido, como tampoco su sombrero y su gabán, olvidados en una silla— y, armándose con la otra mano de un gran periódico que había sobre la mesa, se dispuso, dando fuertes patadas en el suelo, esgrimiendo papel y bastón, a hacer retroceder a Gregorio hasta el interior de su cuarto.

De nada le sirvieron a éste sus súplicas, que no fueron entendidas; y aunque inclinó sumiso la cabeza, sólo consiguió excitar aún más a su padre. La madre, a pesar del mal tiempo, había abierto una ventana y, violentamente inclinada hacia fuera, se cubría el rostro con las manos. Entre el aire de la calle y el de la escalera se estableció una fuerte corriente; las cortinas de la ventana se ahuecaron; sobre la mesa se agitaron los periódicos, y algunas hojas sueltas se agitaron por el suelo.

El padre, inflexible, resoplaba violentamente, intentando hacer retroceder a Gregorio. Pero éste carecía aún de práctica en la marcha hacia atrás, y la cosa iba muy despacio. ¡Si al menos hubiera podido moverse! En un santiamén se hubiese encontrado en su cuarto. Pero temía, con su lentitud en girar, impacientar a su padre, cuyo bastón podía deslomarle o abrirle la cabeza.

Finalmente, sin embargo, no tuvo más remedio que volverse, pues advirtió contrariado que, caminado hacia atrás, no podía controlar la dirección. Así que, sin dejar de mirar angustiosamente a su padre, empezó a girar lo más rápidamente que pudo, es decir, con extraordinaria lentitud. El padre debió percatarse de su buena voluntad, pues dejó de hostigarle, dirigiendo incluso de lejos, con la punta del bastón, el movimiento giratorio. ¡Si al menos hubiese dejado de resopla! Esto era lo que más alteraba a Gregorio. Cuando ya iba a terminar el giro, aquel resoplido le hizo equivocarse, obligándole a retroceder poco a poco. Por fin logró quedarse frente a la puerta. Pero entonces recordó que su cuerpo era demasiado ancho para poder pasar sin más. Al padre, en medio de su excitación, no se le ocurrió abrir la otra hoja para dejar espacio suficiente. Estaba obsesionado con la idea de que Gregorio había de meterse cuanto antes en su habitación. Tampoco hubiera permitido los lentos preparativos que Gregorio necesitaba para incorporarse y, de este modo, pasar por la puerta. Como si no hubiese problema alguno azuzaba a Gregorio con furia creciente. Gregorio oía tras de sí una voz que parecía imposible que fuese la de un padre. Se incrustó en el marco de la puerta. Se irguió de medio lado y quedó atravesado en el umbral, lacerándose el costado. En la puerta aparecieron unas manchas repulsivas. Gregorio quedó allí atascado, sin posibilidad de hacer el menor movimiento.

Las patitas de uno de los lados colgaban en el aire, mientras que las del otro quedaban dolorosamente oprimidas contra el suelo... En esto, el padre le dio por detrás un empujón enérgico y salvador, que lo lanzó dentro del cuarto, sangrando copiosamente. Luego, cerró la puerta con el bastón, y por fin volvió a la calma.

Hasta la noche no despertó Gregorio de un pesado sueño, semejante a un desmayo. No habría tardado mucho en despabilarse por sí solo, pues ya había descansado bastante, pero le pareció que le despertaban unos pasos furtivos y el ruido de la puerta del recibidor, que alguien cerraba suavemente. El reflejo del tranvía proyectaba franjas de luz en el techo de la habitación y la parte superior de los muebles; pero de abajo, donde estaba Gregorio, reinaba la oscuridad. Lenta y todavía torpemente, tanteando con sus antenas, que en ese momento le mostraron su utilidad, se deslizó hacia la puerta para ver lo que había ocurrido. En su costado izquierdo había una larga y repugnante llaga. Renqueaba alternativamente sobre cada una de sus dos hileras de patas, una de las cuales herida en el accidente de la mañana —sorprendentemente, las demás habían quedado ilesas—, se arrastraba sin vida.

Al llegar a la puerta, comprendió que lo que le había atraído era el olor de algo comestible. Encontró una cazoleta llena de leche con azúcar, en la que flotaban trocitos de pan. Estuvo a punto de reír de gozo, pues tenía aún más hambre que por la mañana. Hundió la cabeza en la leche casi hasta los ojos; pero enseguida la retiró contrariado, pues no sólo la herida de su costado izquierdo le hacía dificultosa la operación (para comer tenía que mover todo el cuerpo), sino que, además, la leche, que hasta entonces había sido su bebida predilecta —por eso, sin duda, la había puesto allí su hermana—, no le gustó nada. Se apartó casi con repugnancia de la cazoleta y se arrastró de nuevo hacia el centro de la habitación. Por la rendija de la puerta vio que la luz estaba encendida en el comedor. Pero, en contra de lo habitual, no se oía al padre leer en voz alta a la madre y la hermana el diario de la tarde. No se oía el menor ruido. Quizá esta costumbre, de la que siempre le hablaba la hermana en sus cartas, hubiese desaparecido. Todo estaba silencioso, pese a que, con toda seguridad, la casa no estaba vacía.

"¡Qué vida tan tranquila lleva mi familia!", pensó Gregorio. Mientras su mirada se perdía en las sombras, se sintió orgulloso de haber podido proporcionar a sus padres y a su hermana tan sosegada existencia, en un hogar tan acogedor. De pronto pensó con terror que aquella tranquilidad, aquel bienestar y aquella alegría iban a terminar... Para no abandonarse en estos pensamientos, prefirió ponerse en movimiento y comenzó a arrastrarse por la habitación.

Durante la noche se entreabrió una vez una de las hojas de la puerta, y otra vez la otra: alguien quería entrar. Gregorio, en vista de ello, se colocó contra la puerta que daba al comedor, dispuesto a atraer hacia el interior al indeciso visitante, o por lo menos a averiguar quién era. Pero la puerta no volvió a abrirse, y esperó en vano. Esa mañana, cuando la puerta estaba cerrada, todos habían intentado entrar, y ahora que él había abierto una puerta y que la otra había sido también abierta, sin duda, durante el día, ya no venía nadie, y las llaves habían sido puestas en la parte exterior de las cerraduras.

Estaba muy avanzada la noche cuando se apagó la luz del comedor. Gregorio comprendió que sus padres habían permanecido en vela hasta entonces. Oyó como se alejaban de puntillas. Hasta la mañana no entraría seguramente nadie a ver a Gregorio: tenía tiempo de sobra para pensar, sin temor a ser importunado, en su futuro. Pero aquella habitación fría y de techo alto, en donde había de permanecer echado de bruces. Le dio miedo; no entendía por qué, pues era la suya, la habitación en que vivía desde hacía cinco años... Bruscamente, y no sin algo de vergüenza, se metió debajo del sofá, en donde, a pesar de sentirse algo estrujado, por no poder levantar la cabeza, se encontró en seguida muy bien, lamentando únicamente no poder introducirse allí por completo a causa de su excesiva corpulencia.

Así permaneció toda la noche, sumido en un duermevela del que le despertaba con sobresalto el hambre, y sacudido por preocupaciones y esperanzas no muy concretas, pero cuya conclusión era siempre la necesidad de tener calma y paciencia y de hacer lo posible para que su familia se hiciese cargo de la situación y no sufriera más de lo necesario.

Muy temprano, cuando apenas empezaba a clarear, Gregorio tuvo ocasión de poner en práctica sus resoluciones. Su hermana, ya casi arreglada, abrió la puerta que daba al recibidor y le buscó ansiosamente con la mirada. Al principio no le vio; pero al descubrirle debajo del sofá —¡en algún sitio había de estar! ¡No iba a haber volado! —se asustó tanto que, compulsivamente, volvió a cerrar la puerta. Pero inmediatamente se arrepintió de su reacción, pues volvió abrir y entró de puntillas, como si fuese la habitación de un enfermo grave o un extraño. Gregorio, asomando apenas la cabeza fuera del sofá, la observaba. ¿Se daría cuenta de que no había probado la leche y, comprendiendo que no había sido por falta de hambre, le traería alimentos más adecuados? Pero si no lo hacía, él preferiría morirse de hambre antes que pedírselo, pese a que sentía enormes deseos de salir de debajo del sofá y suplicarle que le trajese algo bueno de comer. Pero su hermana, asombrada, advirtió inmediatamente que la cazoleta estaba intacta; únicamente se había vertido un poco de leche.

La recogió, y se la llevó. Gregorio sentía una gran curiosidad por ver lo que la bondad de su hermana le reservaba. A fin de ver cuál era su gusto, le trajo un surtido completo de alimentos y los extendió sobre un periódico viejo: legumbres de días atrás, medio podridas ya; huesos de la cena de la víspera, rodeados de blanca salsa cuajada; pasas y almendras; un trozo de queso que dos días antes Gregorio había descartado como incomible; un mendrugo de pan duro; otro untado con mantequilla, y otro con mantequilla y sal. Volvió a traer la cazoleta, que por lo visto quedaba destinada a Gregorio, pero ahora llena de agua. Y por delicadeza (pues sabía que Gregorio no comería estando ella presente) se retiró cuanto antes y echó la llave, sin duda para que Gregorio comprendiese que nadie le iba a importunar. Al ir Gregorio a comer, sus antenas fueron sacudidas por una especie de vibración. Pero por otra parte, sus heridas debían de haberse curado ya, pues no sintió ninguna molestia, cosa que le sorprendió bastante, pues recordó que hacía más de un mes se había cortado un dedo con un cuchillo y que el día anterior todavía le dolía.

"¿Tendré menos sensibilidad que antes?", pensó, mientras probaba golosamente el queso, que fue lo que más le atrajo. Con gran avidez y llorando de alegría, devoró sucesivamente el queso, las legumbres y la salsa. En cambio, los alimentos frescos le disgustaron: su olor mismo le resultaba desagradable, hasta el punto de que apartó de ellos las cosas que quería comer.

Hacía un buen rato que había terminado y permanecido estirado perezosamente en el mismo sitio, cuando la hermana, sin duda para darle tiempo a retirarse, empezó a girar lentamente la llave. A pesar de estar medio dormido, Gregorio se sobresaltó y corrió a ocultarse de nuevo debajo del sofá. Para permanecer allí, aunque sólo fue el breve tiempo que su hermana estuvo en el cuarto, tuvo que hacer esta vez gran esfuerzo de voluntad, pues, a consecuencia de la abundante comida, su cuerpo se había abultado lo suficiente como para que apenas pudiera respirar en aquel reducido espacio. Un tanto sofocado, contempló con los ojos desorbitados cómo su hermana, ajena a lo que le sucedía barría no sólo los restos de la comida, sino también los alimentos que Gregorio no había tocado, como si ya no pudiesen

aprovecharse. Y vio también cómo lo tiraba todo a un cubo, que cerró con una tapa de madera. Apenas se hubo marchado su hermana con el cubo, Gregorio salió de su escondrijo, se estiró y respiró profundamente.

De esta manera recibió Gregorio, día tras día, su comida: una vez por la mañana temprano, antes de que se levantaran sus padres y la criada, y otra después del almuerzo, mientras los padres dormían la siesta y la criada salía a algún recado al que la mandaba la hermana. Sin duda sus padres tampoco querían que Gregorio se muriese de hambre; pero tal vez no hubieran podido soportar el espectáculo de sus comidas, y era mejor que sólo tuvieran noticias de ellas a través de la hermana. Tal vez también quería ésta ahorrarles un sufrimiento extra.

Gregorio no pudo averiguar con qué disculpas habían despedido la primera mañana al médico y al cerrajero. Como nadie le entendía, nadie pensaba, ni siquiera su hermana, que él pudiese entender a los demás. Tenía, pues, que contentarse, cuando su hermana entraba en su cuarto, con oírla gemir y lamentarse. Más adelante, cuando ella se hubo acostumbrado un poco a la nueva situación (desde luego no se podía esperar que se acostumbrase por completo), Gregorio empezó a notar en ella ciertos indicios de amabilidad. «Hoy sí que le ha gustado», decía, cuando Gregorio había apurado la comida; mientras que en el caso contrario, cada vez más frecuente, solía decir apenada: "Vaya, hoy lo ha dejado todo".

Aunque Gregorio no podía obtener directamente ninguna noticia, siempre estaba atento a lo que sucedía en las habitaciones contiguas, y en cuanto oía voces, corría hacia la puerta correspondiente y se pegaba a ella. Al principio todas las conversaciones se referían a él, aunque no claramente. Durante dos días, en todas las comidas se discutió lo que correspondía hacer en lo sucesivo. También fuera de las comidas se hablaba de lo mismo; ninguno de los miembros de la familia quería quedarse solo en casa, y como tampoco querían dejarla abandonada, siempre había por lo menos dos personas. Ya el primer día, la criada —de la que no sabían hasta qué punto estaba enterada de lo ocurrido— le había rogado a la madre que la despidiese en seguida, y al marcharse, un cuarto de hora después, dando las gracias efusivamente y sin que nadie se lo pidiese, juró solemnemente que no contaría nada a nadie.

La hermana tuvo que ayudar a cocinar a la madre, cosa que, en realidad, no le daba mucho trabajo, pues casi no comían. Gregorio los oía continuamente animarse en vano unos a otros a comer, siendo un "gracias, ya he comido bastante", u otra frase por el estilo, la respuesta invariable a estos requerimientos. Tampoco bebían casi nada. Con frecuencia preguntaba la hermana al padre si quería cerveza, ofreciéndose a ir a buscarla. Callaba el padre, y entonces ella añadía que también podían mandar a la portera. Pero el padre respondía finalmente con una negativa tajante, y no se hablaba más del asunto.

Ya el primer día el padre planteó a la madre y a la hermana la situación económica de la familia y sus perspectivas futuras. De vez en cuando se levantaba de la mesa para buscar en su pequeña caja de caudales —salvada de la quiebra cinco años antes— algún documento o libro de notas. Se oía el chasquido de la complicada cerradura al abrirse o volverse a cerrar, después de que el padre hubiese sacado lo que buscaba. Estas explicaciones constituyeron la primera noticia agradable que escuchó Gregorio desde su encierro. Siempre había creído que a su padre no le quedaba absolutamente nada del antiguo negocio. El padre nunca le había dado a entender que fuera de otro modo, aunque lo cierto era que Gregorio tampoco le había preguntado nada al respecto. Por aquel entonces, Gregorio sólo se había preocupado de hacer lo posible para que su familia olvidara cuanto antes el revés financiero que los había hundido en la más completa desesperación. Por eso había comenzado a trabajar con tal ahínco, convirtiéndose en poco tiempo, de simple dependiente, en todo un viajante de comercio, con grandes posibilidades de ganar dinero, y cuyos éxitos profesionales se concretaban en sustanciosas comisiones entregadas a la familia ante el asombro y alegría de todos. Habían sido días felices. Pero no se habían repetido, al menos con igual esplendor, pese a que Gregorio había llegado a ganar lo suficiente como para llevar por sí solo el peso de toda la casa. La costumbre, tanto en la familia, que recibía agradecida el dinero de Gregorio, como en éste, que lo entregaba con gusto, hizo que la sorpresa y alegría iniciales no volvieran a producirse con la misma intensidad. Sólo la hermana permaneció siempre estrechamente unida a Gregorio, y como, contrariamente a éste, era muy aficionada a la música y tocaba el violín con gran entusiasmo, Gregorio confiaba en poder mandarla al año siguiente al conservatorio, pese a los gastos que ello conllevaría, y a los que ya encontraría modo de hacer frente. Durante las breves estancias de Gregorio junto a los suyos, la palabra "conservatorio" se repetía con frecuencia en las charlas con la hermana, pero siempre como un hermoso sueño, en cuya realización no se podía ni soñar. Los padres no veían con agrado estos ingenuos proyectos; pero para Gregorio era un asunto muy serio, y tenía decidido anunciarlo solemnemente la noche de Navidad.

Estos pensamientos, ahora tan superfluos, se agitaban en su mente mientras, pegado a la puerta, escuchaba lo que hablaban en la habitación contigua. De cuando en cuando, la fatiga le impedía seguir escuchando, y dejaba caer cansado la cabeza sobre la puerta. Pero en seguida volvía a levantarla, pues incluso el levísimo ruido debido a este movimiento suyo, era oído por su familia, que enmudecía en el acto.

—¿Qué estará haciendo ahora? —decía al poco el padre, sin duda mirando hacia la puerta.

Y, pasados unos momentos, se reanudaba la conversación interrumpida.

Así pudo enterarse Gregorio, con gran satisfacción —el padre se extendía en sus explicaciones, pues hacía tiempo que no se había ocupado de aquellos asuntos, y además la madre tardaba en entenderlos— que, a pesar de la desgracia les había quedado algún dinero; no mucho, desde luego pero poco a poco había ido aumentando desde entonces, gracias a los intereses intactos. Además, el dinero que entregaba Gregorio todos los meses, quedándose para él únicamente una ínfima cantidad, no se gastaba por completo, y había ido formando un pequeño capital. Tras la puerta, Gregorio aprobaba con la cabeza, satisfecho de que existieran estas inesperadas reservas. Cierto que con ese dinero sobrante podía haber pagado poco a poco la deuda que su padre tenía con el dueño, y haberse visto libre de ella mucho antes; pero tal como estaban las cosas, era mejor así.

Ahora bien, ese dinero era del todo insuficiente para permitir a la familia vivir de él; todo lo más bastaría para uno o dos años, pero no para más tiempo. Por tanto, era un capital que no se debía tocar, pues convenía conservarlo para caso de necesidad. El dinero para ir viviendo había que ganarlo. Pero el padre, aunque estaba bien de salud, era ya viejo y llevaba cinco años sin trabajar; por tanto no se podía contar con él: en los últimos cinco años, los primeros de descanso en su vida laboriosa, aunque fracasada, había engordado mucho y se había vuelto lento y pesado. ¿Y cómo podría trabajar la madre, que padecía de asma, que se fatigaba con sólo andar un poco por casa y continuamente tenía que tumbarse en el sofá, con la ventana abierta de par en par, porque le daban ahogos? ¿Tendría, entonces, que trabajar la hermana, una niña de diecisiete años, y cuya envidiable existencia había consistido, hasta el momento, en ocuparse de sí misma, dormir cuanto quería, ayudar en las tareas de la casa, participar en alguna sencilla diversión y, sobre todo, tocar el violín?

Cada vez que la conversación derivaba hacia la necesidad de ganar dinero, Gregorio se apartaba de la puerta y, trastornado por la pena y la vergüenza, se metía bajo el fresco sofá de cuero. A menudo pasaba allí toda la noche en vela, arañando el cuero hora tras hora. A veces llevaba a cabo el extraordinario esfuerzo de empujar el sillón hasta la ventana y, agarrándose al alféizar, permanecía de pie en el asiento y apoyado en la ventana, sumido en sus recuerdos, pues antes solía asomarse a menudo a aquella ventana.

Poco a poco empezó a ver con menos claridad. Ya no distinguía el hospital de enfrente, cuya vista tanto le desagradaba; y de no haber sabido que vivía en una calle en plena ciudad, aunque tranquila, hubiera podido creer que su ventana daba a un desierto, en el cual se confundían el cielo y la tierra, igualmente grises.

Sólo dos veces vio la hermana, siempre atenta, que el sillón se encontraba junto a la ventana. Y ya, al arreglar la habitación, aproximaba ella misma el sillón. Más aún: dejaba abiertos los primeros dobles cristales.

Si al menos hubiera podido Gregorio hablar con su hermana; de haberle podido dar las gracias por cuanto hacía por él, le hubieran resultado más leves las molestias que ocasionaba, y que de este modo tanto le hacían sufrir. Sin duda, su hermana hacía lo posible para atenuar lo doloroso de la situación, y, a medida que transcurría el tiempo, iba consiguiéndolo mejor, como es natural. Pero también Gregorio, a medida que pasaban los días, tenía más clara la situación.

Ahora, las visitas de su hermana eran para él algo terrible. En cuanto entraba en la habitación, y sin cerrar siquiera previamente las puertas, como antes, para ocultar a todos la vista del cuarto, iba corriendo hacia la ventana y la abría bruscamente, como si estuviese a punto de asfixiarse; y hasta cuando el frío era intenso, permanecía allí un rato respirando ansiosamente. Este ajetreo asustaba a Gregorio dos veces al día; aunque convencido de que ella le hubiera evitado esas molestias, de haber podido permanecer en la habitación con las ventanas cerradas, Gregorio se quedaba temblando debajo del sofá todo el tiempo que duraba la visita.

Un día —ya había transcurrido un mes desde la metamorfosis, así que no tenía por qué sorprenderse del aspecto de Gregorio— su hermana entró algo más temprano que de costumbre y se lo encontró mirando inmóvil por la ventana. No le hubiera extrañado a Gregorio que su hermana no entrase, pues tal como estaba le impedía abrir la ventana. Pero no sólo no entró, sino que retrocedió y cerró la puerta rápidamente: quien la hubiera visto reaccionar de esa forma hubiera creído que Gregorio se disponía a atacarla. Gregorio se metió inmediatamente debajo del sofá; pero hasta el mediodía no volvió su hermana, más intranquila que de costumbre.

Este incidente le hizo comprender que su vista seguía resultándole insoportable ala hermana, que sólo gracias a un esfuerzo de voluntad evitaba echar a correr al divisar la pequeña parte del cuerpo que sobresalía por debajo del sofá. Con objeto de ahorrarle por completo su visión, llevó un día sobre su espalda —trabajó para el cual precisó de cuatro horas— una sábana hasta el sofá, y la puso de modo que le tapara por completo y que su hermana no pudiese verle por mucho que se agachase.

De no haberle parecido oportuna tal medida, ella misma hubiera quitado la sábana, pues fácil era comprender que, para Gregorio, el aislarse no era nada agradable. Pero su hermana dejó la sábana tal como estaba, y Gregorio, al levantar sigilosamente con la cabeza la punta de ésta, para ver cómo era acogida la nueva disposición, creyó adivinar en la joven una mirada de gratitud.

Durante las dos primeras semanas, sus padres no se decidieron a entrar a verle. A menudo los oyó alabar la actitud de la hermana, cuando hasta entonces solían, por el contrario, considerarla poco menos que una inútil. Los padres solían esperar ante la habitación de Gregorio mientras la hermana la arreglaba, y en cuanto salía se hacían contar como estaba el cuarto, qué había comido Gregorio, cuál había sido su actitud y si daba señales de mejoría.

La madre había querido visitar a Gregorio enseguida, pero el padre y la hermana la habían hecho desistir con argumentos que Gregorio escuchó con la mayor atención y aprobó por entero. Más adelante tuvieron que impedírselo por la fuerza, y cuando exclamaba: «¡Dejadme entrar a ver a Gregorio! ¡Pobre hijo mío! ¿No comprendéis que necesito verle?», Gregorio pensaba que tal vez fuera mejor que su madre entrase, no todos lo días, pero sí, por ejemplo, una vez a la semana: ella era mucho más comprensiva que la hermana, quien, pese a su indudable valor, al fin y al cabo no era más que una niña, que quizá sólo por juvenil inconsciencia había podido asumir tan penosa tarea.

No tardó en cumplirse el deseo de Gregorio de ver a su madre. Durante el día, por consideración a sus padres, no se asomaba a la ventana, y en los dos metros cuadrados de suelo libre de su habitación casi no podía moverse. Descansar tranquilo le era ya difícil durante la noche. La comida pronto dejó de causarle placer, y para distraerse empezó a trepar zigzagueando por las paredes y el techo. En el techo era donde más a gusto se encontraba: aquello era mucho mejor que estar echado en el suelo; respiraba mejor, y se estremecía con una suave vibración. Un día Gregorio, casi feliz y despreocupado, se desprendió del techo, con gran sorpresa suya, y se estrelló contra el suelo. Pero su cuerpo se había vuelto más resistente y, pese a la fuerza del golpe, no se lastimó.

Su hermana advirtió inmediatamente el nuevo entretenimiento de Gregorio —tal vez dejase al trepar un leve rastro de baba—, y quiso hacer todo lo posible para facilitarle su actividad, quitando los muebles que le estorbaban, sobre todo el baúl y el escritorio. No podía hacerlo sola y tampoco se atrevía a pedir ayuda al padre; con la criada no podía contar, pues la buena mujer, de unos sesenta años, aunque se había mostrado muy animosa desde la despedida de su antecesora, había rogado que le dejaran tener siempre cerrada la puerta de la cocina, y no abrirla sino cuando la llamasen. Por tanto, la única posibilidad era pedir ayuda a la madre en ausencia del padre.

La madre acudió eufórica, pero se quedó muda al llegar a la puerta. La hermana comprobó que todo estuviera en orden, y sólo entonces hizo pasar a la madre. Gregorio había bajado la sábana más que de costumbre, de modo que formara abundantes pliegues y pareciera que estaba allí por causalidad.

En esta ocasión no atisbó por debajo; renunció a ver a su madre, feliz de que por fin hubiese entrado a su habitación.

—Pasa, no se le ve —dijo la hermana, que seguramente llevaba a la madre de la mano.

Gregorio oyó a las dos frágiles mujeres mover el viejo y pesado baúl; la hermana, animosa como siempre, hacía la mayor parte del esfuerzo, sin hacer caso de las advertencias de la madre, que tenía miedo de que se fatigara excesivamente.

Al cabo de un cuarto de hora, la madre dijo que era mejor dejar el baúl donde estaba, en primer lugar porque era muy pesado y no acabarían antes del regreso del padre; además, estando en medio de la habitación el baúl le cortaría el paso a Gregorio; por último, tal vez a Gregorio no le agradara que se retirasen los muebles, sino todo lo contrario. La vista de las paredes desnudas la deprimía. ¿Por qué no había de sentir Gregorio lo mismo, acostumbrado desde hacía tiempo a los muebles de su cuarto? ¿No se sentiría como abandonado en la habitación vacía?

—Al quitar los muebles —continuó en voz muy baja, casi en un susurro, como si quisiese evitar a Gregorio, que no sabía exactamente dónde se encontraba, hasta el sonido de su voz, pues estaba convencida de que no entendía las palabras—, ¿no parecería que renunciábamos a toda esperanza de mejoría, y que lo abandonábamos sin más a su suerte? Yo creo que lo mejor sería dejar el cuarto igual que antes, para que Gregorio, cuando vuelva a ser uno de nosotros, lo encuentre todo como estaba y pueda olvidar más fácilmente este paréntesis.

Al oír estas palabras de la madre, Gregorio comprendió que la falta de toda relación humana directa, unida a la monotonía de su nueva vida, debía de haber trastornado su mente en aquellos dos meses, pues de otro modo no podía explicarse su deseo de que vaciaran la habitación.

¿Acaso quería realmente que se convirtiese aquella confortable habitación, con sus muebles familiares, en un desierto en el cual hubiera podido, es verdad, trepar en todas las direcciones sin obstáculos, pero donde en poco tiempo hubiera olvidado por completo su pasada condición humana?

De hecho, ya estaba a punto de olvidarla, y únicamente la voz de su madre, que no oía hacía tiempo, le había hecho reaccionar. No, no había que quitar nada; todo tenía que quedar como antes; no podía prescindir de la benéfica influencia que los muebles ejercían sobre él, aunque coartaran su libertad de movimientos, lo cual, en todo caso, antes que un perjuicio, debía considerarlo una ventaja.

Desgraciadamente, su hermana no era de esta opinión, y como se había acostumbrado —no sin motivo— a considerarse la experta de la familia en lo que a Gregorio se refería, rebatió los argumentos de su madre y declaró que no sólo debían sacar de la habitación el baúl y el escritorio, como al principio habían pensado, sino también todos los demás muebles, con excepción del indispensable sofá.

Su actitud no era fruto de la mera testarudez juvenil ni de la en sí misma, tan repentinamente adquirida en los últimos tiempos: había observado que Gregorio, además de necesitar mucho espacio para arrastrarse y trepar, no utilizaba los muebles en lo más mínimo. Tal vez, con el entusiasmo propio de su edad y deseosa de mostrarse útil, también deseaba inconscientemente que la situación de Gregorio se volviera aún más drástica, a fin de poder hacer por él más de lo que hacía. Pues en un cuarto en el cual Gregorio se hallase completamente solo entre las paredes desnudas, seguramente no se atrevería a entrar nadie excepto Grete.

No logró, pues, la madre hacerla cambiar de idea, y como en aquel cuarto sentía una gran desazón, tardó en callarse y en ayudar a la hermana, con todas sus fuerzas, a sacar el baúl. Gregorio podía prescindir de él, si no había más remedio; pero el escritorio tenía que quedarse allí.

Apenas hubieran abandonado el cuarto las dos mujeres, jadeando y arrastrando el baúl trabajosamente, saco Gregorio la cabeza de debajo del sofá para estudiar la forma de intervenir con la mayor delicadeza y el máximo de precauciones. Por desgracia su madre fue la primera en volver, mientras Grete, en la habitación de al lado, seguía forcejeando con el baúl, aunque sin lograr cambiarlo de sitio. La madre no estaba acostumbrada a la vista de Gregorio y la impresión podía ser muy fuerte, por lo que éste, asustado, retrocedió rápidamente hasta el otro extremo del sofá; pero no pudo evitar que la sábana que le ocultaba se moviese ligeramente, lo cual bastó para llamar la atención de la madre. Ésta se detuvo bruscamente, quedó un instante indecisa y volvió junto a Grete.

Aunque Gregorio se decía que no iba a ocurrir nada del otro mundo, y que sólo unos muebles serían cambiados de sitio, aquel ajetreo de las mujeres y el ruido de los muebles al ser arrastrados le causaron una gran desazón. Encogiendo cuanto pudo la cabeza y las piernas, aplastando el vientre contra el suelo, se confesó a sí mismo que no podría soportarlo mucho tiempo.

Estaban vaciando su cuarto, quitándole cuanto amaba: se habían llevado el baúl en el que guardaba la sierra y las demás herramientas, y ahora estaban moviendo el escritorio, sólidamente asentado en el suelo, en el cual, cuando estudiaba la carrera de comercio e incluso cuando iba a la escuela, había hecho sus ejercicios. No tenía un minuto que perder para neutralizar las buenas intenciones de su madre y su hermana, cuya existencia, por lo demás, casi había olvidado, pues, rendidas de cansancio, trabajaban en silencio y sólo se oía el rumor de sus pasos cansinos.

Mientras las dos mujeres, en la habitación contigua, se recostaban un momento en el escritorio para tomar aliento, Gregorio salió de repente de su escondrijo, cambiando de trayectoria hasta cuatro veces: no sabía por dónde empezar. En esto, le llamó la atención, en la pared ya desnuda, el retrato de la mujer envuelta en pieles. Trepó precipitadamente hasta allí y se agarró al cristal, cuyo frío contacto calmó el ardor de su vientre. Al menos esta estampa, que su cuerpo cubría ahora por completo, no se la quitarían. Volvió la cabeza hacia la puerta del comedor, para ver a las mujeres cuando entrasen.

Éstas casi no se concedieron descanso, pues enseguida estuvieron allí de nuevo; Grete rodeaba a la madre con el brazo, casi sosteniéndola.

—¿Qué nos llevamos ahora? —preguntó Grete mirando a su alrededor. En esto, su mirada se cruzó con la de Gregorio, pegado a la pared. Grete logró dominarse únicamente a causa de la presencia de la madre; se inclinó hacia ésta, para impedir que viera a Gregorio, y, aturdida y temblorosa, dijo:

—Ven, vamos un momento al comedor.

Para Gregorio, las intenciones de Grete estaban claras: quería poner a salvo a la madre, y después echarle de la pared. ¡Que lo intentase si se atrevía! Él continuaba agarrado a su estampa, y no cedería. Prefería saltarle a Grete a la cara.

Pero las palabras de Grete sólo habían logrado inquietar a la madre. Ésta se echó a un lado, vio aquella enorme mancha oscura sobre la empapelada pared y, antes de poder darse siquiera cuenta de que aquello era Gregorio, gritó con voz aguda:

—¡Dios mío! ¡Dios mío!

Se desplomó sobre el sofá, con los brazos extendidos, como si sus fuerzas la abandonasen, quedando allí sin movimiento.

Y se desmayó.

—Gregorio —exclamó la hermana con el puño en alto y la mirada de reprobación.

Era la primera vez que le hablaba directamente después de la metamorfosis. Grete fue a la habitación contigua, en busca de algo que dar a la madre para reanimarla.

Gregorio hubiera querido ayudarla —para salvar el cuadro había tiempo—, pero estaba pegado al cristal, y tuvo que desprenderse de él de un brusco tirón. Luego corrió a la habitación contigua, como si aún pudiese, igual que antes, dar algún consejo a su hermana. Pero tuvo que contentarse con permanecer quieto detrás de ella.

Grete estaba rebuscando entre diversos frascos; al volverse, se asustó, dejó caer al suelo la botellita, que se rompió, y un fragmento hirió a Gregorio en la cara, salpicándosela de un líquido corrosivo. Grete, sin detenerse, cogió tantos frascos como pudo y entró en el cuarto de Gregorio, cerrando tras de sí la puerta con el pie. Gregorio se encontró, pues, completamente separado de la madre, la cual, por culpa suya, se hallaba tal vez en peligro de muerte. No podía entrar sin echar de allí a su hermana, cuya presencia junto a la madre era necesaria; por tanto, no tenía más remedio que esperar.

Alterado por el remordimiento y la inquietud, comenzó a trepar por las paredes, los muebles y el techo hasta que se sintió mareado y se dejó caer con desesperación encima de la mesa.

Pasó un rato. Gregorio yacía extenuado; en la casa reinaba el silencio, lo cual era tal vez buena señal. Llamaron. La criada estaba, como siempre, en la cocina, y Grete tuvo que salir a abrir. Era el padre.

—¿Qué ha pasado?

Éstas fueron sus primeras palabras. La expresión de Grete se lo había revelado todo. Grete ocultó su cara en el pecho del padre, y dijo ahogadamente:

—Madre se ha desmayado, pero ya está mejor. Gregorio se ha escapado.

—Lo sabía —dijo el padre—. Os lo advertí; pero vosotras, las mujeres, nunca hacéis caso.

Gregorio comprendió que el padre había malinterpretado el comentario de Grete y seguramente creía que el había hecho algo malo. Por tanto, debía apaciguar a su padre, pues no tenía tiempo ni forma de aclararle lo ocurrido. Se lanzó hacia la puerta de su habitación, aplastándose contra ella, para que su padre, en cuanto entrase, comprendiese que tenía intención de regresar inmediatamente a su cuarto, y no hacía falta empujarlo hacia dentro, sino que bastaba con abrirle la puerta para que entrase en el acto. Pero el padre no estaba en condiciones de captar estas sutilezas.

—¡Ah! —exclamó con un tono a la vez furioso y amenazador. Gregorio apartó la cabeza de la puerta y la dirigió hacia su padre. En los últimos tiempos ocupado por completo en perfeccionar su técnica de trepar por las paredes, había dejado de preocuparse como antes de lo que sucedía en la casa; por tanto, debía haber imaginado que iba a encontrar las cosas muy cambiadas.

Sin embargo, ¿era aquél realmente su padre? ¿Era el mismo hombre que, antes, cuando Gregorio iba a salir en viaje de negocios, permanecía fatigado en la cama? ¿Era el mismo hombre que, al regresar a la casa, se encontraba en batín, hundido en su butaca, y que, sin fuerzas para levantarse, se limitaba a levantar los brazos en señal de alegría? ¿Era el mismo hombre que, en los raros paseos en común, algunos domingos u otros días festivos, entre Gregorio y la madre, cuyo paso lento se volvía aún más pausado, avanzaba envuelto en su viejo gabán, apoyándose cuidadosamente en el bastón, y que solía pararse cada vez que quería decir algo, obligando a los demás a detenerse a su alrededor?

Ahora, sin embargo, aparecía firme y erguido, con un severo uniforme azul con botones dorados, como el que suelen llevar los ordenanzas de los Bancos. Del rígido cuello alto sobresalía la papada; bajo las pobladas cejas, los ojos negros destellaban con una mirada vivaz y alerta, y el cabello blanco, hasta entonces siempre en desorden, estaba reluciente y peinado con una raya impecable.

Tiró sobre el sofá la gorra, que llevaba una insignia dorada —probablemente la de algún Banco— y, dando un rodeo, fue hacia Gregorio con expresión hostil, con las manos en los bolsillos del pantalón y los largos faldones de su uniforme de levita recogidos hacia atrás. El padre no sabía lo que iba a hacer; al caminar levantaba los pies a una altura desusada, y Gregorio quedó asombrado del enorme tamaño de sus suelas. Sin embargo, no se revolvió, pues ya sabía, desde el primer día de su vida, que cabía esperar de su padre el máximo rigor con respecto a él. Echó a correr delante de su padre, deteniéndose cuando éste lo hacía y corriendo de nuevo en cuanto le veía hacer un movimiento.

Dieron veces la vuelta a la habitación, sin que pasara nada y sin que esto, debido a las dilatadas pausas, tuviese siquiera el aspecto de una persecución. Gregorio optó por permanecer en el suelo: temía que su padre interpretase su huida por las paredes o por el techo como un gesto malévolo. Gregorio no tardó en comprender que aquella situación no podía prolongarse, pues mientras su padre daba un paso él tenía que llevar a cabo un sinfín de movimientos, y ya empezaba a jadear. Aunque lo cierto era que tampoco en su estado anterior podía confiar mucho en sus pulmones.

Se estremeció, intentando hacer acopio de energías para emprender nuevamente la huida. Apenas si podía tener los ojos abiertos; estaba tan aturdido que no pensaba más que en seguir corriendo, olvidando la posibilidad de trepar por las paredes; aunque lo cierto era que estaban atestadas de muebles tallados de peligrosos ángulos y picos. De pronto, algo diestramente lanzado cayó a su lado y rodó ante él; era una manzana, a la que inmediatamente siguió otra. Gregorio, atemorizado, no se movió; era inútil que siguiera corriendo, puesto que su padre le estaba bombardeando. Se había llenado los bolsillos con las manzanas del frutero que estaba sobre el aparador, y se las lanzaba una tras otra, aunque sin acertarle por el momento.

Las rojas manzanas rodaban por el suelo como electrizadas, tropezando unas con otras. Una de ellas, lanzada con mayor precisión, rozó la espalda de Gregorio, pero no le hizo daño. En cambio, la siguiente le dio de lleno. Gregorio intentó correr, como si pudiese liberarse del insoportable dolor cambiando de sitio; pero era como si le hubieran clavado donde estaba, y quedó allí indefenso, sin noción de cuanto sucedía a su alrededor.

Con el último resto de conciencia vio abrirse bruscamente la puerta de su habitación y a su madre corriendo en camisa —pues Grete la había desnudado para hacerla volver en sí— delante de la hermana, que gritaba; luego vio a la madre lanzándose hacia el padre, perdiendo en el camino una tras otra de sus desabrochadas, para por fin llegar a trompicones junto a su marido y abrazarse a él... Y Gregorio, con la vista ya nublada, oyó por último cómo su madre, echando los brazos al cuello del padre, le suplicaba que no matase a su hijo.

Aquella grave herida, que tardó más de un mes en curar —nadie se atrevió a quitarle la manzana, que quedó, pues, incrustada en su carne como testimonio ostensible de lo ocurrido—, pareció recordar, incluso al padre, que Gregorio, pese a su aspecto repulsivo actual, era un miembro de la familia, a quien no se debía tratar como a un enemigo, sino, por el contrario, con la máxima consideración, y que era un elemental deber de familia sobreponerse a la repugnancia y resignarse.

Aun cuando a causa de su herida se había mermado, acaso para siempre, su capacidad de movimiento; aun cuando precisaba ahora, como un viejo tullido, varios e interminables minutos para cruzar su habitación y no podía ni soñar en volver a trepar por las paredes, Gregorio tuvo, en aquel empeoramiento de su estado, una compensación que le pareció suficiente: por la tarde, la puerta del comedor, en la que tenía puestos fijos los ojos desde hacía una o dos horas antes, se abría, y él, echado en su cuarto a oscuras, invisible para los demás, podía observar a su familia en torno a la mesa iluminada y oír sus conversaciones con la aprobación general. Claro que dichas conversaciones no eran, ni mucho menos, las animadas charlas de otros tiempos, que Gregorio añoraba —durante sus viajes— en los cuartuchos de las fondas, al dejarse caer exhausto sobre las húmedas sábanas de una cama extraña. Ahora, las veladas eran casi siempre monótonas y tristes. Poco después de cenar, el padre se dormía en su sillón, y la madre y la hermana se hacían mutuas señas de silencio. La madre, inclinada muy cerca de la luz, cosía lencería para una tienda, y la hermana, que se había colocado de dependienta, estudiaba por las noches estenografía y francés, con miras a conseguir un puesto mejor que el actual. De vez en cuando, el padre despertaba y, como si no se diese cuenta de haber dormido, la decía a la madre: "¡No haces más que coser!". Y volvía a dormirse en seguida, mientras la madre y la hermana, rendidas de cansancio, cambiaban una sonrisa.

El padre se negaba obstinadamente a quitarse, ni siquiera en casa, su uniforme de ordenanza. Y mientras el batín, ya inútil, colgaba de la percha, dormitaba totalmente uniformado, como si quisiera estar siempre preparado y esperase oír incluso en la casa la orden de algunos de sus jefes. De este modo el uniforme, que ya al principio no era nuevo, se fue ajando rápidamente, a pesar de los cuidados de la madre y la hermana. Gregorio a menudo se pasaba horas enteras contemplando aquel traje lustroso, lleno de manchas, pero con los botones dorados siempre relucientes, dentro del cual su padre dormía incómodo pero tranquilo.

A las diez, la madre intentaba despertar al padre para convencerle de que se acostara y durmiera como es debido, cosa que él tanto necesitaba, puesto que entraba a trabajar a las seis. Pero el padre, con la obstinación que le caracterizaba desde que era ordenanza, insistía en permanecer más tiempo en la mesa, pese a que se dormía invariablemente y al gran trabajo que costaba hacerle cambiar el sillón por la cama. Sordo a los argumentos de la madre y la hermana, seguía allí con los ojos cerrados dando cabezadas. La madre le tiraba de la manga, diciéndole al oído palabras cariñosas; la hermana interrumpía su tarea para ayudarla. Pero no servía de nada, pues el padre se hundía aún más en su sillón y no abría los ojos hasta que las dos mujeres le asían por debajo de los brazos. Entonces las miraba a una tras otra, y solía exclamar:

—¡Vaya vida! ¿Ni siquiera los últimos años voy a poder estar tranquilo?

Y penosamente, como si llevara una pesada carga, se ponía de pie, apoyándose en la madre y la hermana, se dejaba acompañar hasta la puerta, les indicaba con un gesto que ya no las necesitaba, y seguía solo su camino, mientras las dos mujeres dejaban sus tareas e iban tras él para continuar ayudándole.

¿Quién, en aquella familia agotada por el trabajo, hubiera podido dedicar a Gregorio más tiempo que el estrictamente necesario? El nivel de la vida doméstica se redujo cada vez más. Se despidió a la criada y se contrató, para que ayudara en los trabajos más duros, a una asistenta corpulenta y huesuda, de cabellos blancos, que venía un rato por la mañana y otro por la tarde, y la madre tuvo que añadir a su nada desdeñable labor de costura las demás tareas de la casa. Incluso tuvieron que vender varias joyas de la familia, que en otros tiempos habían llevado orgullosas la madre y la hermana en fiestas y reuniones. Gregorio se enteró de ello por los comentarios acerca del resultado de la venta en una de las conversaciones nocturnas de la familia. Pero el mayor motivo de lamentación consistía siempre en la imposibilidad de dejar aquel piso, demasiado grande en las actuales circunstancias, ya que no había forma de trasladar a Gregorio. Sin embargo, éste se daba cuenta de que no era él el verdadero impedimento para la mudanza, ya que se le podría transportar fácilmente en un cajón con agujeros para respirar. La verdadera razón por la que no se mudaban, era porque ello les hubiera obligado a asumir plenamente el hecho de que habían sido alcanzados por una desgracia inaudita, sin precedentes en el círculo de sus parientes y conocidos.

El infortunio se cebaba en ellos: el padre tenía que ir a buscar el desayuno del humilde empleado de Banco, la madre cosía ropas de extraños, sujeta a los caprichos de los clientes. La familia estaba llegando al límite de sus fuerzas. Y Gregorio sentía renovarse el dolor de la herida de su espalda cuando la madre y la hermana, después de acostar al padre, volvían al comedor y dejaban sus respectivas tareas para sentarse muy juntas, casi mejilla con mejilla. La madre señalaba hacia la habitación d Gregorio y decía:

—Grete, cierra esa puerta.

Y Gregorio quedaba de nuevo sumido en la oscuridad, mientras en la habitación contigua las dos mujeres lloraban en silencio o se quedaban mirando fijamente a la mesa, con los ojos secos.

Gregorio casi nunca dormía, ni de noche ni de día. A veces pensaba que iba abrirse la puerta de su cuarto, y que él iba a encargarse de nuevo, como antes, de los asuntos de la familia. Volvió acordarse, tras largo tiempo, del director y el gerente del almacén, el dependiente y el aprendiz, aquel ordenanza tan robusto, dos o tres amigos que tenía en otros comercios, una camarera de una fonda provinciana... También le asaltó el recuerdo dulce y pasajero de una cajera de una sombrerería, a quien había cortejado formalmente, aunque sin empeño suficiente...

Todas estas personas se mezclaban en su mente con otras extrañas hace tiempo olvidadas; pero ninguna podía ayudarle, ni a él ni a los suyos. Eran inasequibles, y se sentía aliviado cuando lograba apartar su recuerdo. Luego, dejaba también de preocuparse por su familia, y sólo sentía hacia ella la irritación producida por la poca atención que le prestaban. No había nada que le apeteciera realmente, sin embargo, hacía planes para llegar hasta la despensa y apoderarse, aunque sin hambre, de lo que le pertenecía por derecho propio. La hermana no se preocupaba ya de buscar alimentos a su gusto; antes de irse a trabajar, por la mañana y por la tarde, empujaba con el pie cualquier cosa dentro del cuarto, y luego, al regresar, sin mirar si Gregorio sólo había probado la comida — lo cual era lo más frecuente— o si ni siquiera al había tocado, recogía los restos con la escoba. El arreglo de la habitación, que siempre tenía lugar de noche, era igualmente apresurado. Las paredes estaban cubiertas de suciedad, y el polvo y los desperdicios se amontonaban en los rincones.

En los primeros tiempos, al entrar la hermana, Gregorio se situaba precisamente en el rincón en que había más suciedad. Pero ahora podía haber permanecido allí semanas enteras sin que ella se hubiese aplicado más, pues veía la porquería tan bien como él, pero al parecer estaba decidida a dejarla. Con una susceptibilidad en ella completamente nueva, pero que se había extendido a toda la familia, no admitía que ninguna otra persona se ocupase del arreglo de la habitación. Un día, la madre quiso limpiar a fondo el cuarto de Gregorio, tarea para la que tuvo que emplear varios cubos de agua, mientras Gregorio yacía amargado e inmóvil debajo del sofá, molesto por la humedad. Pero en cuanto noto la hermana, al regresar por la tarde, el cambio operado en la habitación, se sintió terriblemente ofendida, irrumpió en el comedor y, sin escuchar las explicaciones de la madre, rompió a llorar con tal violencia y desconsuelo que los padres se asustaron. El padre, a la derecha de la madre, le reprochó el no haber cedido por entero a la hermana el cuidado de la habitación de Gregorio; la hermana, a la izquierda, dijo que ya no le sería posible encargarse de aquella limpieza. La madre quería llevarse el dormitorio al padre, que no acababa de calmarse: la hermana, sacudida por los sollozos, daba puñetazos en la mesa, y Gregorio silbaba de rabia, porque nadie se había acordado de cerrar la puerta para ahorrarle aquel espectáculo.

Pero si la hermana, extenuada por el trabajo, estaba cansada de cuidar a Gregorio, no tenía por qué reemplazarla la madre, ni Gregorio tenía por qué sentirse abandonado: para eso estaba la asistenta. Aquella viuda entrada en años, a quien su huesuda constitución debía de haber permitido resistir las mayores amarguras a lo largo de su vida, no sentía hacia Gregorio ninguna repulsión. Sin que ello pudiera achacarse a la curiosidad, abrió un día la puerta del cuarto de Gregorio, que en su sorpresa, y aunque nadie le perseguía, comenzó a correr de un lado para otro; sin embargo, la mujer permaneció inmutable, con las manos cruzadas sobre el vientre.

Desde entonces, cada mañana y cada tarde entreabría furtivamente la puerta para contemplar a Gregorio. Al principio, incluso le llamaba, con palabras que sin duda creía cariñosas, como: "¡Ven aquí, bicharraco!".

Gregorio no respondía a estas llamadas: permanecía inmóvil, como si ni siquiera se hubiese abierto la puerta. ¡Cuánto mejor hubiera sido que se ordenase a la sirvienta limpiar diariamente su cuarto, en vez de dedicarse a importunarle inútilmente!

Una mañana temprano —mientras una lluvia que parecía anunciar la inminente primavera azotaba furiosamente los cristales— la asistenta le incordió como de costumbre, y Gregorio se irritó de tal manera que se volvió contra ella, lenta y débilmente, pero en disposición de atacar. Sin embargo, en vez de asustarse, la mujer alzó en alto una silla que estaba junto a la puerta, y esperó con la boca abierta de par en par, mostrando a las claras su propósito de no cerrarla hasta no haber desgarrado sobre la espalda de Gregorio la silla que blandía.

—No vienes, ¿eh? —dijo al ver que Gregorio retrocedía. Y tranquilamente volvió a colocar la silla en el rincón.

Gregorio casi no comía. Al pasar junto a los alimentos que le ponían, tomaba algún bocado, lo guardaba en la boca durante horas, y casi siempre acababa escupiéndolo. Al principio, pensó que su desgana era efecto de la melancolía en que le sumía el estado de su habitación; pero se acostumbró muy pronto al aspecto de ésta. Habían adoptado la costumbre de meter allí las cosas que estorbaban en otra parte, que por cierto eran muchas, pues uno de los cuartos de la casa había sido alquilado a tres huéspedes. Eran tres señores muy formales —los tres llevaban barba, según comprobó Gregorio una vez por la rendija de la puerta— y cuidaban de que reinase el orden más escrupuloso no sólo en su habitación, sino en toda la casa, y muy especialmente en la cocina. No soportaban los trastos inútiles, y mucho menos la suciedad.

Además, habían traído consigo la mayor parte de su mobiliario, lo cual hacía innecesario algunos muebles imposibles de vender, pero que la familia tampoco quería tirar. Y todas esas cosas habían ido a parar al cuarto de Gregorio, junto con el recogedor de la ceniza y el cubo de la basura. Lo que de momento no había de ser utilizado, la asistenta lo tiraba rápidamente al cuarto de Gregorio, quien, por fortuna, la mayoría de las veces, sólo veía el objeto en cuestión y la mano que lo sujetaba. Quizá tuviese intención la asistenta de volver en busca de aquellas cosas cuando tuviese tiempo, o pensara tirarlas todas de una vez; pero el hecho es que permanecían allí donde habían sido dejadas, a menos que Gregorio se revolviese contra algún trasto y lo desplazara, impulsado a ello porque el objeto en cuestión no le dejaba ya sitio libre para arrastrarse o por pura rabia, aunque después de tales traslados quedaba horriblemente triste y fatigado, sin ganas de moverse durante horas enteras.

A veces los huéspedes cenaban en casa, en el comedor, con lo cual la puerta que daba a la habitación de Gregorio permanecía cerrada también algunas noches; pero a Gregorio esto le importaba ya muy poco, pues incluso algunas noches en que la puerta estaba abierta, no había aprovechado la ocasión, sino que se había retirado, sin que la familia lo advirtiese, al rincón más oscuro de su cuarto.

Un día la sirvienta dejó algo entornada la puerta que daba al comedor, y así siguió cuando los huéspedes entraron por la noche y encendieron la luz. Se sentaron a la mesa, en los sitios antaño ocupados por el padre, la madre y Gregorio, desdoblaron las servilletas y empuñaron los cubiertos. Acto seguido llagó la madre con una fuente de carne, seguida de la hermana, que llevaba otra fuente llena de patatas.

Los huéspedes se inclinaron sobre las fuentes de humeante comida, como si quisiesen probarla antes de servirse, y, en efecto, el que se hallaba sentado en medio y parecía llevar la voz cantante, cortó un pedazo de carne en la fuente misma, sin duda para comprobar que estaba suficientemente tierna y que no era necesario devolverla a la cocina. Mostró su aprobación, y la madre y la hermana, que habían observado expectantes la operación, respiraron aliviadas y sonrieron.

La familia comía en la cocina. El padre, antes de dirigirse hacia ésta, entró en el comedor, hizo una reverencia y, con la gorra en la mano, se acercó a la mesa. Os huéspedes musitaron algo. Después, ya solos, comieron casi en silencio.

A Gregorio le resultaba extraño oír, entre los diversos ruidos de la comida, el de los dientes al masticar, como si quisiesen demostrarle que para comer se necesitan dientes, y que la más hermosa mandíbula de nada sirve sin ellos. "Qué hambre tengo —pensó Gregorio, preocupado—. Pero no son éstas las cosas que me apetecen... ¡Cómo comen estos huéspedes! ¡Y yo, mientras, muriéndome de hambre!".

Aquella noche —Gregorio no recordaba haber oído el violín en todo aquel tiempo— oyó tocar en la cocina. Ya habían acabado los huéspedes de cenar. El que estaba en medio había sacado un periódico y dado una hoja a cada uno de los otros dos, y los tres leían y fumaban recostados en sus asientos. Al oír el violín, se levantaron y, de puntillas, fueron hasta la puerta del recibidor, junto a la cual permanecieron inmóviles, apretados uno contra otro. Debieron de oírles desde la cocina, pues el padre preguntó:

—¿A los señores les molesta la música? De ser así, puede cesar al momento.

—Todo lo contrario —aseguró el señor de más autoridad—. ¿No querría la señorita tocar aquí? Sería mucho más cómodo y agradable.

—¡Claro no faltaba más! —contestó el padre, como si fuese él mismo el violinista.

Los huéspedes volvieron al comedor y esperaron. Muy pronto llegó el padre con el atril, luego la madre con las partituras y, por fin, la hermana con el violín. Grete lo dispuso todo para comenzar a tocar. Mientras, los padres, que nunca habían tenido habitaciones alquiladas y extremaban la cortesía para con los huéspedes, no se atrevían a sentarse en sus propios sillones. El padre quedó apoyado en la puerta, con la mano derecha metida entre los botones de la librea cerrada; uno de los huéspedes le ofreció un sillón a la madre, y ésta se sentó en un rincón apartado, pues no movió el asiento de donde aquel señor lo había colocado casualmente.

La hermana comenzó a tocar, y el padre y la madre, cada uno desde su sitio, seguían todos los movimientos de sus manos. Gregorio, atraído por la música, se atrevió a avanzar un poco y se encontró con la cabeza en el comedor. Casi no le sorprendía la escasa consideración que tenía para con los demás en los últimos tiempos; sin embargo, esa consideración había sido antes su mayor orgullo. Por otra parte, ahora más que nunca tenía motivo para ocultarse, pues, debido al estado de su habitación, cualquier movimiento que hacía levantaba nubes de polvo a su alrededor, y él mismo estaba cubierto de polvo y llevaba pegados, en el dorso y en los costados, hilachos, pelos y restos de comida. Su indiferencia hacia todos era mucho mayor que cuando podía, echado sobre la espalda, restregarse contra la alfombra. A pesar del estado en que se hallaba, no se avergonzaba lo más mínimo de arrastrarse por el inmaculado suelo del comedor.

Aunque lo cierto era que nadie se fijaba en él. La familia estaba completamente absorta por el violín, y los huéspedes, que al principio se habían colocado, con las manos en los bolsillos del pantalón, cerca del atril para poder ir leyendo las notas y molestaban seguramente a la hermana, no tardaron en retirarse hacia la ventana, en donde permanecían cuchicheando con la cabeza inclinada, observados por el padre, a quien esta actitud contrariaba visiblemente, pues parecía indicar a las claras que sus esperanzas de escuchar buena música habían sido defraudadas y empezaban a cansarse, y que sólo por cortesía seguían allí. Especialmente el modo en que echaban por la boca o la nariz el humo de sus cigarros, delataban gran nerviosidad.

Sin embargo, ¡qué bien tocaba Grete! Con el rostro ladeado seguía el pentagrama atenta y tristemente. Gregorio se arrastró otro poco hacia adelante y mantuvo la cabeza pegada al suelo, ansioso de encontrar con su mirada la de su hermana.

¿Sería una fiera, que la música le emocionaba de aquel modo?

Era como si ante él se abriese un camino que había de conducirle hasta un alimento desconocido, ardientemente anhelado. Estaba decidido a llegar hasta su hermana, a tirarle de la falda y hacerle comprender que había de ir a su cuarto con el violín, porque nadie apreciaba su música como él. No la dejaría marcharse mientras él viviese. Por primera vez iba a servirle de algo su espantosa forma.

Quería poder estar a un tiempo en todas las puertas, dispuesto a saltar sobre los que pretendiesen atacarle. Pero era preciso que su hermana permaneciese junto a él, no a la fuerza, sino voluntariamente; era preciso que se sentase junto a él en el sofá, que se inclinase hacia él, y entonces le contaría al oído que había tenido el firme propósito de enviarla al conservatorio y que, de no haber sobrevenido la desgracia, durante las pasadas Navidades —pues las Navidades ya habían pasado, ¿no?— se lo hubiera dicho a los padres, sin aceptar ninguna objeción. Y al oír esta confidencia, la hermana, conmovida, rompería a llorar, y Gregorio se alzaría hasta sus hombros y la besaría en el cuello, que, desde que iba a la tienda, llevaba desnudo.

—Señor Samsa —dijo de pronto al padre el señor que parecía la voz cantante. Y sin más palabras señaló con el índice a Gregorio, que iba avanzando lentamente. El violín enmudeció al instante, y el señor sonrió a sus amigos, meneando la cabeza, y volvió a mirar a Gregorio.

Al padre le pareció más urgente echar de allí a Gregorio, tranquilizar a los huéspedes, los cuales no se mostraron ni muchos menos intranquilos, y parecían divertirse más con la aparición de Gregorio que con el violín. Se precipitó hacia ellos y, extendiendo los brazos, intentó empujarlos hacia su habitación a la vez que les ocultaba con su cuerpo la vista de Gregorio. Ellos, entonces, no disimularon su contrariedad, aunque no era posible saber si se debía a la actitud del padre o al hecho de descubrir que habían convivido sin saberlo con un ser de aquella índole.

Pidieron explicaciones al padre, alzaron los brazos al cielo, se mesaron las barbas nerviosamente y no retrocedieron sino muy despacio hacia su habitación.

Mientras, la hermana había logrado sobreponerse a la impresión causada por tan brusca interrupción. Permaneció un instante con los brazos caídos, sujetando con indolencia el arco y el violín, y la mirada fija en la partitura, como si todavía estuviera tocando. Y de pronto estalló: soltó el instrumento en el regazo de su madre, que seguía sentada en su sillón, respirando con gran dificultad, y corrió al cuarto contiguo, al que los huéspedes, empujados por el padre, se iban acercando ya más rápidamente. Con gran destreza manipuló mantas y almohadas, y antes de que los huéspedes entrasen en su habitación, ya había terminado de arreglarles las camas y se había escabullido.

El padre estaba tan fuera de sí que olvidaba hasta el más elemental respeto debido a los huéspedes, y los seguía empujando frenéticamente. Ya en el umbral, el que parecía llevar la voz cantante dio una patada en el suelo, y le detuvo diciendo enérgicamente:

—Participo a ustedes —alzó la mano al decir esto y buscó con la mirada también a la madre y a la hermana— que, en vista de las repugnantes circunstancias que en esta casa concurren —y al llegar aquí escupió con fuerza en el suelo—, en este mismo momento me despido. Por supuesto no voy a pagar lo más mínimo por los días que aquí he vivido; al contrario, me pensaré si he de pedirles una indemnización, la cual, desde luego, sería muy fácil de justificar.

Calló y miró a su alrededor, como esperando algo. Y, efectivamente, sus dos amigos se solidarizaron en el acto diciendo:

—También nosotros nos despedimos.

Tras lo cual, el primero en hablar agarró el picaporte y cerró la puerta de un golpe.

El padre, con paso vacilante, tanteando con las manos, fue hasta su sillón y se dejó caer en él. Parecía disponerse a echar su sueñecillo de todas las noches, pero la profunda inclinación de su cabeza, caída como sin vida, demostraba que no dormía.

Durante todo este tiempo, Gregorio había permanecido callado, inmóvil en el mismo sitio en que lo habían sorprendido los huéspedes. La decepción por el fracaso de su plan, y tal vez también la debilidad producida por el hambre, le hacían imposible el menor movimiento. No sin razón, temía que se desencadenara de un momento a otro una reacción general contra él, y esperaba. No siquiera se sobresaltó con el ruido del violín, que cayó del regazo de la madre a causa del temblor de sus manos.

—Queridos padres —dijo la hermana, dando, a modo de introducción, un fuerte puñetazo sobre la mesa—, esto no puede seguir así. Si vosotros no lo queréis ver, yo sí. Ante este monstruo, no quiero ni siquiera pronunciar el nombre de mi hermano; y, por tanto, sólo diré que hemos de librarnos de él. Hemos hecho todo lo humanamente posible para cuidarlo y soportarlo, y no creo que nadie pueda hacernos el menor reproche.

—Tienes toda la razón —dijo el padre.

La madre, que aún no podía respirar bien, comenzó a toser ahogadamente, con la mano en el pecho y los ojos extraviados como una loca.

La hermana corrió hacia ella y le sostuvo la cabeza.

Al padre, las palabras de la hermana parecían haberle movido a reflexión. Se había incorporado en el sillón, jugaba con su gorra de ordenanza por entre los platos de la cena de los huéspedes y de vez en cuando dirigía una mirada a Gregorio, impertérrito.

—Hay que deshacerse de él —repitió, por último, la hermana al padre, pues la madre, con su tos, no podía oír nada—. Esto acabará matándonos a los dos. Cuando hay que trabajar como nosotros trabajamos, no se puede soportar, encima, una tortura como ésta. Yo tampoco puedo más.

Y se puso a llorar de tal forma que sus lágrimas cayeron sobre el rostro de la madre, se las limpió mecánicamente con la mano.

—Hija mía —dijo el padre con compasión y sorprendente lucidez—. ¿Qué podemos hacer?

La hermana se encogió de hombros, expresando así la perplejidad que se había apoderado de ella mientras lloraba, en contraste con su anterior determinación.

—Si al menos nos comprendiese —dijo el padre en tono medio interrogativo.

Pero la hermana, sin cesar de llorar, agitó enérgicamente la mano, indicando con ello que no había ni que pensar en tal posibilidad.

—Si al menos nos comprendiese —insistió el padre, cerrando los ojos, como para dar a entender que él también estaba convencido de que era imposible—, tal vez pudiéramos llegar a un acuerdo con él. Pero en estas condiciones...

—Tiene que irse —dijo la hermana—. No hay más remedio, padre. Basta que procures desechar la idea de que se trata de Gregorio. El haberlo creído durante tanto tiempo es, en realidad, la causa de nuestra desgracia. ¿Cómo puede ser Gregorio? Si lo fuera, hace ya tiempo que hubiera comprendido que unos seres humanos no pueden vivir con semejante bicho. Y se habría ido por su propia iniciativa. Habríamos perdido al hermano, pero podríamos seguir viviendo,, y su recuerdo perduraría para siempre entre nosotros. Mientras que así, este animal nos acosa, echa a los huéspedes y es evidente que quiere apoderarse de toda la casa y dejarnos en la calle. ¡Mira, padre — gritó de pronto la hermana—, ya empieza otra vez!

Y con un terror que a Gregorio le pareció incomprensible, la hermana se apartó el sillón, como si prefiriese abandonar a la madre que permanecer cerca de Gregorio, y corrió a refugiarse detrás del padre; éste, excitado a su vez por la actitud de su hija, se puso en pie, extendiendo los brazos ante Grete con gesto protector.

Gregorio no quería asustar a nadie, y mucho menos a su hermana. Lo único que había hecho era empezar a dar la vuelta para volver a su habitación, y esto era lo que había impresionado a los demás, pues, a causa de su deplorable estado, para realizar aquel difícil movimiento tenía que ayudarse con la cabeza, apoyándola en el suelo. Se detuvo y miró a su alrededor. Al parecer, su familia había captado su buena intención; sólo había sido un susto momentáneo.

Ahora todos le miraban tristes y pensativos. La madre estaba en su sillón, con las piernas muy juntas extendidas ante sí y los ojos entrecerrados de cansancio. La hermana estaba sentada junto al padre y rodeaba con su brazo el cuello de éste.

"Tal vez ya pueda moverme", pensó Gregorio, iniciando de nuevo sus penosos esfuerzos. No podía contener sus resoplidos, y de vez en cuando tenía que parase a descansar. Pero nadie le metía prisa; le dejaban actuar tranquilamente. Cuando hubo dado la vuelta, inició el regreso en línea recta. Le asombró la gran distancia que le separaba de su habitación; no lograba comprender cómo, dada su debilidad, había podido, momentos antes, recorrer ese mismo trecho sin notarlo. Con la única preocupación de arrastrarse lo más rápidamente posible, apenas se percató de que nadie le azuzaba con palabras o gritos.

Al llegar al umbral, volvió a cabeza, aunque sólo a medias, pues sentía cierta rigidez en el cuello, y vio que nada había cambiado. Únicamente su hermana se había puesto en pie.

Su última mirada había sido para su madre, que se había quedado dormida.

Apenas dentro de su habitación, oyó cerrarse rápidamente la puerta y echar la llave. El brusco ruido le asustó de tal modo que se le doblaron las patas. La hermana era quien tan prontamente había actuado. Había permanecido en pie esperando el momento de correr a encerrarlo. Gregorio no la había oído acercarse.

—¡Por fin! —exclamó ella haciendo girar la llave en la cerradura.

«¿Y ahora?», se preguntó Gregorio mirando a su alrededor en la oscuridad.

Pronto comprendió que no podía moverse absoluto. Esto no le asombró: al contrario, no le parecía natural haber podido avanzar, como había hecho hasta entonces, con aquellas patitas tan endebles. Por lo demás, se sentía relativamente a gusto. Si bien le dolía todo el cuerpo, le parecía que el dolor se iba atenuando poco a poco, y pensaba que, por último, cesaría. Apenas si notaba ya la manzana podrida que tenía en la espalda y la infección blanqueada por el polvo. Pensaba con emoción y cariño en los suyos. Estaba, si cabe, aun más convencido que su hermana de que tenía que desaparecer.

Permaneció en un estado de apacible meditación e insensibilidad hasta que el reloj de la iglesia dio las tres de la madrugada. Todavía pudo vislumbrar el alba que despuntaba tras los cristales. Luego, a pesar suyo, dejó caer la cabeza y de su hocico surgió débilmente su último suspiro.

A la mañana siguiente, cuando entró la asistenta —daba tales portazos que en cuanto llega era imposible seguir durmiendo, a pesar de lo mucho que se le había rogado que no hiciera tanto ruido— para hacer su breve visita de costumbre a Gregorio, no halló en él, al principio, nada de particular. Supuso que permanecía así, inmóvil, con toda intención, para hacerse el indiferente, pues le consideraba plenamente dotado de raciocinio. Casualmente llevaba en la mano el deshollinador, y le hizo cosquillas desde la puerta.

Al ver que seguía sin moverse, se irritó y empezó a hostigarle, y sólo después de que le hubo empujado sin encontrar ninguna resistencia se dio cuenta de lo sucedido, abrió desmesuradamente los ojos y dejó escapar un silbido de sorpresa. Acto seguido, abrió bruscamente la puerta del dormitorio de los padres y gritó en la oscuridad:

—¡Ha estirado la pata!

El señor y la señora Samsa se incorporaron en la cama. Les costó bastante sobreponerse al susto, y tardaron en comprender lo que les anunciaba la asistenta. Pero en cuanto se hubieron hecho cargo de la situación, bajaron de la cama, cada uno por su lado y con la mayor rapidez posible. El señor Samsa se echó la colcha por los hombros; la señora Samsa sólo llevaba el camisón, y así entraron en la habitación de Gregorio.

Mientras, se había abierto también la puerta del comedor, donde dormía la hermana desde la llegada de los huéspedes. Grete estaba completamente vestida, como si no hubiese dormida en toda la noche, cosa que parecía confirmar la palidez de su rostro.

—¿Muerto? —preguntó la señora Samsa, mirando interrogativamente a la asistenta, no obstante poder comprobarlo por sí misma, e incluso verlo sin necesidad de comprobación alguna.

—Así es —contestó la asistenta, empujando un buen trecho con el escobón el cadáver de Gregorio, como para comprobar la veracidad de sus palabras.

La señora Samsa hizo un movimiento como para detenerla, pero no la detuvo.

—Bueno —dijo el señor Samsa—, demos gracias a Dios. Se santiguó, y las tres mujeres le imitaron.

Grete no apartaba la vista del cadáver:

—Qué delgado está —dijo—. Hacía tiempo que no probaba bocado.

Siempre dejaba la comida intacta.

El cuerpo de Gregorio aparecía, efectivamente, completamente plano y seco. De esto sólo se daban cuenta ahora, porque ya no lo sostenían sus patitas. Nadie apartaba la vista de él.

—Grete, ven un momento con nosotros —dijo la Señora Samsa, sonriendo melancólicamente.

Y Grete, sin dejar de mirar hacia el cadáver, siguió a sus padres al dormitorio.

La asistenta cerró la puerta y abrió la ventana de par en par. Era todavía muy temprano, pero el aire no era del todo frío. Estaban a finales de marzo.

Los tres huéspedes salieron de su habitación y buscaron con la vista su desayuno. Los habían olvidado.

—¿Y el desayuno? —le preguntó a la asistenta, de mal humor, el que parecía llevar la voz cantante.

Pero la asistenta, poniéndose el índice ante los labios, les invitó silenciosamente, con grandes aspavientos, a entrar en la habitación de Gregorio.

Entraron, pues, y allí estuvieron, en el cuarto inundado de claridad, en torno al cadáver de Gregorio, con expresión desdeñosa y las manos hundidas en los bolsillos de sus raídos chaqués.

Entonces se abrió la puerta del dormitorio y apareció el señor Samsa, vestido con su librea, llevando del brazo a su mujer y del otro a su hija. Los tres tenían aspecto de haber llorado un poco, y Grete ocultaba de vez en cuando el rostro contra el brazo del padre.

—Salgan inmediatamente de mi casa —dijo el señor Samsa, señalando la puerta, pero sin soltar a las mujeres.

—¿Qué pretende usted decir con esto? —le preguntó el que llevaba la voz cantante, algo desconcertado y sonriendo con timidez.

Los otros dos tenían las manos cruzadas a la espalda, y se las frotaban como si esperasen gozosos una disputa cuyo resultado les sería favorable.

—Pretendo decir exactamente lo que he dicho —contestó el señor Samsa, avanzando con las dos mujeres en una sola línea hacia el huésped.

Éste permaneció un momento callado y tranquilo, con la mirada fija en el suelo, como si estuviera ordenando sus pensamientos.

—En este caso, nos vamos —dijo, por fin, mirando al señor Samsa como si una fuerza repentina le impulsase a pedirle autorización incluso para esto. El señor Samsa se limitó a abrir mucho los ojos y mover varias veces, breve y afirmativamente, la cabeza.

Acto seguido, el huésped se encaminó con grandes pasos al recibidor. Sus dos compañeros habían dejado de frotarse las manos, y salieron pisándole los talones, como si temiesen que el señor Samsa llegase antes al recibidor y se interpusiese entre ellos y su guía.

Una vez en el recibidor, los tres cogieron sus sombreros del perchero, sacaron sus bastones del paragüero, se inclinaron en silencio y abandonaron la casa.

Con desconfianza injustificada, el señor Samsa y las dos mujeres salieron al rellano y, asomados sobre la barandilla, miraron cómo aquellos tres señores, lentamente pero sin pausas, descendían la larga escalera, desapareciendo al llegar a la vuelta que daba ésta en cada piso, y reapareciendo unos segundos después.

A medida que iban bajando, disminuía el interés que hacia ellos sentía la familia Samsa, y al cruzarse con ellos el repartidor de la carnicería, que sostenía su cesto sobre la cabeza, el señor Samsa y las mujeres abandonaron la barandilla y, aliviados, entraron de nuevo en la casa.

Decidieron dedicar aquel día al descanso y a pasear: no sólo tenían bien merecida una tregua en su trabajo, sino que les era indispensable. Se sentaron, pues, a la mesa y escribieron sendas cartas disculpándose: el señor Samsa, a su superior; la señora Samsa, al dueño de la tienda, y Grete, a su jefe.

Mientras escribían, entró la asistenta a decir que se iba, pues ya había terminado su trabajo de la mañana. Los tres siguieron escribiendo sin prestarle atención y se limitaron a hacer un signo afirmativo con la cabeza. Pero al ver que no se marchaba alzaron los ojos con irritación.

—¿Qué pasa? —preguntó el señor Samsa.

La asistenta permanecía sonriente en el umbral, como si tuviese que comunicar una feliz noticia, pero indicando con su actitud que sólo lo haría después de haber sido convenientemente interrogada. La tiesa pluma de su sombrero, que molestaba al señor Samsa desde que aquella mujer había entrado a su servicio, se bamboleaba en todas direcciones.

—Bueno, ¿qué desea? —preguntó la señora Samsa, que era la persona a quien más respetaba la asistenta.

—Pues —contestó ésta, y la risa no la dejaba seguir—, pues que no tienen que preocuparse de cómo quitar de en medio eso de ahí al lado. Ya será todo arreglado.

La señora Samsa y Grete se inclinaron otra vez sobre sus cartas, como para seguir escribiendo, y el señor Samsa, notando que la asistenta se disponía a contarlo todo minuciosamente, la detuvo, extendiendo con energía la mano hacia ella.

La asistenta, al ver que no le dejaban contar lo que traía preparado, se fue bruscamente.

—¡Buenos días! —dijo visiblemente ofendida.

Dio medio vuelta con gran irritación y abandonó la casa dando un portazo terrible.

—Esta misma tarde la despido —dijo el señor Samsa.

Pero no recibió respuesta, ni de su mujer ni de su hija, pues la asistenta parecía haber vuelto a turbar aquella tranquilidad que acababan apenas de recobrar.

La madre y la hija se levantaron y se dirigieron hacia la ventana, ante la cual permanecieron abrazadas. El señor Samsa hizo girar su sillón en aquella dirección, y estuvo observándolas un momento tranquilamente. Luego dijo:

—Vamos, vamos. Olvidad de una vez las cosas pasadas. Tened también un poco de consideración conmigo. Las dos mujeres le obedecieron al instante, corrieron hacia él, le abrazaron y terminaron de escribir.

Luego, salieron los tres juntos, cosa que no habían hecho desde hacía meses, y tomaron el tranvía para ir a respirar el aire puro de las afueras. El tranvía, en el cual eran los únicos viajeros, estaba inundado por la cálida luz del sol. Cómodamente recostados en sus asientos, fueron cambiando impresiones acerca del provenir, y concluyeron que, bien mirado, no era nada negro, pues sus respectivos empleos —sobre los cuales todavía no habían hablado claramente— eran muy buenos y, sobre todo, prometían mejorar en un futuro próximo.

Lo mejor que de momento podían hacer era cambiarse de casa. Les convenía una casa más pequeña y más barata y, sobre todo, mejor situada y más cómoda que la actual, que había sido elegida por Gregorio.

Mientras charlaban, el señor y la señora Samsa se dieron cuenta casi a la vez de que su hija, pese a que con tantas preocupaciones había perdido el color en los últimos tiempos, se había desarrollado y convertido en una linda joven llena de vida. Sin palabras, entendiéndose con la mirada, se dijeron uno a otro que ya iba siendo hora de encontrarle un buen marido.

Y cuando, al llegar al final del trayecto, la hija se levantó la primera e irguió sus formas juveniles, pareció corroborar los nuevos proyectos y las sanas intenciones de los padres.

II. LA MURALLA CHINA Y OTROS CUENTOS Y RELATOS

DE LA CONSTRUCCIÓN DE LA MURALLA CHINA

El extremo norte de la Muralla China ya está concluido. Dos secciones convergieron allí, del sureste y del suroeste. Ese sistema de construcción parcial fue aplicado también en menor escala por los dos grandes ejércitos de trabajadores, el oriental y el occidental. Este era el procedimiento: se formaban grupos de unos veinte trabajadores, que tenían a su cargo una extensión cercana a los quinientos metros, mientras otros grupos edificaban un trozo de muralla de longitud igual que se encontraba con el primero. Una vez producida la unión, no se seguía la construcción a partir de los mil metros edificados: los dos grupos de obreros eran destinados a otras regiones donde se repetía la operación. Naturalmente que con ese procedimiento quedaron grandes espacios abiertos que tardaron muchísimo en cerrarse: algunos lo fueron años después de proclamarse oficialmente que la Muralla estaba concluida. Se afirma que hay espacios vacíos que nunca se edificaron; aseveración, sin embargo, que es tal vez una de las tantas leyendas a que dio origen la Muralla y que ningún hombre puede verificar con sus ojos, dada la magnitud de la obra.

Se pensaría de antemano que hubiese sido mejor en todo sentido construir la Muralla seguidamente o, por lo menos, seguidamente dentro de las dos secciones principales. La Muralla, como universalmente se proclamó y como nadie ignora, había sido concebida como una defensa contra las naciones del Norte. Pero, ¿qué defensa puede ofrecer una muralla discontinua? Ninguna, y la Muralla misma está en incesante peligro. Esos pedazos de muralla abandonados en mitad del desierto podían ser fácilmente abatidos por los nómadas, ya que esas tribus, alarmadas por los trabajos de construcción, cambiaban de terruño como langostas, con increíble velocidad y lograban tal vez una mejor visión general de los progresos de la Muralla que nosotros los constructores. Sin embargo, la obra se hizo del único modo posible. Para entenderlo así debemos considerar que la Muralla tenía que ser una defensa para los siglos que vendrían, de ahí que la edificación más escrupulosa, la aplicación de la sabiduría arquitectónica de todas las épocas y de todos los pueblos y el sentimiento perenne de la responsabilidad personal en los constructores, eran indispensables para la obra. Es verdad que para las tareas más subalternas podían emplearse obreros ignorantes — hombres, mujeres, niños, llevados por el mero interés—, pero ya un capataz de cuatro obreros debía ser un hombre versado en albañilería, un hombre que en el fondo del corazón sintiera la importancia de la obra. Cuanto más alto el cargo, mayor la exigencia. Y tales hombres existían, quizá no todos los requeridos por la obra, pero sí muy numerosos.

El trabajo no había sido emprendido a la ligera. Medio siglo antes de empezarlo, la arquitectura y la albañilería, en particular, habían sido proclamadas en toda China (que se pensaba amurallar) las más importantes de las ciencias, y las otras no eran reconocidas sino en cuanto se relacionaban con ellas.

Recuerdo todavía que nosotros, niños aún, nos agrupábamos en el jardín del maestro para levantar con piedritas una especie de muro, y que el maestro se remangaba la túnica, arremetía contra el muro, lo hacía pedazos y vociferaba tan fuertes reproches acerca de la fragilidad de la obra que nosotros huíamos llorando en busca de nuestros padres. Un episodio mínimo, pero típico del espíritu de la época. Yo tuve la suerte de que la iniciación de la obra coincidiera con mis veinte años y con los últimos exámenes de la escuela primaria.

Digo la suerte porque muchos que ya habían completado sus estudios se pasaron la vida sin poder aplicar sus conocimientos y vagaban sin rumbo, con la cabeza llena de vastos planes arquitectónicos, sin oportunidad ni esperanzas. Pero aquellos otros que lograron puestos de capataces, siquiera en la categoría inferior, eran en verdad dignos de su trabajo. Eran albañiles que habían meditado muchísimo sobre la obra y que no cesaban de hacerlo: hombres que desde la primera piedra que enterraron se sintieron parte de la Muralla. Es natural que en tales albañiles alentara no sólo la voluntad de trabajar concienzudamente sino la impaciencia de ver concluida la obra. El obrero ignora esas impaciencias porque no le interesa más que el salario. Los jefes superiores, y aun los intermedios, ven mucho del crecimiento múltiple de la obra para mantener en alto el espíritu. Pero con los subalternos, hombres espiritualmente superiores a sus tareas aparentemente triviales, era preciso proceder de otro modo: imposible tenerlos durante meses o tal vez durante años acumulando piedra sobre piedra en una montaña desierta, a centenares de millas de su hogar; la futilidad de un trabajo, que excedía el término natural de la vida de un hombre, los hubiera incapacitado para la obra. Por eso fue elegido el sistema de construcción parcial. Quinientos metros solían completarse en cinco años; al cabo de ese tiempo los capataces quedaban exhaustos y habían perdido la confianza en sí mismos, en la Muralla y en el mundo. Entonces, en plena exaltación de las fiestas que celebraban los mil metros ejecutados, los destinaban muy lejos. En la travesía divisaban aquí y allá trozos de Muralla concluidos, pasaban por altas jefaturas donde les entregaban premios honoríficos, escuchaban el júbilo de los nuevos ejércitos laboriosos que llegaban de los confines del país, veían bosques talados para apuntalar la Muralla, veían las montañas hechas canteras y escuchaban los himnos de los fieles en los santuarios rogando por la feliz culminación de la empresa. Todo eso aplacaba su impaciencia.

La vida tranquila de sus hogares, donde acostumbraban descansar un tiempo, los fortalecía; el respeto que infundían, la credulidad piadosa con que eran recibidas sus palabras, la fe de los humildes ciudadanos en la pronta conclusión de la obra, todo eso retemplaba las fibras de su alma. Como niños eternamente esperanzados decían adiós a sus hogares; el anhelo de volver al trabajo colectivo era irresistible. Emprendían viaje antes de lo necesario; media aldea los acompañaba un largo trecho. En todos los caminos había grupos, arcos de triunfo, banderas; no habían visto jamás que grande, rica, amable y hermosa era su patria. Cada compatriota era un hermano para el que levantaban una muralla protectora y que les agradecería toda su vida, con todo lo que tenía y lo que era. ¡Unidad! ¡Unidad! Hombro contra hombro, una cadena de hermanos, una sangre no ya encerrada en la mezquina circulación del cuerpo, sino circulando con dulzura y sin embargo regresando sin fin a través de la China infinita.

Se justifica así el sistema de construcción parcial, pero también había otras razones. No es extraño que me demore tanto en este punto; por trivial que parezca a primera vista, se trata de un problema esencial de la edificación de la Muralla. Para comunicar y hacer comprensibles las ideas y experiencias de aquella época, nunca insistiré lo bastante en esta cuestión.

No hay que olvidar que en aquel tiempo se realizaron cosas apenas inferiores a la erección de la Torre de Babel, pero de la que diferían mucho —si nuestros cálculos humanos no yerran— en lo que respecta a la aprobación divina. Digo esto, porque en los días iniciales de la obra un letrado compuso un libro que desarrollaba precisamente ese paralelo. Ese libro quería demostrar que el fracaso de la Torre de Babel no se debía a las razones que generalmente se aducen o mejor dicho, que esas conocidas razones no eran las esenciales. Sus pruebas no sólo se apoyaban en informes y documentos: pretendía haber hecho investigaciones en el sitio mismo y haber descubierto que la Torre se malogró —y tenía que malograrse— a causa de lo débil de sus cimientos. Pero en ese aspecto nuestro tiempo era muy superior a aquel remoto pasado. Casi no había un contemporáneo educado que no fuera albañil de profesión e infalible en materia de cimientos. No era esto, sin embargo, lo que el escritor pretendía demostrar; su tesis era que la Gran

Muralla ofrecería por primera vez en la historia una base segura para una nueva Torre de Babel.

Primero la Muralla, por consiguiente; luego la Torre. El libro estaba en todas las manos, pero debo admitir que hasta el día de hoy no acabo de comprender su concepción de la Torre. ¿Como entender que la Muralla, que ni siquiera formaba un círculo, sino una especie de arco o semicírculo, fuera la base de una torre? Claro está que todo eso puede encerrar algún sentido simbólico. Pero entonces, ¿a qué levantar la Muralla, que al fin y al cabo era algo concreto, que exigía la vida y la labor de innumerables hombres? ¿Y a qué los plano de la torre —planos un tanto nebulosos, en verdad— y los diversos proyectos para encauzar las energías del Imperio en esa gigantesca empresa?

Había entonces —este libro es sólo un ejemplo— mucha confusión mental, quizás engendrada por el hecho de que tantos hombres persiguieran un mismo fin. La naturaleza humana, esencialmente voluble, inestable como el viento, no tolera que se la sujete; forcejea contra las ataduras que ella misma se ha impuesto y acaba por romperlas a todas, a la muralla y a sí misma.

Es muy posible que esas consideraciones adversas a la edificación de la Muralla no dejaran de influir en las autoridades al optar estas por el sistema de contribución parcial. Nosotros —ahora pretendo hablar en nombre de muchos— realmente no sabíamos quiénes éramos haber estudiado los decretos de la Dirección y habernos convencido de que sin ella nuestra sabiduría aprendida y nuestro entendimiento natural hubieran sido insuficientes para las humildes tareas que ejecutamos dentro de la vastísima obra. En el despacho de la Dirección —dónde estaba y quiénes estaban, eso lo han ignorado y lo ignoran cuántos he interrogado—, en ese despacho se agitaban, sin duda, todos los pensamientos y todos los deseos humanos e inversamente todas las metas y todas las plenitudes. Por la ventana abierta caía un esplendor de mundos divinos sobre las manos que trazaban los planos.

Por consiguiente, el observador imparcial debe admitir que la Dirección, si se hubiera empeñado en ello, hubiese podido vencer las circunstancias que se oponían a un sistema de construcción continua. Es decir; debemos admitir que la Dirección eligió deliberadamente el sistema de construcción parcial. La construcción parcial, sin embargo, era un mero expediente y, por lo tanto, inadecuado. ¿Eligió entonces la Dirección un medio inadecuado? ¡Extraña conclusión! Sin duda, pero desde cierto punto de vista puede justificarse. Tal vez ahora lo podemos discutir sin peligro, en esos días la máxima secreta de muchos, y aun de los mejores, era ésta: '¡rata de comprender con todas tus fuerzas las órdenes de la Dirección, pero sólo hasta cierto punto; luego, deja de meditar. Una máxima de lo más razonable, que se desarrolló en una parábola que logró mucha difusión: Deja de meditar, pero no porque pueda perjudicarte, ya que tampoco hay la seguridad de que pueda perjudicarte; las ideas de perjuicio y de no perjuicio nada tienen que ver con el asunto. Te sucederá lo que al río en la primavera. El río crece, se hace más caudaloso, alimenta la tierra de sus riberas, y guarda su propio carácter hasta penetrar en el mar que lo recibe agradecido, 'trata de comprender hasta ese punto las órdenes de la Dirección. Pero otras veces el río anega sus riberas, pierde su forma, demora su curso, ensaya contra su destino la formación de pequeños mares tierra adentro, perjudica los campos, y, sin embargo, no puede mantener ese nivel y acaba por volver a sus riberas para secarse miserablemente cuando llega el verano. No quieras penetrar demasiado las órdenes de la Dirección.

Por acertada que fuera esa parábola durante la construcción de la Muralla, sólo tiene un valor muy relativo en el informe que preparo. Mi indagación es puramente histórica; ya se han desvanecido los relámpagos de esa remota tempestad, y yo no me propongo otra cosa que dar una explicación del sistema de construcción parcial, una explicación más profunda que las que satisficieron entonces. Los límites que me impone mi inteligencia son estrechos, pero la materia que deberé abarcar, infinita.

¿De quienes iba a resguardarnos la Gran Muralla? De los pueblos del Norte. Yo vengo del Sureste de China. Ningún pueblo del Norte nos amenaza. Leemos las historias antiguas, y las crueldades que esos pueblos cometen siguiendo sus instintos nos hacen suspirar bajo nuestros pacíficos árboles. En las auténticas figuras de los pintores vemos esos rostros crueles, esas fauces abiertas, esas mandíbulas ceñidas de dientes puntiagudos, esos ojitos entornados que parecen buscar carne débil para el brillo de sus dientes. Cuando los niños se portan mal les mostramos esas figuras y ellos se refugian en nuestros brazos. Pero eso es todo lo que sabemos de esos hombres del Norte. Nunca los hemos visto y si permanecemos en nuestra aldea no los veremos nunca, aunque resolvieran precipitarse sobre nosotros al galope tendido de sus caballos salvajes... demasiado vasta es la tierra y no los dejaría acercarse... su carrera se estrellaría en el vacío. Entonces ¿por qué razón abandonamos nuestros hogares, el río y los puentes, la madre y el padre, la mujer deshecha en lágrimas, los niños sin amparo, y fuimos a la ciudad lejana a estudiar y nuestros pensamientos aún más lejos, hasta la Muralla que está en el Norte? ¿Por qué? La Dirección lo sabe. Nuestros jefes nos conocen bien.

Agitados por ansiedades gigantescas, lo saben todo acerca de nosotros, conocen nuestros pequeños quehaceres, nos ven reunidos en humildes cabañas y aprueban o desaprueban el rezo que el padre de familia eleva en las tardes rodeado por los suyos. Si me fuera permitido otro juicio sobre la Dirección, diría que es muy antigua y que no ha sido congregada de golpe, como los grandes mandarines que se reúnen movidos por un sueño y ya esa misma tarde sacan de sus camas al pueblo redoblando tambores y lo arrean a una iluminación en honor de un dios que ayer ha favorecido a sus Señorías y que mañana, apenas apagados los faroles, será relegado a un oscuro rincón. Prefiero sospechar que la Dirección no es menos antigua que el mundo y asimismo que la decisión de hacer la Muralla.

¡Inconscientes pueblos del Norte que imaginaban ser el motivo! ¡Venerable, inconsciente Emperador que imaginó haberlo decretado! Los constructores de la Muralla conocemos la verdad y callamos. Desde la construcción de la Muralla hasta el día de hoy, me he entregado casi exclusivamente a la historia comparativa de las naciones —hay determinados problemas que no es posible penetrar sino por este método— y he llegado a la conclusión de que los chinos estamos dotados de algunas instituciones sociales y políticas cuya claridad es incomparable, y también de otras cuya oscuridad es desmesurada. El deseo de investigar las causas de esos fenómenos (especialmente los últimos) no me abandona nunca, ya que la construcción de la Muralla guarda una relación esencial con esas cuestiones. La más oscura de nuestras instituciones es indudablemente el Imperio. Por cierto que en Pekín, en la Corte, hay alguna claridad sobre esa materia, pero esa misma claridad es más ilusoria que real. En las universidades, los profesores de derecho y de historia afirman su conocimiento exacto del tema y su capacidad de comunicarlo. A medida que uno desciende a las escuelas elementales, van desapareciendo las dudas, y una cultura superficial infla monstruosamente unos pocos preceptos seculares, que a pesar de no haber perdido nada de su eterna verdad, resultan indescifrables en ese polvo y en esa niebla.

Precisamente sobre el imperio convendría que el pueblo fuera interrogado, ya que el Imperio tiene en el pueblo su último sostén. Es verdad que sobre este punto yo sólo puedo hablar de mi aldea.

Descontadas las divinidades agrarias cuyas ceremonias ocupan el año de un modo tan bello y variado, sólo pensamos en el Emperador. No en el Emperador actual; para ello tendríamos que saber quién es o algo determinado sobre él. Hemos tratado siempre —no tenemos otra curiosidad— de conseguir algún dato, pero, por raro que parezca, nos ha resultado casi imposible descubrir algo, tanto de los peregrinos, que han andado por muchas tierras, como de las aldeas vecinas o remotas, o de los marineros, que no sólo han remontado nuestros arroyos, sino los ríos sagrados. Uno oye muchas cosas, es verdad, pero nada resulta seguro, indiscutible.

Nuestra tierra es tan grande que no existe cuento de hadas que pueda encerrar su grandeza. El cielo mismo apenas la abarca, y Pekín es un punto y el palacio imperial es menos que un punto. El Emperador, como tal, está sobre todas las jerarquías del mundo. Pero el Emperador, individualmente, es un hombre como nosotros, que duerme como un hombre en una cama que tal vez es amplísima, pero que tal vez es corta y angosta. Como nosotros, a veces se acuesta y cuando está muy cansado bosteza con su boca delicada. Pero nosotros, que habitamos al Sur, a millares de leguas, casi en los contrafuertes de la meseta tibetana, ¿qué podemos saber de todo eso?

Además, aunque nos llegaran noticias, nos llegarían atrasadas, absurdas. En torno del Emperador se reúne una brillante y sin embargo oscura muchedumbre de cortesanos —maldad y hostilidad disfrazadas de amigos y servidores—, el contrapeso del poder imperial, perpetuamente dirigiendo al Emperador dardos envenenados. El Imperio es eterno, pero el Emperador vacila y se tambalea; dinastías enteras se derrumban y mueren en un solo estertor. De esas batallas y esas luchas no sabrá nada el pueblo; es corno el retrasado forastero que no pasa del fondo de una atestada calle lateral, mientras en la plaza central están ejecutando al rey.

Hay una parábola que describe muy bien esa relación. El emperador —así es lo que han contado— te ha enviado a ti, el solitario, el más miserable de sus súbditos, la sombra que ha huido a la más distante lejanía, microscópica ante el sol imperial ¡justamente a ti, el Emperador te ha enviado un mensaje desde su lecho de muerte. Hizo arrodillar al mensajero junto a su cama y le susurró el mensaje al oído; tan importante le parecía, que se lo hizo repetir. Asintiendo con la cabeza, corroboró la exactitud de la repetición. Y ante la muchedumbre reunida para contemplar su muerte —todas las paredes que interceptaban la vista habían sido derribadas, y sobre la amplia y alta curva de la gran escalinata formaban un círculo los grandes del Imperio—, ante todos, ordenó al mensajero que partiera.

El mensajero partió en el acto; un hombre robusto e, incansable; extendiendo primero un brazo, luego el otro, se abre paso a través de la multitud; cuando encuentra un obstáculo, se señala sobre el pecho el signo del sol; adelanta mucho más fácilmente que ningún otro. Pero la multitud es muy grande; sus alojamientos son infinitos. Si ante él se abriera el campo libre, como volaría, que pronto oirías el glorioso sonido de sus puños contra tu puerta. Pero, en cambio, qué vanos son sus esfuerzos; todavía está abriéndose paso a través de las cámaras del palacio central; no acabará de atravesarlas nunca; y si terminara, no habría adelantado mucho; todavía tendría que esforzarse para descender las escaleras; y si lo consiguiera, no habría adelantado mucho; tendría que cruzar los patios: y después de los patios el segundo palacio circundante; y nuevamente las escaleras y los patios; y nuevamente un palacio: y así durante miles de años; y cuando finalmente atravesara la última puerta —pero esto nunca, nunca podría suceder todavía le faltaría cruzar la capital, el centro del mundo, donde su escoria se amontona prodigiosamente—. Nadie podría abrirse paso a través de ella, y menos aún con el mensaje de un muerto.

Pero tú te sientas junto a tu ventana, y te lo imaginas cuando cae la noche. Así, de modo tan desesperado y tan esperanzado a la vez, es como mira nuestro pueblo al Emperador. No sabe que Emperador reina, y hasta el nombre de la dinastía está en duda. En la escuela se enseñan en orden las dinastías, pero la incertidumbre general es tan grande que hasta los mejores letrados se dejan arrastrar por ella. Emperadores muertos hace siglos suben al trono en nuestras aldeas y la proclamación de un emperador que sólo perdura en las epopeyas fue leída frente al altar por un sacerdote. Batallas de la historia más antigua son recientes para nosotros, y un vecino trae la noticia con la cara encendida. Las mujeres de los emperadores, ociosas entre sus almohadones de seda, desviadas de la noble tradición por cortesanos viles, henchidas de ambición, violentas de codicia, desaforadas de lujuria, repiten y vuelven a repetir sus abominaciones. Cuanto más tiempo ha transcurrido, más terribles y vivos son los colores y con temor nuestra aldea recibe la noticia de que una emperatriz (hace miles de años) bebió la sangre del marido a grandes tragos.

Así están cerca de nuestro pueblo los emperadores antiguos, pero al que vive lo juzgan entre los muertos. Si alguna vez, alguna rarísima vez, un funcionario imperial, que recorre las provincias, cae por azar en nuestra aldea, y nos transmite algunos decretos y examina las listas de los impuestos, preside los exámenes, interroga al sacerdote, y antes de ascender a su litera, dirige algunos reproches a los asistentes, entonces una sonrisa alegra las caras, todos se miran a hurtadillas y la gente se inclina sobre los niños, para que el funcionario no se dé cuenta. "¿Cómo? —piensa — : habla de un muerto como si aún estuviera vivo; ese Emperador ha muerto hace tiempo, la dinastía se ha extinguido, el señor funcionario nos está gastando una broma, pero no nos daremos por aludidos, -para no ofenderlo. Pero realmente no acataremos sino al Emperador actual, porque proceder de otro modo sería un desacato". Y al desaparecer la litera surge como señor del pueblo una sombra que arbitrariamente exaltamos y que habitó, sin duda, una urna ya hecha cenizas.

Paralelamente nuestro pueblo suele interesarse muy poco en las agitaciones civiles o en las guerras contemporáneas. Recuerdo un incidente de mi juventud. Había estallado una revuelta en una provincia limítrofe pero muy apartada. No recuerdo las causas de la revuelta, ni éstas importan: ahora las causas sobran cuando la gente es revoltosa. Un pordiosero que venía de esa provincia, trajo a la casa de mi padre una proclama publicada por los rebeldes.

Casualmente era un día de fiesta, la casa estaba llena de invitados, el sacerdote ocupaba el sitio de honor y miró la proclama. De golpe todos se reían, en la confusión la hoja se hizo pedazos, el pordiosero que había recibido abundantes limosnas fue expulsado a golpes, los huéspedes salieron a gozar del hermoso día. ¿La razón? El dialecto de esa provincia limítrofe difiere esencialmente del nuestro y esa disparidad se manifiesta en algunas formas del idioma escrito que tienen un carácter arcaico para nosotros. Apenas hubo leído el sacerdote un par de líneas, nuestra decisión estaba tomada. Viejas cosas, contadas hace tiempo, hace tiempo cicatrizadas. Y aunque — así me lo asegura el recuerdo— la actualidad hablaba palmariamente por boca del pordiosero, todos movían la cabeza y reían y rehusaban escuchar más. Tan inclinado está nuestro pueblo a ignorar el presente.

Si de todos estos hechos se deduce que carecemos de emperador, no se estará muy lejos de la verdad. Lo digo y lo repito: no hay pueblo más fiel al Emperador que nuestro pueblo del Sur, pero de nada le sirve al Emperador nuestra fidelidad. Es cierto que el dragón sagrado está en su pedestal a la entrada de nuestra aldea, y desde que los hombres son hombres ha dirigido hacia Pekín su aliento de fuego, pero Pekín es más inconcebible para nosotros que la otra vida.

¿Existiría realmente una aldea de casas encimadas que cubre un espacio superior al que domina nuestro cerro, y será posible que entre esas casas haya hombres hacinados todo el día y toda la noche? Menos difícil que figurarnos esa ciudad es pensar que Pekín y su Emperador son una sola cosa: una tranquila nube, digamos, que gira eternamente cerca del sol.

De semejantes opiniones resulta una vida relativamente libre y despreocupada. De modo alguno una vida inmoral: no he hallado en mis peregrinajes una pureza de costumbres como la de mi aldea. Pero es una vida, con todo, que no sabe de leyes contemporáneas, y sólo reconoce las exhortaciones y los avisos que vienen de tiempos remotos.

No hago generalizaciones y no pretendo que sucede lo mismo en las mil aldeas de nuestra provincia o en las quinientas provincias del Imperio. El examen de muchos documentos, corroborado por mis observaciones personales, las vastas muchedumbres movilizadas para levantar la Muralla, daban a los hombres sensibles ocasión de recorrer casi todas las provincias; esa examen —repito— me permite afirmar que la concepción general del Emperador concuerda esencialmente con la que se tiene en mi aldea. No afirmo que esa concepción sea una virtud: todo lo contrario. Es indudable que la responsabilidad principal le incumbe al gobierno, que en este Imperio —el más antiguo de la tierra— no ha conseguido o no ha querido desarrollar las instituciones imperiales con la justeza necesaria para que su influencia llegue directa e incesantemente a los límites extremos del país. Por otra parte, el pueblo adolece de una debilidad de imaginación o de fe que le impide levantar al Imperio de su postración en Pekín y estrecharlo con amor contra su pecho leal, aunque en el fondo no ambiciona otra cosa que sentir ese contacto y morir. En consecuencia, nuestra concepción del Emperador no es una virtud. Tanto más raro es que esa misma debilidad sea una de las mayores fuerzas aglutinantes de nuestro pueblo; constituye, si me permiten la expresión, el suelo que pisamos. Declararlo un defecto esencial, importaría no sólo hacer vacilar las conciencias, sino también los pies. Y por eso no deseo continuar examinando este problema.

EL RECHAZO

Nuestra pequeña ciudad no está en la frontera, ni tan siquiera próxima; la frontera está todavía tan lejos que probablemente nadie de la ciudad haya llegado hasta ella; hay que cruzar planicies desérticas y también extensas regiones fértiles. Es cansador tan sólo imaginar parte de la ruta, y es completamente imposible imaginar más. Grandes ciudades se hallan en el camino mucho más grandes que la nuestra; y en el supuesto de que uno no se perdiera en el trayecto, se perdería con seguridad en ellas debido a su enorme tamaño que hace imposible bordearlas.

Mucho más allá de la frontera, si tales distancias pudiesen compararse —es como decir que un hombre de trescientos años es más viejo que uno de doscientos—, mucho más allá aún está la capital. Y si bien nos llega alguna noticia de las luchas fronterizas, no nos enteramos casi absolutamente de lo que sucede en ella, los ciudadanos corrientes al menos, pues los funcionarios disponen de excelentes comunicaciones; según afirman en dos o tres meses pueden recibir una noticia.

Y es curioso, y esto siempre renueva en mí el asombro, cómo nos sometemos a cuanto se ordena desde la capital. Hace siglos que no se produce entre nosotros modificación política alguna emanada de los ciudadanos mismos. En la capital los jerarcas se han relevado unos a otros; dinastías enteras se han extinguido o fueron depuestas y nuevas dinastías comenzaron; en el último siglo la capital misma fue destruida, y fundada una nueva, lejos de la primera; luego la nueva fue destruida a su vez y la antigua vuelta a edificar; en nuestra ciudad nada de ello tuvo repercusión alguna. La burocracia conservó siempre su lugar, los funcionarios principales venían de la capital, los de mediano rango llegaban por lo menos de afuera, los inferiores salían de nuestro medio; así ha sido siempre, y eso nos bastaba.

El funcionario más elevado, es el Jefe Recaudador de Impuestos, en grado de coronel, y así se le llama. Hoy es ya hombre viejo, pero lo conozco desde hace muchos años, y ya en mi niñez era coronel; al principio hizo una carrera rápida, que luego se estancó de golpe; para nuestra ciudad basta su grado, no estaríamos en condiciones de absorber otro más importante. Cuando trato de imaginármelo, lo veo sentado en la galería de su casa, frente a la plaza del mercado, echado hacia atrás, con una pipa en la boca. En el techo ondea sobre él la bandera imperial; y en los límites de la galería, tan espaciosa que en ella se realizan pequeños ejercicios militares, hay ropa tendida a secar. Sus nietos, ricamente vestidos de seda, juegan alrededor de él; no se les permite bajar a la plaza, los otros niños son indignos de ellos, pero como les tienta, meten la cabeza entre los barrotes de la barandilla, y cuando los otros chicos se pelean, ellos siguen la lucha desde arriba. Este coronel gobierna, pues, la ciudad. Creo que no ha exhibido jamás un documento que le autorice a ello. Acaso tampoco lo tenga. Tal vez sea, en efecto, Jefe Recaudador de Impuestos, ¿pero es suficiente?, ¿le autoriza a mandar en todos los campos de la Administración? Desde luego, su cargo es importante para el Estado, pero se tiene la impresión de que la gente dice: "Ya nos has tomado cuanto teníamos; por favor, tómanos también a nosotros". Porque, realmente, no se ha adueñado del poder por la violencia ni es un tirano. Desde tiempos inmemoriales la fuerza de la costumbre ha querido que el Jefe Recaudador fuera también el primer funcionario, y el Coronel y nosotros no hacemos más que seguir la tradición. Pero aunque vive entre nosotros sin excesivas distinciones en razón de su cargo, es muy distinto de un ciudadano común. Cuando una delegación llega ante él con una súplica, parece el muro del mundo.

Más allá de él no hay nada; parecen oírse, sí, todavía algunos cuchicheos, pero tal vez sólo sea un engaño de los sentidos, puesto que él representa el final de todo, al menos para nosotros. Es necesario haberlo observado en esas recepciones. De niño asistía a una; la delegación de los ciudadanos le solicitaba un subsidio gubernamental porque el barrio más pobre había sido destruido por un incendio. Mi padre, el herrero, persona respetada, formaba parte de la delegación y me había llevado con él. Esto no era nada fuera de lo común; a semejante espectáculo asiste todo el mundo, y casi no es posible distinguir la delegación entre el gentío. Por lo general tales recepciones tienen lugar en la galería; hay personas que trepan desde la plaza del mercado con escaleras de mano para participar en los sucesos por encima de la barandilla. En aquella ocasión casi la cuarta parte de la galería estaba reservada para él, el resto lo llenaba la multitud. Algunos soldados se hallaban encargados de la vigilancia; también le rodeaban a él en semicírculo. En el fondo, hubiera bastado un solo soldado, tanto es el temor que el Coronel despierta. No sé con exactitud de dónde vienen estos soldados, en todo caso de muy lejos; todos se parecen y ni siquiera necesitarían uniforme. Son pequeños, poco robustos, pero vivaces; lo más llamativo en ellos es la dentadura, poderosa como si les llenara demasiado la boca, y un cierto recluir inquieto en los ojillos estrechos. Son el terror de los niños, y al mismo tiempo también su atracción, porque continuamente quisieran asustarse ante esas dentaduras y esos ojos, para en seguida escapar desesperados. Probablemente este terror infantil no se pierde en los adultos, o al menos sigue obrando en ellos. Hay otras cosas todavía. Los soldados hablan un dialecto incomprensible, no logran habituarse a nuestro idioma, lo que les hace herméticos, inaccesibles. Ello responde también a su carácter.

Son reservados, serios y rígidos, y aunque no hagan nada malo, algo parecido a una malignidad latente les hace insoportables. Entra, un soldado en un comercio, por ejemplo, compra una chuchería y permanece apoyado en el mostrador; atiende a las conversaciones, tal vez sin comprenderlas, pero como si lo hiciera no tiene palabra, tan sólo mira rígidamente al que habla, luego a los que escuchan, la mano en la empuñadura del largo cuchillo que pende del cinto. Es insoportable, se pierden las ganas de conversar, el comercio se vacía, y sólo cuando se ha vaciado por completo marcha también el soldado. Donde aparecen los soldados, nuestro pueblo, tan animado, se cohíbe. Así fue también en aquella oportunidad. Como en todas las ocasiones solemnes, el Coronel estaba muy erguido y sostenía en las manos tendidas hacia delante dos varáis de bambú. Es una vieja costumbre que significa que él se apoya en la ley y que ella a su vez es sostenida por él. Todos saben ya lo que sucederá en lo alto de la galería; sin embargo, vuelven a atemorizase. También en aquella oportunidad el designado para hablar no quiso comenzar a hacerlo; estaba ya frente al Coronel, pero de pronto perdió el ánimo y con diversos pretextos volvió a desaparecer entre la multitud. Y no se encontró a otro capaz y dispuesto a hablar; por cierto, algunos incapaces se ofrecieron; se originó una gran confusión y se enviaron mensajeros a algunos oradores conocidos.

Durante todo este tiempo el Coronel permaneció de pie, inmóvil; sólo la respiración le convulsionaba el pecho. No porque respirara con dificultad, respiraba con precisión, como lo hacen, por ejemplo, las ranas, pero en éstas es habitual, mientras que en él era extraordinario. Me escurrí entre las personas mayores y lo pude contemplar por un hueco, entre los soldados, hasta que uno de éstos me apartó con la rodilla. Entretanto el orador primitivamente designado pudo reaccionar y, sostenido firmemente por dos ciudadanos, pronunció el discurso. Era emocionante ver cómo durante este grave discurso, que describía tal infortunio, no cesó de sonreír; era la más humilde de las sonrisas, que se esforzaba en vano para provocar el menor reflejo en el rostro del Coronel. Por fin formuló la súplica, creo que tan sólo solicitó una exención dé impuestos por un año, o acaso también madera barata de los bosques imperiales. Luego se inclinó profundamente, como lo hicieron todos los demás a excepción del Coronel, de los soldados y de algunos funcionarios del fondo. Al niño le pareció ridículo que los que estaban encaramados en las escaleras descendieran unos peldaños para no ser vistos durante el decisivo silencio y cómo de vez en cuando se asomaban al nivel del suelo de la galería para espiar. Eso duro un momento; luego un funcionario, un hombre menudo, se adelantó, trató de levantarse de puntillas hasta el Coronel, que, aparte de los movimientos del pecho, seguía completamente inmóvil, y obtuvo de él un susurro al oído. El funcionario dio una palmada y anunció: "La petición ha sido rechazada. Idos". Una innegable sensación de alivio recorrió la multitud; todos se apretujaban para salir; casi nadie se fijaba ya en el Coronel, que parecía haberse convertido de nuevo en un ser humano como todos nosotros; sólo vi cómo, realmente agotado, soltó las varas, que cayeron al suelo, cómo se hundió en una poltrona traída por los funcionarios y cómo se metió con apresuramiento la pipa en la boca. Pero no se trataba de un hecho aislado; era lo corriente. Puede ocurrir, sin embargo, que alguna que otra vez se acceda a alguna pequeña petición, pero entonces sucede como por decisión del Coronel, como ente poderoso y bajo su exclusiva responsabilidad; en cierto modo debe ser conservado —no se dice, pero es así en definitiva— en secreto ante el gobierno. Si bien en nuestra pequeña ciudad los ojos del Coronel son al propio tiempo los ojos del gobierno, en este caso hay que hacer una distinción, cuyo sentido no es del todo comprensible.

Pero en los asuntos importantes se puede estar siempre seguro de la negativa. Y es realmente curioso que en cierto modo no nos podamos pasar sin ella; lo que no quiere decir que la ida y el logro del rechazo sea una simple formalidad. Siempre con seriedad y con renovado ánimo el pueblo concurre y luego se retira, no precisamente conforme y feliz, pero de ningún modo con desilusión o cansancio. Sobre estos asuntos no necesito el parecer de nadie, las siento en mi interior como todo el mundo. Y ni siquiera experimento curiosidad por saber la relación que hay entre tales sucesos.

Sin embargo, según mis observaciones, la gente de determinada edad, los jóvenes entre diecisiete y veinte años, no están conformes. Es gente incapaz de sospechar, por su extremada juventud, la trascendencia de cualquier idea y menos aún de una idea revolucionaria. Y sin embargo, precisamente entre ella se infiltra el descontento.

LA CUESTIÓN DE LAS LEYES

Por lo general nuestras leyes no son conocidas, sino que constituyen un secreto del pequeño grupo aristocrático que nos gobierna. Aunque estamos convencidos de que estas antiguas leyes se cumplen con exactitud, resulta en extremo mortificante el verse regido por leyes para uno desconocidas. No pienso aquí en las diversas posibilidades de interpretación ni en las desventajas de que sólo algunas personas, y no todo el pueblo, puedan participar de su interpretación. Acaso esas desventajas no sean muy grandes. Las leyes son tan antiguas que los siglos han contribuido a su interpretación, pero las licencias posibles sobre la interpretación, aun cuando subsistan todavía, son muy restringidas. Por lo demás la nobleza no tiene evidentemente ningún motivo para dejarse influir en la interpretación por un interés personal en perjudicarnos ya que las leyes fueron establecidas desde sus orígenes por ella misma; la cual se halla fuera de la ley, que, precisamente por eso, parece haberse puesto exclusivamente en sus manos. Esto, naturalmente, encierra una sabiduría —quién duda de la sabiduría .de las antiguas leyes—, pero al propio tiempo nos resulta mortificante, lo cual es probable que sea inevitable.

Por otra parte, estas apariencias de leyes sólo pueden ser   en realidad sospechadas. Según la tradición existen y han sido confiadas como secreto a la nobleza; de modo que más que una vieja tradición, digna de crédito por su antigüedad, pues la naturaleza de estas leyes exige también mantener en secreto su existencia. Pero si nosotros, el pueblo, seguimos atentamente la conducta de la nobleza desde los tiempos más remotos y poseemos anotaciones de nuestros antepasados referentes a ello, y las hemos proseguido concienzudamente hasta creer discernir en los hechos múltiples ciertas líneas directrices que permiten sacar   conclusiones sobre esta o   aquella determinación histórica, y si después de estas deducciones finales cuidadosamente tamizadas y ordenadas procuramos adaptarnos en cierta medida al presente y al futuro, todo aparece ser entonces algo inseguro y quizás un simple juego del entendimiento, pues tal vez esas leyes que aquí tratamos de descifrar no existen. Hay un pequeño partido que sostiene esta opinión y que trata de probar que cuando una ley existe sólo puede rezar: lo que la nobleza hace es ley. Ese partido ve solamente actos arbitrarios en los actos de la nobleza y rechaza la tradición popular, la cual, según su parecer, sólo comporta beneficios casuales e insignificantes, provocando en cambio graves perjuicios al dar al pueblo una seguridad falsa, engañosa y superficial con respecto a los acontecimientos por venir. No puede negarse este daño, pero la gran mayoría de nuestro pueblo ve su razón de ser en el hecho de que la tradición no es ni con mucho suficiente aún, ya que hay todavía mucho que investigar en ella y que, sin duda, su material, por enorme que parezca, es aún demasiado pequeño, por que habrán de transcurrir siglos antes de que se revele como suficiente. Lo confuso de esta visión a los ojos del presente sólo está iluminado por la fe de que habrá de venir el tiempo en que la tradición y su investigación consiguiente resurgirán en cierto modo para poner punto final, que todo será puesto en claro, que la ley sólo pertenecerá al pueblo y la nobleza habrá desaparecido. Esto no lo ha dicho nadie, en modo alguno, con odio hacia la nobleza. Antes bien, debemos odiarnos a nosotros mismos, por no ser dignos aún de tener ley. Y por eso, ese partido, en realidad tan atrayente desde cierto punto de vista y que no cree, en verdad, en ley alguna, no ha aumentado su caudal porque él también reconoce a la nobleza y el derecho a su existencia.

En verdad, esto sólo puede ser expresase con una especie de contradicción: un partido que, junto a la creencia en las leyes, repudiara la nobleza, tendría inmediatamente a todo el pueblo a su lado, pero un partido semejante no puede surgir pues nadie osa repudiar a la nobleza. Vivimos sobre el filo de esta cuchilla. Un escritor lo resumió una vez de la siguiente manera: la única ley, visible y exenta de duda, que nos ha sido impuesta, es la nobleza, ¿y de esta única ley habríamos de privarnos nosotros mismos?

EL RECLUTAMIENTO

Los reclutamientos de tropas son a menudo necesarios, puesto que las luchas fronterizas no cesan nunca, y se realizan de la siguiente forma:

Se publica el mandato de que en tal día, en tal barrio, todos los habitantes, hombres, mujeres, niños, sin excepción, deben permanecer en sus casas. Generalmente es hacia el mediodía cuando aparece en la entrada del barrio, donde una brigada de soldados de infantería y caballería espera ya desde el amanecer, el joven noble que debe practicar el reclutamiento. Es un hombre delgado, no muy alto, débil, de aspecto descuidado, con ojos cansados, la inquietud lo agita constantemente, igual que a un enfermo el escalofrío. Sin mirar a nadie hace con su fusta, que compone todo su armamento, una señal; algunos soldados lo siguen y él penetra en la primera casa. Un soldado, que conoce personalmente a todos los habitantes de este barrio, lee la lista de los ocupantes. Por lo general se encuentran todos allí, en fila en la habitación, los ojos pendientes del noble, como si ya fueran soldados. Pero también puede ocurrir que aquí y allí falte alguno. Entonces nadie se atreve a esgrimir una excusa y menos aún una mentira ; se calla, se bajan los ojos, apenas si se soporta la presión de la orden que se ha desacatado en esta casa, pero la muda presencia del noble inmoviliza sin embargo a todos en sus puestos. El hace una señal, no es siquiera una inclinación de cabeza, sólo se lee en sus ojos, y dos soldados comienzan a buscar al que falta. No da mucho trabajo. Nunca se encuentra fuera de la casa, nunca intenta realmente sustraerse al reclutamiento, sólo es por miedo que no ha venido, pero no por miedo al servicio, es, en realidad, timidez, recelo; la orden es para él formalmente demasiado grande, atemorizante, no puede venir por sus propias fuerzas. Pero por eso no huye, sólo se oculta, y cuando oye que el noble está en la casa, se arrastra fuera de su escondrijo hasta la puerta de la habitación y es inmediatamente cogido por los soldados que salen. Es llevado ante el noble: éste aferra la fusta con ambas manos —es tan débil que con una mano no puede hacer nada— y castiga al hombre. No le produce grandes dolores; deja caer la fusta, mitad por agotamiento, mitad por repugnancia, y el azotado ha de recogerla y entregársela. Entonces se le permite alinearse con los demás; está seguro, casi seguro que no va a ser asentado. Pero también ocurre, y esto es más frecuente, que haya más gente que la que figura en el registro. Por ejemplo, una muchacha desconocida está allí y mira al noble; es de fuera, tal vez de la provincia; el reclutamiento la ha atraído hasta aquí. Hay muchas mujeres que no pueden resistirse a la atracción de uno de estos reclutamientos extraños; el de casa tiene un significado completamente distinto. Y es curioso que no se vea en ello nada reprochable cuando una mujer cede a esta tentación; al contrario, es algo por lo que, según la opinión de algunos, tienen que pasar las mujeres, es una deuda contraída con su sexo. Además siempre sucede de manera parecida. La muchacha o señora oye que en algún sitio, tal vez muy lejos, en casa de unos parientes o amigos, hay un reclutamiento; suplica a sus familiares aprobación para el viaje, se aprueba —esto no se le puede rechazar—, se viste con lo mejor que tiene, está más contenta que de costumbre, al mismo tiempo tranquila y amable, diferente de corno acostumbra a ser, y detrás de toda su calma y amabilidad, se mantiene inaccesible, como una desconocida que viaja a su patria y no piensa ya en otra cosa. En la familia, en la que ha de tener lugar el reclutamiento, es recibida de forma completamente distinta que un huésped normal; la adulan, debe atravesar todas las habitaciones de la casa, asomarse a todas las ventanas, y si alguien le coloca la mano en la cabeza, significa más que la bendición paterna. Cuando la familia se prepara para el reclutamiento, ella recibe el mejor sitio, el más próximo a la puerta, que es donde va a ser mejor vista por el noble y donde ella mejor lo va a ver. Pero sólo es honrada hasta la entrada del noble, a partir de ahí comienza a marchitarse formalmente. El la contempla tan poco como a los otros, e incluso si dirige sus ojos hacia alguno, aquél no se siente mirado. Ella no había esperado esto o, lo que es más, lo había esperado con toda seguridad, puesto que no puede ser de otra manera, pero tampoco era la esperanza de lo contrario lo que la había traído hasta aquí; era, sencillamente, algo que ahora ciertamente ha terminado. Siente vergüenza en una medida que tal vez nuestra mujeres no sienten nunca; no es sino ahora cuando se da cuenta de que se ha entremetido en un reclutamiento extraño, y cuando el soldado termina de leer su lista su nombre no ha aparecido y hay un instante de silencio; ella huye temblando y encogida hasta la puerta y recibe todavía un puñetazo del soldado en la espalda.

Si es un hombre el que .sobra, no aspira a otra cosa, tal y como antes, a pesar de no pertenecer a esta casa, que a ser reclutado. También esto es completamente inútil; nunca ha sido reclutado uno de estos sobrantes y nunca sucederá algo semejante.

FRAGMENTO PARA LA CONSTRUCCIÓN DE LA MURALLA CHINA

A nuestro mundo llegó entonces la noticia de la construcción de la muralla. Lo hizo con retraso, unos treinta años después de su proclamación. Era una tarde de verano. Yo, de unos diez años, me hallaba con mi padre a la orilla del río. Por la trascendencia de esa hora, comentada muchas veces, recuerdo todavía los detalles más nimios.

Me tenía de la mano —lo hacía con placer, hasta en su vejez avanzada— y deslizaba la otra por la pipa, larga y muy fina, como si fuese una flauta.

Su gran barba movediza y armada avanzaba en el espacio; saboreando la pipa, miraba a lo alto por encima del río. Su trenza, objeto de la veneración de los niños, caía hacia abajo y susurraba suavemente sobre la seda bordada en oro del traje de fiesta. Entonces se detuvo una barca ante nosotros; el barquero, con un gesto, indicó a mi padre de que bajara por el talud; él mismo ascendió también.

Se encontraron en el medio; el barquero susurró algo en secreto al oído de mi padre; para acercársele más lo abrazó. No comprendí lo que decían, sólo vi que mi padre no parecía creer la noticia, que el barquero trataba de reforzar su veracidad, que mi padre aún no podía creerla, que el barquero, con el apasionamiento que lo caracteriza, casi se desgarró sus ropas en el pecho para probar lo que decía, que mi padre se tornó más silencioso y que el barquero saltó ruidosamente a la barca, alejándose. Mi padre, pensativo, se volvió hacia mí, golpeó la pipa, la metió en el cinturón y me acarició la mejilla. Era lo que más me gustaba, me hacía feliz, y así llegamos a casa.

El arroz ya humeaba sobre la mesa, había algunos huéspedes y se vertía vino en las copas. Sin prestar atención a ello, mi padre, desde el umbral, comenzó a contar lo que había oído. No recuerdo exactamente las palabras, pero sí el sentido, debido a lo extraordinario de las circunstancias, aun para un niño, me penetró tan profundamente, que todavía hoy me atrevo a dar la versión oral. Y lo hago porque es muy demostrativo de las ideas del pueblo.

Mi padre dijo esto aproximadamente: "Un barquero desconocido —conozco a todos los que habitualmente pasan por aquí, pero éste era desconocido— me contó que se piensa construir una gran muralla para proteger al emperador; a menudo pueblos no creyentes se reúnen ante el palacio imperial, entre ellos también demonios, y disparan sus negras flechas contra el emperador.

EL ESCUDO DE LA CIUDAD

Al comienzo no faltó el orden en las disposiciones para construir la Torre de Babel; hubo un orden excesivo, quizá. Se pensó demasiado en guías, intérpretes, alojamientos para obreros y vías de comunicación, como si se dispusiera de siglos. En aquel tiempo la opinión general era que no se debía construir con demasiada lentitud; un poco más y hubieran renunciado a todo, incluso a echar los cimientos. La gente razonaba de esta manera: lo esencial de la empresa es el pensamiento de construir una torre que llegue al cielo. Lo demás es secundario.

Ese pensamiento, una vez comprendida su grandeza, es inolvidable: mientras haya hombres en la tierra, habrá también el fuerte deseo de terminar la Torre. En consecuencia, no debe preocuparnos el porvenir. Al contrario: el saber de los hombres adelanta, la arquitectura ha progresado y seguirá progresando; dentro de cien años el trabajo para el que hoy precisamos un año se hará quizás en pocos meses, y más resistente, mejor. Entonces, ¿a qué agotarnos ahora? Eso tendría sentido si valiera la esperanza de que la Torre quedara terminada en el tiempo de una generación. Esa esperanza era imposible. Lo probable era que la nueva generación, con sus conocimientos superiores, condenara el trabajo de la generación precedente y derribase todo lo construido, para recomenzar. Semejantes pensamientos paralizaron las energías, y se pensó menos en construir la Torre que en construir una ciudad para los obreros. Cada nacionalidad quería el mejor barrio, y esto dio lugar a discusiones que terminaban en peleas sangrientas.

Esas peleas no tenían fin; algunos dirigentes opinaban que demoraría muchísimo la construcción de la Torre y otros que convenía aguardar que se restableciera la paz. Pero no sólo en pelear pasaban el tiempo; en las treguas embellecían la ciudad, lo que provocaba nuevas envidias y nuevas peleas. Así pasó el tiempo de la primera generación, pero ninguna de las siguientes fue distinta; sólo aumentó la capacidad técnica y con ella el ansia de guerra. Aunque la segunda o tercera generación reconoció la insensatez de una torre que llegara hasta el cielo, ya estaban demasiado comprometidos para abandonar los trabajos y la ciudad. En todas las leyendas y cantos de esa ciudad está el anhelado vaticinio de un día en el que cinco golpes sucesivos de un puño gigantesco aniquilarán la ciudad. Por esa causa existe un puño en el escudo de armas.

DE LAS ALEGORÍAS

La gran mayoría se queja de que las palabras de los sabios sean siempre alegorías, inaplicables a la vida cotidiana, y esto es lo único que poseemos.

Cuando el sabio dice: "Ve hacia allá", no quiere decir que uno deba pasar al otro lado, que siempre sería posible si la meta así lo justificase, sino que se refiere a un allá legendario, algo que nos es desconocido, que tampoco puede ser precisado por él con mayor . exactitud y que, por tanto, de nada puede servirnos aquí. En realidad, todas esas alegorías sólo quieren significar que lo inasequible es inasequible, lo que ya sabíamos. Pero aquello en que diariamente gastamos nuestras energías, son otras cosas.

A este propósito dijo alguien:

—¿Por qué os defendéis? Si obedecierais a las alegorías, os habríais convertido en tales, con lo que os hubierais liberado de la fatiga diaria.

Otro dijo:

—Apuesto a que eso es también una alegoría.

Dijo el primero:

—Has ganado.

Dijo el segundo:

—Pero por desgracia, sólo en lo de la alegoría.

El primero dijo:

—En verdad, no; en lo de la alegoría, has perdido.

¡RENUNCIA!

Era la madrugada. Las calles estaban limpias y desiertas. Me dirigía hacia la estación. Al confrontar mi reloj con el de la torre comprendí que era más tarde de lo que pensaba y que debía apurarme. La impresión que me causó este retraso me hizo sentir inseguro de mi camino ya que aún no conocía bien aquella ciudad. Por fortuna había un policía cerca. Corrí hacia él y le pregunté jadeante que me indicara el camino. Se sonrió y me dijo:

—¿Quiere conocer el camino?

—Sí —dije—, no puedo hallarlo por mí mismo.

—Olvídalo, olvídalo — dijo, y se volvió con brusquedad, como alguien que quiere reír a solas.

UNA PEQUEÑA FÁBULA

—¡Ay! —dijo el ratón—. El mundo se hace cada día más pequeño. Al principio era tan grande que le tenía miedo; corría y corría y por cierto que me alegraba ver esos muros, a diestra y siniestra, en la distancia. Pero esas paredes se estrechan tan rápido que me encuentro en el último cuarto y ahí en el rincón está la trampa, sobre la cual debo pasar.

—Todo lo que debes hacer es cambiar de rumbo —dijo el gato, y se lo comió.

POSEIDÓN

Poseidón se sentó ante su mesa de trabajo y revisó las cuentas. La administración de todos los océanos lo tenía muy atareado. Podía emplear los asistentes que quisiera, y por cierto tenía muchos, pero responsable, como era, insistía en revisar personalmente cuenta por cuenta, así que sus asistentes de poco le servían. No diría que le deleitaba este trabajo, lo hacía simplemente porque se le había asignado. Es cierto que ya con frecuencia había pedido una tarea más animada, pero entre los varios trabajos que le fueron sugeridos, se observó que su disposición natural era para su presente empleo. Ni decirlo, sería demasiado difícil conseguirle otra ocupación. Tampoco pensar en ponerlo a administrar determinado mar. Dejando a un lado que la tarea no sería más fácil, sólo inferior, el gran Poseidón, por el contrario, debía obtener un puesto más importante.

Cuando se le ofreció un cargo sin afinidad a las aguas, la sola idea lo enfermó, su aliento divino decayó y su broncíneo torso comenzó a jadear. Lo cierto era que nadie tomaba muy en serio las quejas de Poseidón, pero cuando alguien de su poderosa talla se lamenta, por lo menos se debe simular que se lo escucha, aunque sea una situación sin perspectivas. Realmente, nadie pensaba en separar a Poseidón de su cargo ; desde los orígenes estaba destinado a ser el dios de los mares y eso no podía ser modificado.

Lo que más le irritaba —y esto era lo que lo indisponía con su trabajo—, eran los rumores que circulaban sobre él. Por ejemplo, que constantemente cabalgaba sobre las olas con su tridente, como un cochero, cuando la verdad era que se encontraba sentado en las profundidades de los océanos sin terminar nunca con sus cuentas. La única interrupción a esa monotonía era, de vez en cuando, un viaje hasta Júpiter, del cual siempre regresaba exasperado. De ahí que casi no conocía los océanos, sólo los había visto en sus furtivas ascensiones al Olimpo. Y no se podía afirmar que realmente los hubiera navegado. Acostumbraba decir que lo haría cuando el mundo tocara a su fin, sólo para entonces tendría un momento de descanso. Justo antes del fin del mundo y sólo después de haber revisado la última cuenta le daría tiempo para una rápida gira.

LA PARTIDA

Ordené que trajeran mi caballo del establo. El criado no me entendió, así que fui yo mismo. Ensillé el caballo y lo monté. A la distancia oí el sonido de una trompeta y pregunté el mozo su significado. Él no sabía nada; no había oído sonido alguno. En el portón me detuvo y preguntó:

—¿Hacia dónde cabalga, señor?

—No lo sé —respondí—, sólo quiero partir, sólo partir, nada más que partir de aquí. Sólo así lograré llegar a mi meta.

—¿Entonces conoce usted la meta? —preguntó él.

—Sí —contesté—. Ya te lo he dicho. Partir, ésa es mi meta.

—¿No lleva provisiones?—preguntó.

—No me son necesarias —respondí—, el viaje es tan largo que moriré de hambre si no consigo aumentos por el camino. No hay provisión que pueda salvarme. Por suerte es un viaje realmente interminable.

UNA CRUZA

Tengo un animal singular, mitad gatito, mitad cordero. Lo heredé con una de las propiedades de mi padre. Desde que está conmigo ha completado su desarrollo; antes era más cordero que gato. Ahora participa de ambas naturalezas por igual. Tiene del gato la cabeza y las uñas; del cordero el tamaño y la forma; de ambos los ojos, salvajes y chispeantes, la piel suave y ajustada al cuerpo, los movimientos a la par vivaces y furtivos. Echado al sol en el hueco de la ventana, se hace un ovillo y ronronea; en el campo corre corno loco y es imposible alcanzarlo. Huye de los gatos y pretende atacar a los corderos. En las noches de luna su paseo favorito son los tejados. No sabe maullar y le repugnan las ratas. Pasa horas y horas en acecho ante el gallinero, pero no ha aprovechado jamás la ocasión de matar.

Lo alimento con leche: es lo que le sienta mejor. La sorbe a grandes tragos entre sus dientes de animal de presa. Naturalmente, constituye un gran espectáculo para los niños. Las visitas son los domingos por la mañana. Me siento con el animal en las rodillas y me hacen rueda todos los niños de la vecindad.

Escucho, entonces, las más extraordinarias preguntas, que ningún ser humano es capaz de contestar; ¿por qué hay un solo animal así? ¿por qué soy yo su poseedor y no otro?, si antes ha existido un animal parecido y qué pasará luego de su muerte, si no se siente solo, porque no tiene hijos, cuál es su nombre, etcétera.

No me tomo el trabajo de responder: me limito a exhibir mi propiedad, sin grandes explicaciones. A veces las criaturas traen gatos; un día llegaron a traer corderos. Contra lo que esperaban no se registraron escenas de reconocimiento. Los animales se miraron tranquilamente con ojos animales, y se aceptaron mutuamente como un hecho natural.

Sobre mis rodillas este animal no conoce ni el miedo ni deseos de perseguir a nadie. Acurrucado contra mí es como se siente mejor. Está apegado a la familia que lo crio. Esto no puede ser considerado, desde luego, como una extraordinaria muestra de fidelidad, sino como el recto instinto de un animal que en la tierra tiene innumerables parientes políticos, pero quizá ni uno solo consanguíneo, y para el cual, por lo mismo, resulta sagrada la protección que ha encontrado entre nosotros.

A veces me da risa cuando me olfatea, se desliza por entre mis piernas y no quiere apartarse de mí. Como si no le alcanzara ser gato y cordero también le gustaría ser perro. Una vez, como le ocurre a cualquiera, no hallaba yo forma de solucionar ciertos problemas económicos y estaba a punto de terminar con todo. Con esa idea me hamacaba en el sillón de mi cuarto, con el animal sobre las rodillas: entonces bajé los ojos y vi lágrimas que goteaban de sus grandes bigotes. ¿Eran suyas o mías? ¿Tiene este gato de alma de cordero ambición humana? No es mucho lo que he heredado de mi padre, pero vale la pena cuidar este legado.

Tiene la inquietud de los dos, la del gato y la del cordero, aunque ambas son muy distintas. Por eso le queda estrecho el pellejo. A veces salta al sillón, apoya las patas delanteras contra mi hombro y acerca el hocico a mi oído. Es como si me hablara, y de hecho vuelve la cabeza y me mira atentamente para observar el efecto de su comunicación. Para complacerlo hago como si hubiera entendido algo y asiento con la cabeza. Salta entonces y brinca a mi alrededor.

Quizá la cuchilla del carnicero fuese la redención para este animal, pero tengo que negárselo porque lo he recibido en herencia. Por eso tendrá que esperar hasta que se le acabe el aliento, aunque a veces me mira con razonables ojos humanos, que me tientan a obrar comprensivamente.

EL CAZADOR GRACCHUS

Sentados en el muelle, dos muchachos jugaban a los dados. Un hombre leía un diario en las escalinatas de un monumento, a la sombra del héroe que blandía la espada. Una muchacha junto a la fuente llenaba su cántaro. Un vendedor de fruta, apoyado en su mercancía, miraba hacia el mar. A través de la puerta y ventanas de una taberna se veía en el fondo a dos hombres bebiendo vino. Al frente, sentado a una mesa, el tabernero dormitaba. Una barca que se deslizaba silenciosa, como llevada por el agua, entró al pequeño puerto. Un hombre de azul, saltó a tierra y pasó las amarras a través de las argollas. Otros dos hombres, de ropa oscura con botones plateados, seguían al contramaestre sosteniendo una camilla sobre la que, cubierto con un lienzo de seda floreada, yacía ostensiblemente un hombre.

En el muelle nadie parecía ocuparse de los que recién llegaban; nadie se les acercó cuando descendieron la camilla a tierra, esperando al contramaestre, que todavía se empeñaba con las amarras; nadie les dirigió una pregunta, nadie se detuvo a observarlos siquiera.

A causa de una mujer que, con un niño de pecho, apareció en cubierta, con el cabello suelto, el conductor se demoró todavía un poco; luego, señaló a la izquierda, hacia una casa amarillenta de dos pisos, que se levantaba junto al agua. Los portadores levantaron la carga y la condujeron por el portal, entre esbeltas columnas. Un muchachito abrió una ventana, alcanzó a observar cómo el grupo desaparecía dentro de la casa y volvió a cerrarla de inmediato.

También se cerró el portal de roble oscuro cuidadosamente trabajado. Una bandada de palomas que había revoloteado alrededor del campanario descendió frente a la casa, delante del portal, como si allí se guardara su alimento. Una de ellas se elevó hasta el primer piso y picoteó el cristal de la ventana. Eran palomas vivaces, de plumaje claro; parecían bien cuidadas. La mujer de la barca, con un marcado ademán, les arrojaba granos. Ellas descendían y después de recogerlos, volaban hacia ella.

Un hombre de sombrero de copa con cintillo de luto se acercaba por una de las callejuelas que, estrechas e inclinadas, conducían al puerto. Miraba atentamente en derredor; todo parecía interesarle; los desperdicios que había en un rincón, produjeron en su rostro una mueca de desagrado. En las escalinatas del monumento había cáscaras de fruta que quitó al pasar, empujándolas con su bastón. Golpeó el portón de la casa; al mismo tiempo tomó el sombrero de copa con la diestra enguantada de negro. Se le abrió de inmediato; cincuenta niños se alinearon a lo largo del pasillo haciendo reverencias a su paso.

El barquero descendió las escaleras para saludar al señor y lo condujo hacia arriba; en el primer piso atravesaron el patio rodeado de leves arcadas que sostenían la galería, y seguidos por los niños a respetuosa distancia, penetraron en una fresca habitación del ala posterior de la casa. Desde allí no se podían ver edificios, tan sólo un paredón de roca negruzca. Los portadores estaban ocupados en instalar y encender algunos cirios a la cabecera de la camilla, no por ello se intensificó la luz, sólo comenzaron a temblar las sombras, agitándose sobre las paredes. Habían replegado el lienzo que cubría la camilla. Sobre ella yacía un hombre bronceado, de pelo y barba salvajemente largos y revueltos, como correspondía a un cazador.

Estaba inmóvil, con los ojos cerrados; al parecer no respiraba; a pesar de todo, sólo el conjunto de la escena indicaba que se trataba de un muerto.

El caballero se acercó a la camilla, posó su mano sobre la frente del yacente, luego se arrodilló y oró. El conductor de la barca ordenó con una seña a los portadores que abandonaran la habitación; salieron, hicieron alejarse a los niños que se habían reunido en el lugar, y cerraron la puerta. Mas este silencio no bastó al señor; miró al contramaestre, éste comprendió y salió por una puerta lateral a una habitación. De inmediato el hombre que yacía en la camilla abrió los ojos, y con una sonrisa dolo rosa volvió su rostro hacia el señor y dijo:

—¿Quién eres?

Sin asombro alguno, el señor se incorporó y contestó:

—Soy el alcalde de Riva.

El hombre de la camilla asintió con la cabeza, señaló débilmente con el brazo un sillón y, cuando el alcalde hubo aceptado su invitación, dijo:

—Lo sabía, señor alcalde, pero en el primer momento siempre me olvido de todo, las ideas se me revuelven y es mejor que pregunte, a pesar de que ya sepa. También usted, al parecer, ya sabe que soy el cazador Gracchus.

—Así es —afirmó el alcalde—. Anoche me fue anunciada su llegada. Ya estábamos profundamente dormidos, cuando me despertó mi mujer: "¡Salvatore (que así me llamo) mira la paloma en la ventana!". Era realmente una paloma, pero grande como un gallo. Voló a mi oído y dijo: "Mañana llega el cazador Gracchus, muerto; recíbelo en nombre de la ciudad".

El cazador asintió con la cabeza, mojando sus labios con la punta de la lengua.

—Sí, las palomas se me adelantan. ¿Pero cree usted, señor alcalde, que debo quedarme en Riva?

—No lo podría decir aún —repuso el alcalde—. ¿Está usted muerto?

—Sí —dijo el cazador—; usted puede verlo. Hace muchos años, sí, muchísimos años, me despeñé mientras perseguía a una gamuza en la Selva Negra (eso queda en Alemania). Desde entonces estoy muerto.

—Pero usted vive también —dijo el alcalde.

—En cierta forma —dijo el cazador—; en cierta forma también vivo. Mi barca mortuoria erró el viaje, un viraje en falso del timón, un instante de descuido del conductor, un rodeo a través de mi bellísima patria, no sé qué fue, sólo sé que permanecí en la tierra y que desde entonces, mi barca surca las aguas terrenales. Así, yo, el que sólo quiso vivir en sus montañas, viajo por todos los países de la tierra.

—¿Y usted no tiene un lugar en el más allá? —preguntó el alcalde arrugando la frente.

—Siempre estoy en la gran .escalera que conduce a lo alto   —contestó el cazador—. En esta escalinata infinitamente amplia, estoy siempre moviéndome hacia arriba, hacia abajo, a derecha e izquierda, siempre. El cazador se volvió mariposa. No se ría.

—No me río —se atajó el alcalde.

—Muy cuerda su actitud —dijo el cazador—. Siempre estoy en movimiento. Pero, ineludiblemente, cuando tomo un gran impulso y ya vislumbro el portal en lo alto, despierto en mi barca, desoladamente varada en alguna parte de las aguas terrenales. En mi camarote, el error de mi pasada muerte me sonríe con una mueca disimulada. Julia, la mujer del contramaestre, toca y me trae a la camilla el desayuno, del país cuyas costas estemos bordeando. Yo reposo en mi camilla; (no es muy grato contemplarme) cubierto con una mortaja sucia; pelo y barba, gris y negro se confunden desordenadamente; mis piernas están cubiertas con un mantón de mujer, de seda floreada y con largos flecos. En mi cabecera hay un cirio que me ilumina. En la pared de enfrente, el cuadrito de cierto bosquimano, que me apunta con su larga lanza y se cubre como puede con un escudo extraordinariamente decorado. En los barcos solemos encontrar cuadros muy grotescos, pero éste es uno de los más ridículos que he visto. Fuera de esto mi jaula de madera está completamente vacía. Por una escotilla lateral me llega la brisa tibia de la noche austral; desde ahí puedo oír el agua que golpea contra la vieja barca.

"Aquí estoy desde entonces, cuando siendo el aún vivo cazador Gracchus, me despeñé persiguiendo una gamuza en la amada Selva Negra. Todo sucedió según el orden natural. La perseguí, caí, me desangré en un barranco, morí, y esta barca debía llevarme al más allá. Me acuerdo todavía cuan alegremente me estiré por primera vez en esta camilla. Nunca las montañas habían escuchado de mí un canto más festivo que el que oyeron estas cuatro paredes, entonces aún vagas.

"Había vivido alegre, y alegre morí; alegre arrojé ante mí el morral, la caja y la escopeta, que siempre había llevado con orgullo, antes de pisar la borda y deslizarme en la mortaja, como una chiquilla en su vestido de novia. Aquí yacía y esperaba, después sucedió la desgracia.

—Triste destino —dijo el alcalde como defendiéndose de una mano levantada—. ¿Y usted no habrá tenido alguna culpa.

—En absoluto -dijo el cazador—; fui cazador. ¿Puede culpárseme por eso? Me apostaron como cazador en la Selva Negra, que todavía entonces albergaba lobos. Yo acechaba, disparaba, acertaba en mi blanco, le quitaba la piel; ¿puede culpárseme por eso? Mi trabajo era bendito. Me llamaban "el gran cazador de la Selva Negra". ¿Tengo alguna culpa?

—No soy yo el más indicado para decirlo —dijo el alcalde-, pero no me parece que tenga ninguna culpa. ¿Pero quién es culpable entonces?

—El barquero —dijo el cazador—. Nadie leerá lo que escribo aquí, nadie vendrá a ayudarme; y si fuera un deber ayudarme, entonces todas las puertas de todas las casas permanecerían cerradas, todas las ventanas cerradas, todos se meterían en las camas cubiertos con las mantas hasta la cabeza, toda la tierra se convertiría en una oscura posada. Nadie sabe de mí y, aun cuando alguien supiera, no sabría mi paradero, y si supiera el paradero, no sabría cómo retenerme allí, cómo ayudarme. La idea de quererme ayudar es una enfermedad y debe guardarse cama para curar de ella.

"Y como lo sé no grito pidiendo ayuda ni aun en los instantes en que —como precisamente ahora, sin dominarme— pienso intensamente en ello. Pero me basta para alejar esos pensamientos mirar a mi alrededor y darme cuenta de dónde estoy —y puedo afirmarlo—, dónde moro desde hace siglos.

—Extraordinario —dijo el alcalde—, extraordinario... ¿Y ahora piensa quedarse con nosotros en Riva?

—No pienso —dijo el cazador sonriendo, y para atenuar el sarcasmo, puso la mano sobre la rodilla del alcalde—. Estoy aquí, no sé más; no puedo hacer otra cosa. Mi barca carece de timón, viaja con el viento que sopla en las regiones inferiores de la muerte.

FRAGMENTO PARA EL CAZADOR GRACCHUS

—¡Cómo, cazador Gracchus! ¿Hace siglos que viajas en esa lancha vieja?

—Hace mil quinientos años.

—¿Y siempre en este barco?

—Siempre en esta barca. Creo que ésta es la forma apropiada de llamarla. No sabes mucho de navegación, ¿no?

—No, nunca me ocupé de eso, hasta que no te conocí, hasta que no subí a tu barco.

—Nada de disculpas. Yo también soy de tierra adentro. No era marino, no quise serlo; mis amigos fueron el bosque y la montaña, y ahora soy el más viejo de los marinos, el cazador Gracchus, genio tutelar de los marineros, al que ora el grumete en las noches borrascosas, retorciendo las manos. No te rías.

—¿Reírme? De veras que no. Con gran agitación me paré ante la puerta de tu camarote, con gran agitación en mi corazón, entré. Tu natural amable me tranquiliza un poco, pero nunca podría olvidar de quién soy huésped.

—De acuerdo. De todas formas, soy el cazador Gracchus. ¿Quieres beber de mi vino? La marca me es desconocida, pero es denso y dulce; el patrón me atiende bien.

—Aún no, por favor. Estoy demasiado nervioso. Tal vez más adelante, si me toleras hasta entonces. Además no me atrevo a beber de tu vaso.- ¿Quién es el patrón?

—El dueño de la barca. Estos patrones son personas excelentes. Sólo que no los entiendo. Y no me refiero a la lengua, aunque a menudo tampoco la entiendo. Pero eso es secundario. He aprendido tantos idiomas en el correr de los siglos que podría ser intérprete entre los hombres de la antigüedad y los contemporáneos. Sino que lo que no logro comprender son sus razonamientos. Quizá tú me los puedas explicar.

—No tengo muchas esperanzas. ¿Cómo podría yo enseñarte algo, si comparado contigo soy un niño de pecho?

—No; definitivamente no. ¿Me harías el favor de portarte de un modo un poco más seguro, más íntegro? ¿Qué hago con un huésped que es una sombra? Lo soplo por la escotilla, al agua. Necesito explicaciones diferentes. Tú que rondas por ahí, tal vez me las puedas dar. Pero si te pones a temblar pegado a la mesa y olvidas lo poco que sabes, entonces, ¡adiós! Como lo digo lo siento.

—Hay algo de eso que es verdad. En efecto, soy superior a ti en algunas cosas. Trataré de controlarme. ¿Qué quieres saber?

—Mejor; mucho mejor si exageras y te imaginas que eres superior en algo. Debes comprenderse. Soy un hombre como tú, pero más viejo e impaciente, y en eso te llevo siglos de ventaja. Bien; queríamos hablar de los patrones. Atención. Y bebe para incrementar el ingenio. Sin temor, con ganas. Aún hay mucho en el cargamento.

—Estupendo vino, Gracchus. ¡A la salud del patrón! -Lástima que falleció hoy. Descanse en paz el buen hombre. Sus hijos ya grandes, magníficos, rodeaban su lecho de muerte; la mujer se desmayó a los pies de la cama. Pero su último pensamiento fue para mí. Buen hombre, hamburgués. -¡Por Dios! Hamburgués, ¿y tú aquí en el Sur, cómo sabes que murió hoy?

—¿Como no iba a enterarme de la muerte de mi patrón? ¡Qué simpleza la tuya!

—¿Quieres insultarme?

—No, de ninguna manera, fue sin querer. Pero debías de beber más y asombrarte menos. Así sucede con los patrones: al principio la barca no pertenecía a nadie.

—Gracchus; quiero pedirte un favor. Primero explícame pero en forma coherente, tu situación.

—Confieso que no la conozco. Para ti son cosas bien sabidas y supones que todo el mundo las conoce. Pero resulta que en una corta vida humana —porque la vida es corta, y quisiera que lo comprendieras— uno está ocupado en su manutención y en la de su familia. Por más interesante que resulte el cazador Gracchus —y esto no es servilismo sino convicción— uno no tiene tiempo para pensar en él, para informarse sobre él y mucho menos para preocuparse por él. Acaso en el lecho de muerte, como tu hamburgués... no sé. Tal vez en esa situación el hombre laborioso tenga, por primera vez, tiempo de estirarse y entre sus divagaciones piense en el cazador Gracchus de verdoso uniforme. Pero al contrario, como ya te dije: no sabía nada de ti, me encuentro en el puerto por asuntos de negocios, vi la barrea, la plancha estaba tendida, crucé... Pero ahora me gustaría saber algo de ti.

—¡Ah! ¡Esas antiguas historias! Todos los libros están repletos de ellas; en todas las escuelas los maestros las dibujan en el pizarrón, las sueña la madre mientras da el pecho al niño, las secretean los que se abrazan, los mercaderes las comentan a sus clientes, los soldados las cantan durante su marcha, el sacerdote las grita durante el sermón, los historiadores —boquiabiertos— las descubren en sus habitaciones tal como sucedieron hace mucho y las describen sin cesar; están impresas en los diarios y pasan de mano en mano; el telégrafo fue inventado para que dieran la vuelta al mundo más rápidamente, se las exhuma con las ciudades desaparecidas y el ascensor sube con ellas al techo del rascacielos. Los pasajeros las proclaman desde las ventanillas de los trenes en los lejanos países que surcan, pero aún antes las aúllan los salvajes; están escritas en las estrellas y los mares devuelven su reflejo; los torrentes las bajan de las montañas y la nieve las esparce en las cimas, y tú hombre, estás ahí sentado y las preguntas ¡Qué juventud particularmente desperdiciada debes haber tenido!

—Posiblemente; eso es común entre todos los jóvenes. También a ti creo que te haría bien una vuelta por el mundo, con los ojos abiertos. Por asombroso que te parezca, casi me parece extraño a mí también; nadie habla sobre ti; son muchos los temas, pero tú no .estás en ellos; tú sigues tu viaje, pero hasta donde yo sé, ninguno se ha cruzado contigo.

—Ese es tu punto de vista; otros han dado el suyo. Sólo hay dos posibilidades. O tú guardas deliberadamente lo que sabes con algún propósito, en tal caso estás equivocado, te lo digo con franqueza, o supones que realmente no me recuerdas porque confundes mi historia con otra, y si ese es el caso, sólo puedo decirte... No, no puedo; todo el mundo lo sabe, ¿y precisamente yo tenía que contártelo? ¡Hace tanto tiempo! ¡Pregúntales a los historiadores! ¡Vete y vuelve más adelante! ¡Hace tanto tiempo! Mi cerebro está tan sobrecargado ¡cómo iba a recordar algo!

—Un segundo, Gracchus, te preguntaré; eso te ayudará. ¿De dónde eres?

—Todo el mundo lo sabe; de la Selva Negra. —Muy bien; de la Selva Negra. ¿Y allí has sido cazador en el siglo cuarto?

—¡Hombre! ¿Conoces la Selva Negra?

—No.

—Realmente, no sabes nada. El hijo del timonel conoce más que tú. ¿Quién te habrá invitado? Es una desgracia. Estaba más que justificada tu modestia. Eres la nada llena de vino. ¡Ni siquiera conoces la Selva Negra, y yo nací allí! Allí cacé hasta los veinticinco años. Si no me hubiera tentado la gamuza —bien, ya te enteraste—, habría tenido una vida de cazador, larga y hermosa, pero me tentó la gamuza, me despeñé estrellándome contra las rocas. No preguntes más. Aquí estoy, muerto, muerto. No sé por qué estoy aquí. Como es usual, me cargaron en la barca mortuoria; era sólo un muerto, hicieron los manejos de costumbre, como con cualquiera, ¿por qué hacer una excepción con el cazador Gracchus?, todo estaba en orden. Y yo yaciente en la barca.

UN GOLPE A LA PUERTA DEL CORTIJO

Fue un caluroso día de verano. Mi hermana y yo pasábamos frente a la puerta de un cortijo que estaba en el camino de regreso a casa. No sé si golpeó esa puerta por travesura o distracción. No sé si tan sólo amenazó con el puño sin llegar a tocarla siquiera. Cien metros más adelante, junto al camino real que giraba a la izquierda, empezaba el pueblo. No lo conocíamos, pero al cruzar frente a la casa que estaba inmediatamente después de la primera, salieron de ahí unos hombres haciéndonos señas amables o de advertencia; estaban asustados, encogidos de miedo. Señalaban hacia el cortijo y nos hacían recordar el golpe contra la puerta. Los dueños nos denunciarían e inmediatamente comenzaría el sumario. Yo permanecía calmo, tranquilizaba a mi hermana.

Posiblemente ni siquiera había tocado, y si en realidad lo había hecho, nadie podría acusarla por eso. Intenté hacer entender esto a las personas que nos rodeaban; me escuchaban pero absteniéndose de emitir juicio alguno. Después dijeron que no sólo mi hermana, sino también yo sería acusado. Yo asentía, sonriente, con la cabeza. Todos volvíamos nuestra vista atrás, hacia el cortijo, tan atentamente como si se tratara de una lejana cortina de humo tras la cual fuera a aparecer un incendio.

Lo que pronto vimos, en realidad, fue a unos jinetes que entraron por el portón del cortijo. Una polvareda, al levantarse, lo cubrió todo; sólo brillaban las puntas de las enormes lanzas. Apenas la tropa había desaparecido en el patio, cuando debió, al parecer, hacer dar vuelta a sus corceles, pues volvió a salir en dirección nuestra. Aparté a mi hermana de un empellón, yo me encargaría de poner todo en orden. Ella no quiso dejarme solo. Le expliqué que para que se viera mejor vestida ante los señores debía, al menos, cambiarse de ropas. Por fin me hizo caso e inició el largo camino a casa. Ya estaban los jinetes junto a nosotros y casi al tiempo de apearse preguntaron por mi hermana. "No está aquí de momento" fue la temerosa respuesta, "pero vendrá más tarde". La contestación se recibió con indiferencia. Parecía que ante todo, lo importante era haberme hallado.

Destacaban, de entre ellos, el juez, un hombre joven y vivaz, y su silencioso ayudante llamado Assmann. Me invitaron a pasar a la taberna campesina. Lentamente, balanceando la cabeza, jugando con los tiradores, comencé a caminar bajo las miradas severas de los señores. Aún creía que una sola palabra sería suficiente para que yo, que vivía en la ciudad, fuese liberado, incluso con honores, en ese pueblo campesino. Pero luego de atravesar el umbral de la puerta, pude escuchar al juez que se acercó a recibirme: "Este hombre me da lástima". Sin duda alguna, no se refería con esto a mi estado actual sino a lo que me esperaba en el futuro. La habitación se parecía más a la celda de una prisión que a una taberna rural. De las grandes losas de la pared, oscura y sin adornos, pendía, en alguna parte, una argolla de hierro, y en el centro de la habitación algo que era medio catre y medio mesa de operaciones.

¿Podría yo respirar otros aires que los de una cárcel? He aquí el gran dilema. O, mejor dicho, lo que sería el gran dilema, si yo tuviera alguna perspectiva de ser dejado en libertad.

EL PUENTE

Yo era rígido y frío, yo estaba tendido sobre un precipicio; yo era un puente. En un extremo estaban las puntas de los pies; al otro, las manos, aferradas; en el cieno quebradizo clavé los dientes, afirmándome. Los faldones de mi chaqueta flameaban a mis costados. En la profundidad rumoreaba el helado arroyo de las truchas. Ningún turista se animaba hasta estas alturas intransitables, el puente no figuraba aún en ningún mapa. Así yo yacía y esperaba; debía esperar. Todo puente que se haya construido alguna vez, puede dejar de ser puente sin derrumbarse.

Fue una vez hacia el atardecer —no sé si el primero y el milésimo—, mis pensamientos siempre estaban confusos, giraban siempre en redondo; hacia ese atardecer de verano, cuando el arroyo murmuraba oscuramente, escuché el paso de un hombre. A mí, a mí. Estírate puente, ponte en estado, viga sin barandales, sostén al que te ha sido confiado. Nivela imperceptiblemente la inseguridad de su paso; si se tambalea, date a conocer y, como un dios de la montaña, ponlo en tierra firme.

Llegó y me golpeteó con la punta metálica de su bastón, luego alzó con ella los faldones de mi casaca y los acomodó sobre mí. La punta del bastón hurgó entre mis cabellos enmarañados y la mantuvo un largo rato ahí, mientras miraba probablemente con ojos salvajes a su alrededor. Fue entonces —yo soñaba tras él sobre montañas y valles— que saltó, cayendo con ambos pies en mitad de mi cuerpo.

Me estremecí en medio de un salvaje dolor, ignorante de lo que pasaba. ¿Quién era? ¿Un niño? ¿Un sueño? ¿Un salteador de caminos? ¿Un suicida? ¿Un tentador? ¿Un destructor? Me volví para poder verlo. ¡El puente se da vuelta! No había terminado de volverme, cuando ya me precipitaba, me precipitaba y ya estaba desgarrado y ensartado en los puntiagudos guijarros que siempre me habían mirado tan apaciblemente desde el agua veloz.

DE NOCHE

¡Hundirse en la noche! Así como a veces se sumerge la cabeza en el pecho para reflexionar, sumergirse por completo en la noche.

Alrededor duermen, los hombres. Un pequeño espectáculo, un autoengaño inocente, es el de dormir en casas, en camas sólidas, bajo techo seguro, estirados o encogidos, sobre colchones, entre sábanas, bajo mantas; en realidad se han encontrado reunidos como antes una vez y como después en una comarca desierta: un campamento al raso, una inabarcable cantidad de personas, un ejército, un pueblo bajo un cielo frío, sobre una tierra fría, arrojados al suelo allí donde antes se estuvo de pie, con la frente contra el brazo, y la cara contra el suelo, respirando pausadamente. Y tú velas, eres uno de los vigías, hallas al prójimo agitando el leño encendido que cogiste del montón de astillas, junto a ti. ¿Por qué velas? Alguien tiene que velar, se ha dicho. Alguien tiene que estar ahí.

EL TIMONEL

—¿Acaso no soy timonel? —exclamé.

—¿Tú? —preguntó un hombre alto y moreno, y se pasó la mano por los ojos, como si disipara un sueño.

Yo había estado al timón en noches oscuras, la débil luz del farol sobre mi cabeza, y ahora había venido aquel hombre y quería apartarme. Y como yo no cediera, me puso el pie en el pecho y me empujó lentamente contra el suelo, mientras yo seguía aferrado al timón y lo arrancaba al caer. Entonces el hombre se apoderó de el, lo puso en su lugar y me dio un empujón, alejándome. Me rehíce de inmediato fui hasta la escotilla que llevaba a la cámara de la tripulación y grité:

— ¡Tripulantes! ¡Camaradas! ¡Venid pronto! ¡Un extraño me ha quitado el timón!

Llegaron lentamente, subiendo por la escalerilla, eran unas formas poderosas, oscilantes, cansadas.

— ¿No soy yo el timonel? —pregunté.

Asintieron, pero sólo tenían miradas para el extraño, a quien rodeaban en semicírculo, y cuando con voz de mando él dijo: "No me molestéis", se reunieron, me observaron asintiendo con la cabeza y bajaron otra vez la escalerilla. ¿Qué pueblo es éste? ¿Piensan también, o sólo se arrastran sin sentido sobre la tierra?

EL TROMPO

Un filósofo solía frecuentar los juegos de los niños. Y cuando veía a un chico con un trompo, se ponía al acecho. Apenas estaba el trompo en movimiento, el filósofo lo perseguía para atraparlo. Que los niños hicieran bulla y procurasen alejarlo de su juego le tenía sin cuidado, y era feliz sujetándolo tras giraba, pero esto duraba sólo un instante, entonces lo arrojaba al suelo y se marchaba. Creía, en efecto, que el conocimiento de cualquier bagatela, como por ejemplo un trompo que giraba sobre sí mismo, bastaba para alcanzar el conocimiento de lo general. De ahí que se desentendiera de los grandes problemas, que no le parecían provechosos. Conocer realmente la bagatela más insignificante, era conocer el todo, por lo cual se ocupaba tan sólo del trompo casi inmóvil. Y cuando se hacían los preparativos para hacer girar el trompo, tenía siempre la esperanza de que todo saliera bien y, si el trompo giraba, en medio de las carreras sin aliento, su esperanza se convertía en certeza, pero cuando se quedaba con el inmóvil trozo de madera en la mano, se sentía mal, y el griterío de los niños, que hasta entonces no oyera y que ahora, de súbito, le atronaba los oídos, lo arrojaba fuera de allí, y se tambaleaba como un trompo bajo una cuerda torpe.

UNA CONFUSIÓN COTIDIANA

Un problema cotidiano del que resulta una confusión cotidiana. A tiene que concretar un negocio importante con B en H. Se traslada a H para una entrevista preliminar, pone diez minutos en ir y diez en volver, y en su hogar se enorgullece de esa velocidad. Al día siguiente vuelve a H, esa vez para cerrar el negocio. Ya que probablemente eso le insumirá muchas horas. A sale temprano. Aunque las circunstancias (al menos en opinión de A) son precisamente las de la víspera, tarda diez horas esta vez en llegar a H. Lo hace al atardecer, rendido. Le comunicaron que B, inquieto por su demora, ha partido hace poco para el pueblo de A y que deben haberse cruzado por el camino. Le aconsejan que aguarde. A, sin embargo, impaciente por la concreción del negocio, se va inmediatamente y retorna a su casa.

Esta vez, sin prestar mayor atención, hace el viaje en un rato. En su casa le dicen que B llegó muy temprano, inmediatamente después de la salida de A, y que hasta se cruzó con A en el umbral y quiso recordarle el negocio, pero que A le respondió que no tenía tiempo y que debía salir en seguida.

Pese a esa incomprensible conducta, B entró en la casa a esperar su vuelta. Ya había preguntado muchas veces si no había regresado todavía, pero continuaba aguardando aún en el cuarto de A. Contento de poder encontrarse con B y explicarle todo lo sucedido, A corre escaleras arriba. Casi al llegar, tropieza, se tuerce un tobillo y a punto de perder el conocimiento, incapaz de gritar, gimiendo en la oscuridad, oye a B —tal vez ya muy lejos, tal vez a su lado— que baja la escalera furioso y desaparece para siempre.

EL JINETE DEL CUBO

Todo el carbón se había consumido; vacío el cubo; la pala, sin objeto ya; la chimenea respirando frío; el cuarto lleno de soplo de la helada; ante la ventana, árboles rígidos de escarcha; el cielo, un escucho de plata vuelto hacia aquel que le pida ayuda. Necesito carbón; no debo congelarme; detrás de mí la chimenea inhospitalaria, ante mí, el cielo igualmente despiadado: deberé cabalgar entre ambos y en medio de ambos pedir ayuda al carbonero. Pero ante mis súplicas habituales él se ha endurecido ya; debo probarle exactamente que no me queda ni el más leve polvillo de carbón y que, por lo tanto, él es para mí como el sol de los cielos. Debo actuar como el mendigo hambriento que decide expirar en el umbral de la puerta y a quien, por eso, la cocinera de los señores se decide a dar el poso del último café; así también, furioso, pero a la luz del mandamiento "no matarás", el carbonero tendrá que echarme una palada en el cubo.

Mi ascensión lo va a decidir; por eso voy hacia allí montado en el cubo. Jinete del cubo, y puesta la mano en el asa, riendas harto sencillas, desciendo penosamente la escalera; pero una vez abajo, mi cubo asciende; ¡magnífico!, ¡magnífico!; los camellos echados en tierra no se levantan sacudiéndose con más belleza bajo el palo del guía. Marchamos al trote por la callejuela helada; con frecuencia me veo alzado hasta el primer piso; nunca llego a descender hasta la puerta de la calle. Ante el abovedado sótano del carbonero floto a extraordinaria altura, en tanto él, allá abajo, escribe, encogido ante su mesita; para dar paso al calor excesivo ha abierto la puerta.

—¡Carbonero! —gritó, con voz hueca, quemada por el frío y oculto por las nubes de mi aliento lleno de humo—, por favor, carbonero, dame un poco de carbón. Mi cubo está vacío, ya no puedo cabalgar sobre él. Sé bueno. Tan pronto pueda, te pagaré.

El carbonero se lleva la mano al oído.

—¿Oigo bien? —pregunta por sobre el hombro a su mujer, que teje sentada en el banco de la chimenea—, ¿oigo bien? Un cliente.

—No oigo nada —dice la mujer, respirando con tranquilidad por encima de las agujas de tejer, con un agradable colórenlo en la espalda.

—¡Oh, sí! —exclamó—. Soy yo; un viejo cliente; un seguro servidor; sólo que momentáneamente sin medios.

—Mujer —dice el carbonero-, ahí hay alguien, hay alguien; no puedo equivocarme hasta ese extremo; tiene que ser un cliente antiguo, muy antiguo, para que así me hable al corazón.

—¿Qué te pasa hombre? —dice la mujer, y aprieta su labor contra el pecho, descansando por un instante—. No hay nadie, la calle está vacía y toda nuestra clientela está ya servida; podemos cerrar el negocio por unos días y descansar.

—Pero yo estoy aquí, sobre el cubo —gritó, e insensibles lágrimas de frío velan mis ojos—. Por favor, aquí arriba; me veréis en seguida; tan sólo una palada; y si me dierais dos, me haríais más que feliz.

Toda la clientela está ya provista. ¡Ah, si pudiera oírlo sonar ya en el cubo!

—Voy —dice el carbonero, y quiere subir la escalera con sus cortas piernas, pero la mujer está ya junto a él, le coge por el brazo y dice:

—Tú te quedas. Si no desistes de tu testarudez, seré yo quien suba. Acuérdate de tu tos. Pero por un negocio, aunque sólo sea imaginario, olvidas mujer e hijo y sacrificas tus pulmones. Iré yo.

—Entonces dile todas las clases que hay en depósito; yo te cantaré los precios.

—Bueno —dice la mujer, y sube hacia la calle. Como es natural, me ve en seguida.

—Señora carbonera —exclamo—, la saludo; sólo una palada de carbón; aquí, en seguida, en el cubo; yo mismo lo llevaré a casa; una palada del peor. La pagaré toda, claro está, pero no ahora, no ahora. ¡Qué tañido de campanas son esas dos palabras, "no ahora", y qué turbadora para los sentidos que se mezclan al toque del reloj que precisamente me llega desde la cercana torre de la iglesia!

—¿Qué es, pues, lo que quiere? —exclama el carbonero,

—Nada —le replica la mujer—, no hay nadie; no veo nada, no oigo nada; sólo están dando las seis y nosotros cerramos. Hace un frío terrible; es probable que mañana tengamos mucho trabajo aún.

No ve nada, no oye nada, y sin embargo, suelta la cinta de su delantal y procura alejarme con él. Por desgracia lo consigue. Mi cubo tiene todas las desventajas de un animal de silla; carece de fuerzas para resistir; es demasiado liviano; un delantal de mujer obliga a sus patas a dejar el suelo.

—¡Mala mujer! —gritó aún, mientras ella, volviéndose hacia el negocio, entre despreciativa y satisfecha, hace un gesto en el aire con la mano—. ¡Mala! Te pedí una palada del peor y no me la has dado.

Y con ello me elevo a las regiones de los pinos helados y me pierdo de vista para siempre.

EL MATRIMONIO

En general la situación de los negocios es tan mala que, a veces, cuando me desocupo un rato de la oficina, tomo la cartera de muestras y visito personalmente a los clientes. Entre otras diligencias, me había propuesto llegar alguna vez hasta lo de N., con quien antes tenía continuas relaciones comerciales que, sin embargo, en el último año, por razones que ignoro, llegaron a aflojarse casi por completo. Para tales perturbaciones en realidad no es necesario que haya motivos; en las actuales circunstancias de inseguridad, a menudo esto determina una insignificancia, un matriz, y de la misma manera, una insignificancia, una palabra, puede volver a arreglarlo todo. Pero es un poco difícil avanzar hasta N. Es un hombre de edad que en los últimos tiempos estaba bastante enfermo, y que, a pesar de dirigir todavía los negocios, apenas si va a su comercio; si se quiere verle, se debe ir hasta su domicilio, pero por lo general, prefiere aplazar una diligencia comercial de tal índole.

Sin embargo, ayer a la tarde, después de las seis, me puse en camino; ya no era hora de visita, pero la cuestión no debía juzgarse de forma social, sino comercial. Tuve suerte. N. estaba en casa; acababa de regresar de dar un paseo con la esposa, como se me informó en el recibidor, y se hallaba ahora en la habitación del hijo, que se encontraba enfermo. Me invitaron a ir también allí; al principio vacilé, pero luego se impuso el deseo de terminar cuanto antes la penosa visita y me decidí tal como iba, con el abrigo puesto, sombrero y cartera en mano, me dejé conducir a través de una habitación oscura hacia otra, muy suavemente iluminada, en la que se encontraban varias personas.

En forma casi instintiva, mi mirada recayó primero en un agente de negocios, harto conocido por ser competidor mío. Se había deslizado hasta aquí, adelantándose. Estaba cómodamente instalado junto a la cama del enfermo, como si él fuese el médico; con su hermoso abrigo abierto, abollonado, daba una impresión de poder; su descaro es insuperable; algo semejante debió de pensar también el enfermo, que yacía con las mejillas enrojecidas por la fiebre y que de vez en cuando miraba hacia él. Por lo demás, el hijo ya no es joven; un hombre de mi edad, de barba corta algo descuidada por la enfermedad.

El viejo N., grande, de hombros anchos, sorprendentemente enflaquecido por su traicionero mal, encorvado e inseguro, permanecía aún como había llegado, con el abrigo puesto, y murmuraba algo en dirección a su hijo. Su señora, pequeña y frágil, aunque extremadamente vivaz, pero sólo en cuanto se refería a él — a los otros apenas si nos veía—, se hallaba ocupada en quitarle el abrigo, lo que por la diferencia de estatura entre ambos ofrecía algunas dificultades. Finalmente lo consiguió. La verdadera dificultad estaba en que N., muy impaciente, no cesaba, tanteando con sus manos inquietas, de pedir el sillón, que por fin la mujer, luego de haberle quitado el abrigo, empujó con prisa hacia él. Ella misma tomó el abrigo, debajo del cual casi desaparecía, y se lo llevó.

Entonces llegada mi oportunidad, o mejor, no había llegado, no llegaría nunca aquí; en realidad, si yo todavía quería intentar algo, debía hacerlo de inmediato, porque tenía la impresión de que las posibilidades para una conversación de negocios podían empeorar. Pero no entraba en mis costumbres eternizarme en un asiento, como lo pretendía con seguridad el agente; por otra parte, no quería guardar consideraciones con éste. De modo que comencé a exponer brevemente mi asunto, a pesar de que notaba que N. tenía deseos de conversar algo con su hijo.

Desgraciadamente, tengo la costumbre, cuando me excito con la conversación —y esto sucede casi en seguida y sucedió en este cuarto de enfermo antes en otras oportunidades—, de levantarme y pasear mientras hablo. En la oficina de uno esto puede ser muy conveniente, pero es muy molesto en casa ajena. Sin embargo, no pude dominarme, sobre todo porque me faltaba el cigarrillo habitual. Por cierto, todos tenemos malos hábitos, con lo cual todavía elogio los míos en comparación con los del agente. Qué decir, por ejemplo, de que a menudo, de modo completamente inesperado, se encasquetaba el sombrero, después de haberlo mecido suavemente sobre las rodillas. Claro que al instante vuelve a quitárselo, como si hubiera sucedido por casualidad, pero de todos modos lo ha tenido un momento en la cabeza, y esto sucede a menudo.

Creo que semejante comportamiento es en verdad intolerable. A mí no me molesta, voy y vengo, estoy completamente absorto por mi asunto y miro por encima de él; pero debe de haber gentes a la que la prueba con el sombrero los saca de las casillas. En mi ardor no presto atención a molestias de esta índole ni a nada; veo, sí, lo que ocurre, pero hasta que no he terminado o no oigo objeciones, en cierto modo no lo advierto. Así, por ejemplo, supe perfectamente que N. no estaba en condiciones de atender: se revolvía incómodo, las manos en los brazos del sillón, observa el vacío con expresión de búsqueda y su rostro parecía tan ausente como si ninguna de mis palabras ni la menor señal de mi presencia le llegase. Yo veía que todo este comportamiento enfermizo me daba pocas esperanzas, pero a pesar de todo seguía hablando como si tuviese todavía la intención de arreglarlo todo con palabras, con ofertas ventajosas. Yo mismo me asusté de las concesiones que hacía sin que nadie me las pidiera.

Me produjo alguna satisfacción que el agente, como noté de paso, dejara por fin en paz su sombrero y cruzara los brazos sobre el pecho: mi exposición, en parte destinada a él, parecía estropear sus proyectos. La satisfacción que esto me produjo seguramente me habría incitado a seguir hablando si el hijo, al que había prestado poca atención por ser un personaje secundario, no me hubiese reducido a silencio incorporándose a medias y amenazándome con el puño. Era evidente que quería decir algo, mostrar algo, pero no tenía fuerzas suficientes.

Al principio lo atribuí todo al delirio de la fiebre; pero cuando involuntariamente miré al viejo, lo comprendí todo mejor. N. estaba sentado con los ojos abiertos, vidriosos, hinchados, que sólo podían servirle unos instantes más; se inclinaba temblorosamente hacia adelante como si alguien lo sujetase o lo golpease en la nuca; el labio inferior, el maxilar mismo, colgaba inerte, mostrando las encías; todo el rostro estaba desencajado; respiraba, aunque con dificultad, pero luego, cerró los ojos, la expresión de que hacía un gran esfuerzo cruzó todavía su rostro y todo terminó. Salté hacia él, tomé con escalofrío la mano que colgaba sin vida, helada. Ya no había pulso.

Todo había acabado. Ciertamente, se trataba de un nombre de edad. Ojalá el morir no nos resulte más arduo. ¡Pero cuánto había que hacer ahora! ¿Qué era lo más urgente? Miré en derredor, en busca de ayuda. Pero el hijo había subido la manta hasta cubrirse la cabeza, se oía su llanto interminable. El agente frío como un sapo, seguía firme en su sillón, visiblemente decidido a esperar a que pasara el tiempo; yo, solamente yo, quedaba para hacer algo y emprender en seguida lo más difícil: comunicar de una manera soportable, a la mujer la noticia, es decir, de una manera que no existe. Y ya oía sus pasos diligentes y arrastrados en la pieza contigua. Trajo —todavía en ropa de calle, no había tenido tiempo de cambiarse— un camisón entibiado en la estufa y quería ponérselo al marido.

—Se ha dormido —dijo moviendo la cabeza con una sonrisa al notarnos tan silenciosos.

Y con la infinita fe de los inocentes, tomó la misma mano que hacía un instante había yo tenido en la mía con desagrado y aprensión, la besó como en un pequeño juego conyugal, y —¡cómo habremos abierto los ojos los tres!— N. se movió, bostezó ruidosamente, se dejó poner el camisón, toleró con rostro de irónico disgusto los tiernos reproches de su mujer por el excesivo esfuerzo realizado en el paseo demasiado largo, y dijo, para justificar que se hubiese quedado dormido, algo relativo al aburrimiento. Después, para no enfriarse yendo a otra habitación, se acostó por el momento en la cama del hijo. Reposó la cabeza junto a los pies de éste, sobre dos almohadas rápidamente traídas por la mujer. Después de lo pasado, no encontré nada extraño en ello. Entonces pidió el diario de la tarde, lo tomó sin consideración a los visitantes, pero sin leer; le echaba sólo un vistazo nos dijo entretanto, con mirada cortante, asombrosamente comercial, algunas cosas muy desagradables acerca de nuestras propuestas, mientras que con la mano libre hacía continuamente movimientos de arrojar algo y chasqueaba la lengua, como significando la contrariedad que le provocaba nuestra conducta comercial.

El agente no pudo dejar de hacer algunas observaciones inadecuadas, en su tosquedad sentía probablemente que después de lo que había sucedido debía producirse alguna compensación. Yo me despedí de prisa; casi le estaba agradecido al agente; sin su presencia no hubiese tenido el valor de retirarme tan pronto.

En la antesala me encontré todavía con la señora N. Al contemplar su mísera figura le dije con sinceridad que me recordaba algo a mi madre. Y como permaneciera callada, agregué:

—Dígase lo que se quiera; podía hacer milagros. Lo que nosotros ya habíamos destruido, ella sabía componerlo. La perdí en la niñez. Había hablado deliberadamente con exagerada lentitud y claridad, porque sospechaba que la señora era un poco sorda. Y probablemente lo era, porque preguntó sin transición:

—¿Qué le parece el aspecto de mi marido?

Por algunas palabras de despedida advertí que me con- fundía con el agente; creo que de otra manera hubiera sido más gentil.

Luego bajé la escalera. El descenso fue más difícil que el ascenso, y eso que éste no había sido fácil. ¡Ah, qué desdichadas diligencias comerciales hay, y uno tiene que seguir llevando la cruz!

EL VECINO

El negocio descansa por entero sobre mis hombros.

Dos señoritas con sus máquinas de escribir y sus libros comerciales en la primera habitación, y una mesa de despacho, caja, butaca y teléfono constituyen todo mi aparato de trabajo. Resulta facilísimo dominarlo todo con un vistazo y dirigirlo. Soy muy joven y los negocios se acumulan a mis pies. No me quejo, no me quejo.

Desde Año Nuevo un joven ha alquilado sin vacilar la habitación contigua, pequeña y desocupada, que por tanto tiempo titubeé, con torpeza en coger. Se trata de un cuarto con antecámara y cocina.

Hubiese podido utilizar el cuarto y la antecámara —mis dos empleadas se han sentido más de una vez recargadas en sus tareas—, pero ¿para qué me habría servido la cocina? Esta pequeña vacilación fue causa de que me dejara quitar la habitación. En ella está instalado ese joven. Se llama Harras. A ciencia cierta no sé lo que hace allí. Sobre la puerta dice: "Harras oficina". He pedido informes, me han dicho que se trataría de un negocio similar al mío. En realidad, no es el caso dificultarle la concesión de créditos, pues se trata de un hombre joven con aspiraciones, cuyas actividades tienen quizá porvenir, pero no se podría, sin embargo, aconsejar que se le otorgue crédito, pues actualmente, según todos los informes, carece de fondos. Es decir, el informe que se da por lo común cuando no se sabe nada.

A veces encuentro a Harras en la escalera, debe de tener siempre una prisa extraordinaria, pues se escabulle ante mí. Ni siquiera lo he visto bien aún, y ya tiene pronta en la mano la llave del escritorio. Al momento abre la puerta, y antes de que lo observe bien ya se ha deslizado hacia adentro como la cola de una rata y heme aquí otra vez ante el cartel "Marras, oficina", que he leído muchas más veces de lo merecido.

La miserable delgadez de las paredes, que denuncian al hombre eternamente activo, ocultan sin embargo al poco honrado. El teléfono está en la pared que me separa del cuarto de mi vecino.

No obstante, lo destaco tan sólo como algo particularmente irónico. Aun cuando colgara de la pared opuesta, se oiría todo desde la habitación vecina. Me he quitado la costumbre de pronunciar por teléfono el nombre de los clientes. Pero no se necesita mucha astucia para adivinar los nombres a través de característicos pero inevitables giros de la conversación. A veces, aguijoneando por la inquietud, bailoteo en torno al aparato, con el receptor en el oído, pero no puedo impedir que se filtren secretos.

Por supuesto, las resoluciones de carácter comercial se vuelven así inseguras y mi voz tiembla ¿Qué hace Harras mientras telefoneo? Si quisiera exagerar —lo que es preciso hacer con frecuencia para ver claro—, podría decir: Harras no necesita teléfono, utiliza el mío; ha arrimado el sofá a la pared y escucha; yo, en cambio, cuando llama el teléfono debo atender, tomar nota de los deseos de los clientes, adoptar resoluciones, sostener conversaciones de grandes proyecciones, pero, ante todo, proporcionar a Harras informes involuntarios a través de la pared.

A lo mejor ni siquiera aguarda que termine la conversación, sino que se levanta cuando se informa suficientemente sobre el caso, y se lanza, según su costumbre, a través de la ciudad. Antes de haber colgado yo el receptor, él está trabajando ya en mi contra.

LA PRUEBA

No hay trabajo para un criado. Soy medroso y no me pongo en evidencia; ni siquiera me coloco en fila con los demás, pero esto es sólo una de las causas de mi falta de ocupación; también es posible que nada tenga que ver con eso; lo importante es, en todo caso, que no soy llamado a prestar servicio; otros han sido llamados y no han hecho más gestiones que yo; y acaso ni siquiera han tenido alguna vez el deseo de ser llamados, en tanto que yo lo he sentido, a veces, con mucha intensidad. Así yazgo, pues, en el catre del cuarto de los criados, la mirada fija en las vigas del techo, me duermo, me despierto y, en seguida, vuelvo a dormirme. A veces cruzo hasta la taberna, donde sirven cerveza agria; algunas veces por fastidio, he volcado un vaso, pero luego vuelvo a beber. Me gusta sentarme allí porque, detrás de la pequeña ventana cerrada y sin que nadie me descubra puedo contemplar las ventanas de casa. No se ve gran cosa; a la calle dan, según creo, sólo las ventanas de los corredores, y además, no de aquellos que llevan a los cuartos de los señores; es posible también que me equivoque; alguien lo sostuvo una vez, sin que yo se lo preguntara, y la impresión general de la fachada lo confirma. Sólo de vez en cuando se abren las ventanas, y cuando esto ocurre, lo hace un criado, que se inclina también sobre el antepecho para echar un vistazo hacia abajo. Son, pues, corredores donde no puede ser sorprendido. Por lo demás no conozco a esos criados; los que son ocupados permanentemente arriba, duermen en otro lugar; no en mi cuarto. Una vez, al llegar a la hostelería, un huésped ocupaba ya mi lugar de observación; no me atreví a mirar en forma directa hacia donde estaba y quise volverme en la puerta para irme en seguida. Pero el huésped me llamó y, así, entonces, advertí que también era un criado al que yo había visto una vez en alguna parte, aunque sin haber hablado nunca hasta entonces.

—¿Por qué quieres escapar? Siéntate aquí y bebe. Te invito.

Me senté, entonces. Me preguntó algo, pero no pude responder; ni siquiera comprendía las preguntas. Por eso le dije:

—Quizás ahora te arrepientas de haberme invitado. Me voy, pues.

Quise levantarme. Pero él extendió la mano por encima de la mesa y me retuvo en el asiento.

—Quédate —dijo—. Era sólo una prueba. El que no responde a las preguntas la ha aprobado.

ABOGADOS

Aún no había seguridad de que yo consiguiera un abogado; tampoco había logrado averiguar nada concreto sobre el asunto. Todos aquellos rostros eran repugnantes; la mayor parte de las personas con las que me encontraba y con las que volvía a cruzarme en los pasillos una y otra vez, parecían viejas gordas; vestían inmensos delantales rayados en blanco y azul que les cubrían por entero el cuerpo; se frotaban el vientre mientras se movían con pesadez de un lado a otro. Ni siquiera podía saber si nos encontrábamos en un palacio de justicia. Habían cosas que parecían indicarlo así; muchas otras lo negaban. Pero sobre todos estos detalles, lo que más me recordaba a un tribunal era un estruendo que se oía a lo lejos sin cesar; imposible decir de qué dirección provenía; saturaba a tal punto todos los ambientes, que aparentemente procedía de todos lados; o, para ser más exacto todavía, era como si el lugar donde uno se encontrara, fuera el verdadero origen de aquel estruendo; pero con certeza, aquello era una ilusión, pues el rumor nacía a lo lejos.

Esos pasillos estrechos, de sencillas bóvedas, cuyo recorrido era ligeramente sinuoso, surcado por altas puertas apenas decoradas, parecían creados para un profundo silencio; eran los pasillos de un museo o de una biblioteca. Pero si esto no era un tribunal, ¿por qué buscaba yo aquí a un abogado? Porque lo buscaba por todas partes; después de todo, en todas partes es necesario ; se lo necesita más fuera de un tribunal que dentro, de él, pues se supone que el tribunal dicta su sentencia según la ley. La vida sería imposible si se admitiera que aquí se procede con injusticia o basándose en datos superfluos; hay que confiar en que el tribunal deje su acción a la majestad de la ley misma: acusación, defensa y sentencia; la intervención aquí de una persona en forma individual sería un sacrilegio.

Otra cosa muy distinta es la que respecta a la circunstancia de una sentencia; ésta se fundamenta en testimonios de familiares y extraños, amigos, y enemigos, en privado y en público, en la ciudad y en el campo; en síntesis en todas partes. Un abogado es aquí imprescindible; no, muchos abogados, los mejores, formando una hilera, una muralla viviente, pues los abogados son lentos por naturaleza en cambio los fiscales, esos zorros astutos, esas sagaces comadrejas, esos ratoncitos invisibles, se cuelan por los recovecos, se escabullen entre las piernas de los abogados. ¡Cuidado! Pues por eso estoy aquí; por coleccionar abogados. Pero todavía no he encontrado ninguno; sólo estas viejas gordas que van y vienen, siempre igual; de no haberme empeñado en la búsqueda, ya me habría dormido. No me encuentro en el lugar adecuado;

por desgracia no puedo sustraerme a la impresión de no estar en el lugar apropiado. Debería encontrarme en un lugar donde se reuniera gente de toda clase, de distintas comarcas, estados y profesiones, de diversas edades; debería poder escoger esmeradamente entre la multitud, a los eficientes, a los amables, a aquellos que tienen una mirada para mí.

Para esto posiblemente sería lo mejor una gran feria anual. En cambio, me arrastro por estos pasillos donde sólo puedo ver a estas viejas, y sólo a algunas, siempre las mismas, y aun a estas pocas, a pesar de su lentitud, no logro detenerlas, se me escabullen, flotan como nubes cargadas de lluvia, totalmente empeñadas en ocupaciones extrañas. ¿Por qué entro a ciegas en un edificio, sin leer la inscripción sobre el pórtico, y me deslizo inmediatamente en los pasillos tan obstinadamente, que el recordar que alguna vez estuve afuera, ante el pórtico, se vuelve imposible? Ya ni siquiera recuerdo haber subido las escaleras. Sin embargo no puedo volver atrás; esta pérdida de tiempo, el darme cuenta del error que cometí me sería insoportable.

¿Cómo desandar las escaleras de esta vida breve, presurosa, acompañada de un estruendo que no cesa? Imposible. El tiempo que se te ha acordado es tan corto, que si pierdes un segundo pierdes tu vida entera; porque sólo es tan larga como ef tiempo que pierdes. Si has comenzado, pues, un camino, sigue adelante en cualquier circunstancia: sólo puedes ganar; no corres ningún peligro; quizás al fin caigas, pero si al dar los primeros pasos te hubieras arrepentido y bajado la escalera, te habrías despeñado desde el comienzo mismo; y esto no sólo es probable sino seguro. Si no hallas nada detrás de las puertas, hay otros pisos; si no encuentras nada arriba, no importa; continúa subiendo.

Mientras no dejes de subir no terminarán los escalones; bajo tus pasos ascendentes, ellos crecen hacia lo alto.

REGRESO AL HOGAR

Al regresar, atravieso el zaguán y miro en derredor.

Es el viejo cortijo de mi padre. El charco en el medio. Entremezclados objetos viejos e inservibles cierran el paso hacia la escalera del granero. El gato acecha desde la baranda. Un trapo desgarrado, atado alguna vez a una barra, mientras alguien jugaba, se agita al viento. He llegado. ¿Quién me recibirá? ¿Quién espera tras de la puerta de la cocina? La chimenea humea, están preparando el café para la cena. ¿Sientes la intimidad, te encuentras como en tu casa?

No lo sé, no estoy seguro. Es, la casa de mi padre pero todos están uno junto al otro, fríamente, como si estuviesen ocupados en sus asuntos, que en parte he olvidado y en parte no he conocido jamás.

¿De qué puedo servirles, qué soy para ellos, aun siendo el hijo de mi padre, el hijo del viejo propietario rural? Y no me atrevo a llamar a la puerta de la cocina, y sólo escucho desde lejos, sólo desde lejos tenso sobre mis pies, pero de manera tal que no me puedan sorprender escuchando. Y porque escucho desde lejos no oigo nada, salvo una leve campanada de reloj, que quizá sólo creo oír, llegándome desde los días de la infancia. Lo que además ocurre en la cocina es un secreto que los que allí están sentados me ocultan.

Cuanto más se titubea ante la puerta, más extraño se siente uno.

¿Qué tal si ahora alguien la abriese y me hiciese una pregunta?

¿Acaso yo mismo no estaría entonces, como alguien que quiere ocultar su secreto?

COMUNIDAD

Éramos cinco amigos; una vez salimos en fila de una casa; primero vino uno y se puso junto a la entrada, luego vino, o mejor dicho, se deslizó tan ligeramente como se desliza una bolita de mercurio, el segundo y se puso no lejos del primero, luego el tercero, luego el cuarto, luego el quinto. Finalmente estábamos todos de pie, en una línea. La gente se fijó en nosotros y señalándonos, decía: todos acaban de salir de esa casa. Desde entonces vivimos juntos, y tendríamos una vida pacífica si un sexto no viniese siempre a entrometerse; No nos hace nada, pero nos molesta, lo que ya es bastante; ¿por qué se introduce por fuerza allí donde nadie lo quiere? No lo conocemos y no queremos aceptarlo nosotros. Nosotros cinco tampoco nos conocíamos antes y, si se quiere, tampoco nos conocemos ahora, pero aquello que entre nosotros cinco es posible y tolerado, no es ni posible ni tolerado con respecto a aquel sexto.

Además, somos cinco y no queremos ser seis. Y qué sentido, sobre todo, puede tener esta convivencia permanente, si estamos ya juntos y seguimos estándolo, pero no queremos un nuevo nexo, precisamente en razón de nuestras experiencias. Pero ¿cómo explicar esto a un sexto, puesto que las largas explicaciones significarían ya una aceptación a nuestro círculo? Es preferible no explicar nada y no aceptarlo. Por mucho que frunza los labios lo alejamos con el codo, pero por más que lo hagamos, vuelve otra vez.

EL BUITRE

Un buitre me picoteaba los pies. Ya me había desgarrado los zapatos y las medias y ahora me picoteaba los pies. Siempre tiraba un picotazo, volaba en círculos amenazadores alrededor y luego continuaba su obra. Pasó un señor, nos miró un rato y me preguntó por qué toleraba al buitre.

—Estoy indefenso —le dije—, vino y empezó a picotearme; lo quise espantar y hasta proyecté torcerle el pescuezo, pero estos animales son muy fuertes y quería saltarme a la cara. Preferí sacrificar los pies; ahora están casi hechos pedazos.

—No se debe atormentar —dijo el señor—, un tiro y el buitre se acabó.

—¿Le parece? —pregunté—, ¿quiere encargarse usted del asunto?

—Encantado —dijo el señor—, no tengo más que ir a casa a buscar mi fusil, ¿puede aguantar media hora más?

—No sé —le respondí, y por un instante me quedé rígido de dolor; después agregué—: por favor, pruebe de todos modos.

—Bueno —dijo el señor—, me apuraré.

El buitre había escuchado tranquilamente nuestro diálogo y había dejado vagar la mirada entre el señor y yo. Ahora vi que había comprendido todo: voló un poco más lejos, retrocedió para alcanzar el impulso óptimo, y, como un atleta que arroja la jabalina, encajó su pico en mi boca, profundamente. Al caer de espaldas sentí como una liberación; sentí que en mi sangre, que colmaba todas las profundidades y que inundaba todas las riberas, el buitre, irremediablemente, se ahogaba.

ÉL

En ninguna ocasión se está lo suficientemente preparado, ni siquiera reprochablemente, porque ¿cómo se habría de tener tiempo para prepararse anticipadamente en esta vida tan dolorosa que exige estar presto a cada instante? Y aunque lo tuviera, ¿cómo estar preparado sin conocer el problema que hay que resolver?; es decir: ¿es realmente posible superar una prueba espontánea, imprevista, no dispuesta en forma artificial? Por eso hace tiempo que fue destrozado por las ruedas; para esta ocasión —es curioso pero confortador— estuvo menos preparado que nunca.

Cuanto hace le parece extraordinariamente nuevo, pero también, por su exagerada abundancia, improvisado, apenas soportable, incapaz de perdurar, destructor de la cadena de las generaciones, y por primera vez demoledor hasta sus últimas consecuencias de la música del mundo que hasta ahora podía al menos barruntarse. A veces, en su soberbia, teme más por el mundo que por sí mismo.

Se hubiera resignado a la prisión. Terminar preso podría constituir el objetivo de una vida. Pero era una gran jaula de rejas. Como en sus lares, el ruido del mundo, indiferente, imperioso, fluía a través de las rejas; en cierto modo era libre, podía tomar parte en todo, nada de lo que sucedía afuera se le escapaba, hasta hubiera podido abandonar la jaula, ya que los barrotes se encontraban muy separados; ni siquiera se encontraba preso. Tenía la sensación de que por el hecho de vivir se obstruía los caminos. Y luego deducía que esa obstrucción era la prueba de su existencia.

Su propia frente le obstruye el camino; contra ella se golpea la propia frente hasta hacerla sangrar.

Se siente preso en este mundo, le falta espacio; lo acosan la pena, la debilidad, las enfermedades, las alucinaciones de los presos; ningún consuelo es bastante, precisamente por ser tan sólo consuelo, tierno y doloroso consuelo frente al brutal hecho de estar preso. Pero si se le pregunta qué es lo que desea en realidad, no sabe responder, porque no sabe —y es uno de sus argumentos más fuertes— lo que es la libertad.

Hay quien niega la pena señalando el sol; él niega al sol señalando la pena.

El movimiento ondulatorio de toda vida, de la propia y la ajena, lacerante, lento, a veces mucho tiempo detenido, pero en el fondo interminable, lo tortura porque lleva consigo la también interminable exigencia de pensar. A veces le parece que esta tortura precede a los acontecimientos. Cuando se entera de que nacerá el hijo de un amigo, reconoce que ya ha sufrido antes por ello como pensador.

Por una parte ve algo inimaginable sin cierto bienestar, algo sereno y henchido de vida: la meditación, valoración, el análisis, la extraversión. Las posibilidades son infinitas. Hasta un ciempiés necesita una grieta suficientemente amplia para instalarse; aquellos actos, en cambio, no requieren espacio, pueden coexistir por millares, compenetrándose, sin necesidad de la menor grieta. Pero por otra, ve también el instante en que, llamado a rendir cuentas y sin conseguir articular palabra, es rechazado de nuevo hacia la contemplación... y ya sin la posibilidad de chapotear en ellos, se hunde con una maldición.

Se trata de lo siguiente: hace muchos años me senté en la ladera del monte Laurenzi. Bastante triste, analizaba mis deseos. Me pareció más importante o' atrayente el de lograr una concepción de la vida (y, ambas cosas estaban necesariamente ligadas, convencer a los demás de ella), una concepción en que la vida conservara todo su peso, sus altibajos naturales, pero en que fuera también reconocida, con no menor precisión, como nada, como un sueño, como un algo leve y fluctuante.

Acaso un hermoso deseo si lo hubiese deseado completamente. Algo como el goce de ensamblar una mesa a la perfección, de acuerdo con las reglas del arte; y al mismo tiempo no hacer nada, pero en tal forma que no se pudiese decir: "el martillar no es nada para él", sino que hubiera que decir: "el martillar es para él un verdadero martillar y al propio tiempo nada", con lo cual el martillar se tornaría aún más audaz, más decidido, más real y, si lo deseas, más delirante.

Pero no podía desear en esa forma, ya que ese deseo no era un deseo, era tan sólo una defensa, una certeza de la nada, un soplo de vitalidad conferido a la nada, en la que entonces apenas si aventuraba los primeros pasos consientes, pero sintiéndola ya como su elemento. Era como una despedida del humo de apariencias de la juventud, aunque ésta nunca le había engañado directamente, sino tan sólo a través de la palabra de las eminencias. El "deseo" se hizo pues necesario.

Sólo se prueba a sí mismo, es su única demostración; todos los adversarios lo derrotan en seguida, pero no por/que lo refuten (él es irrefutable), sino porque se prueban a sí mismos.

Las asociaciones humanas se basan en que alguien, por su poderosa esencia, parezca haber refutado a otros, en sí irrefutables. Esto es dulce y consolador para aquellos; pero como falta la verdad no puede ser duradero.

Antes formó parte de un grupo monumental. En torno a un pináculo se agrupaban en orden estudiado las figuras del guerrero, de las artes, ciencias y oficios. Uno de ellos era él. Hace tiempo que el grupo se ha disuelto; al menos él ya no lo integra. No conserva ya su antiguo oficio, ha olvidado cuál era su papel. Precisamente por este olvido le sobreviene una cierta tristeza, inseguridad, inquietud, una cierta nostalgia de los tiempos pasados que oscurecen el presente. Y sin embargo esta nostalgia es un importante elemento de la fuerza vítalo acaso ella misma.

No vive por su existencia personal, no piensa en razón de su propio pensamiento. Es como si viviera y pensara bajo la presión de una familia para la cual, a pesar de ser enormemente rica en energías vitales y de pensamiento, él constituye una necesidad, en virtud de una ley desconocida. Por esta familia y por estas leyes desconocidas es imposible despedirlo.

El pecado original, la vieja culpa del hombre, consiste en el reproche que formula y en que reincide, de haber sido él la víctima de la culpa y del pecado original.

Frente a las vitrinas de Cassinelli dos niños bien vestidos (un niño de unos seis años y una niña de siete), hablaban de Dios y del pecado. Me detuve tras ellos. La niña, tal vez católica, sólo consideraba pecado mentir a Dios. El niño, quizá protestante, preguntaba empecinado qué era entonces mentir a los hombres o robar.

—También un enorme pecado —dijo la niña—, pero no el más grande. Sólo los pecados contra Dios son los verdaderamente grandes; para los pecados contra los hombres tenemos la confesión. Si me confieso, aparece el ángel a mis espaldas; pero si peco aparece el diablo, aunque no se lo vea.—Entonces la niña, como cansada de tanta seriedad, se volvió y dijo en broma: —¿Ves? No hay nadie detrás de mí.

El niño, a su vez, se volvió y me vio.

—¿Ves? —dijo sin tener en cuenta que yo lo oía—, detrás de mí está el diablo.

—Ya lo veo —le respondió la niña—, pero no me refiero a ése. No busca consuelo, no porque no lo quiera —¿quién no lo quiere?—, sino porque buscar consuelo significa dedicarla vida a ello; vivir al borde de la existencia, fuera de ella, ya sin saber casi para quién se busca consuelo y sin estar ya en condiciones de buscar consuelo eficaz, no digo verdadero, que no lo hay.

Se resiste a dejarse medir por los demás. El hombre, por infalible que sea, ve en los otros sólo la parte que le muestra su propia mirada y su manera de pensar. Padece como todo el mundo, aunque en forma exagerada, la manía de reducirse hasta amoldarse a la mirada de los demás. Si Robinsón, por consolarse o por tristeza, temor, ignorancia o nostalgia no hubiera abandonado nunca el punto más alto o mejor, más visible de la isla, pronto habría muerto; pero como, sin preocuparse de los barcos y de sus débiles catalejos, comenzó a explorar su isla y a encontrar alegría en ella, sobrevivió y fue finalmente encontrado, como consecuencia al menos intelectualmente, necesaria. De tu debilidad haces una virtud.

En primer lugar, todos lo hacen; y en segundo, precisamente yo no lo hago. Dejo que mi debilidad lo siga siendo; no seco los pantanos, sigo viviendo en su vaho febril.

De ello haces precisamente tu virtud.

Como todos, ya lo dije. Por lo demás, lo hago por ti. Para que continúes siendo amable conmigo, perjudico a mi alma.

Todo le está permitido menos olvidarse de sí mismo; así todo le está vedado, menos lo que momentáneamente es necesario al todo.

La cuestión de la conciencia es una exigencia social.

Todas las virtudes son individuales, todos los vicios sociales. Lo que se hace valer como virtud social, como el amor, el desinterés, la justicia, el espíritu de sacrificio son tan sólo vicios sociales "asombrosamente" rebajados.

Entre el sí y el no que dice a sus contemporáneos y los que debiera decirles, hay más o menos la misma diferencia que entre la vida y la muerte, e igualmente inasible.

La causa de que la posteridad juzgue más acertadamente al muerto, radica en éste. La verdadera índole se desarrolla tan sólo después de la muerte. Estar muerto es para cada uno como la noche del sábado para el deshollinador. Le quita el hollín al cuerpo. Y queda aclarado si los contemporáneos le han hecho más daño a él o él a ellos. En el último caso fue un gran hombre.

Siempre tenemos fuerzas para negar, la más natural manifestación del espíritu de lucha, siempre cambiante, renovado, que nace y que muere; pero nos falta valor para ello, cuando en realidad la vida es negación, es decir negación afirmativa.

No muere con la atrofia de sus pensamientos. Atrofiarse es sólo una manifestación del mundo interior (que permanece aunque sólo sea pensamiento), una manifestación natural como cualquier otra, ni alegre ni triste.

La corriente contra la cual se afana es tan veloz que en algún momento de distracción puede- desesperarse por la estéril quietud en que flota; tan atrás ha sido arrastrado en un instante de postración.

Tiene sed y un simple arbusto lo separa del manantial. Pero está formado por dos pactes. Una vigila el conjunto, ve que está aquí y la fuente al lado; la otra a lo sumo sospecha que la primera lo ve todo. Pero como no advierte nada, no puede beber.

Ni audaz ni temerario, tampoco cobarde. La vida libre no le acobardaría. Claro que tal género de vida no se le ha presentado, pero tampoco esto le preocupa, como en general no se preocupa de sí en absoluto, pero hay alguien desconocido que se preocupa por él, tan sólo por él. Y esas preocupaciones de ese alguien desconocido, y en especial su constancia, son las que en horas silenciosas le causan una terrible jaqueca.

Cierta pesadez le impide erguirse, la sensación de estar protegido, de yacer en un lecho preparado para él y que le pertenece exclusivamente; pero no puede descansar, la intranquilidad le expulsa del lecho, se lo impide la conciencia, el corazón que late sin cesar, el temor a la muerte y el deseo de refutarlo. Torna a levantarse. Esta agitación y algunas observaciones al sesgo, casuales, fugitivas, constituyen su vida.

Tiene dos enemigos: el primero lo amenaza por detrás, desde las fuentes; el segundo le cierra el camino hacia adelante. Lucha con ambos. En realidad, el primero lo apoya en su lucha contra el segundo, quiere impulsarlo hacia adelante y de la misma manera el segundo lo apoya en su lucha contra el primero, lo empuja hacia atrás. Pero esto es solamente teórico. Porque aparte de los adversarios también existe él, ¿y quién no conoce sus intenciones? Siempre sueña que en un momento de descuido —para ello hace falta una noche impensablemente oscura— puede escabullirse del frente de batalla y ser elevado, por su experiencia de lucha, por encima de los combatientes, como árbitro.

PROMETEO

Hay cuatro leyendas referidas a Prometeo. Según la primera, fue encadenado al Cáucaso por haber revelado a los hombres los secretos divinos, y los dioses mandaron águilas a devorar su hígado, que se renovaba perpetuamente.

Según la segunda, Prometeo, aguijoneado por el dolor de los picos desgarradores, se fue hundiendo en la roca hasta hacerse uno con ella.

Según la tercera, la traición fue olvidada en el curso de los siglos. Los dioses la olvidaron, las águilas la olvidaron, él mismo la olvidó.

Según la cuarta, se cansaron de esa historia insensata. Se cansaron los dioses, se cansaron las águilas, la herida se cerró de cansancio. Quedó el inexplicable peñasco.

La leyenda quiere explicar lo que no tiene explicación.

Como nacida de una verdad, tiene que volver a lo inexplicable.

EL SILENCIO DE LA SIRENAS

Existen métodos insuficientes, casi pueriles, que también pueden servir para la salvación. He aquí la prueba:

Para guardarse del canto de las sirenas, Ulises tapó sus oídos con cera y se hizo encadenar al mástil de la nave. Aunque todo el mundo sabía que este recurso era ineficaz, muchos navegantes podían haber hecho lo mismo, excepto aquellos que eran atraídos por las sirenas ya desde lejos. El canto de las sirenas lo traspasaba todo, la pasión de los seducidos habría hecho saltar prisiones más fuertes que mástiles y cadenas. Ulises no pensó en eso, si bien quizás alguna vez, algo había llegado a sus oídos. Se confió por completo en aquel puñado de cera y en el manojo de cadenas. Contento con sus pequeñas estratagemas, navegó en pos de las sirenas con inocente alegría.

Sin embargo, las sirenas poseen un arma mucho más terrible que el canto: su silencio. No sucedió en realidad, pero es probable que alguien se hubiera salvado alguna vez de sus cantos, aunque nunca de su silencio. Ningún sentimiento terreno puede equiparse a la vanidad de haberlas vencido mediante las propias fuerzas.

En efecto, las terribles seductoras no cantaron cuando pasó Ulises; tal vez porque creyeron que a aquel enemigo sólo podía herirlo el silencio, tal vez porque el espectáculo de felicidad en el rostro de Ulises, quien sólo pensaba en ceras y cadenas, les hizo olvidar toda canción.

Ulises, (para expresarlo de alguna manera), no oyó el silencio. Estaba convencido de que ellas cantaban y que sólo él se hallaba a salvo.

Fugazmente, vio primero las curvas de sus cuellos, la respiración profunda, los ojos llenos de lágrimas, los labios entreabiertos. Creía que todo era parte de la melodía que fluía sorda en torno de él. El espectáculo comenzó a desvanecerse pronto; las sirenas se esfumaron de su horizonte personal, y precisamente cuando se hallaba más próximo, ya no supo más acerca de ellas.

Y ellas, más hermosas que nunca, se estiraban, se contoneaban. Desplegaban sus húmedas cabelleras al viento, abrían sus garras acariciando la roca. Ya no pretendían seducir, tan sólo querían atrapar por un momento más el fulgor de los grandes ojos de Ulises. Si las sirenas hubieran tenido conciencia, habrían parecido aquel día. Pero ellas permanecieron y Ulises escapó.

DE LA MUERTE APARENTE

Quien haya padecido alguna vez de muerte aparente, podrá contar cosas espantosas; sin embargo, no podrá decir cómo es después de la muerte. Es más, ni ha estado más cerca de ella que otros; en el fondo, tan sólo ha "sentido" algo especial, y la vida común, no la extraordinaria, se ha convertido en algo más valioso con ello. A todo aquel que haya experimentado algo peculiar le sucede una cosa similar. Con toda seguridad Moisés, por ejemplo, experimentó sobre el Monte Sinaí algo "especial"; pero, en lugar de abandonarse a ello, como tal vez lo haría un muerto aparente, que no se anuncia y se queda en el ataúd, bajó corriendo del Monte y, desde luego, tuvo cosas importantes que contar, y amó a los hombres, de los cuales había huido, mucho más que antes, dando entonces su vida por ellos, casi podría decirse por agradecimiento.

De ambos, sin embargo, del que vuelve de la muerte aparente, y de Moisés que regresa, puede aprenderse mucho, pero no podemos conocer lo decisivo, pues ellos mismos no lo han llegado a saber. Y si lo hubieran llegado a saber, no hubieran regresado. Esto podría verificarse si, por ejemplo, alguna vez quisiésemos vivir "con un salvoconducto" para tener la certeza del retorno, la experiencia del muerto aparente o de Moisés, o incluso que deseáramos la muerte, pero ni siquiera en pensamiento querríamos permanecer en el Monte Sinaí o vivos en el ataúd, sin posibilidad alguna de retorno...

(Esto, ciertamente, nada tiene que ver con el temor a la muerte...)

LA VERDAD SOBRE SANCHO PANZA

Con el correr del tiempo, Sancho Panza, que por otra parte, jamás se vanaglorió de ello, consiguió mediante la composición de una gran cantidad de cuentos de caballeros andantes y de bandoleros, escritos durante los atardeceres y las noches, separar a tal punto de sí a su demonio, a quien luego llamó don Quijote, que éste se lanzó inconteniblemente a las más locas aventuras; sin embargo, y por falta de un objeto preestablecido, que justamente hubiera debido ser Sancho Panza, hombre libre, siguió de manera imperturbable, tal vez en razón de un cierto sentido del compromiso, a don Quijote en sus andanzas, y obtuvo con ello un grande y útil solaz hasta su muerte.

LA CONSTRUCCIÓN

(Escrita en el último año de su vida, 1923-24, En Berlín-Steglitz).

En el punto en que la historia se interrumpe el héroe se prepara para la lucha final con el enemigo, encuentro en el que habría de salir derrotado.

He presentado la obra y me parece bien lograda. Desde afuera sólo se ve un gran agujero que en realidad no conduce a ninguna parte, ya que a los pocos pasos se tropieza con roca. No quiero jactarme de haber ejecutado esta treta en forma deliberada; es más bien el sobrante de uno de los numerosos y vanos intentos de construcción, pero finalmente, me pareció ventajoso dejar este agujero sin rellenar. Desde luego hay astucias que, por sutiles, se aniquilan por sí solas, eso lo sé mejor que nadie, e indudablemente constituye una audacia llamar la atención con este agujero sobre la posibilidad de que aquí exista algo digno de ser investigado. Sin embargo, se equivoca quien crea que soy cobarde y que sólo por cobardía ejecuto la obra. A unos mil pasos de este agujero se halla, cubierto por una capa de musgo suelto, el verdadero acceso, tan bien asegurado (como puede estarlo algo en el mundo); naturalmente, alguien podría pisar el musgo o levantarlo; entonces mi obra quedaría al aire y quien tuviera ganas   —nótese, sin embargo, que se requerirían dotes no demasiado frecuentes— podría penetrar y destruirlo todo para siempre. Lo sé bien y ahora en su culminación mi vida apenas si tiene un momento por completo tranquilo; allí, en ese sitio, en el oscuro musgo, soy mortal y en mis sueños husmea interminablemente un hocico voraz. Habría podido, se opinará, rellenar este agujero de entrada con un manto firme y delgado arriba y más abajo con tierra floja, de manera que siempre me hubiera costado poco esfuerzo asegurarme de nuevo la salida.

Pero no es posible; precisamente la cautela exige que tenga una viabilidad de escape, precisamente ella obliga con frecuencia a arriesgar la vida. Todos estos son cálculos harto penosos; la alegría que la cabeza experimenta al efectuarlos es muchas veces el único motivo de que siga calculando. Yo necesito una inmediata posibilidad de escape, pues acaso, ¿no puedo ser atacado a pesar de toda mi vigilancia en el punto más inesperado? Vivo pacíficamente en lo más profundo de mi casa, y mientras el enemigo se me aproxima sigilosamente. No quiero decir que tenga mejor olfato que yo; tal vez me ignore como yo lo ignoro a él. Pero hay bandidos apasionados que perforan ciegamente la tierra y que por la enorme extensión de mi obra, pueden alentar la esperanza de dar con algunos de mis túneles. Ciertamente, tengo la ventaja de estar en mi casa y de conocer perfectamente todos los caminos y direcciones. Es fácil que tal bandido se convierta en mi víctima, en dulce víctima. Pero yo envejezco, hay muchos más fuetes que yo, mis enemigos son innumerables; podría suceder que huyera de uno y cayera en las garras de otro. ¡Ah, todo puede suceder! De cualquier modo, necesito tener conciencia de que en alguna parte hay una salida completamente expedita, alcanzable con facilidad, donde para liberarme no necesitara cavar en absoluto, tal que, mientras yo trabajara desesperadamente, aunque fuera entre flojos escombros, no sintiera de pronto, ¡Dios me ampare!, los dientes de mi perseguidor en los muslos. Y no solamente me amenazan los enemigos externos, los hay también en lo profundo de la tierra. No los he visto jamás, pero las leyendas hablan de ellos y creo firmemente en su existencia. Son seres del interior, ni siquiera las leyendas logran describirlos; ni los que se convirtieron en sus víctimas alcanzan a verlos bien; se acercan, se oye el arañar de sus garras bajo la tierra, que es su elemento, y ya se está perdido.

Entonces ya se está en la propia casa, más bien se está en su casa. De ellos tampoco me salva aquella salida, como probablemente no ha de salvarme en absoluto, sino perderme, pero de todos modos es una esperanza sin la que no puedo subsistir. Aparte de este gran camino, me comunican con el mundo exterior otros muy estrechos, bastante seguros, por los que me llega el aire que respiro. Han sido construidos por ratones que he sabido atraer a mi obra. Me ofrecen las ventajas del gran alcance de su olfato y de ese modo me protegen. Además, por su causa llega toda una fauna menor que devoro. De manera que, sin necesidad de abandonar mi obra, dispongo de un medio de vida, aunque limitado, suficiente. Y esto es esencial.

Pero lo mejor de mi construcción es su silencio. Este es desde luego, engañoso; repentinamente puede interrumpirse. Todo habría terminado. Pero por el momento todavía existe. Durante horas puedo deslizarme por mis galerías sin oír más que el rumor de alguna bestezuela que de inmediato reduzco al silencio con mis dientes; o el crujir de la tierra que me anuncia la necesidad de alguna reparación. Salvo esto, el silencio es absoluto. El aire del bosque penetra, hay al mismo tiempo abrigo y frescura. A veces me relajo satisfecho y me doy vuelta en la galería. Es bueno tener una construcción así para la ya cercana vejez, saberse bajo techo al comienzo del otoño. He ensanchado las galerías cada cien metros hasta convertirlas en pequeña plazas circulares. Allí puedo enrollarme con comodidad, abrigarme en mí mismo y descansar. Allí duermo el dulce sueño de la paz, del deseo satisfecho, de la alcanzada meta del dueño de casa.

No sé si es una costumbre de épocas antiguas o si los peligros de esta casa son lo suficientemente grandes como para despertarme; pero con regularidad, de tiempo en tiempo, el sobresalto me arranca del sueño y entonces atisbo, atisbo el silencio; que reina invariablemente de día y de noche; sonrío tranquilizado y recaigo, los miembros flojos, en sueños más profundos aún.   ¡Pobres viajeros sin morada, en las carreteras, en los bosques, en el mejor de los casos acurrucados sobre montones de hojas o apretujados entre sus semejantes, expuestos a toda la perdición del cielo y de la tierra! Yo, en cambio, estoy en una fortaleza protegida por todos lados —más de cincuenta de éstas hay en mi construcción— y en somnolencia o sueño profundo transcurren las horas, que para ello elijo.

Casi en el centro mismo de la obra está la plaza principal, estudiada para el caso de peligro exterior, no tanto de persecución, como de asedio. Mientras todo lo otro es producto de esforzado trabajo mental más que físico, esta plaza fuerte es resultado del pesadísimo trabajo de mi cuerpo y de cada una de sus partes. Alguna vez, en la desesperación de mi cansancio corporal, he querido abandonarlo todo; me revolcaba, maldecía la obra, me arrastraba hacia el exterior, dejando la construcción abierta. Podía hacerlo porque no quería regresar, hasta que, después de horas o de días, retornaba un arrepentimiento casi prorrumpiendo en loas al advertir la integridad de la obra, y realmente alegre, reanudaba el trabajo. La tarea en la plaza fuerte se agravaba de modo innecesario (innecesario quiere decir que el trabajo de vaciado no se traducía en beneficio esencial para la obra), porque justamente donde debía estar situada según el plan, la tierra era floja y arenosa y había que conseguir que se volviera compacta antes de formar el círculo bellamente abovedado. Para ese trabajo poseo tan sólo la frente. Con la frente, pues, he embestido la tierra miles y miles de veces, a lo largo de días y de noches y era feliz, cuando los golpes la hacían sangrar, ya que probaba que la solidez estaba próxima, y en esta forma creo que se me reconocerá, me he ganado mi plaza fuerte. En esta plaza fuerte almaceno las provisiones, compuestas por los sobrantes de mis capturas dentro de la casa, luego de satisfacer las necesidades inmediatas, y por lo que traigo de las cacerías exteriores. Es tan amplio el sitio que no lograrían llenarlo las reservas de medio año; puedo, pues, extenderlas holgadamente, caminar entre ellas, jugar con ellas, alegrarme de su abundancia y sus diversos olores, y tener siempre una exacta visión de lo existente. También puedo efectuar nuevos ordenamientos y, según las épocas del año, hacer nuevas previsiones y proyectos de caza. Hay períodos en que estoy tan provisto que, indiferente a la comida en general, ni siquiera toco la caza menor que se agita aquí, lo que, por otros motivos, tal vez sea temerario. Como consecuencia de las múltiples tareas vinculadas a los preparativos de defensa, mis ideas acerca de la utilidad de la construcción para ese caso se modifican o desarrollan en forma importante. Me parece que es peligroso basar la defensa exclusivamente en la plaza fuerte; la complejidad de la obra me brinda muchas otras posibilidades y me parece prudente distribuir las provisiones dejando algunas de ellas en pequeñas plazas; entonces destino, por ejemplo, cada tercer lugar a las reservas, o cada cuarto o depósito principal y cada., segundo a almacén de reserva adicional, o algo por el estilo. O, para despistar, elimino ciertos caminos de la salida principal, sólo algunos pocos sitios. Cada nuevo proyecto exige una fatigosa labor de acarreo, nuevos cálculos, y luego debo llevar y traer las cargas. Desde luego, puedo realizarlo sin prisa; además, no es .desagradable transportar manjares con la boca, descansar dónde y cómo se quiera, saborear lo que más guste. A veces, sin embargo, me despierto con sobresalto, y aquí está lo grave, parece que la actual distribución es por completo errónea, que puede provocar enormes peligros y que es urgente rectificarla, sin tiempo para somnolencias o para el cansancio.

Entonces me apresuro, vuelo, no tengo tiempo para cálculos, quiero realizar un nuevo y minucioso proyecto, cojo lo primero que me cae entre los dientes, arrastro, cargo, gimo, tropiezo y el menor cambio favorable de circunstancias peligrosas me produce alivio. Hasta que paulatinamente, al despertar por completo, el violento trajín, me parece absurdo; aspiro profundamente la paz de la casa, que yo mismo he destruido; retorno al lecho y al sueño, y al despertar me encuentro con que, como prueba incontrastable de la ya inverosímil tarea nocturna, conservo alguna rata entre los dientes. Luego llegan períodos en que me parece mejor la reunión de todas las provisiones en un solo sitio. La utilidad de las reservas en las pequeñas plazas es un problema; cabe poco en ellas y se obstruye el paso, desplazar en caso de alarma. Aparte de ello es, aunque tonto, cierto que la sensación de 'seguridad se perjudica cuando no se ven juntas todas las provisiones y no se puede apreciar con una sola mirada lo que se posee. Además, con estas múltiples distribuciones, mucho puede extraviarse. No puedo galopar continuamente en todas direcciones para ver si todo se halla en perfecto estado. Desde luego, la idea fundamental de distribuir las reservas es correcta, pero solamente cuando se poseen varios sitios similares a mi plaza fuerte. ¡Varios sitios! ¡Naturalmente! Pero ¿quién puede realizar eso? Tampoco pueden acomodarse, en el plan de conjunto, a posteriori.

Sin embargo, quiero reconocer que en ello radica un error de la construcción, pero como por lo general siempre hay un error, cuando de algo se posee un solo ejemplar. Y también reconozco que durante toda la ejecución de la obra en lo más oscuro de mi conciencia moró la idea aunque con bastante nitidez, de disponer de más de una plaza fuerte, pero no he cedido; me sentía demasiado débil para hacerme cargo de la necesidad de dicho trabajo y me consolaba de cualquier modo con sensaciones no menos oscuras, según las cuales lo que en otros casos no sería suficiente, llegaría en el mío a ser excepcional, por gracia, ya que probablemente la providencia estaba interesada en la conservación de mi frente, de mi ariete. Tengo, pues, una sola plaza fuerte, pero los oscuros temores de que no pudiera alcanzar se han perdido. Sea como fuere, debo conformarme con una sola; las pequeñas plazas no podrían reemplazarla de ningún modo, por lo que comienzo, cuando este punto de vista ha madurado, a arrastrar material, desde las pequeñas plazas a la principal. Por un tiempo, es un consuelo saber que todos los espacios y galerías están libres, ver cómo se hacinan en la plaza fuerte las montañas de carne, que envían hasta las galerías más lejanas la mezcla de sus muchos olores, los cuales me alegran, cada uno según su tipo y que aun a distancia sé distinguir perfectamente. Entonces llegan tiempos pacíficos durante los cuales lenta y gradualmente traslado mis guardias desde los círculos externos al interior, sumergiéndome cada vez más en los olores, hasta que no soporto más, y una noche me lanzo sobre la plaza principal, arraso con las provisiones y me sacio con lo mejor hasta el embotamiento.

Tiempos dichosos, pero de peligro; quien supiera aprovecharlos podría destruirme con facilidad y sin riesgos. También en esto influye perniciosamente la falta de una segunda o tercera plaza fuerte, pues me pierde el hecho de ser único el gran depósito. Trato de resguardarme contra ellos de diversas maneras; la distribución en plazas menores es una medida de esa índole. Pero, desgraciadamente, conduce como las otras, por las privaciones que apareja, a una avidez aún mayor, y ésta, despreciando el sentido común, altera los planes de defensa en su beneficio.

Una vez que han pasado dichos tiempos suelo revisar la obra, y cuando las reparaciones necesarias han sido hechas la abandono, aunque siempre por poco tiempo. El castigo de verme privado de ella largamente me parece excesivo, pero reconozco que estas excursiones son imprescindibles. Mi aproximación a la salida no carece de cierta solemnidad. En períodos de vida casera le evito, y también la galería que ella conduce y sus ramificaciones. No es nada fácil pasearse por ese lugar: he instalado allí un complejo zig-zag de galerías. Cuando inicié la obra todavía no podía soñar en poderla terminar según el proyecto; comencé en este rincón, casi jugando, aquí se desfogó mi primer entusiasmo en una construcción laberíntica que, en aquel entonces, me pareció la más excelsa de las construcciones, pero que hoy considero, probablemente con mayor justicia, como labor de aficionado, indigna del resto de la construcción. En teoría tal vez sea valiosa —aquí está la entrada a mi casa, les decía irónicamente a los enemigos invisibles y los veía ya asfixiados en , masa en el laberinto de entrada—, pero en realidad representa un jugueteo de paredes harto de endebles, que difícilmente resistiría un ataque serio o a un enemigo que luchara con desesperación por su vida. ¿Debo modificar por ello esta parte?

Aplazo la decisión, y creo que quedará como está. Aparte del volumen de trabajo que me echaría sobre los hombros, sería también la tarea más peligrosa que pueda imaginarse. En aquella época, cuando inicié la construcción, pude trabajar allí con relativa tranquilidad, el riesgo no era mucho mayor que en cualquier otro lugar, pero significaría llamar casi deliberadamente la atención de todo el mundo sobre la obra hoy que ya no es posible. Conservo sin embargo, alguna debilidad por esta empresa inicial, pero si viene el gran ataque, ¿qué trazado de la entrada podría salvarme? La entrada puede ciertamente engañar, desviar, torturar, al atacante, y también lo lograría éste en último caso, pero es evidente que un ataque realmente importante tengo que resistirlo de inmediato, con todos los medios de la obra en conjunto y con todas las fuerzas del cuerpo y del alma. De modo que el acceso permanezca como está. Si la construcción ofrece tantas debilidades impuestas por la naturaleza, que soporte también estas deficiencias creadas por mí, que reconozco por completo, aunque tarde. Claro está, con ello no quiero decir que estos fallos no me preocupen todavía de tiempo en tiempo. Cuando en mis acostumbrados paseos eludo esta parte de la construcción, me sucede principalmente porque su aspecto me molesta; no siempre quiero mirar los defectos, sobre todo si se hallan demasiado presentes en mi conciencia. Que persista el corregible error allá arriba, junto a la entrada, pero yo quiero evitar su contemplación en lo posible. Me basta aproximarme a la salida, aunque todavía esté separado de ella por galerías y plazas, para sentirme en la atmósfera peligrosa; es como si se afinara mi piel, como si fuera a quedar con la carne desnuda y me saludara ya el aullar de los enemigos.

Ciertamente, la salida en sí, el final de la zona de protección, provoca ya estos sentimientos, pero es esta construcción lo que especialmente me tortura. A veces sueño que he construido la entrada, que la he modificado por completo, de prisa, en una sola noche, con fuerzas gigantescas, sin ser visto por nadie, y que se ha vuelto inexpugnable; el sueño en que eso sucede es el más dulce de todos y al despertar aún brillan en mi barba lágrimas de alegría y de liberación.

El suplicio de este laberinto debo superarlo también corporalmente al salir; me disgusta y conmueve a la vez el hecho de extraviarme por un instante en mi propia creación, como si la obra se esforzara todavía en justificar su existencia, ante mí, que desde-hace mucho tiempo me he formado un juicio definitivo a su respecto. Luego estoy bajo la capa de musgo, que muchas veces dejo el tiempo necesario para que se suelde con el humus del bosque —antes no me muevo de la casa— y de un solo golpe de la cabeza me coloco en el exterior. Me cuesta mucho atreverme a realizar este pequeño movimiento, y si no tuviera que superar el laberinto de entrada probablemente emprendería el regreso. ¿Cómo? Tu casa está protegida, clausurada, vives en paz, abrigado, señor, único señor de una multitud de galerías y plazas, y espero que todo esto no desees sacrificarlo, o por lo menos exponerlo en cierto modo. Tienes, sí, la esperanza de recuperarlo, pero te comprometes en un juego arriesgado, demasiado arriesgado. ¿Hay motivos razonables? No; para algo semejante no puede haber motivos razonables. Sin embargo, levanto con cautela la trampa, estoy afuera, la dejo descender con cuidado, y a la máxima velocidad posible huyo de este lugar delator.

En verdad no estoy en libertad, pero ya no me adelanto pegándome a las galerías, sino que me lanzo por el bosque abierto, siento que hay nuevas fuerzas en mí, fuerzas para las que en cierto modo no hay espacio en la obra, ni siquiera en la plaza fuerte aunque fuera diez veces más grande. También la alimentación es mejor afuera, aunque la caza sea más dificultosa y el éxito menos frecuente; pero el resultado es más apreciable en todo sentido; no niego esto y sé apreciarlo y disfrutarlo, al menos como cualquier otro, y probablemente mucho mejor, pues no cazo con atolondramiento o desesperación, como un merodeador, sino práctica y reposadamente. Tampoco estoy predestinado y expuesto a la vida libre, sino que sé que mi tiempo está medido, que no estaré obligado a cazar aquí indefinidamente, sino que en cierto modo, cuando lo quiera y me canse de esta existencia, alguien me llamará hacia sí, alguien cuya invitación no podré rehusar.

Y así puedo disfrutar por completo de este tiempo aquí, y pasarlo sin preocupaciones, es decir, podría, porque no puedo. La obra me tiene demasiado atareado. Me he alejado con rapidez de la entrada, pero pronto vuelvo. Busco un buen escondrijo y acecho la puerta de mi casa —esta vez desde afuera— durante días y noches. Se dirá que es estúpido pero a mí me proporciona una indecible alegría y me tranquiliza. Es como si no estuviera delante de mi casa, sino delante de mí mismo, mientras duermo, como si tuviese la dicha de poder a un tiempo dormir profundamente y vigilarme en forma estricta. Hasta cierto punto no tan sólo me caracteriza la capacidad de ver los fantasmas nocturnos durante la confiada inocencia del sueño, sino también la de enfrentarlos en la realidad, con la plena fuerza de la vigilia y la serenidad del juicio. Y encuentro que mi situación no es tan desesperada como creía a menudo y como probablemente volverá a parecerme cuando descienda a mi casa. En este sentido, y también en otro, pero especialmente en éste, esas excursiones son realmente imprescindibles.

A pesar del cuidado que he puesto en elegir para la entrada un lugar apartado, el tránsito que se produce, si se resumen las observaciones de una semana, es muy grande, pero tal vez sea así en todos los lugares habitables, y probablemente sea también más ventajoso afrontar un tránsito más intenso, al que su propio volumen desplaza, que exponerse en total soledad a la morosa búsqueda de un intruso. Aquí hay muchos enemigos, y sus cómplices son aún más numerosos, pero como están ocupados en combatirse entre sí, pasan de largo. Durante todo este tiempo no he visto a nadie investigar en la entrada, por suerte para ambos, porque olvidado el peligro, inconscientemente, le habría saltado al cuello. Ciertamente, llegaron también invasores en cuya proximidad no me atreví a permanecer; el sólo intuirlos en la lejanía me obligaba a huir. Acerca de su conducta en relación a la construcción no debiera expedirme categóricamente, pero baste para tranquilizar, que yo regresaba pronto, no hallaba a nadie y encontraba la entrada intacta.

Tiempos felices hubo en que casi me decía que la hostilidad del mundo contra mí probablemente había terminado o disminuido, o que el poder de la construcción me salvaba de la lucha de aniquilamiento que había perdurado hasta ahora. La obra me protege tal vez más de lo que hubiera llegado a pensar, o de lo que me habría atrevido a pensar en el interior dé la construcción misma. Llegué hasta a alimentar el deseo infantil de no retornar a la obra nunca más, sino instalarme en la-proximidad de la entrada y pasar mi vida en la contemplación de ella, no perdiéndola de vista y hallando mi felicidad en la constatación de la firmeza con que me habría protegido de estar yo en ella. Pero espantables despertares suelen seguir a los sueños infantiles. ¿Qué seguridad es la que observo aquí? ¿Puedo juzgar el peligro en que me encuentro en el interior a través de las experiencias que realizo desde aquí afuera?

¿Siguen mis enemigos el verdadero rastro cuando no estoy en la construcción? Algo huelen probablemente, pero no con seguridad. ¿Y no es a menudo la existencia de un pleno olfato la premisa necesaria de un peligro normal? Se trata entonces tan sólo de semipruebas o de la décima parte de una prueba, apropiadas más bien para que me tranquilice u precipite en él máximo peligro por esta falsa tranquilidad. No, yo no observo mis sueños, como creía; más bien soy el que duerme mientras Malvado vigila. Quizás esté entre los que distraídamente rondan y pasan sólo para asegurarse, corno yo mismo, de que la puerta está intacta y esperando atacarla; tal vez sólo pasen porque saben que el dueño de casa no está en el interior o tal vez hasta sepan que espera inocentemente en el matorral contiguo. Y abandono la guardia, estoy harto de la vida al aire libre, es como si ya no pudiera aprender nada aquí, ni ahora ni más tarde. Y siento deseos de despedirme de todo esto, de descender a la obra y no retornar nunca jamás, de dejar que las cosas sigan su curso sin tratar de demorarlas con inútiles observaciones. Pero, preocupado porque durante tanto tiempo he visto lo que sucedía sobre la entrada, me resulta ahora torturante llevar a cabo la casi espectacular operación del descenso sin saber lo que va a pasar a mis espaldas, más allá de la trampa vuelta a su sitio. Lo intento después en noches turbulentas, arrojo rápidamente la caza al interior, me parece lograrlo, pero el resultado sólo estará a la vista cuando yo mismo haya descendido, estaría a la vista, pero no para mí, o tal vez también para mí, pero demasiado tarde. Abandono, pues, y no desciendo. Cavo, a bastante distancia de la verdadera entrada, naturalmente, una zanja de prueba, no más larga que yo mismo y también cubierta con un manto de musgo. Me acurruco en la zanja, la cubro detrás de mí, calculo con cuidado períodos más o menos largos a distintas horas del día, aparto luego el musgo, salgo y registro mis observaciones. Realizo estas diversas experiencias buenas y desfavorables, pero no logro establecer una ley general o un procedimiento infalible para el descenso. En consecuencia, no descendí a la verdadera entrada, y me desespero por tener que hacerlo pronto. Estoy a punto de tomar la determinación de alejarme, de volver a la vieja vida sin consuelo, que no ofrecía seguridad alguna, que era una uniforme plenitud de peligros y que por lo tanto no permitía diferencias y temer un único peligro, como me lo enseña cotidianamente la comparación entre la seguridad de mi obra y la otra vida.

Desde luego, tal determinación sería una completa locura, provocada por la harto prolongada libertad sin sentido; todavía la obra es mía, sólo tengo que dar un paso y estoy a salvo. Y deponiendo toda vacilación, corro directamente, a plena luz del día, hacia la puerta, para levantarla ahora con seguridad, pero sin embargo no soy capaz, sigo de largo y me arrojo en las espinas para castigarme, para castigarme por una culpa que desconozco. Luego, en definitiva, tengo que reconocer que estoy en lo cierto, que es realmente imposible descender sin exponer a todos, al menos por un rato, la más apreciada de mis pertenencias, a los que están en el suelo, en los árboles y en los aires. Y el peligro no es imaginario, sino muy real. No es forzoso que el enemigo cuyo deseo de perseguirme provoco sea verdadero, basta que sea una insignificancia, cualquier pequeño ser repugnante que me sigue por curiosidad, y que por ello, sin saberlo, se convierte en el guía del mundo contra mí. Tampoco necesita ser, y tal vez es, y esto no es menos grave, tal vez sea alguien de mi especie, un conocedor y apreciador de obras, algún hermano del bosque, un amante de la paz, pero un bribón holgazán que quiere habitar sin construir. Si al menos llegara ya, y descubriera con sucia avaricia la entrada, si comenzara a trabajar en ella, levantara el musgo, si tuviera éxito, si se introdujera, si estuviera ya tan adentro que sólo me mostrara el trasero por un instante, si todo eso sucediera para que por fin, lanzándome tras él, libre de toda vacilación le pudiera saltar encima, morderlo, destrozarlo, beber su sangre y apisonar el cadáver con el resto del botín, pero, sobre todo, esto sería lo principal, que por fin me encontrara en casa.

Con gusto admitiría esta vez el laberinto, pero antes extendería sobre mí el manto del musgo, para descansar largamente, creo que por todo el resto de mi vida. Pero no viene nadie y quedo a solas conmigo mismo. Ocupado continuamente con las dificultades del asunto, pierdo gran parte de mi temor. Ya no eludo la entrada, tampoco por el lado exterior; rodearla se convierte en mi ocupación favorita, es casi como si yo fuera el enemigo y espiara la oportunidad de irrumpir. Si al menos' tuviese alguien en quien pudiese confiar, a quien pudiese dejar mi puesto de observación, entonces sí que podría descender la tranquilidad. Yo convendría con él, con el hombre de confianza, en que observara exactamente la situación durante mi descenso, o un tiempo más, y que, en caso de peligro, golpeara la capa de musgo, y si no, no. Con esto, arriba todo estaría despejado, sólo quedaría mi hombre de confianza, ¿pero no pediría alguna satisfacción a cambio?

¿No querría por lo menos contemplar la obra? Ya esto por sí solo, dejar entrar a alguien voluntariamente en mi obra, me sería muy desagradable. La he hecho para mí, no para visitantes; creo que no lo dejaría entrar. Ni aun al precio de que me posibilitara a mí mismo la entrada. Pero no podría dejarlo bajar solo, lo que excede todo lo imaginable, o tendríamos que bajar juntos, con lo que se perdería la ventaja que él debiera proporcionarme, es decir, hacer observaciones detrás de mí. ¿Y qué es esto de la confianza? ¿Puedo seguir confiando en el que confío cara a cara, cuando ya no lo veo más y nos separa una capa de musgo? Es relativamente fácil confiar en alguien cuando se lo vigila al mismo tiempo o cuando al menos existe la posibilidad de vigilarlo; hasta es posible confiar en alguien a distancia, pero confiar en alguien desde el interior de la construcción, es decir, desde otro mundo, lo creo imposible.

Pero tales dudas ni siquiera son imprescindibles, basta pensar que durante o después de mi descenso las innumerables cualidades de la vida impidieran a mi hombre de confianza cumplir con su deber. Sus menores dificultades podrían tener consecuencias incalculables para mí. No; considerándolo todo en su conjunto, no debiera quejarme de estar solo y de no tener en quien confiar. Así, seguramente, no pierdo ninguna ventaja y me ahorro perjuicios. Sólo puedo confiar en mí y en la construcción. Debí pensarlo antes, para el caso que ahora me ocupa, y tomar medidas.

Hubiera sido posible, al menos en parte, durante el comienzo de la obra. Debí diseñar la primera galería en tal forma que tuviese dos entradas bastantes separadas entre sí, de modo que pudiese introducirme en una —con todas las dificultades inevitables—, trasladarme rápidamente por el comienzo de la galería hasta la segunda boca, levantar allí la capa de musgo dispuesta para ello, y observar la situación durante varios días y noches. Sólo así hubiera estado bien. Es verdad, dos entradas duplican el peligro, pero hubiera podido desechar estas preocupaciones en vista de que una de las bocas, la pensada como lugar de observación, sería muy estrecha. Y con esto me extravío en consideraciones técnicas y comienzo nuevamente a soñar con mi proyecto de construcción perfecta; esto me tranquiliza en parte; contemplo radiante, con los ojos cerrados, las múltiples soluciones de construcción, claras y menos claras, destinadas a permitirme entrar y salir sin ser advertido.

Y cuando, cómodamente echado, reflexiono, valorando estas posibilidades, pero sólo como conquistas técnicas, no como verdaderas ventajas, porque ¿qué sentido tiene esto de entrar y salir inadvertidamente? Sugiere ánimo intranquilo, falta de seguridad, sucios apetitos, condiciones negativas que se agravan aún más en presencia de la obra, que sin embargo está allí, y que es capaz de inundar de sosiego a poco que uno se lo permita. Naturalmente, ahora estoy fuera de ella y busco una posibilidad de retorno; las disposiciones técnicas necesarias para ello serían muy deseables.

Pero tal vez no tanto. ¿No se subestima la obra durante el momentáneo arrebato de miedo al considerarla solamente como un agujero apto para refugio? Claro está que es también un agujero seguro, o debiera serlo, y cuando me imagino en medio del peligro, deseo, con los dientes apretados, con toda la fuerza de mi desesperación, que no sea más que el agujero destinado a salvarme la vida y que no cumpla debidamente esta misión y estoy dispuesto a relevarlo de cualquier otra. Pero sucede que en realidad —y no se presta atención durante el máximo peligro, y hasta en tiempos de riesgos corrientes es difícil advertir— da mucha protección, pero no la suficiente, porque las preocupaciones no terminan jamás por completo en la obra. Son otras preocupaciones, más ricas en contenido, a menudo muy postergadas, pero probablemente tan inquietantes como las que depara la vida en el exterior. Si hubiera realizado la obra sólo para asegurar mi vida no me habría engañado, pero la relación entre el enorme trabajo y la seguridad lograda, al menos hasta donde estoy en condiciones de apreciarla y de beneficiarme con ella, no sería muy favorable para mí. Es muy doloroso reconocer esto, pero hay que hacerlo, más aún, en presencia de la entrada que se cierra ahora sobre mí, contra su constructor y propietario, en forma casi espasmódica: La obra no es precisamente un agujero de salvación. Cuando me detengo en la plaza fuerte, rodeado por los altos depósitos de carne, el rostro vuelto hacia las diez galerías que parten de ella, cada una con su inclinación, ya sea ascendente o descendente, rectas o curvas, o listas, cada una a su manera, para conducirme hacia otras muchas plazas, también silenciosas y vacías, entonces se aleja de mí la idea de seguridad, entonces sé con certeza que éste es mi castillo, que he conquistado ala tierra, palmo a palmo, arañando y mordiendo, apisonando y pujando, mi castillo que de ningún modo puede pertenecer a otro y que es tan mío, que en él podría tranquilamente, en último caso, aceptar las heridas mortales de mis enemigos, porque mi sangre empaparía aquí mi propio suelo y no se perdería.

Y no otro es el sentido de las cálidas horas que suelo pasar en las galerías, ya durmiendo pacíficamente, ya vigilando de buen talante estas galerías que han sido calculadas exactamente para mí, para poderme estirar satisfecho o revolearme como un niño, o yacer somnolientamente, o dormirme feliz. Y las pequeñas plazas, todas perfectamente conocidas y que, a pesar de su completa igualdad, puedo diferenciarlas entre sí a ojos cerrados por la simple curvatura de sus paredes, me rodean amistosas y cálidas, como un nido al ave. Y todo, todo, silencioso y vacío.

Pero si es así, ¿por qué vacilo, por qué temo más al intruso que a la posibilidad de no volver a ver mi obra? Por fortuna, esto último es imposible, y no hace falta reflexionar mucho para comprender todo lo que la construcción significa para mí; yo y la obra estamos tan unidos, nos pertenecemos recíprocamente en tal grado que podría tranquilamente, con todo mi temor, permanecer aquí, echarme, y sin necesidad de dominarme abandonar todo reparo y aun abrir la entrada; más aún, me bastaría esperar ocioso, porque en definitiva, de un modo o de otro, volveré abajo. Pero ¿cuánto tiempo puede transcurrir hasta entonces, y cuántas cosas pueden suceder entretanto, aquí arriba y allá abajo? Y tan sólo depende de mí acortar este plazo y hacer en seguida lo necesario.

Y ya, cansado hasta no poder pensar, la cabeza colgante, inseguras las piernas, semidormido, arrastrándome más que caminando, me acerco a la entrada, levanto con lentitud el musgo, desciendo lentamente, en mi turbación dejo abierta la entrada durante un lapso de innecesaria largueza, me acuerdo después de mi omisión, subo para repararla. ¿Para qué subir? Sólo tengo que correr la capa de musgos, bien, entonces bajo de nuevo, y, por fin, la corro. Solamente en este estado de ánimo, exclusivamente en este estado de ánimo me hallo en condiciones de realizarlo. Después estoy echado bajo el musgo en lo alto del botín, nadando entre sangre y jugos de carne, y podría comenzar a dormir el sueño tan ansiado. Nada me turba, nadie me ha seguido, sobre el musgo todo parece tranquilo, al menos hasta ahora, y aunque no lo estuviera, creo que no. podría demorarme en observaciones. He cambiado de lugar, del mudo exterior he retornado a la obra e inmediatamente siento el efecto. Es un mundo nuevo, que proporciona nuevas energías, lo que arriba sería cansancio aquí no lo es.

He regresado de un viaje, agotado por las penurias hasta el embotamiento, pero el reencuentro con la antigua vivienda, los arreglos que me esperan, la necesidad de visitar siquiera en forma superficial todas las dependencias, y sobre todo de avanzar cuanto antes hasta la plaza central, todo eso transforma mi agotamiento en agitación y entusiasmo, es como si durante el mismo instante en que puse los pies en la obra hubiese dormido un largo sueño. La primera tarea es muy penosa y me absorbe por completo: hacer pasar la caza por las estrechas y endebles galerías del laberinto. Empujo con todas mis fuerzas, avanzo con efecto, pero me parece que con demasiada lentitud; para ir más aprisa tiro hacia atrás una parte de las masas de carne y me escurro por encima y a través de ellas. Ahora tengo sólo una parte delante, ahora va mejor, pero estoy encajado en la abundancia de la carne, que en la estrechez de las galerías —en las cuales aún a solas me resulta a veces dificultoso avanzar— podrían asfixiarme mis propias provisiones; a menudo sólo comiendo y bebiendo puedo defenderme de sus embates. Pero el transporte progresa, lo logro en poco tiempo, el laberinto ha sido superado, respirando a mis anchas salgo a una verdadera galería, empujo el botín a través de un conducto de comunicación, hacia una galería principal, creada especialmente para esto, que conduce en pronunciado declive hasta la plaza fuerte. Ahora ya es fácil, ahora el conjunto rueda y fluye casi por sí solo. ¡Por fin en mi plaza fuerte! ¡Por fin poder descansar! Nada ha cambiado, ningún infortunio mayor parece haber sobrevivido, y los pequeños daños, que noto a primera vista, pronto estarán subsanados. Pero antes debo recorrer las galerías, lo que no constituye un esfuerzo, sino una plática con amigos, como era antes en los viejos tiempos —en verdad no soy tan viejo, pero los recuerdos de muchas cosas se empastan casi por completo—, como yo lo hacía antes, o como oí decir que sucedía antes. Comienzo ahora con la segunda galería, con deliberada lentitud; después de haber visto la plaza fuerte dispongo de un tiempo infinito —en el interior siempre de la obra siempre dispongo de tiempo infinito— porque todo lo que allí hago es bueno e importante y me alimenta en cierto modo.

Comienzo con la segunda galería e interrumpo la inspección a la mitad y paso a la tercera, por la que me dejo conducir de nuevo hasta la plaza principal, y debo volver a ocuparme de la galería segunda, y juego así con el trabajo y lo multiplico, me río solo, gozo, y me siento mareado por completo entre tanto trabajo, pero no lo abandono. Por vosotras, galerías y plazas, y por tus problemas ante todo, plaza principal, he vuelto, sin valorar en nada mi vida, después de incurrir durante mucho tiempo en la simpleza de temblar por ella, y de postergar por ella el regreso. Qué me importa el peligro ahora que estoy con vosotras. Vosotras me pertenecéis, yo os pertenezco, estamos ligados, qué puede sucedemos. ¡Qué el pueblo se hacine arriba si quiere; que esté pronto el hocico que ha de perforar el musgo! Muda y vacía me saluda ahora también la obra y refuerza lo que digo, pero me asalta cierta flojedad y en uno de mis lugares predilectos me enrollo un poco —falta mucho para que lo haya visto todo, quiero seguir la inspección hasta el final—, no quiero dormir aquí. Cedo solamente a la tentación de instalarme como si fuera a dormir, comprobar si lo logro tan bien como antes. Lo logro, pero lo que no logro es recuperarme y permanezco aquí profundamente dormido.

He dormido mucho tiempo, casi con seguridad, sólo consigo salir del último sueño que se disuelve por sí mismo, debe de ser un sueño muy leve, pues un siseo apenas audible me despierta. Lo comprendo al momento; la cría menuda, no vigilada por mí, demasiado descuidada por mí, ha taladrado en mi ausencia un nuevo camino en alguna parte; este camino se junta con algún otro, el aire se arremolina y eso produce el silbido. ¡Qué pueblo tan interminablemente activo y qué molesto su tesón! Me veré obligado, escuchando en las paredes de mi galería y con perforaciones de sondeo a determinar el lugar de la perturbación, para sólo después poder eliminar el ruido. Por lo demás, el conducto, si de alguna manera es adaptable a la obra, me será útil como nueva vía de aire. Pero deberé vigilar a los pequeños en adelante; ninguno debe escaparse.

Con tengo gran práctica en estas investigaciones, seguramente no tardaré mucho, y puedo comenzar en seguida, aunque hay otros trabajos más, pero éste es el más urgente: el silencio debe reinar en mis galerías. Este ruido es relativamente inocente; ni siquiera lo oí al llegar aunque, ciertamente, ya debía de existir; necesité volver a acostumbrarme a la casa para advertirlo, en cierto modo es sólo audible para el dueño de casa. Y ni siquiera es permanente, como por lo general suelen ser estos ruidos, sino que hay grandes intervalos, eso se debe ostensiblemente a la obstrucción de la corriente de aire. Comienzo la investigación, pero no logro encontrar el lugar donde debiera intervenir; hago algunas excavaciones, sólo al azar; como es natural así no obtengo ningún resultado, y el gran trabajo de cavar y el aun mayor de rellenar y alisar resultan inútiles. Ni siquiera logro acercarme al lugar del ruido, inalterablemente sutil suena a intervalos regulares, una vez como un siseo y la siguiente como un silbido. Sí, por el momento, podría no hacerle caso, pero es demasiado molesto; no, no cabe duda, el origen debe de ser el que yo supuse, es, pues, difícil que aumente de volumen; al contrario, puede suceder que —sin embargo jamás he esperado tanto hasta ahora— con el andar del tiempo cese del todo, al progresar el trabajo de los pequeños mineros, sin contar con que a menudo una casualidad lleva al descubrimiento de la pista mejor que la búsqueda sistemática. Así me consuelo, y preferiría seguir recorriendo las galerías y visitar los sitios o las plazas, muchas de las cuales no he vuelto a ver, y regodearme también un poco en la plaza fuerte, pero no puedo permitírmelo, debo seguir la búsqueda. Mucho tiempo, demasiado, que podría utilizar en mejor forma, me cuesta esta cría. En tales circunstancias suele tentarme el problema técnico; partiendo del ruido, por ejemplo, que mi oído está especialmente dotado para distinguir en todos sus matices, trato de imaginarme su causa, y entonces me apresuro a comprobar si responde a la realidad, con buen fundamento, porque mientras no se produzca una comprobación, así sólo se tratara de establecer hacia dónde rueda un grano de arena, no podría sentirme seguro. Y hasta un ruido así no deja de ser en este aspecto una cuestión importante, pero importante o no, por más que busque no encuentro nada, o mejor, encuentro demasiado. Justamente en mi plaza predilecta tenía que suceder esto; me alejo pensando que tal vez todo sea una broma, así lo hago hasta la mitad del camino hacia la siguiente plaza, pero como si necesitara probarme que no precisamente mi lugar favorito ha preparado esta perturbación, sino que ellas existen también en otras partes, sonrío y me pongo a escuchar. Pero en seguida dejo de sonreír, porque realmente también aquí se oye el mismo siseo. No es nada, pienso, nadie sino yo podría oírlo, pero con el oído afinado por el esfuerzo lo oigo ahora cada vez con mayor claridad, aunque se trate exactamente del mismo sonido, como puedo comprobarlo por comparación. Tampoco se intensifica cuando, sin acercar el oído a la pared, atisbo en mitad de la galería. Entonces tan sólo esforzándome distingo por momentos el soplo de un sonido que más parezco adivinar que percibir. Esta uniformidad en todas partes me perturba al máximo, pues es imposible hacerla coincidir con mis primitivas deducciones. Si hubiera adivinado su causa, el sonido tendría mayor intensidad en el lugar de irradiación, que sería precisamente el que: tendría que buscar para hacerse después cada vez más pequeño. Si mi explicación no 'es exacta, ¿de qué se trata entonces? Existía aún la posibilidad de dos focos sonoros, y que habiendo yo escuchado ambos a la distancia, cuando me aproximaba a cualquiera de ellos, uno de los sonidos aumentaba mientras el otro disminuía, siendo el resultado conjunto casi invariable. Me parecía ya, cuando atendía mejor, que podía distinguir, aunque confusamente, algunas variaciones, lo que parecía coincidir con la nueva hipótesis. De todos modos debía ampliar mucho más el tiempo de las exploraciones.

Desciendo, pues, por la galería hasta la plaza fuerte y comienzo a escuchar en ese lugar. Es extraño, también aquí advierto el mismo sonido. Sí, es un ruido provocado por las excavaciones de bestezuelas insignificantes, que aprovecharon infamantemente el tiempo de mi ausencia; por cierto, no tienen intenciones hostiles contra mí, tan sólo están ocupadas en su propia obra y mientras no tropiecen con un obstáculo conservarán la dirección inicial. Todo eso lo sé; sin embargo, me resulta incomprensible y me excita, y la idea de que se hayan atrevido a acercarse a la plaza fuerte perturba mis sentidos, que tanto necesito para el trabajo. No quiero ahora establecer diferencias, pero algo, sea la considerable profundidad en que se halla situada la plaza principal, sea su gran extensión, con la consecuente corriente de aire, detenía a los excavadores.

O tal vez aún más simplemente, había llegado a su obtusa percepción algún indicio de que se trataba de la plaza fuerte. Nunca había observado perforaciones en las paredes de ésta; por cierto, multitudes de animales se acercaban atraídos por las intensas emanaciones y yo tenía aquí caza segura. Pero habían penetrado en algún otro sitio más arriba e, irresistiblemente atraídos, sobreponiéndose al ahogo, descendían por las galerías. Pero ahora taladraban también en éstas. Si al menos hubiese ejecutado los más importantes proyectos de mi juventud y de mi temprana madurez, o mejor, si al menos hubiese tenido la fuerza para ponerlos en práctica, porque no me faltó la voluntad. Uno de los proyectos preferidos era separar la plaza fuerte de la tierra circundante, es decir, crear por fuera un espacio vacío a todo su alrededor, tan sólo con la excepción de un pequeño soporte que, desgraciadamente, no podría aislarse de la tierra. Las paredes subsistirían con un espesor aproximadamente igual a mi propia altura. Siempre me había imaginado, este espacio vacío, y creo que con razón, como uno de los lugares más atrayentes y confortables.

Estar suspendido sobre su curvatura, izarse, resbalar por ella, rodar y encontrar de nuevo el suelo bajo los pies, y ejecutar todos estos juegos sobre la estructura misma de la plaza fuerte, ¡pero sin estar en su interior! Poder evitar la plaza, descansar los ojos de su imagen, aplazar la alegría de volver a verla, aunque sin llegar a privarse de ella, estrecharla literalmente entre las garras, algo que es imposible al disponer tan sólo de un acceso ordinario. Y, sobre todo, poder vigilarla y, como compensación de no tenerla a la vista, poder elegir entre instalarse en la plaza o en el espacio hueco, y escoger seguramente este último, deambular el resto de la existencia, vigilando la plaza. Entonces ya no habría ruidos en las paredes, ni descaradas excavaciones hacia la plaza, se hallaría asegurada la paz y yo sería el custodio; ya no tendría que escuchar con desagrado el trabajo de zapa de esta plaga, sino, y con deleite, algo que se me escapa ahora por completo: el rumor del silencio en la plaza principal. Pero, desgraciadamente, toda esta belleza no existe, debo volver a mi trabajo, felicitándome casi de que se vincule directamente con la plaza que me da bríos. Por cierto, como se comprueba cada vez más, necesito todas mis energías para esta tarea que al principio pareció casi insignificante. Recorro ahora las paredes de la plaza y escucho, y dondequiera que aplico el oído, en lo alto y junto al suelo, cerca de la entrada o en el interior, en todas partes, en todas el mismo ruido.

Y esta prolongada atención al sonido intermitente, ¡cuánto tiempo, cuánto esfuerzo exige! Tal vez pueda hallarse un pequeño consuelo para el autoengaño, en el hecho de que aquí, por la extensión de la plaza principal, a diferencia de la galería, al alejarse el oído del suelo ya no se oye nada. Solamente para descansar, para recuperarme, hago a menudo estos ensayos, escucho con atención y me siento feliz de no oír nada. Pero, por lo demás, ¿qué es lo que ha sucedido? El fenómeno destruye mis primeras explicaciones, y también tengo que descartar otras que se me ofrecen. Se podría pensar que oigo a las bestezuelas en su trabajo, pero ello estaría en contradicción con la experiencia; lo que no he oído nunca, aunque siempre estaba presente, no puedo comenzar a oírlo de pronto. Tal vez, con los años pasados en la obra, mi sensibilidad frente a las perturbaciones se haya acrecentado, pero de ningún modo es posible que se afine el oído.

Debido a la naturaleza de la plaga ésta no puede ser oída. ¿Hubiera tolerado esto antes? La habría exterminado, aún a riesgo de perecer de hambre. Pero probablemente también, y esa idea se va infiltrando en mí, pueda tratarse de un animal de una especie desconocida.

Aunque hace mucho tiempo que observo cuidadosamente la vida aquí abajo, sería posible: el mundo es complejo, y nunca faltan sorpresas desagradables. Pero no podría ser un animal único, tendría que tratarse de un rebaño, que de pronto ha invadido mis dominios, de un gran rebaño de seres que, aunque por encima de estos bichos, los superen en poco, ya que es muy pequeño el ruido de su trabajo.

Podrían ser quizás animales desconocidos, un rebaño i de paso, que me turba, sí, pero que pronto tendría fin. En consecuencia, podría limitarme a esperar, sin realizar trabajos finalmente inútiles. Pero si son animales desconocidos, ¿cómo no consigo verlos? Ya he hecho muchas excavaciones para atrapar siquiera uno de ellos, pero no encuentro ninguno; se me ocurre que tal vez sean pequeñísimos, mucho más pequeños que todos los que conozco y que sólo el ruido que producen sea perceptible. Por eso reviso la tierra extraída, rompo los terrores hasta reducirlos a partículas minúsculas, pero los alborotadores no aparecen. Muy lentamente voy comprendiendo que con estas excavaciones al azar no llegaré a nada, sólo destrozo las paredes, escarbo a la ligera, aquí y allá, no tengo tiempo para rellenar luego los agujeros: ya hay montañas de tierra que obstruyen el camino y la visión. Desde luego, esto me molesta sólo de un modo accesorio; ahora no puedo pasear ni contemplar, ni descansar; a menudo me he quedado dormido por un momento en cualquier agujero, en medio del trabajo, con una zarpa hundida en lo alto, en la tierra, sobre el terrón que en el último instante de vigilia he querido arrancar. Ahora cambiaré mis métodos. Cavaré una verdadera zanja en dirección al ruido y no cejaré en mis esfuerzos hasta que, independientemente de toda teoría, encuentre la verdadera causa del ruido. Y luego la eliminaré, si me lo permiten mis fuerzas, y en caso contrario, por lo menos, tendré una seguridad. Esta seguridad me traerá, bien la calma, bien la desesperación, pero de cualquier modo que sea, esto o aquello, al menos será algo indudable y justificado.

Esta determinación me hace bien. Todo lo que he hecho hasta ahora me parece apresurado, realizado en la excitación del regreso, no liberado aún de las preocupaciones del mundo exterior, todavía no reabsorbido en la calma de la obra; hipersensibilizado por la larga privación de ella, me he dejado arrebatar el juicio por un fenómeno extraño. Porque ¿de qué se trata? Un ligero siseo intermitente, una nada, a la que uno podría, no, no digo que uno podría acostumbrarse a ella, pero sí que se podría, sin intentar por el momento nada, observar durante algún tiempo, es decir, escucharlo ocasionalmente cada tantas horas y registrar pacientemente los resultados, y no, como yo, arrastrar la oreja a lo largo de las paredes, y al menor ruido abrir la tierra, no tanto para encontrar algo en realidad, como para traducir en algo la fiebre interior. Todo esto cambiará ahora, espero. Y por otra parte, tampoco lo espero —como tengo que reconocerlo a ojos cerrados, irritado contra mí mismo— porque la inquietud vibra aún en mí, exactamente como hace horas, y si la prudencia no me contuviera, ya hubiera comenzado a cavar en cualquier sitio, sin preocuparme si se oyera algo o no, absurda, empecinadamente como la misma plaga, que, o cava completamente sin sentido o lo hace porque come tierra. El nuevo y juicioso proyecto me tienta, y por otra parte no me tienta. No hay nada que objetar contra él, yo al menos no encuentro ninguna objeción; debe conducir al éxito, según yo lo veo. Y a pesar de todo, en el fondo, no tengo fe en él, tengo tan poca fe en él que ni siquiera me atemorizan los posibles horrores del resultado, ni siquiera creo en un resultado horroroso; es como si ya a la primera aparición del ruido hubiese pensado en esa excavación metódica, dejándola de lado sólo por no confiar en ella. A pesar de todo, comenzaré desde luego con la excavación, pero no en seguida, aplazaré un poco el trabajo. Cuando el juicio retorne a su equilibrio, entonces lo realizaré; no he de precipitarme. Por cierto, antes hay que subsanar los daños que mi escarbar produce a la obra; costará mucho tiempo, pero es necesario; si la nueva excavación ha de conducir al objetivo, es indudable que resultará larga, y si no conduce a ningún objetivo, entonces será infinita, y de cualquier modo, esta tarea significará una prolongada ausencia de la obra, no tan grave como la transcurrida en el mundo exterior —puedo interrumpir la tarea cuando quiera y visitar la casa, y aun cuando no hiciera esto, me llegaría el aire de la plaza principal y me rodearía durante el trabajo—, pero de todos modos significará alejarse de la obra y exponerse así a un destino incierto, por lo que prefiero dejarlo todo en orden; que no se diga que yo, el que lucha por su tranquilidad, la ha turbado él mismo sin restablecerla en seguida. Con lo cual comienzo a rellenar de tierra los agujeros, trabajo que conozco perfectamente, que he realizado innumerables veces, casi sin tener conciencia de realizar un trabajo y que, especialmente en lo que se refiere al último apisonamiento y alisado —esto no es jactancia, es la simple verdad—, ejecuto en forma insuperable. Esta vez, sin embargo, se me hace difícil, estoy distraído; continuamente, en la mitad del trabajo, aprieto el oído contra la pared, escucho, e indiferente, dejo escapar la tierra recién levantada, que rueda hacia la galería. Apenas si puedo ejecutar los últimos trabajos de embellecimiento, que exigen mayor atención.

Quedan desagradables montículos, grietas molestas, sin hablar siquiera de que él no logra restaurarse antiguo vuelo de una pared así remendada. Procuro consolarme pensando que se trata de un trabajo provisional. Cuando regrese y la paz se haya restablecido, lo mejoraré en forma definitiva, todo se podrá hacer en un instante. Sí, en las fábulas todo se realiza en un instante, y este consuelo pertenece también a las fábulas. Mejor sería hacer en seguida una labor perdurable, más útil, que volver a interrumpirla de continuo, deambulando, por las galerías, y establecer nuevas fuentes del ruido, lo que en verdad es muy fácil, porque no exige más que detenerse en cualquier sitio y escuchar. Y todavía hago otros descubrimientos inútiles. A veces me parece que el ruido ha terminado —se producen largos intervalos—, a veces no se oye el siseo, demasiado golpea la propia sangre en el oído, entonces se juntan dos intervalos en uno, y durante un rato se piensa que el siseo ha terminado para siempre. No se escucha más, se salta, toda la vida da un vuelco, es como si se abriera el manantial del cual fluye el silencio de la construcción. Uno se abstiene de comprobar en seguida el descubrimiento, busca a alguien a quien pudiera antes confiar en forma segura, se corre febrilmente para ello hacia la plaza principal, se acuerda uno, ya que, con todo lo que se es, se ha despertado a una nueva vida, que hace mucho que no se ha comido, se arranca cualquier cosa de entre las provisiones casi cubiertas por la tierra, se está tragando todavía mientras regresa al lugar del increíble descubrimiento —uno quiere accesoriamente, tan sólo en forma superficial, mientras come, cerciorarse del suceso—, se escucha, pero la fugaz atención revela en seguida que uno se ha equivocado miserablemente, que el silbido con tina imperturbable en la lejanía. Y se escupe la comida y hasta se quisiera pisotearla y se vuelve al trabajo sin saber siquiera a cuál, en cualquier sitio, donde parece necesario, y de estos lugares hay bastantes, se empieza mecánicamente a hacer algo, como si hubiera venido el capataz y se debiera representar una comedia. Pero apenas se ha trabajado un rato así, puede suceder que se haga un nuevo descubrimiento. El ruido parece haberse hecho más intenso, no mucho como es natural, siempre se trata dé diferencias sutiles, pero es un poco más fuerte de todos modos, en forma claramente audible. Y este crecimiento parece una aproximación, y casi con más claridad que el aumento sonoro, se ve nítidamente el andar que se acerca. Se salta de la pared y, de un vistazo, se trata de abarcar todas las posibilidades que este nuevo descubrimiento traerá como' consecuencia. Se tiene la sensación de que la obra jamás fue instalada con vistas a la defensa, mejor dicho, se tenía la intención, pero el peligro de ataque y por tanto la preparación de la defensa parecía lejana, o no lejana (¿cómo sería posible?), pero ciertamente de importancia muy inferior: a los preparativos destinados a la vida pacífica, que gozaron así de prioridad en todas las partes de la obra. Mucho podría haberse hecho en aquel otro sentido, sin modificar el proyecto en lo fundamental, pero se ha omitido de manera incomprensible. He tenido mucha suerte en todos estos años, la suerte me ha mimado, pero la intranquilidad dentro de la dicha no conduce a nada.

Lo que habría que hacer ahora sería revisar minuciosamente la obra, ejecutar un nuevo proyecto y comenzar en seguida con el trabajo, fresco como un joven. Este sería el trabajo necesario, para el cual, dicho sea de paso, es naturalmente demasiado tarde, pero sería el trabajo a realizar, y de ningún modo la excavación de una larga zanja de tanteo que sólo tendría por consecuencia dedicarme con todas mis energías e indefensamente a la búsqueda del peligro, en la estúpida suposición de que éste no supiera aproximarse con suficiente prisa. Y de pronto no comprendo mi plan anterior. En lo que antes era lógico no encuentro ahora la menor lógica, de nuevo abandono el trabajo y dejo de escuchar. No quiero encontrar nuevos argumentos; he hecho demasiados hallazgos. Lo dejo todo. Me conformaría con calmar la lucha interior. De nuevo dejo que me alejen las galerías, llego a otras cada vez más lejanas, todavía no vistas después de mi regreso, todavía no tocadas por mis zarpas, cuyo silenció se despierta cuando me aproximo y desciende sobre mí; no me entrego, sigo a la carrera, sin saber en realidad qué busco. Probablemente, tan sólo un aplazamiento. Me alejo tanto que llego hasta el laberinto; me tienta aplicar el oído a la capa de musgo: cosas muy lejanas, muy lejanas por el momento, atraen mi interés. Avanzo hasta arriba y escucho. Profundo silencio.

¡Qué agradable! Nadie se ocupa allí de mi obra, cada cual tiene sus asuntos sin relación conmigo. ¿Cómo he conseguido esto? Este sitio junto al musgo es tal vez el único en la construcción en que puedo escuchar tranquilo, durante horas. Una completa inversión de las circunstancias: lo que antes era un lugar de peligro se ha convertido en lugar de paz, la plaza fuerte en cambio ha sido ahora en el ruido del mundo y en sus peligros. Y, lo que es peor aún, en realidad tampoco hay paz; nada ha cambiado, con silencio o sin él, el peligro espera como antes encima del musgo, sólo que me he hecho insensible a él, demasiado ocupado con los zumbidos de mis paredes.

¿Estoy ocupado , con ello? Se intensifica, se acerca; pero yo serpenteo a través del laberinto, me instalo aquí arriba bajo el musgo; casi es como si abandonara mi casa al silbador, conformándome con tener un poco de calma aquí arriba; ¿El silbador?

¿Es que tengo una nueva opinión precisa acerca del origen del ruido? ¿No era ésa mi opinión precisa? Creo no haberme apartado de ella. Y si no en forma directa, al menos indirectamente provendrá de ellas. Y si no hay ninguna relación, entonces no se puede opinar nada concreto hasta encontrar la causa, o hasta que ella aparezca por sí misma. Con presunciones se la podría considerar ahora, se podría, por ejemplo, decir que en algún lugar lejano se ha producido un curso de agua, y que lo que parece siseo o silbido es en realidad murmullo. Pero, aparte de que en esa materia no tengo experiencia —la capa de agua que encontré al principio la he desviado en seguida y no ha vuelto a presentarse, debido a la índole arenosa del suelo—, aparte de eso no es posible confundir siseo con murmullo. Todos los deseos de tranquilidad son inútiles, la imaginación no se detiene, y me aferró a la creencia —es inútil querer negar esto— de que el siseo proviene de un animal, no de muchos y pequeños, sino de uno solo y grande.

Claro que hay circunstancias que parecen indicar lo contrario. Por ejemplo, la de que se oiga el ruido en todas partes y con la misma intensidad, tanto de día como de noche. Por cierto, habría que inclinarse más bien por muchos animales pequeños, pero como no los he encontrado durante mis excavaciones, sólo queda la suposición de la existencia del gran animal, máxime teniendo en cuenta que lo que parecería estar en contradicción con esta hipótesis no torna al animal imposible, sino tan sólo inimaginablemente peligroso. Sólo por esto me resisto a admitir su existencia. Pero ahora abandono el autoengaño. Hace mucho que me ronda la idea de que es audible a gran distancia porque cava frenéticamente, porque avanza taladrando la tierra a la velocidad de un paseante que se desplaza por una galería libre; la tierra tiembla cuando él cava, también cuando ya se ha alejado; con la distancia esta vibración se une con el ruido del trabajo mismo, y yo, que oigo sólo estas últimas vibraciones, las percibo con uniformidad en todas partes. Contribuye a ello el hecho de que el animal no avanza hacia mí; por eso no se altera el ruido; hay más bien un plan cuyo sentido no consigo penetrar; sólo supongo que el animal me cerca   —sin que ello signifique que conozca mi existencia—, más aún, que ya ha trazado algunos círculos alrededor de la obra desde que lo observo. Me da la naturaleza mucho que pensar del ruido, el siseo o el silbido. Cuando escarbo o araño la tierra es completamente distinto. Sólo consigo explicarme el siseo pensando que la herramienta principal del animal no son sus garras, con las cuales tal vez sólo se ayuda, sino el hocico o la trompa, los que aparte de su enorme potencia han de tener una especie de filo.

Probablemente encaja la trompa en la tierra con un sólo golpe violento, arrancando un gran trozo; durante este tiempo yo no oigo nada, ése es el intervalo, pero luego absorbe aire para el golpe siguiente. Esta succión, que debe producir un ruido que hace retemblar la tierra, no sólo por la fuerza del animal, sino también por su prisa, por su frenesí de trabajo, yo lo percibo como un leve siseo. Sigue siendo, sin embargo, por completo incomprensible su capacidad de trabajar interminablemente; tal vez los pequeños intervalos contengan la posibilidad de un brevísimo descanso, porque a un descanso verdadero no ha llegado jamás, cava de día y de noche, siempre con la misma intensidad y energía, con el plan siempre en vista, un plan que hay que cumplir con urgencia y para cuya ejecución posee todas las condiciones. Ciertamente, no había esperado un enemigo tal. Pero aparte de sus peculiaridades, se cumple ahora algo que siempre debí temer, algo contra lo cual siempre debí estar preparado. ¡Se acerca alguien! ¿Cómo durante tanto tiempo todo transcurrió felizmente y en silencio? ¿Quién ha guiado los caminos de los enemigos para que describan los grandes arcos alrededor de mi propiedad? ¿Por qué fui protegido, tanto tiempo para ser espantado ahora de este modo? ¿Qué eran todos los pequeños peligros, en cuya imaginación y estudio pasaba mi tiempo, al lado de este mayúsculo peligro? ¿Esperaba, como propietario de la construcción, tener supremacía sobre cualquier enemigo que se presentara? Precisamente, como propietario de esta obra grande y delicada, estoy inerme frente a cualquier ataque serio. La dicha de poseerla me ha ablandado, la delicadeza de la obra me ha hecho delicado, sus lesiones me duelen como si fueran mías. Justamente esto es lo que debí prever, no pensar tan sólo en mi propia defensa —¡y aun esto con qué ligereza y falta de resultados lo he realizado!— sino en la defensa de la obra. Ante todo debieron haberse tomado disposiciones para que algunas partes de la obra, y en lo posible muchas de ellas, cuando fuesen atacadas, pudiesen ser aisladas de las menos expuestas, con derrumbamientos al instante, y constituidos por masas de tierra tales, y con un aislamiento tal, que el atacante ni siquiera pudiese sospechar que ahí detrás estuviera la verdadera obra. Más aún: estos derrumbamientos debieran ser apropiados, no sólo para ocultar la obra, sino también para sepultar al atacante. No he hecho absolutamente nada para algo semejante; nada, absolutamente nada, ha sucedido en ese sentido; he sido inconsciente como un niño, he pasado mis años adultos en juegos infantiles, hasta con la idea de los peligros he jugado, omitiendo pensar realmente en los verdaderos peligros. Y no me han faltado advertencias.

Desde luego, nada que se acerque en importancia a lo de ahora ha sucedido; pero en las primeras épocas de la construcción hubo algo que se le parecía. La principal diferencia consistía precisamente en que eran las primeras épocas de la construcción... Yo entonces aún trabajaba casi como un pequeño aprendiz en la primera galería —el laberinto sólo estaba proyectado en líneas generales—, ya había vacilado una pequeña plaza, pero sus dimensiones y el tratamiento de las paredes era un fracaso; bien, todo estaba de tal modo en los comienzos que sólo podría valer como ensayo, como algo que, a poco que falle la paciencia, se podría abandonar repentinamente sin la mayor pena. Entonces sucedió que durante uno de mis descansos — siempre hubo en mi vida demasiados intervalos para descansar—, yaciendo entre montones de tierra, que se oye de pronto un ruido a lo lejos. Joven como era, más que atemorizarme, despertó mi curiosidad. Dejé el trabajo y me dediqué a escuchar; continuamente escuchaba, y no corrí a tenderme bajo el musgo para no privarme de escuchar. Al menos escuchaba. Lograba distinguir muy bien que se trataba de un trabajo semejante al mío, aunque sonaba con más debilidad pero no se podía saber en qué grado esta diferencia debía atribuirse a la distancia. Estaba intrigado, pero tranquilo.

Quizá — pensé— estoy en una construcción ajena y el dueño cava ahora en mi dirección. Si se hubiera comprobado la exactitud en otra parte, pues nunca he tenido ansias de conquista o de ataque. Pero, ciertamente, yo era todavía joven y todavía no tenía obra, podía permanecer tranquilo. Tampoco el posterior transcurso de los hechos me trajo mayor excitación; interpretarlos era lo que no resultaba fácil. Si el que allí cavaba tendía verdaderamente hacia mí porque me había oído cavar, cuando cambiara su rumbo —como sucedía ahora realmente— no podía determinarse si lo hacía porque mi intervalo de descanso lo privaba de todo punto de referencia para su marcha, o más bien porque él mismo cambiaba de propósitos. También podía ser que yo me hubiese engañado por completo y que él nunca se hubiese dirigido a mí; lo cierto es que el ruido aumentó todavía por un tiempo, como si se acercara; joven como era, no me hubiera desagradado que el cavador surgiese de repente de la tierra, pero no sucedió nada por el estilo, y a partir de determinado momento el ruido comenzó a debilitarse, se hizo cada vez más lejano, como si el cavador se desviase gradualmente de su primitiva dirección, y de pronto todo cesó como si él hubiese optado plenamente por una dirección opuesta y se alejara con decisión. Durante mucho tiempo seguí escuchando el silencio antes de reanudar el trabajo. Por cierto esta advertencia fue bastante clara, pero bien pronto la olvidé, y apenas si se tradujo en alguna modificación de mis proyectos de construcción.

Entre entonces y hoy media mi edad adulta, pero es como si no mediara nada, hoy como entonces hago grandes pausas en mi trabajo, y escucho junto a la pared ¡últimamente el cavador ha cambiado de intención, ha vuelto, regresa de su viaje, cree que me ha dejado suficiente tiempo para disponerme a recibirlo. Pero de mi parte todo está menos dispuesto que entonces; la gran obra yace como entonces inerme; aunque ya no soy un pequeño aprendiz, sino un maestro de obra, las energías que me restan fracasarán en el momento de la decisión; a pesar de mi edad avanzada me parece que quisiera ser más viejo aún, tan viejo que ya no pudiera levantarme de mi lecho bajo el musgo. Porque en realidad no aguanto más, me levanto y corro hacia abajo, hacia la casa, como si aquí, en vez de paz me hubiese llenado sólo de tribulaciones. ¿Cómo quedaron las cosas últimamente? ¿El siseo se ha debilitado? No; ha ganado en fuerzas. Escucho en diez lugares al azar y noto claramente el engaño, el siseo continúa igual, nada ha cambiado. Allí enfrente no se producen cambios, allá 'sé" está tranquilo, por encima del tiempo; aquí en cambio cada instante sacude al oyente. Y deseando el largo camino hasta la plaza fuerte, todo el contorno me parece excitado, parece mirarme, parece en seguida desviar la vista para no molestarme, y se esfuerza de nuevo para leer en mi gesto las resoluciones salvadoras. Muevo la cabeza; todavía no las tengo.

Tampoco voy a la plaza principal para ejecutar allí algún plan. Paso por el lugar en que había querido hacer la zanja de exploración, lo estudio de nuevo, hubiera sido un buen lugar, la zanja habría seguido la dirección en que se hallan la mayoría de los conductos de aire, que me hubieran facilitado el trabajo, tal vez no hubiese tenido que cavar muy fatigosamente, ni siquiera me hubiese visto obligado a cavar hacia el ruido, tal vez hubiese bastado pegar el oído a los conductos. Pero ninguna consideración es capaz de animarme a emprender este trabajo. ¿Esta zanja debe traerme la certidumbre? He llegado a un extremo en que ni siquiera deseo la certidumbre. En la plaza fuerte elijo un buen pedazo de carne roja, 1 sin cuero, y me escondo con él, en un montón de tierra; allí habrá silencio en la medida en que el silencio es todavía posible aquí. Me deleito con la carne; me acuerdo todavía alguna vez del animal desconocido que traza su ruta a distancia, y después pienso que mientras me sea posible debo disfrutar suculentamente de mis provisiones. Esto último es probablemente el único plan a ejecutar. Por lo demás, trato de descifrar el del animal.

¿Está de viaje o trabaja en su propia construcción? Si se halla de viaje, tal vez fuese posible un entendimiento con él. Si realmente irrumpiera hasta mí, entonces podría darle algo de mis provisiones y él seguiría. Sí, seguiría. En mi montón de tierra puedo soñarlo todo, hasta con ciertos acuerdos aunque sé con seguridad que no son posibles ya que en el mismo instante en que nos veamos, mejor, cuando nos sospechemos próximos, sin vacilaciones, simultáneamente prepararemos las garras y los dientes uno contra el otro con renovada hambre aunque estemos llenos hasta el hartazgo.

Y como siempre en este caso, con pleno derecho: ¿quién,, aunque estuviera de viaje, no alteraría a la vista de la obra, sus proyectos y propósitos? Pero tal vez el animal cava en su propia obra; entonces ni siquiera podría soñar con un acuerdo. Aunque se tratara de un animal extraño y que su obra tolerara vecindades, la mía no las tolera, al menos no las de tipo audible.

Ahora el animal parece hallarse a gran distancia; si se alejara un poco más, también desaparecería el ruido, quizá todo volvería a arreglarse, a ser como en los buenos tiempos; todo no dejaría de ser una amarga experiencia, pero beneficiosa; me incitaría a realizar diversas mejoras; cuando tengo paz y el peligro no apremia de manera inmediata, todavía soy capaz de trabajos considerables; quizás el animal renuncie, en vista de las extraordinarias posibilidades que parecen inherentes a su capacidad de trabajo, a la extensión de su obra en dirección a la mía y se resarza de ello en algún otro lado.

Pero, como es natural, esto no es alcanzable por negociaciones, sino sólo por la voluntad del animal o por una amenaza que yo pudiese ejercer. En ambos i casos será decisivo establecer si el animal sabe algo acerca; de mí y qué sabe.

Cuanto más reflexiono acerca de esto se me figura más improbable que me haya oído; es posible, aunque inimaginable, que tenga noticias mías, pero con toda seguridad que no me ha oído.

Mientras no supe nada de él no pudo oírme en absoluto, pues permanecí silencioso —no hay nada más silencioso que el reencuentro con la obra—, luego, cuando hice las excavaciones de exploración, habría podido oírme a pesar de que mi manera de cavar produce poco ruido; y si me hubiera oído yo habría notado algo, porque al menos habría tenido que interrumpirse con frecuencia en su trabajo para escuchar.

...Pero todo permaneció sin alteración...

INVESTIGACIONES DE UN PERRO

¡En qué forma ha cambiado mi vida, sin cambiar en el fondo! Si retrocedo con el pensamiento y evoco los tiempos en que aún vivía en medio de la perrera, participando en cuanto interesa a los perros, un perro entre perros, encuentro, si advierto más detenidamente, que siempre hubo algo que funcionaba mal, que existía una pequeña grieta y que un ligero malestar me acometía en el curso de los más solemnes actos públicos; a veces también en los círculos privados; no, no a veces, sino muy a menudo, la simple visión de uno de mis semejantes perrunos, considerado de pronto de otra manera, me turbaba, me asustaba, dejándome indefenso y desesperado. Traté de tranquilizarme; algunos amigos, a los que confesé esto, me ayudaron; luego llegaron épocas más tranquilas, en las que si bien no faltaban aquellas sorpresas, se las consideraba con más ecuanimidad y como venían se las incorporaba a la existencia; tal vez entristecían y cansaban, pero en lo demás me permitían subsistir, un poco retraído, temeroso, calculador, sí, pero en resumidas cuentas, todavía un perro cabal. ¿Cómo hubiera podido alcanzar sin esos períodos de descanso la edad de que hoy gozo; cómo hubiese podido luchar y abrirme camino hacia la serenidad desde la cual contemplo los terrores de mi juventud y la vejez; cómo hubiese podido llegar a sacar conclusiones de mi —como lo reconozco— desgraciada o, para expresarlo más cautelosamente, no muy feliz disposición, y vivir conforme a ellas? Retirado, solitario, ocupado en investigaciones, sin esperanzas, aunque para mí indispensables, así vivo, pero sin perder de vista a mi pueblo. A menudo me llegan noticias y a veces también doy alguna señal de vida. Se me trata con consideración, sin comprender mi real naturaleza; pero no lo tomo a mal e incluso los perros jóvenes, que veo cruzar alguna vez a lo lejos —una nueva generación—, de cuya infancia me acuerdo oscuramente, no me niegan su respetuoso saludo.

No hay que perder de vista que, a pesar de todas mis rarezas, traslúcidas como la luz, sigo perteneciendo a la especie. Es verdaderamente curioso —pienso, y para hacerlo tengo tiempo y ganas y disposición— lo que pasa con la condición perruna. Fuera de nosotros, los perros, hay muchas especies de animales: pobres seres minúsculos, casi mudos, capaces, solamente de algunos gritos; muchos de nosotros, los perros, los estudian, les han dado nombre, tratan de ayudarlos, de educarlos, ennoblecerlos, etcétera. A mí me son indiferentes; basta con que no me molesten; los confundo unos con otros, apenas los veo. Hay sin embargo algo llamativo: la poca, solidaridad que reina entre ellos, si se los compara con nosotros, la indiferencia y hasta la hostilidad con que se tratan, al extremo de que sólo los más burdos intereses parecen unirlos; y aun estos intereses originan a menudo odios y peleas. ¡Nosotros, los perros, en cambio!... Puede decirse que todos vivimos agrupados, por más que nos diferencien los caracteres adquiridos a través del tiempo. ¡Todos agrupados! Ese es el impulso y nada puede refrenarlo; todas nuestras leyes e instituciones, las pocas que todavía conozco y las innumerables que he olvidado, tienden a satisfacer el anhelo hacia la suprema dicha de que somos capaces: la cálida convivencia. Y ahora

la otra cara del asunto: entiendo que ningún ser vive tan ampliamente diseminado como el perro; en ninguno se manifiestan tantas diferencias en realidad inabarcables, por razón de clase, tipo, ocupación; nosotros que deseamos permanecer unidos —y siempre y a pesar de todo lo logramos en momentos extraordinarios—, precisamente nosotros, vivimos separados desempeñando oficios extraños, desconocidos hasta para los congéneres más inmediatos, sujetos a prescripciones que no son las de la perrada, que más bien están orientadas contra ella. Estas son cuestiones tan complejas, cuestiones que, por lo general, se prefiere eludir —comprendo también este punto de vista, hasta lo comprendo mejor que el mío— y a las que sin embargo me he entregado por completo. ¿Por qué no hago como Tos demás, por qué no vivo en armonía con mi pueblo, sin dar importancia a lo que turba precisamente esta armonía, considerándolo como un simple fallo dentro del gran conjunto; por qué no me oriento hacia lo que nos une en felicidad, no a lo que naturalmente —siempre también en forma irresistible— nos arranca del círculo de nuestro pueblo?

Recuerdo un suceso de mis primeros años. Experimentaba la feliz e inexplicable excitación que sin duda todos experimentamos en la niñez; era un perro muy joven; todo me gustaba, todo se refería a mí; creía que grandes cosas sucedían a mi alrededor porque yo era su motor, y que debía conferirles mi voz, cosas que permanecerían miserablemente en tierra si yo no me afanaba y corría y agitaba mi cuerpo por ellas; en suma, fantasías de la niñez que desaparecen con los años. Pero en aquella época eran poderosas, me subyugaban y, efectivamente, sucedió algo extraordinario que parecía justificar mis caóticas esperanzas. En sí no era nada muy extraordinario —más tarde he visto cosas semejantes y más extrañas aún—, pero me afectó con la fuerza de la primera impresión, imborrable y orientadora. Tropecé con un pequeño grupo de perros, mejor dicho, no tropecé con él, porque vinieron a mi encuentro. Yo había caminado largamente en la oscuridad, con el presentimiento de grandes sucesos —presentimiento que, por constante, me inducía fácilmente a error—, había caminado mucho sin rumbo, ciego y sordo a todo, impulsado sólo por mi deseo impreciso; me detuve con la repentina sensación de haber llegado a buen lugar; levanté la vista y vi que era de día, un día muy luminoso, con algo de bruma, lleno de entreverados y mareantes oleajes de perfumes; saludé la mañana con turbulentas voces y, entonces, corno si los hubiese conjurado, siete perros surgieron de la oscuridad y se presentaron a la luz, con un ruido espantoso, como no había oído jamás. Si no hubiese visto con claridad que se trataba de perros y que ellos portaban el ruido, aunque no podía precisar cómo lo hacían, hubiera huido. Me quedé, pues. Entonces no sabía casi nada del don creativo musical conferido exclusivamente a los perros; había escapado a mi poder de observación que se hallaba en lento desarrollo; tal vez porque la música me rodeaba desde la lactancia como elemento vital cotidiano, indispensable, que nada me obligaba a diferenciar de la vida misma; sólo con indicaciones adaptadas a la mentalidad infantil se había tratado de señalármela; tanto más sorprendentes, casi abrumadores, me resultaron aquellos grandes artistas. No hablaban ni cantaban, más bien callaban obstinadamente; pero como por arte de magia, extraían su música del espacio vacío.

Todo era música, las subidas y bajadas de las patas, determinados giros de las cabezas, el andar y el reposo, sus posiciones respectivas, los pasos como de contradanza originados cuando, por ejemplo, cada cual afirmaba las patas delanteras en el lomo del precedente de manera que el primero sostenía, erguido, el peso de los demás, o cuando formaban entrelazadas figuras que se arrastraban, cerca del suelo, sin equivocarse jamás. El último de ellos, todavía un poco inseguro, no encontrando de inmediato la conexión con los otros y en cierto modo vacilante al iniciarse la melodía, lo era sólo comparado con la magnífica seguridad de los otros; y aunque lo fuese por completo, no habría podido echar a perder nada porque los otros, grandes maestros, mantenían inconmoviblemente el compás. ¡Pero si apenas se les veía! Se habían adelantado, se los había saludado ya con anterioridad como a perros a pesar de la confusión creada por el estruendo que los acompañaba; sí, eran perros, perros como tú y yo, uno quería acercárseles, intercambiar saludos, estaban muy próximos, eran perros ciertamente mucho más viejos que yo y no de mi especie lanuda, pero tampoco muy distintos en tamaño y aspecto; al contrario, resultaban muy familiares; yo conocía a muchos de esa especie o de otra parecida, pero mientras estaba entretenido en tales reflexiones, la música comenzaba a predominar; lo cogía materialmente a uno, lo apartaba de estos pequeños perros reales, y a pesar de resistirse con todas las fuerzas, aullando como si le causaran daño, no podía ya ocuparse de otra cosa que de la música procedente de todas partes, de arriba, de abajo, arrastrando al oyente, sepultándolo y aplastándolo; que al aniquilarlo a uno estaba tan próxima que de inmediato parecía lejanísima, soplando trompetas apenas audibles.

Y de nuevo uno era despedido porque ya estaba demasiado agotado, aniquilado, demasiado débil para seguir escuchando; era despedido y veía a los siete perritos realizar sus evoluciones, ejecutar sus saltos; uno quería, a pesar de su aspecto inaccesible, llamarlos, preguntarles, averiguar qué hacían allí —yo era una criatura y me creía autorizado a preguntar a todo el mundo— pero apenas comenzaba, apenas sentía el fluido de la buena y cálida comunicación con los siete, cuando la música había vuelto, me quitaba el sentido, me hacía girar en círculos, como si yo mismo fuera uno de los músicos, cuando sólo era una de sus víctimas, y me arrojaba de un lado para otro, por más que implorara clemencia. Por fin me salvó su violencia misma, apretándome en una pila de maderas que hasta entonces no había advertido. Al abrazarme con firmeza y bajar la cabeza me daba al menos la posibilidad de resollar, aunque en el exterior siguiera tronando la música. Verdaderamente, más que el arte de los siete perros —incomprensible para mí, porque sobrepasaba en mucho mis facultades de aprehensión— me maravillaba su valor de exponerse por entero y abiertamente al resultado de su propio arte y de soportarlo, aunque iba más allá de sus fuerzas, sin que se les quebrara el espinazo. Por cierto que yo comprobaba ahora desde mi escondrijo, mirando mejor, que no trabajaban con tanta calma, sino más bien con extremo esfuerzo; estas patas movidas en apariencia con tal seguridad, temblaban a cada paso en interminables palpitaciones ; rígidos, como desesperados, se miraban unos a otros, y la lengua, una y otra vez dominada, tornaba también una. y otra vez a colgar mustia. Y no podía ser que los excitara así el temor al fracaso; los que tanto arriesgaban, los que lograban tanto, no podían ya tener miedo.

¿Miedo a qué? ¿Quién los obligaba a realizar lo que allí estaban haciendo? Y ya no pude contenerme, sobre todo porque ahora me parecían necesitados de ayuda, y grité mis preguntas a través del ruido, alta e imperiosamente. Pero ellos —¡incomprensible!, ¡incomprensible!— no contestaron, actuaron como si yo no existiera.

¡Perros que ni siquiera contestan a una llamada de perro, un atentado imperdonable a las buenas costumbres inconcebible en ninguna circunstancia, ni en el más grande ni en el más pequeños de los perros! ¿Y si no fueran perros? Pero cómo podían no ser perros si ahora oía, al escuchar mejor, las suaves voces con que se azuzaban unos a otros, se hacían notar ciertas dificultades, se advertían ciertos errores, hasta veía al último perro, al más pequeño, al que estaban destinadas la mayoría de las voces, entrecerrar los ojos hacia mí con frecuencia, como si tuviese ganas de contestarme, pero dominándose porque no debía ser. ¿Pero por qué no debía ser, por qué lo que nuestras leyes exigen siempre incondicionalmente no podía ser en este caso? Me sentía indignado casi hasta olvidar la música. Estos perros violaban la ley. Aunque fueran grandes magos la ley era válida también para ellos, eso lo comprendía yo muy bien aunque fuera una criatura. Y noté aún más. En realidad tenían motivo para callar, en el supuesto de que callaran por sentimiento de culpa. Porque, ¿cómo se conducían? La música me había impedido notarlo; los muy desdichados, arrojando de sí toda vergüenza, hacían lo más ridículo y lo más indecente: caminaban erguidos sobre las patas traseras.

¡Horror! Se desnudaban y llevaban procazmente a la vista su desnudez; se gozaban en ello y si alguna vez obedecían al sano instinto y bajaban las manos parecían asustarse, como si fuera un error, como si la naturaleza fuese un error, y volvían a levantarse en seguida, sus miradas parecían pedir disculpas por haber interrumpido de momento sus prácticas pecaminosas. ¿Estaba el mundo al revés?

¿Dónde me hallaba? ¿Qué había pasado? Aquí ya no pude vacilar, la existencia misma estaba en juego; me solté de las maderas que me aprisionaban y me adelanté de un salto, quería llegar hasta los perros; de pequeño discípulo debía convertirme en maestro, hacerles comprender lo que hacían, evitar que cayeran en ulteriores pecados. "Unos perros tan viejos, unos perros tan viejos", me repetía. Pero apenas estuve en libertad —sólo dos, tres saltos me separaban de ellos— el ruido volvió a adueñarse de mí. Tal vez, como ahora ya lo conocía, aunque era espantoso, le habría podido oponer resistencia; luchar contra él, si a través de toda la plenitud sonora no se hubiese mantenido un sonido claro, severo, siempre igual a sí mismo, como si llegase invariablemente de gran distancia y pareciera constituir la verdadera melodía en medio del ruido. Me obligó a caer de rodillas.

¡Qué embaucadora era la música de estos perros! No lograba avanzar, ya no quería educarlos; que siguieran despatarrándose, que siguieran cometiendo pecados e induciendo a otros al silencioso pecado de contemplar; yo era un perro demasiado pequeño; ¿cómo se podía esperar de mí acción tan ardua? Me acurruqué aún más, gimoteando, y si los perros me hubiesen preguntado mi opinión tal vez les hubiese dado la razón. Afortunadamente, no tardaron en irse; con todo su ruido y toda su luz desaparecieron en la oscuridad por donde habían salido.

Como ya he dicho, en este suceso no había nada de extraordinario;

en el transcurso de una larga vida se ven muchas cosas que, aisladamente y miradas con ojos infantiles, serían aún más extraordinarias. Además, el caso podía presentarse en otra forma, como todo. Porque, se podía argüir, en definitiva, que los siete músicos se habían reunido para hacer música en el silencio matutino; un perrillo se había extraviado hasta llegar a ellos, un oyente molesto, al que en vano habían intentado ahuyentar con música terrible o sublime. Los importunaba con preguntas, ¿debían ellos, ya fastidiados por su simple presencia, agravar la molestia y agrandarla contestando? Y si bien la ley ordena contestar a todo el mundo, ¿era en realidad alguien ese perrito insignificante llegado de cualquier parte? Acaso ni siquiera lo comprendían, pues ladraba sus preguntas en forma casi ininteligible. O tal vez lo comprendían y, sobreponiéndose, le contestaba, pero él, el pequeño, inhabituado a la música, no sabía separar-ésta del ruido. Y en lo que se refiere a las patas traseras, es probable, sí, que caminaran excepcionalmente sobre ellas; es un pecado, sí, pero estaban solos, eran amigos entre amigos, en una reunión íntima, en cierto modo entre cuatro paredes y completamente solos, ya que los amigos no son público, ni tampoco lo es un pequeño y curioso perro callejero. En resumen: ¿no era como si no hubiese sucedido nada? No es así del todo, pero sí en aproximación. Los padres debieran cuidar más a sus hijos y enseñarles mejor a callar y a respetar las canas.

Y si uno llega a este punto, el caso está terminado. Ciertamente, lo que está terminado para los mayores, no lo está para los pequeños.

Corrí y conté y pregunté; acusé y averigüé, quería arrastrar a todos hasta el lugar del suceso, quería mostrar a todos dónde estaba yo y dónde los siete, y cómo y dónde habían bailado y ejecutado su música, y si alguien, en vez de rechazarme y reírse de mí, hubiese venido conmigo, entonces tal vez hubiese sacrificado mi pureza y habría intentado elevarme sobre las patas traseras, para dejarlo todo bien en claro. En fin, todo lo que hace una criatura está mal, pero afortunadamente también se le perdona todo. Yo, sin embargo, maduré sin perder esta cualidad infantil. Así como en aquel entonces no terminaba de comentar el suceso en alta voz —suceso que desde luego hoy me parece poco importante— y de dividirlo en partes, y de apreciarlo a la luz del criterio de los presentes, importunándolos sin consideración, ocupado tan sólo con mi asunto, que yo encontraba tan molesto como todos los demás y precisamente por eso —ahí estaba la diferencia— digno de ser aclarado a fondo, para poder por fin recuperar la libertad y ocuparme de la vida cotidiana, ordinaria, tranquila y feliz; así como entonces, exactamente — aunque con medios menos pueriles, si bien la diferencia no es muy grande— seguí trabajando después y sigo todavía hoy, sin detenerme.

Todo comenzó con aquel concierto. No me quejo; es innato en mí, y si el concierto no hubiese ocurrido, mi naturaleza habría buscado otra oportunidad para manifestarse. Sólo que algunas veces me apena que sucediera tan pronto; me privó de gran parte de mi niñez; la feliz existencia de los cachorros, que algunos son capaces de prolongar durante años, fue para mí de sólo pocos meses. Ya pasó. Hay cosas más importantes que la infancia. Y tal vez me espera en la vejez, como premio por tan dura existencia, más dicha infantil que la que podría soportar un niño verdadero, pero que yo tendré fuerzas para soportar.

Comencé entonces con mis investigaciones sobre las cuestiones más sencillas; no me faltaba material; lamentablemente, fue la superabundancia de éste la causa de mi desesperación en horas oscuras. Comencé a averiguar de qué se alimentaba la perrada. Esta no es, si bien se mira, pregunta fácil de contestar; nos ocupa desde los primeros tiempos; es el principal objeto de nuestras meditaciones; las observaciones, experimentos y puntos de vista fueron innumerables en este terreno; se convirtieron en una ciencia que por su enorme amplitud excede lo abarcable por un individuo, y también por todos los sabios; que únicamente puede ser soportada por toda la perrada, y esto sólo en parte y no sin suspiros, ello sin hablar de las dificultades y de las condiciones previas casi imposibles de cumplir, que exigen mis investigaciones. No es necesario que todo eso se me señale, lo sé tanto como cualquier perro; no pienso propasarme con la verdadera ciencia, le guardo el respeto que merece; pero para aumentarlo me falta saber, constancia, calma y —no en último término y especialmente durante los últimos años— también el apetito. Trago la comida sin demorarme en disquisiciones económicas. Me basta en este aspecto la quintaesencia del saber, la pequeña regla, con la cual las madres destetan a los pequeños y los dejan partir .hacia la vida: "Riega todo lo que puedas". ¿Es que esto no lo dice casi todo? ¿Ha podido la investigación agregar a ello algo esencial, comenzando desde los tiempos de nuestros más remotos antepasados?

Pormenores, nada más que pormenores. Y todos inseguros. En cambio, esta regla permanecerá inconmovible mientras haya perros. Se refiere a nuestro principal alimento. Desde luego, todavía hay medios accesorios, pero en caso de necesidad y si los años no fueran demasiado malos, podríamos vivir de este alimento principal, que encontramos en la tierra; la tierra necesita de esa agua nuestra y sólo a este precio nos suministra alimento, cuya producción, esto tampoco hay que olvidarlo, puede desde luego acelerarse con determinados dichos, cantos y movimientos. A mi juicio, esto sería todo: nada fundamental puede agregarse al respecto. Estoy de acuerdo con la gran mayoría de la perrada y doy la espalda, firme y severamente, a las opiniones heréticas sobre la materia. No, no trato de distinguirme, ni de tener razón; me siento feliz cuando puedo coincidir con mis conciudadanos, y ello sucede en este caso. Pero mis propios trabajos se orientan en otra dirección. La simple observación me enseña que la tierra, si se la rocía y trabaja según las normas científicas, entrega alimentos de tal calidad y en tales cantidades, de tal manera, en tales lugares y a tales horas, según las leyes parcial o totalmente establecidas por la ciencia. Eso lo doy por sentado, pero mi pregunta es: "¿De dónde saca la tierra estos alimentos?". Pregunta que en general se simula no comprender o a la que se contesta en el mejor de los casos: "Si no tienes bastante de comer, te daremos de lo nuestro". Obsérvese esta contestación. Ya sé, no cuenta entre las ventajas de la perrada distribuir los alimentos una vez logrados. La vida es dura, la tierra árida, la ciencia rica en comprobaciones, pero bastante pobre en resultados prácticos; el que tiene alimentos los conserva; eso no es egoísmo, sino todo lo contrario, ley de perros, unánime resolución popular, lograda después de sobreponerse precisamente al egoísmo, ya que los que poseen son los menos. Por eso aquella contestación de "si no tienes bastante para comer, te daremos de lo nuestro" es sólo una frase hecha, una broma, una burla. No lo he olvidado. Pero tanto mayor significado tiene el hecho de que tratándose de mí —que entonces rodaba por el mundo con estas preguntas— se dejara de lado la burla; si bien no se me daba alimento— ¿de dónde se lo hubiera podido sacar?, y si por casualidad se tenía, en la urgencia del hambre se olvidaba cualquier otra consideración; les ofrecimientos eran siempre serios, y aquí y allá obtenía efectivamente alguna pequeñez si me apresuraba a atraparla. ¿Por qué fui objeto de un tratamiento especial? ¿Por qué se me respetó y se me prefirió? ¿Porque era un animal flaco, débil, mal alimentado y demasiado despreocupado de la comida? Andan por el mundo muchos perros mal alimentados y si se puede se les quita de la boca el más miserable aumentó, con frecuencia no por voracidad, sino casi siempre por principio. No; se me prefería; no podría quizás entrar en pormenores, pero tenía la exacta impresión de ello. ¿Divertirían mis preguntas acaso? ¿Se las encontraba especialmente juiciosas? No; mis preguntas no divertían y se las encontraba tontas. Y, con todo, sólo podían ser las preguntas las que habían atraído la atención sobre mí. Era como si se prefiriese hacer cualquier cosa, taparme la boca con comida, por ejemplo —no se lo hacía, pero se tenía la intención—, antes de tolerar mis preguntas. Pero se me hubiera podido ahuyentar, prohibirme las preguntas. No, no se quería eso; no se quería oír mis preguntas; pero precisamente no se me quería expulsar por ellas. Por más que se rieran de mí y me trataran como a un animal pequeño y tonto, por más que se me empujara de un lugar para otro, aquel fue el tiempo en que llegué a gozar de mayor prestigio; nunca se repitió en adelante nada semejante; tenía acceso a todas partes y, con el pretexto de tratarme rudamente, se me lisonjeaba. Y todo sólo por mis preguntas, por mi impaciencia, por mis ansias de investigación. ¿Se me quería embaucar sin violencia, apartarme casi amorosamente de un camino equivocado, de un camino cuya falsedad sin embargo no estaba por encima de cualquier duda, puesto que no autorizaba a emplear la fuerza?... También un cierto respeto y temor se oponían al empleo de la violencia. Ya sospechaba en aquel entonces algo semejante, hoy lo sé con certeza, con más certeza que aquellos que actuaron entonces; es cierto, se me quiso apartar hábilmente de mi camino. No lo lograron; el resultado fue inverso: mi vigilancia se agudizó. Hasta se evidenció después que era yo quien trataba de apartar a los demás de su propio camino, propósito en el que tuvo éxito hasta cierto punto. Sólo con ayuda de la perrada comencé a comprender mis propias interrogaciones. Cuando yo preguntaba, por ejemplo: "¿De dónde saca la tierra este alimento?", ¿me interesaban entonces, como podría parecer, las preocupaciones de la tierra? En lo más mínimo; eso estaba, como pronto pude comprobar, lejos de mí; a mí me preocupaban sólo los perros, nada fuera de ellos. Porque, ¿qué hay fuera de los perros? ¿A quién recurrir fuera de ellos en el inmenso mundo vacío? Todo el saber, la totalidad de las preguntas y respuestas está contenida en los perros. ¡Si al menos este saber pudiera utilizarse, extraído a la luz del día; si al menos los perros no supieran tan infinitamente más de lo que reconocen saber, de lo que ante sí mismos admiten que saben! Pero el más locuaz de los perros es más hermético que los lugares donde se hallan los mejores alimentos. Se ronda a tal canino, se espumajea de avidez, se pelea con la propia cola, se pregunta, se ruega, se aúlla, se muerde y se logra... y se logra lo que se lograría también sin ningún esfuerzo: amabilidad, contactos amistosos, honrosos olisqueos, estrechos abrazos, tu aullido y el mío unidos en uno solo, todo converge hacia allí, una dicha, un olvidar y un encontrar, pero lo único que deseaba alcanzar: la confesión del propio saber, eso se niega. A este ruego, silencioso o en alta voz, contestan en el mejor de los casos, cuando la insistencia se ha llevado al extremo, con aires obtusos, miradas oblicuas, ojos velados, turbios. Más o menos lo mismo que lo que sucedió cuando de niño clamé a los perros músicos y no me contestaron.

Se podría decir: Te quejas de tus semejantes, de su silencio sobre las cosas decisivas; sostienes que saben más de lo que admiten saber más de lo que hacen valer en la vida; y esta reserva, cuyo motivo y secreto naturalmente también callan, te envenena la existencia, te la torna imposible, te impulsa a cambiarla o a abandonarla; pero si como es cierto eres también un perro, con saber de perro, entonces manifiéstalo no solamente en forma de pregunta, sino como respuesta. Porque, si lo expresaras, ¿quién se te resistiría? El gran coro de la perrada se levantaría como si hubiese esperado tu señal.

Entonces tendrías tanta verdad y claridad y tantas confesiones como pudieras desear. El techo de esta vida ruin, que tanto criticas, se abriría, y todos, perro junto a perro, ascenderíamos hacia una libertad superior. Y aunque esto último no sucediera, si fuera peor que hasta ahora, si la verdad total fuese menos soportable que la parcial, si llegara a confirmarse que los silenciosos están en su derecho como protectores de la vida, y si la ligera esperanza que ahora todavía poseemos se trocara en desesperación total, el ensayo merece igualmente la pena puesto que no quieres vivir como te dejan vivir. Entonces: ¿por qué reprochas a los otros su mutismo cuando tú también callas?. Fácil respuesta: soy un perro. En lo esencial tan hermético como ellos, resistiéndome también a las mismas preguntas, rígido de miedo. ¿Pregunto acaso —al menos desde que soy adulto— para que se me conteste? No alimento tan absurdas esperanzas. Veo los fundamentos de nuestra vida, presiento su hondura, veo a los obreros en la construcción, en su obra oscura, ¿he de esperar que gracias a mis preguntas todo se acabe, sea destruido, abandonado? No; ya no espero eso, desde luego. Los comprendo, soy sangre de su sangre, de su pobre sangre, siempre renovadamente joven y siempre renovadamente ansiosa. Pero no sólo tenemos en común la sangre, sino también el saber, y no tan sólo el saber, sino también las llaves para lograrlo. No lo poseo sin intervención de los demás, no puedo tenerlo sin ayuda. Los huesos duros, los de más noble tuétano, sólo son accesibles a las dentelladas conjuntas de todos los perros. Esta es desde luego sólo una analogía muy exagerada; si todos los dientes estuvieran preparados ya no necesitarían morder, el hueso se abriría y su tuétano estaría al alcance del cachorro más débil. Si me mantengo dentro de este símil debo decir que mis preguntas, mis investigaciones, tienden a algo mayor. Quiero lograr esta asamblea de todos los perros, quiero hacer que por la amenaza de todos los dientes se abra el hueso; quiero luego despedirlos para que vivan su vida, que les es cara, y quiero después, solo, absolutamente solo, chupar el tuétano. Esto suena a monstruosidad, casi es como si no quisiera vivir del tuétano de un hueso, sino del tuétano de la perrada misma. Pero es sólo un ejemplo. El tuétano de que se habla aquí no es alimento, es lo contrario: es veneno. Me azuzo con preguntas sólo a mí mismo; quiero encender, en el silencio que me rodea, la única réplica. ¿Durante cuánto tiempo lo soportarás? Esta es la pregunta vital, más allá de todas las demás. Me la dirijo a mí mismo; no molesta a los demás. Lamentablemente, es fácil de contestar: soportaré hasta que me llegue el final; a las preguntas inquietas se opone cada vez más la calma de la vejez. Estoy seguro que moriré en silencio, rodeado de silencio, casi en paz, pero estoy prevenido. Como para escarnio se nos ha dotado de un corazón admirable y de pulmones que no se desgastan prematuramente; resistimos a todas las preguntas, hasta las propias: somos verdaderos baluartes del silencio.

En los últimos tiempos reflexiono con mayor frecuencia sobre mi vida, busco el error decisivo que fue culpable de todo, pero no lo encuentro. Y sin embargo, debo de haberlo cometido, pues, si a pesar de no existir, el trabajo probo de toda mi vida no me hubiese permitido alcanzar la meta, ello demostraría que lo que me proponía era imposible, y habría que caer en la absoluta falta de fe, en la desesperanza. ¡La obra de una vida! Primero las investigaciones relativas a la pregunta: ¿De dónde toma la tierra nuestro alimento?

Perro joven, ávido de vida, renuncié a todos los goces, evité toda diversión, sepulté la cabeza entre las patas ante las tentaciones y me puse a trabajar. No era un trabajo científico, ni por preparación ni por método, ni por finalidad perseguida. Tal vez haya habido en esto un error, pero no pudo ser decisivo. Aprendí poco; era muy joven cuando me vi separado de mi madre; me acostumbré muy pronto a la independencia; y la vida libre y la independencia precoz son poco propicias al aprendizaje sistemático. Pero he visto y oído mucho, y hablé con perros de las más diversas especies y oficios, y no asimilé mal ni relacioné mal las observaciones, lo que reemplazó un tanto el aprendizaje sistemático; además, aunque la independencia es un inconveniente para el estudio ordenado, se torna una ventaja para la investigación personal. Era tanto más necesaria en mi caso, cuanto que no podía seguir los métodos propios de la ciencia, es decir, utilizar los trabajos de los precursores y relacionarme con los investigadores de mi época. Entregado a mi propio esfuerzo, comencé desde el principio con el convencimiento, muy agradable para la juventud, pero abrumador para la vejez, de que el punto final que habría de colocar sería también el definitivo.

¿Pero estuve en realidad tan aislado en mis investigaciones? Sí y no. No es imposible que haya habido siempre, también hoy, algunos perros aislados en mi propia situación. Lo que no es tan grave; no me desvío ni el grosor de un pelo de la costumbre colectiva. Todos los perros sienten como yo el impulso de preguntar y yo, como ellos, el de callar. En cada uno existe el impulso de la pregunta. Si no fuera así las mías no habrían provocado la menor conmoción, conmociones que me llenaban de dicha, dicha exagerada, además. Y en cuanto a mi tendencia a callar, lamentablemente no necesita demostración especial. Luego, en el fondo, no soy distinto de los demás; a pesar de todas las discrepancias ellos me reconocerán y yo procederé como ellos. Tan sólo la dosificación de los componentes es distinta, diferencia que personalmente puede ser muy importante, pero que desde el punto de vista colectivo es mínima. ¿Y será posible que nunca, en el pasado y en el presente, la dosificación haya sido parecida a la mía, y si esta mezcla se llama desgraciada, que no haya habido otra más desgraciada aún? La experiencia parece indicar lo contrario.

Los perros desempeñamos los oficios más extraordinarios, que nadie lo creería posible si no tuviésemos acerca de ellos noticias fidedignas. Cuando oí hablar de ellos por primera vez, no quise creer lo que se me decía. ¿Cómo? ¿Que había un perro de raza muy pequeña, no más grande que mi cabeza, ni aun en la edad adulta, y que a pesar de su débil constitución y de su apariencia artificiosa, poco madura, relamida, y a pesar de ser incapaz de dar un salto decente, pudiera como se decía, desplazarse en el aire sin ningún trabajo aparente, descansando? Pretender convencerme de tales-cosas me parecía un abuso a mi ingenuidad de cachorro. Pero poco después, en otro lugar, me volvieron a hablar de los perros voladores. ¿Se habían confabulado para burlarse de mí? Sin embargo, cuando vi a los perros músicos, ya todo me pareció posible; ningún prejuicio se oponía a mi capacidad de asimilación, he seguido el rastro de los rumores más descabellados, y lo más disparatado en esta vida insensata llegó a parecerme más verosímil que lo razonable, V más provechoso en mis investigaciones. Así sucedió también con los perros voladores. Averigüé mucho de ellos; y aunque hasta hoy no he conseguido verlos, estoy firmemente convencido de su existencia: en mi imagen del mundo ocupan un lugar importante.

Como en la mayoría de los casos, tampoco en éste me desconcierta su arte. Es realmente admirable, ¡quién podría negarlo!, que puedan suspenderse en el aire, y me adhiero a la admiración de la perrada. Pero mucho más admirable es, a mi modo de ver, la insensatez, la callada insensatez de sus existencias. Flotan en el aire y basta, la vida sigue su curso, aquí y allá se habla de arte y de artistas, eso es todo. ¿Pero por qué, pregunto a la perrada, por qué flotan los perros?

¿Qué sentido tiene su oficio? ¿Por qué es imposible obtener de ellos una palabra explicativa? ¿Por qué flotan allá arriba, dejando que se les atrofien las patas, el orgullo del perro, y por qué, lejos de la tierra que alimenta, cosechan sin sembrar y, según referencias, se hacen mantener opíparamente a costa de la perrada? Debo felicitarme por haber provocado con mis preguntas cierta agitación en lo que a esto se refiere. Se comienza a fundar, a improvisar una especie de fundamento y por cierto-que no se irá más allá del comienzo. Pero ya es algo. Si bien no se alcanza la verdad —nunca se llegará a ella— por lo menos se descubre parte de la confusión y de la mentira.

Porque hasta lo más descabellado de nuestra vida, y especialmente esto, puede tener fundamento. No de modo completo —es una gracia del diablo— pero de todas maneras en grado suficiente como para preservarse de preguntas molestas. Y volviendo al ejemplo de los perros voladores, no son arrogantes, como se podría suponer de entrada; dependen mucho de sus semejantes, lo que es fácil de comprender si uno trata de colocarse en su caso. Están obligados, ya que no pueden hacerlo abiertamente —lo que implicaría infringir el deber de callar—, a conseguir que se les perdone de alguna manera, su género de vida o, al menos, a desviar la atención, a lograr su olvido, y tratan de conseguirlo, según se me informa, mediante un parloteo casi insoportable. Siempre tienen algo que contar, sea de sus meditaciones filosóficas, en las que pueden ocupar su tiempo puesto que han renunciado a todo esfuerzo corporal, sea acerca de lo que ven desde su altura. Y aunque no se caracterizan por su talento, lo que, habida cuenta de su vida ociosa, es perfectamente comprensible, y aunque su filosofía sea tan inútil como sus observaciones e igualmente inútiles para la ciencia, que no puede supeditarse a fuentes tan despreciables, si a pesar de ello uno pregunta qué es lo que quieren en definitiva los perros voladores, se nos dirá una y otra vez que contribuyen poderosamente a la ciencia. "Ciertamente —observa uno entonces—, pero son contribuciones completamente carentes de valor y molestas".

Las réplicas siguientes consistirán en encogimiento de hombros, rodeos, disgustos o risas, y luego de un rato, si uno vuelve a preguntar, de nuevo se entra de que son útiles a la ciencia y por fin, cuando a su vez le preguntan a uno, a poco que se distraiga, contesta lo mismo. Y tal vez sea mejor no ser demasiado terco y resignarse, no digo a justificar el derecho a la vida de los perros voladores, pero sí por lo menos a tolerarlos. Más no debiera pedirse; sería excesivo y sin embargo se pide. Cada vez son más los perros voladores que se encaraman en el espacio, y para todos se pide tolerancia. No se sabe con seguridad de dónde provienen. ¿Se reproducen? ¿Les quedan fuerzas para ello? Puesto que no son más que una hermosa piel, ¿qué había de reproducirse? Y aunque lo inverosímil fuera posible, ¿cuánto tiene lugar el acto de la reproducción? Siempre se los ve solitarios allá arriba, pagados de sí mismos, y si alguna vez se rebajan a caminar, sucede sólo durante instales, dan unos pocos pasos temerosos, rigurosamente a solas, abismados en supuestos pensamientos, de los que no pueden libertarse ni aun a costa de mayores esfuerzos; por lo menos así se afirma. Pero si no se reproducen, hay que suponer que hay perros que renuncian voluntariamente a la vida en el llano, que se convierten en perros voladores, y que al precio de la comodidad y de cierta habilidad, eligen esa estéril existencia de almohadón. Esto no es admisible; ni la hipótesis de la reproducción ni la de la libre elección son admisibles. Y sin embargo, la realidad demuestra que siempre hay nuevos perros voladores, por tanto hay que deducir que, aunque los inconvenientes parezcan insuperables a la luz de nuestro entendimiento, dada una especie de perros, por más extraña que sea, no se extinguirá tan fácilmente, ya que siempre habrá en ella algo que resistirá con éxito.

Si esto es válido para una especie tan insensata, extraña y hasta no viable como la de los perros voladores, ¿no habría de serlo también para la mía? Sobre todo, teniendo en cuenta que mi aspecto no es tan singular, que soy perro de clase media, muy abundante en esta región, que no me destaco en nada, que no soy especialmente despreciable y que en mi juventud y aun en mi edad adulta, antes de abandonarme, fui bastante bien parecido. Se me elogiaba el pecho, las patas esbeltas, el porte de la cabeza, pero también mi pelaje grisáceo-amarillento, de puntas rizadas, tenía gran aceptación; todo esto no es extraño, extraña es solamente mi manera de ser y aun ésta —lo que no debo olvidar nunca— está arraigada en lo profundo en la naturaleza de la perrada. Si el perro volador mismo no permanece absolutamente solo, si siempre aparece alguno nuevo en el gran mundo de la perrada, si siempre se procuran descendencia, entonces puedo aún confiar en que tampoco yo estoy definitivamente perdido. Como es natural mis congéneres han de tener un destino especial, pero el simple hecho de existir no me beneficia de forma visible: no los reconocería. Somos los oprimidos del silencio, queremos destruirlo, padecemos hambre de aire, mientras que a los demás parece agradarles; "parece" solamente, como lo prueba el caso de los perros músicos, en apariencia entregados tranquilamente a su arte, pero en realidad muy excitados. De todos modos esta apariencia tiene gran poder, uno trata de comprenderla, pero ella burla todo intento. ¿Cómo se las arreglan mis congéneres? ¿Cómo son sus intentos de vivir? Ha de existir en esto mucha diversidad! Yo ensayé con preguntas en mi juventud. Luego, tal vez, podría adherirme a los que preguntan mucho, ellos serían mis congéneres.

En realidad, lo intenté durante un tiempo violentándome, porque ante todo me interesan los que debieran responder; los que interrumpen con preguntas que casi nunca puedo contestar me son desagradables, y después: ¿a quién no le gusta preguntar mientras es joven? ¿Cómo habría de seleccionar entre las múltiples preguntas las verdaderas? Todas las preguntas suenan igual, lo importante es la intención y ésta generalmente está oculta, aun para el que las formula. Además, preguntar es propio de la perrada, todo el mundo hace preguntas, éstas se entrecruzan; hasta parece que hubiera el propósito de borrar el rastro de las preguntas verdaderas. No; mis iguales no se hallan entre los preguntones jóvenes y tampoco entre los taciturnos, los viejos, a los que ahora pertenezco. Por lo demás, ¿qué se logra con preguntas?; yo he fracasado con ellas; tal vez mis compañeros sean más inteligentes que yo y empleen medios más efectivos para soportar la existencia, medios que —así me parece— tal vez los ayuden en su angustia, los calmen, los adormezcan, modifiquen su índole, pero que en el fondo sean tan impotentes como los míos, puesto que por más que mire en derredor no veo resultados. ¿Y dónde están estos congéneres? Sí, esta es la tortura, ésta. ¿Dónde están? En todos lados y en ninguno. Tal vez lo sea mi vecino, que está solo a tres saltos de mí; intercambiamos algún grito, él cruza para verme, pero yo no a él . ¿Es mi congénere? Es posible, pero nada hay más improbable. Cuando está lejos puedo, por ejemplo, con gran esfuerzo de imaginación, ver en él muchos rasgos que me son propios, pero cuando está presente mis apreciaciones caen en el ridículo.

Un perro viejo, aún más pequeño que yo a pesar de mi talla escasamente mediana, castaño, de pelo corto, cabeza cansada, abatida, de paso deslizante, que además arrástrala pata izquierda posterior a consecuencia de una enfermedad. Hace mucho que no me doy con nadie como no sea con él; estoy contento de soportarlo mal que bien, y al irse le grito las cosas más amables, ciertamente, no por afecto, sino irritado conmigo mismo, pues cuando lo sigo encuentro en extremo repelente su andar reptante, su pie arrastrado y el cuarto trasero demasiado bajo. A veces, cuando mentalmente lo considero compañero mío, es como si quisiera ridiculizarme a mí mismo. Por otra parte, al hablar no demuestra nada que pueda parecerse al compañerismo; es inteligente, sí, y, para nuestro medio, bastante culto; se podría aprender mucho de él. Pero ¿busco la inteligencia y la instrucción? Generalmente hablamos de cuestiones comunales y yo, más perspicaz en este aspecto a causa de mi aislamiento, suelo asombrarme de la riqueza de espíritu que necesita un perro común, aun en circunstancias no excesivamente desfavorables, para ir por la vida y protegerse de los peligros corrientes. Es la ciencia de las reglas, pero no resulta fácil comprenderla ni aun en sus planteamientos más elementales, y sólo una vez comprendida viene la verdadera dificultad: aplicarla a las circunstancias ordinarias. En esto casi nadie puede ayudar; cada hora y cada lugar de la tierra crea nuevos problemas. Nadie puede afirmar que está instalado en algún punto de manera definitiva y que su vida transcurrirá como por sí sola; ni siquiera yo, con mis necesidades decrecientes cada día que pasa. Y todo este esfuerzo infinito, ¿para qué? Sólo para sepultarse cada vez más en el mutismo, para no poder ser sacado de él ya nunca y por nadie.

Se suele elogiar el progreso de la perrada a través de los tiempos, con lo que, entiendo, se quiere elogiar el progreso de la ciencia.

Ciertamente, la ciencia progresa en forma incontenible, hasta aceleradamente, cada vez con mayor velocidad, pero ¿qué hay de glorioso en ello? Es como si se quisiera elogiar a alguien porque a

medida que transcurren los años envejece acercándose por tanto a la muerte con velocidad creciente. Es un proceso natural y hasta desagradable, en el que no encuentro nada que celebrar. Veo sólo desintegración, con lo cual no quiero dar a entender que las generaciones fueron mejores; sólo fueron más jóvenes, esa era su gran ventaja, su memoria no estaba tan abarrotada como la de hoy, era más fácil lograr que hablaran, y aunque nadie lo haya conseguido, las posibilidades eran mayores; precisamente, esta mayor posibilidad es lo que nos enardece al escuchar aquellas viejas historias, bastante ingenuas por lo demás. De vez en cuando una palabra parece revelar un indicio, nos hace saltar, no sentimos el peso de los siglos. Así es; por más que critique mi tiempo, las antiguas generaciones no fueron mejores que las más recientes y hasta en cierto sentido fueron peores y más débiles. Tampoco entonces los milagros andaban por las calles para que cualquiera pudiese echarles el lazo, pero los perros no eran aún, no puedo expresarlo en otra forma, tan perrunos como hoy; la estructura de la perrada era más burda, la exacta palabra todavía habría podido actuar, decidirla obra, alterarla, cambiarla voluntariamente en forma diametral, y aquella palabra existía, o por lo menos se la sentía próxima, flotaba sobre la punta de la lengua y cualquiera hubiese podido averiguarla. ¿A dónde ha ido a parar hoy? Introduciendo las manos en las entrañas, no se la encontraría. Quizá nuestra generación esté perdida, pero es más inocente que aquéllas.

Comprendo las vacilaciones de la mía. Ya ni siquiera se trata de vacilar, es apenas olvidar el sueño que hace mil noches se ha soñado, para mil veces olvidarlo. ¿Quién nos echará en cara precisamente este milésimo olvido? Y hasta creo comprender las vacilaciones de los antepasados; probablemente nosotros no hubiésemos actuado distinto;

casi quisiera decir: dichosos de nosotros por no tener que cargar con la culpa; por poder correr hacia la muerte envueltos en un silencio casi inocente, en un mundo ya oscurecido por otros. Quizá cuando se extraviaron ni se dieron cuenta de que se trataba de un extravío definitivo; seguían viendo la encrucijada, les era fácil regresar, y si se retrasaban era sólo porque querían gozar durante un tiempo de la vida perruna, que en realidad no era en verdad una vida perruna, pero con todo embriagadoramente agradable, por lo que siempre convenía demorarse un poco, aunque ya fuera unos instantes y seguir errando. No sabían lo que nosotros, analizando el decurso de la historia, podemos deducir: el alma evoluciona más de prisa que la vida perruna, ya debían de tener el alma perrunizada desde antiguo, y no se hallaban tan cerca del punto de partida como les parecía o quería hacerles creer su vista, ya regodeada en pleno libertinaje perruno. ¿Quién puede hablar hoy todavía de juventud?

Fueron en realidad perros jóvenes, pero por des- 1 gracia su único orgullo se cifraba en llegar a ser perros viejos, de modo que, es cierto, no podían fracasar, como lo demostraron todas las generaciones siguientes y la nuestra mejor que ninguna.

No, no hablo con mi vecino de estas cosas, pero a menudo debo pensar en ellas cuando estoy sentado frente a él, típico perro viejo, o cuando hundo el hocico en su pelaje y percibo el hedor característico que tienen las pieles desolladas. Carecería de sentido hablar de estas cosas con él o con los demás. Sé cómo transcurriría la conversación. Haría algunos reparos aquí y allá, finalmente aprobaría —la aprobación es la mejor arma— y el asunto quedaría enterrado. ¿Para qué entonces molestarse en desenterrarlo? Y sin embargo, tal vez haya con mi vecino alguna concordancia más allá de las simples palabras. No puedo dejar de sostener esto aunque carezca de pruebas y pueda ser víctima de engaño, precisamente por ser desde hace mucho el único a quien trato y porque debo aferrarme a él. "¿Serás mi correligionario a tu manera? ¿Te avergüenzas de tu fracaso? También yo fracasé. A veces lloro a solas por ello; ven, entre dos es menos amargo". Así pienso a veces y lo miro fijamente. Él no baja la mirada, pero nada deja traslucir, mira obtusamente, asombrado de que haya dejado de hablar. Pero tal vez sea esa su manera de preguntar y yo lo decepcione tanto como él a mí. En mi juventud, si otras preguntas no me hubiesen parecido más importantes, y si no me hubiese bastado con mucho a mí mismo, tal vez le habría preguntado de viva voz, obteniendo un descolorido asentimiento, es decir, menos de lo que obtengo hoy con mi silencio. Pero ¿no callan todos por igual? Nada me impide creer que todos son camaradas, no solamente que he tenido un ocasional camarada investigador, Hundido y olvidado con sus insignificantes éxitos, al que no puedo llegar por impedírmelo la bruma de los tiempos pasados y la conglomeración del presente, sino que desde siempre he tenido y tengo compañeros en todos, todos afanosos a su manera, a su manera infructuosos, callados o astutamente charlatanes, como consecuencia de la investigación desesperanzada. Pero entonces no hubiera sido necesario que me aislara; hubiera podido quedarme tranquilamente entre los demás, no habría tenido que abrirme paso como un cachorro rebelde en las filas de los mayores, que en resumidas cuentas quieren lo mismo que yo, abrirse paso, y que sólo me engañan por su mayor juicio, que les advierte que nadie puede llegar más allá y que todo empuje carece de sentido.

Tales ideas son ciertamente el resultado de las conversaciones con mi vecino; me confunde y me entristece; con todo, es bastante alegre, al menos lo he oído gritar y cantar en su casa, hasta molestarme.

Convendría renunciar también a esta última relación, no seguir vagas ensoñaciones como las que provoca todo trato perruno por más endurecido que uno se crea, y dedicar el poco tiempo que me resta en forma exclusiva a mis investigaciones. La próxima vez que venga me arrinconaré y me fingiré dormido y repetiré esto todas las veces que sea necesario hasta que deje de venir.

También ha entrado el desorden en mis investigaciones; desisto, me canso, un trote mecánico, donde antes habría carrera entusiasta. Recuerdo los tiempos en que comencé a investigar la pregunta: "¿De dónde toma la tierra nuestro alimento?".

Por cierto que vivía entonces en el seno pueblo pugnaba por meterme donde todo se hacía más denso, a todos quería convertir en testigos de mi trabajo, y este testimonio me importaba más que el trabajo mismo; como todavía esperaba algún efecto general recibía gran estímulo, que ahora, solitario como soy, se ha desvanecido.

Por entonces era tan fuerte que hice algo inaudito, algo en contradicción con todos nuestros principios y que todo testigo presencial recuerda como siniestro. Encontré en la ciencia, que tiende por lo general a la ilimitada especialización, una curiosa simplificación. Ella enseña fundamentalmente que la tierra produce alimento e indica, luego de haber sentado este principio, los métodos por los cuales pueden obtenerse, y en abundancia, las diversas comidas. Es exacto, en efecto, que la tierra produce alimentos, ello no admite dudas, pero el proceso no es tan simple como se presenta, al extremo de excluir toda investigación ulterior. Basta tomar los más elementales sucesos que se repiten a diario.

Si nos quedáramos completamente inactivos, como yo ahora, y después de un ligero cultivo de la tierra nos acurrucáramos a esperar el resultado, y en el supuesto de que realmente se produjera algo, encontraríamos sin duda el alimento en la tierra. Pero este caso no constituye la regla.

Los que conserven cierta ecuanimidad frente a la ciencia —y por cierto son pocos, puesto que los círculos que ella traza son cada vez más amplios— comprobarán con facilidad, aunque no hagan observaciones muy detenidas, que el alimento principal que encontramos sobre la tierra proviene de lo alto; hasta cogemos parte de él de acuerdo a nuestra habilidad y avidez, antes de que entre en contacto con la tierra. Con esto todavía, no afirmo nada contra la ciencia, porque también la tierra produce este alimento en forma natural. Que uno lo saque de su seno y el otro de las alturas, quizá no constituya una diferencia esencial; la ciencia, que ha establecido que en ambos casos es necesario trabajar el suelo, tal vez no deba ocuparse de tales distingos por aquello de: "Panza llena, corazón contento".

Sólo que me parece que la ciencia se ocupa de estas cosas en forma velada y fragmentaria, ya que conoce los métodos para la obtención de alimentos: el cultivo del suelo propiamente dicho y las labores accesorias o de refinamiento en forma de aforismo, danza y canto.

Encuentro en ello una clasificación que, si bien no perfecta, bastante clara. El cultivo del suelo sirve a mi juicio para la obtención de ambas clases de alimentos y es siempre imprescindible; aforismo, danza, y canto no se refieren tanto al alimento terrestre en sentido estricto, sino que sirven más bien para atraerlo desde lo alto. En esta hipótesis me apoya la tradición. Aquí el pueblo parece rectificar a la ciencia sin saberlo y sin que la ciencia intente defenderse. Si, como quiere la ciencia, aquellas ceremonias sólo habían de servir al suelo, acaso para darle fuerzas para atraer el alimento desde lo alto, entonces, deberían lógicamente cumplirse en su totalidad junto al suelo; todo habría que susurrarlo, bailarlo, y cantarlo al oído de la tierra misma. Y a mi entender la .ciencia no pretende otra cosa. Y ahora viene lo notable: el pueblo se dirige a las alturas con todas sus ceremonias. Esto no atenta contra la ciencia: ella no prohíbe ; deja al campesino en libertad, considera en sus enseñanzas tan sólo el suelo y si el campesino las asimila, queda satisfecha; pero su razonamiento debiera a mi juicio exigir más. Y yo, que nunca he profundizado en la ciencia, no puedo imaginarme cómo los científicos permiten que nuestro pueblo, apasionado como es, ladre las frases mágicas hacia lo alto, entonces nuestros antiguos lamentos al aire y ejecute cabriolas danzadas, como si, olvidándose del suelo, quisiera elevarse para siempre. Traté de subrayar estas contradicciones; cuando, de acuerdo con las enseñanzas de la ciencia, se aproximaba la época de la cosecha, me dedicaba por completo al suelo, lo apañaba durante la danza y giraba la cabeza para aproximarme a la tierra lo más posible. Más tarde hice un hoyo e introduje la boca, cantando y declamando de ese modo, para que sólo lo oyera el suelo y nadie más que él.

Los resultados fueron limitados. A veces, no obtenía el alimento y ya estaba a punto de alegrarme por mi descubrimiento, cuando aparecía de pronto como si, superada la confusión creada por mi extraña representación, se reconocieran sus ventajas y se renunciara con gusto a gritos y saltos. A menudo la comida llegaba en mayor abundancia que antes; luego faltaba por completo. Con un tesón hasta entonces desconocido en perros jóvenes, hice una extraña reseña de todos mis ensayos; creía ya encontrar una pista que pudiera llevarme más lejos, pero en seguida volvía a perderla.

Innegablemente, aquí me perjudicó mi insuficiente capacidad científica. ¿Qué seguridad había por ejemplo de que la falta de comida no era atribuible a mi experimento, sino a la preparación anticientífica del suelo? Si era así, todas mis conclusiones carecían de valor. Bajo determinadas condiciones, habría hecho un experimento completamente satisfactorio si hubiese obtenido el alimento sin trabajar a la tierra en absoluto, sólo con ceremonias dirigidas a lo alto; o también si, con ceremonias terrenas en forma exclusiva, hubiese podido comprobar la ausencia del mismo. Lo intenté, sin mayores esperanzas y no bajo condiciones experimentales rigurosas, porque, de acuerdo con mi creencia inamovible, un mínimo de cultivo es siempre indispensable y aunque los herejes que no lo creen tuvieran razón, no podrían demostrarlo,   porque la aspersión del suelo se produce necesariamente y es, dentro de ciertos límites, a inestable.

Otro experimento, aunque un tanto colateral, tuvo más éxito y causó cierto revuelo. Paralelamente a la práctica usual de coger los alimentos que venían del aire, resolví dejarlos caer, sin cogerlos. Con tal objeto cada vez ; que caía el alimento ejecutaba un pequeño salto calculando de tal forma que resultara insuficiente; en la mayoría de los casos el alimento caía con sorda indiferencia y yo me arrojaba sobre él, no sólo por hambre, sino también con la ira de la decepción. Pero en casos aislados se produjo algo diferente, realmente maravilloso; el alimento no caía, sino que me perseguía en el aire; la comida perseguía al hambriento. No sucedía durante mucho tiempo, sólo un pequeño trecho, y después caía o desaparecía por completo o —más frecuentemente— en mi avidez la devoraba, terminando en forma prematura el experimento. De todos modos, me sentí feliz, me envolvía un rumor de inquietud y de atención, encontré a los conocidos más accesibles a mis preguntas, en sus ojos brillaba un resplandor de ayuda, y aunque sólo fuese el reflejo de mis propias miradas, no exigía más, me conformaba. Hasta que me enteré — y los otros se enteraron conmigo— que este experimento no era nuevo, que había sido descrito científicamente, y hasta de forma más completa; sin embargo, hacía mucho que no se llevaba a cabo por el autodominio que exige y porque su supuesta carencia de importancia científica hacía innecesaria su repetición. Demostraría tan sólo lo que ya se sabía, o sea que el suelo no siempre atraía el alimento verticalmente, sino también en forma oblicua y hasta en espiral. Con todo, no me amilané; para eso era demasiado joven; por el contrario, me sentí estimulado a cumplir lo que fue tal vez la mayor realización de mi vida. No me dejé desorientar por la subestimación científica del experimento, pero en estos casos no ayuda la fe sino tan sólo la comprobación, y yo quería enfrentarme con ésta, destacando al mismo tiempo, a plena luz y en el centro fe a la investigación, esta experiencia en su origen un poco colateral.

Quería demostrar que si retrocedía ante el alimento, no era el suelo el que lo atraía en forma oblicua, sino que era yo el que lo instaba a seguirme. No pude llevar a cabo la prueba en forma completa, porque no aguantaba durante mucho rato el esfuerzo de tener el alimento ante los ojos, y experimentar al mismo tiempo científicamente. Pero quería también hacer otra cosa, quería ayunar por completo, mientras me fuera posible, evitando el espectáculo del alimento y su tentación. Si me retiraba y permanecía echado con los ojos cerrados de día y de noche, sin preocuparme de la recolección ni de la caída de los alimentos, suprimiendo también toda otra actividad, pero confiando secretamente en que la inevitable e irracional aspersión del suelo y la calmosa repetición de los aforismos y canciones —la danza quería evitarla para no debilitarme— fueran suficientes para hacer descender la comida que, sin hacer caso del suelo, vendría a llamar contra mi dentadura para que le franquease la entrada; si eso sucedía, entonces, por cierto aún no habría rebatido a la ciencia, bastante flexible en el caso de excepciones y de casos particulares, pero ¿qué diría el pueblo que por suerte no tiene la misma flexibilidad? Porque ese no sería un caso de excepción como los de enfermedad física o de melancolía, que refiere la historia, en que el sujeto se niega a preparar los alimentos, a buscarlos, ingerirlos, y que en la perrada se une en fórmulas de conjuro, desviando los alimentos de su trayectoria natural y haciéndolos llegar directamente a la boca del enfermo. Yo, en cambio, estaba perfectamente sano y fuerte, y mi apetito era tan magnífico que durante días enteros me impedía pensar en otra cosa que no fuera él; me sometía voluntariamente al ayuno; estaba en condiciones de proveer al descenso de los alimentos y hasta quería hacerlo, pero no necesitaba la ayuda de la perrada y me opuse a ella en forma decidida.

Me busqué un lugar adecuado en un matorral distante, donde no oyera conversaciones de comida, ni chasquear de lengua, ni triturar huesos, y me acosté allí después de haberme atracado por última vez. Quería pasar, a ser posible, todo el tiempo con los ojos cerrados; mientras no quisiera venir la comida sería de noche para mí, aunque pasaran días y semanas. Entretanto no debía, y éste era un grave inconveniente, dormir en absoluto, o por lo menos debía dormir poco, porque no sólo tenía que conjurar los alimentos,, naciéndolos bajar, sino también estar sobre aviso para que la llegada de ellos no me sorprendiese dormido. En otro aspecto, el sueño sería ventajoso, porque no permitiría prolongar el ayuno. Por estas razones resolví subdividir el tiempo en forma cuidadosa y dormir mucho, pero poco por vez. Lo conseguí apoyando la cabeza en débiles ramas que pronto se quebraban, despertándome. Así estaba, dormía o vigilaba soñando o canturreando para mí. Al principio todo transcurrió sin novedad; tal vez en la fuente de los alimentos había pasado inadvertido mi rebelión contra el curso habitual de las cosas, y la verdad es que todo se mantuvo en calma.

Me turbaba un tanto el temor de que los perros, al echarme de menos, me buscaran e intentaran algo contra mí. Un segundo temor era que el suelo —a pesar de que según la ciencia se trataba de tierra estéril— produjera por simple aspersión el llamado alimento casual y que su olor me tentara. Por de pronto no sucedía nada semejante y podía seguir ayunando. Fuera de estos temores, me hallaba tranquilo, tranquilo como nunca. Aunque trabajaba contra la ciencia, experimentaba el bienestar y la casi proverbial tranquilidad de los científicos. En mis ensoñaciones conseguía el perdón de la ciencia; también había en ella lugar para mis investigaciones; me consolaba saber que, por grande que fuera el éxito de mis trabajos, y precisamente por eso, yo no estaría perdido para la perrada; la posición de la ciencia era ahora amistosa; ella misma se encargaría de la interpretación de mis resultados y esta promesa ya era casi tanto como el éxito; mientras antes me sentía en el fuero íntimo como un réprobo que embestía enloquecido los muros de su pueblo, ahora sería recibido con grandes honores, la ansiada tibieza de multitudes de cuerpos perrunos me envolvería en su corriente, me levantaría, me haría oscilar sobre los hombros de mi raza. ¡Notable efecto del hambre inicial!

Mi empresa me parecía del tal magnitud que allí mismo, en el matorral, comencé a llorar emocionado y compadecido de mí mismo, lo cual, por otra parte, no era muy lógico, pues si esperaba el merecido premio, ¿por qué lloraba? Acaso sólo por bienestar. Siempre que me he sentido bien, harto pocas veces, he llorado. Pero esto duró poco. Las hermosas visiones desaparecieron al agravarse el hambre; no pasó mucho tiempo y luego de la apresurada dispersión de todas las fantasías y emociones, me sentí en completa soledad con el hambre que quemaba mis entrañas. "Esto es el hambre", me dije infinidad de veces, como queriendo hacerme creer que el hambre y yo éramos todavía dos cosas diferentes y como si uno se la pudiese quitar de encima como a un pretendiente molesto; pero en realidad éramos una unidad extremadamente dolorosa, y si yo me declaraba "Esto es el hambre", en realidad hablaba el hambre, burlándose de mí.

¡Horribles momentos! Me da escalofríos no solamente por el sufrimiento que pasé entonces, sino también porque sé que aquel no fue el final, porque todo este sufrimiento habré de sufrirlo de nuevo si realmente quiero llegar a algo, porque aún hoy opino que el hambre es el principal instrumento de mis investigaciones. La ruta marcha a través del hambre; lo más elevado se conquista sólo con el más elevado sacrificio, y el mayor sacrificio es entre nosotros el hambre voluntaria. Si reflexiono pues acerca de aquellos tiempos —y me es esencial meditar en él—, si se debiera dejar transcurrir una vida entera para reponerse de semejante intento; todos los años de mi edad adulta me separan de aquel ayuno, pero aún no estoy repuesto. Tal vez cuando inicie el próximo esté más decidido debido a mi mayor experiencia y mejor comprensión de la necesidad— del ensayo, pero mis fuerzas serán menores, como resultado de lo que pasé, y la sola idea de lo que habré de pasar ya me debilita. Mi apetito disminuido no me ayudará, sólo restará mérito al intento y probablemente me obligará a ayunar durante un plazo más largo. He aclarado perfectamente estas ideas; todo este largo período no transcurrió sin ensayos previos, muchas veces he hincado literalmente el diente en el ayuno, pero sin sentirme todavía preparado para la prueba. El entusiasmo juvenil no existe ya; desapareció entonces en medio del hambre. Muchos, pensamientos me torturaron. Amenazadoramente aparecieron nuestros antepasados. Aunque no lo pueda decir en forma pública los considero culpables; ellos provocan esta vida perruna y bien podía contestar a sus amenazas con otras amenazas. Pero me inclino ante su saber; proviene de fuentes que nosotros ya no conocemos; por lo tanto, a pesar de todo mi impulso de luchar contra ellos, me abstendré siempre de violar en forma abierta sus leyes, en verdad pasaré por las rendijas para cuya localización tengo un olfato especial. Acerca del hambre, invoco el famoso diálogo, en el curso del cual uno de nuestros sabios expresó la intención de prohibir el ayuno, a lo que otro se opuso con esta pregunta: "¿Y quién querrá ayunar?". El primero se dejó convencer y la prohibición no prosperó.

Con todo vuelve a nacer la pregunta: "¿Está el ayuno realmente prohibido?". La enorme mayoría de . los comentaristas contestan en forma negativa, considera que hay libertad de ayunar, está con el segundo sabio y no teme que los comentarios erróneos produzcan consecuencias graves. Me había cerciorado bien de esto antes de comenzar mi propio ayuno. Pero mientras me doblaba por efecto del hambre y en mi confusión mental buscaba la salvación en mis extremidades posteriores, lamiéndolas, masticándolas, chupándolas desesperadamente casi hasta el ano, me pareció completamente falsa la interpretación de aquel diálogo, maldije la exégesis, me maldije a mí mismo por haberme dejado engañar; el diálogo, como hasta un niño lo comprendería, contenía algo más que la prohibición de ayunar. El primer sabio querría prohibir el ayuno, lo que un sabio quiere ya ha sucedido, el ayuno estaba pues prohibido; el segundo sabio no sólo se adhirió, sino que también consideró imposible el ayuno, colocó a la primera prohibición una segunda, lo que a verdad era prohibir la naturaleza perruna misma; el primer sabio reconoció esto y retiró su prohibición, es decir, ordenó a los perros, después de la explicación de todo esto, a obrar con prudencia y a prohibirse el ayuno a sí mismos. Tres prohibiciones en lugar de una y yo las había violado todas. Aunque con retraso, hubiese podido obedecer y suspender el, ayuno, pero a pesar de mi sufrimiento, me tentaba la prosecución y me lancé tras ella, golosamente, como si se tratase de un perro desconocido. No podía terminar, probablemente estaba también demasiado débil para levantarme y buscar la salvación en los poblados. Me revolcaba en el lecho, ya no podía dormir, en todas partes oía el ruido, el mundo hasta ahora dormido parecía haberse despertado por mi ayuno; tenía la sensación de que nunca más podría volver a comer porque entonces silenciaría de nuevo al mundo ahora libre y sonoro, de lo que no me sentía capaz. Por otra parte, el mayor ruido, estaba en mi barriga; a menudo apoyaba el oído en ella; cara bien extraña debo haber puesto; apenas podía dar crédito a lo que oía. Y cuando las cosas llegaron al límite, el mareo pareció adueñarse de mi naturaleza misma; hacía intentos de salvación carentes de sentido; comencé a sentir olores de alimentos, de manjares selectos que hacía mucho que no comía, alegrías de mi niñez; sí, olfateé el olor de los pechos de mi madre; olvidé mi decisión de resistir a los olores, o mejor, no la olvidé; como si ello formara parte de esa decisión, me arrastraba en todas direcciones, sólo un poco, y olisqueaba, como si quisiera el manjar sólo para alcanzarlo. No me causaba decepción no encontrar nada; los alimentos existían, sí, pero siempre se hallaban unos pasos más allá, las patas se me doblaban antes de alcanzarlos. Pero al propio tiempo sabía que no había nada, que me movía sólo por miedo a la postración definitiva en un lugar que, sin embargo, ya no podría abandonar nunca. Las últimas esperanzas y las ultimas tentaciones se esfumaron en forma miserable: terminaría aquí, ¿qué sentido tenían mis investigaciones, pueriles intentos de pueriles épocas felices?; ahora iba en serio, aquí la investigación hubiera podido demostrar su importancia, pero ¿dónde había quedado? Aquí sólo había un perro que boqueaba desvalidamente y que, sin embargo, con espasmódica prisa, sin saberlo, rociaba el suelo de continuo, incapaz de sacar nada de su memoria, no lo más mínimo de toda la sabiduría de las palabras mágicas, ni siquiera el canto con que se refugian los recién nacidos bajo la madre. Era como si no estuviese separado de los hermanos por un corto trecho, sino infinitamente lejos de todo, como si en realidad no me estuviese muriendo de hambre, sino de abandono. Era evidente que nadie se ocupaba de mí, nadie bajo la tierra, ni sobre ella, nadie en las alturas; moría por su indiferencia, su indiferencia me decía: "Se muere, así ha de ser". ¿Y no coincidía yo con ellos? ¿No decía lo mismo? ¿No había deseado este abandono?

Ciertamente, perros, pero no para morir aquí, sino para llegar allá, a la verdad, para salir de este mundo de mentiras, donde no se encuentra a nadie de quien obtener la verdad, tampoco de mí, ciudadano innato de la mentira. Tal vez la verdad no estuviese tan lejos, y yo no tan abandonado como creía, al menos no tanto por los otros como por mí, que estaba al fin de mis fuerzas y moría.

Pero no se muere tan pronto como supone un perro alucinado. Me desvanecí y al recuperar el sentido y levantar los ojos ví a un perro desconocido. Ya no sentía hambre, estaba fuerte, mis coyunturas parecían elásticas, como resortes, aunque no realicé ningún intento de levantarme para comprobarlo. Sí, un perro hermoso pero no fuera de lo común, y sin embargo me pareció ver en él, además, otras cosas. Debajo de mí había sangre; en el primer momento supuse que era alimento, pero en seguida noté que era sangre vomitada. Dejé de mirarla y me volví hacia el perro. Era delgado, de largas patas, castaño, manchado de blanco en algunas partes: tenía una hermosa mirada, fuerte, investigadora.

—¿Qué haces aquí? —preguntó—. Debes marcharte de aquí.

—No puedo irme ahora —dije sin más explicación. ¿Cómo había de explicarle todo? Además, él parecía tener prisa.

—Por favor, vete —dijo, y levantaba nerviosamente una pata, luego la otra.

—Déjame —dije—, vete y no te ocupes de mí, los otros tampoco se ocupan.

—Te lo pido por ti —dijo.

—Pídelo por lo que quieras —dije—; no podría andar aunque quisiera.

—No es eso —dijo sonriendo—; puedes andar. Precisamente porque pareces estar muy débil; te ruego que te alejes con lentitud; si vacilas, más tarde tendrás que correr.

—Déjalo de mi cuenta —dije.

—También es de mi cuenta —dijo él, entristecida por mi terquedad, y aparentemente quería dejarme aquí por ahora, pero sin desaprovechar la ocasión de buscarme amorosamente. En otra época tal vez lo hubiese tolerado, pero ahora no lo comprendía. Sentí espanto.

—¡Fuera! —grité con tanta más fuerza cuanto que no tenía otra defensa.

—Ya te dejo —dijo él retrocediendo con lentitud—. Eres maravilloso. ¿No te gusto?

—Me gustarías si te alejaras y me dejaras en paz.

—Pero ya no tenía tanta firmeza como quería hacerle creer. Algo oía o veía en él con mis sentidos aguzados por el ayuno; sólo estaba en los comienzos, crecía, se aproximaba y ya lo sabía: este perro tiene la fuerza para alejarte, aunque todavía no logres imaginar cómo podrías levantarte. El, a mi brusca réplica, sólo había contestado moviendo con suavidad la cabeza; yo lo miraba ahora con creciente avidez.

—¿Quién eres? —pregunté. —Un cazador —dijo él.

—¿Y por qué no me quieres dejar aquí? —pregunté. —Porque me estorbas —dijo—; no puedo cazar si estás

aquí.

—Inténtalo —dije—; tal vez puedas cazar.

—No —dijo—; lo siento, pero debes irte.

—Deja la caza por hoy —rogué.

—No —dijo él—, debo cazar.

—Yo debo irme; tú debes cazar —dije—; simple deber. ¿Comprendes por qué "debemos"?

—No —dijo—; pero no hay nada que comprender, son cosas evidentes, naturales.

—Sin embargo, no —dije—. Te da pena tener que ahuyentarme y sin embargo lo haces. ¡Así es! —repetí disgustado—. No es una contestación. ¿Qué renuncia te sería más fácil: renunciar a la caza o a ahuyentarme?

—Renunciar a la caza —dijo.

—¿Entonces? —dije—. Hay una contradicción.

—¿Qué contradicción? —dijo—. ¿No comprendes, querido perrito, no comprendes que debo hacerlo? ¿No comprendes lo evidente?

No contesté ya porque notaba —y una nueva vida circulaba en mí, vida como sólo la da el espanto, por inasibles pormenores, que tal vez nadie fuera de mí hubiera podido advertir—, que desde las profundidades del pecho del perro iba a comenzar a levantarse un canto.

—Cantarás —dije.

—Sí —dijo gravemente—; pronto, pero no todavía.

—Ya comienzas —dije.

—No —dijo—. Todavía no, pero prepárate.

—Lo oigo aunque lo niegues —dije, temblando.

El calló y creí reconocer lo que no había averiguado ningún perro antes —al menos no se encuentra en la tradición el menor indicio de ello— y me apresuré a hundir, presa de miedo y de vergüenza infinitos, el rostro en el charco de sangre. Creí advertir que el perro ya cantaba antes de saberlo, y, más aún, que la melodía, separada de él, flotaba en el espacio sobre él, obedeciendo leyes propias, como si ya no tuviese nada que ver con él; tendía sólo hacia mí; yo, exclusivamente yo, era su destinatario.

Hoy, es natural, me parece imposible y lo atribuyo a la sobreexcitación de aquel entonces; pero aunque fuese un error, no carecía de grandeza; fue la única realidad, aunque sólo aparente, que pude salvar de mi ayuno y traer a este mundo, y que por lo menos demuestra hasta dónde podemos llegar con un completo despoja- miento. Y yo estaba realmente fuera de mí. En circunstancias normales hubiese estado gravemente enfermo, inmovilizado; pero no pude resistir a la melodía, que después, gradualmente, el perro comenzó a aceptar como propia. Se hizo cada vez más fuerte; su crecimiento probablemente era limitado; ya casi me hacía saltar los oídos. Pero lo más grave era que solamente parecía existir por mí; esta voz, ante la cual enmudecía la sublimidad del bosque, existía sólo por mí. ¿Quién era yo que aún osaba permanecer aquí, ante ella, a mis anchas en mi sangre y en mi suciedad? Tambaleándome me levanté y miré hacia abajo, a lo largo de mis patas. "Esto no va a ser posible", me dije todavía, pero ya volaba arrebatado por la melodía, ejecutando saltos soberbios. Nada conté a mis amigos; al momento de mi llegada tal vez lo hubiese contado todo, pero estaba demasiado débil; y más tarde me pareció incomunicable. Algunas insinuaciones que no lograba reprimir se diluían en las conversaciones sin dejar rastro. Físicamente me recuperé en pocas horas; pero aún hoy sufro las consecuencias.

Extendí mis investigaciones a la música de los perros. Tampoco estaba inactiva la ciencia en este sector; la ciencia de la música es probablemente, si no estoy mal informado, más amplia aún que aquélla de la alimentación, y mejor fundada. Ello se explica porque en este campo se puede trabajar con más desapasionamiento que en aquél y porque aquí sólo se trata de simples observaciones y de su sistematización; allí hay, en cambio, ante todo, consecuencias prácticas. A ello hay que agregar que la investigación musical goza de mayor respeto que la de la nutrición; sin embargo, la primera nunca pudo arraigar tan profundamente en el pueblo como la segunda. El éxito de los perros músicos parecía indicarlo, pero yo era entonces demasiado joven. Realmente, no es nada fácil acercarse a esta ciencia; se considera que es difícil, llena de distinción y que se aísla de la multitud. En aquellos perros lo más llamativo era sin duda la música, pero aún más importante me pareció su mutismo; tal vez no encontrara ya algo semejante a su espantosa música; la podía posponer y olvidar, pero su callada esencia perruna me salió al encuentro a partir de entonces en todos los perros. Para comprender la naturaleza perruna, las investigaciones sobre la aumentación me parecieron lo más correcto. Quizá me equivoqué. Una zona de contacto entre ambas ciencias había provocado entonces mis sospechas. Se trata de lo relativo al canto que hace descender los alimentos. De nuevo me perjudica en este punto no haber estudiado nunca seriamente la ciencia de la música, ni remotamente puedo contarme en este aspecto entre los que la ciencia llama con desdén medianamente cultos. Debo tenerlo siempre presente. No soportaría, de esto tengo lamentables pruebas, el más ligero examen a que me sometiera un científico. Esto, naturalmente, tiene sus causas, aparte de las circunstancias de mi vida ya mencionadas, en mi escasa disposición científica, escasa concentración, poca memoria y, sobre todo, en que no me resigno a tener siempre presente el objetivo científico. Todo lo reconozco con franqueza, hasta con cierta alegría. Porque la razón profunda de mi incapacidad científica parece estar en un instinto no necesariamente malo. Y si quisiera fanfarronear podría decir que precisamente este instinto ha destruido mis aptitudes científicas, porque sería por lo menos muy extraño que yo, que en las cuestiones de la vida cotidiana, que desde luego no son las más sencillas, pongo de manifiesto un entendimiento tolerable y que comprendo, aunque no a la ciencia, a los científicos, como lo demuestran mis resultados; sería muy extraño que de entrada no hubiese sido capaz de levantar una pata hasta el primer escalón de la ciencia. Fue el insisto el que, en beneficio de la ciencia precisamente, pero de una ciencia diferente de la que se cultiva hoy día, de una ciencia final, última, me hizo estimar la libertad por sobre todo. ¡La libertad! Por cierto que la libertad tal como hoy es posible es un arbusto raquítico. Pero de todos modos libertad, de todos modos un bien...

III. CARTA AL PADRE Y OTROS ESCRITOS

CARTA AL PADRE

Queridísimo padre:

Hace poco me preguntaste por qué digo que te tengo miedo. Como de costumbre, no supe darte una respuesta, en parte precisamente por el miedo que te tengo, en parte, porque para explicar los motivos de ese miedo necesito muchos pormenores que no puedo tener medianamente presentes cuando hablo. Y si intento aquí responderte por escrito, sólo será de un modo muy imperfecto, porque el miedo y sus secuelas me disminuyen frente a ti, incluso escribiendo, y porque la amplitud de la materia supera mi memoria y mi capacidad de raciocinio.

A ti la cosa siempre te ha resultado muy sencilla, al menos en la medida en que has hablado de ella delante de mí y delante -indiscriminadamente- de muchos otros. Tú piensas más o menos lo siguiente: has trabajado a destajo tu vida entera, lo has sacrificado todo por tus hijos, muy especialmente por mí, lo que me ha permitido vivir "por todo lo alto", he tenido completa libertad para estudiar lo que me ha apetecido, no tengo motivos de preocupación en cuanto al pan de cada día, o sea, no tengo motivo alguno de preocupación; tú no has exigido a cambio gratitud, conoces "la gratitud de los hijos", pero sí al menos una cierta deferencia, alguna que otra muestra de simpatía; en lugar de eso, yo siempre me he escabullido de tu presencia, refugiándome en mi habitación, en los libros, en amigos chalados, en ideas exaltadas; nunca he hablado abiertamente contigo, nunca me he puesto a tu lado en el templo, jamás te he ido a ver a Franzensbad [1], ni en general he tenido nunca espíritu de familia, no me he ocupado de la tienda ni de tus demás asuntos, te he endosado la fábrica [2] y después te he dejado plantado, a Ottla [3] la he apoyado en su caprichosa testarudez y mientras que por ti

---

[1] Franzensbad era el balneario donde la familia Kafka pasaba regularmente las vacaciones.

[2] Se trata de una fábrica de asbesto, de la que la familia Kafka había sido copropietaria junto con su cuñado Karl Hermann. Kafka se arrepintió pronto de haberse embarcado (bajo la presión de su familia, que deseaba verle convertido por fin en diligente ciudadano, dedicado sobre todo a acumular dinero) en esa aventura empresarial, que le robaba el poco tiempo de que disponía para escribir, e incluso estuvo muy próximo al suicidio. Al estallar la guerra, la fábrica dejó de producir y en 1917 fue clausurada definitivamente. El padre de Kafka había invertido en ella parte de su capital.

[3] 3 La menor de las tres hermanas de Franz Kafka y su hermana preferida. Fue la única de la familia que se casó con un no judío, y tuvo un espíritu animoso e

no muevo un dedo (ni siquiera te traigo entradas para el teatro), por los amigos lo hago todo. Si resumes lo que piensas de mí, el resultado es que no me echas en cara nada propia- mente inmoral o malo (a excepción tal vez de mi último proyecto matrimonial), pero sí frialdad, rareza, ingratitud. Y me lo echas en cara de una manera como si fuese culpa mía, como si yo hubiese podido cambiarlo todo con sólo dar un giro al volante, mientras que tú no tienes la menor culpa, como no sea la de haber sido demasiado bueno conmigo.

Esta forma tuya habitual de presentar las cosas la considero acertada sólo en el sentido de que yo también creo que tú no tienes en absoluto la culpa de nuestro mutuo distanciamiento. Pero tampoco la tengo yo, en absoluto. Si pudiese llegar a convencerte de ello, entonces sería posible, no una nueva vida, para eso ya tenemos los dos demasiados años, pero sí una especie de paz; sería posible, no que dejaras tus incesantes reproches, pero sí que los suavizaras.

Es curioso, pero una cierta idea de lo que quiero decir sí que tienes. Así, por ejemplo, hace poco me dijiste: "Yo siempre te he querido, aunque exteriormente no haya sido contigo como suelen ser otros padres, precisamente porque no sé disimular como otros". Yo, padre, nunca he puesto en duda, en general, tu bondad para conmigo, pero esa observación no la considero acertada. Tú no sabes disimular, eso es cierto, pero sólo por ese motivo querer afirmar que los otros padres disimulan es, o bien puras ganas de no dar el brazo a torcer, y entonces no vale la pena seguir discutiendo, o bien (y de eso se trata realmente, en mi opinión) una forma velada de expresar que algo no funciona entre nosotros y que tú has contribuido, aunque sin culpa, a que así sea. Si realmente es esto lo que piensas, estamos de acuerdo.

No digo, naturalmente, que yo sea lo que soy solamente debido a tu influencia. Eso sería muy exagerado (y yo incluso tiendo a esa exageración). Es muy posible que, aunque me hubiese criado completamente fuera de tu influencia, no hubiera llegado a ser la persona que tú habrías deseado. Probablemente hubiera sido un ser débil, pusilánime, vacilante, inquieto, ni un Robert Kafka ni un Karl Hermann, pero completamente distinto del que realmente soy, y tú y yo nos habríamos entendido a las mil maravillas. Yo habría sido feliz de tenerte como amigo, como jefe, como tío, como abuelo, sí, incluso (si bien aquí ya vacilo más) como suegro. Pero justamente como padre has sido

---

independiente hasta el final de su vida. Se divorció de su marido, para salvarlo a él y a sus hijas de los nazis, y ella murió en la cámara de gas, en Auschwitz, en 1943. (Para más detalles, Alena Wagnerova, *Die Familie Kafka*, 1997.)

demasiado fuerte para mí, sobre todo porque mis hermanos murieron pequeños, las hermanas llegaron mucho después, y yo tuve que resistir completamente solo el primer embate y fui demasiado débil para ello.

Compáranos a los dos: yo, para expresarlo muy brevemente, un Löwy con cierto fondo de los Kafka, pero un fondo que no entra en actividad por la voluntad de vida, de negocios, de conquista, de los Kafka, sino por un aguijón de los Löwy que empuja en otra dirección y de un modo más secreto, más recatado, y que muchas veces deja por completo de empujar. Tú en cambio un auténtico Kafka en fuerza, salud, apetito, volumen de voz, elocuencia, autocomplacencia, sentimiento de superioridad, tenacidad, presencia de espíritu, don de gentes, una cierta generosidad, pero también, como es natural, con todos los defectos y deficiencias, inherentes a esas cualidades, a que te incita tu temperamento y a veces tu irascibilidad. Quizás no seas un Kafka completo en tu visión general del mundo, si te comparo con los tíos Philipp, Ludwig o Heinrich. Esto es curioso, no tengo muy claro este punto. Todos eran más alegres, más naturales, más espontáneos, más vividores, menos estrictos que tú. (En eso, por cierto, he heredado mucho de ti y he administrado la herencia demasiado bien, sin tener, por otra parte, como tienes tú, la necesaria contrapartida en mi forma de ser.) Por otro lado, quizás hayas pasado por otras épocas en este aspecto, quizás hayas sido más alegre, antes de que tus hijos, sobre todo yo, te defraudaran y te agobiaran en casa (cuando llegaba gente extraña, eras distinto), y ahora quizás te hayas vuelto otra vez más alegre, por darte los nietos y el yerno algo de ese calor que los hijos, a excepción tal vez de Valli, no pudieron darte. En cualquier caso éramos tan dispares y en esa disparidad tan peligrosos el uno para el otro que, si se hubiese podido hacer una especie de cálculo anticipado de cómo yo, el niño de tan lento desarrollo, y tú, el hombre hecho y derecho, íbamos a comportarnos recíprocamente, se habría podido suponer que tú me aplastarías simplemente de un pisotón, que no quedaría nada de mí. Sin embargo, no sucedió tal cosa, lo que tiene vida no es predecible, pero quizás haya sucedido algo peor. Y al decirte esto, te ruego encarecidamente que no olvides que ni por lo más remoto he creído yo nunca en una culpabilidad de tu parte. Tú hiciste en mí el efecto que tenías que hacer, pero, por favor, deja de considerar como una malignidad especial mía el hecho de haber sucumbido a ese efecto.

He sido un niño miedoso; sin embargo, también era seguramente testarudo, como son los niños; es probable que también me malcriara mi madre, pero no puedo creer que fuese especialmente indócil, no puedo creer que una palabra amable, un silencioso coger-de-la- mano, una mirada bondadosa, no hubiese conseguido de mí lo que se hubiese querido. Es verdad que tú, en el fondo, eres un hombre blando y bondadoso (lo que viene a continuación no será una contradicción, sólo hablo del efecto que tu persona hacía en aquel niño), pero no todos los niños tienen la constancia y la valentía de escarbar hasta dar con la bondad. Tú sólo puedes tratar a un niño de la manera cómo estás hecho tú mismo, con fuerza, ruido e iracundia, lo que en este caso te pareció además muy adecuado, porque querías hacer de mí un chico fuerte y valeroso.

Tus métodos de educación de los primeros años, hoy, naturalmente, no los puedo describir por recuerdo directo, pero me los imagino deduciéndolos de los años posteriores y por tu manera de tratar a Félix. Hay que tener además en cuenta, como agravante, que tú eras entonces más joven, y por tanto más vivo, impetuoso, espontáneo, más despreocupado aún que hoy y que además estabas completamente atado a la tienda y, todo lo más, aparecías ante mi vista una vez al día, haciendo por eso una impresión tanto más fuerte en mí, una impresión que prácticamente nunca quedó reducida a mera costumbre.

Sólo tengo recuerdo directo de un incidente de los primeros años. Quizás lo recuerdes tú también. Una noche no paraba yo de lloriquear pidiendo agua, seguro que no por sed, sino probablemente para fastidiar, en parte, y en parte para entretenerme. Después que no sirvieron de nada varias recias amenazas, me sacaste de la cama, me llevaste al balcón y me dejaste allí un rato solo, en camisa y con la puerta cerrada. No quiero decir que estuviese mal hecho, tal vez no hubo entonces realmente otra manera de lograr el descanso nocturno, pero con ello quiero caracterizar tus métodos de educación y su efecto en mí. En aquella ocasión, seguro que fui obediente después, pero quedé dañado por dentro. Lo para mí natural de aquel absurdo pedir-agua y lo inusitado y horrible del ser-llevado-fuera, yo, dado mi carácter, nunca pude combinarlo bien. Todavía años después sufría pensando angustiado que aquel hombre gigantesco, mi padre, la última instancia, pudiese venir casi sin motivo y llevarme de la cama al balcón, y que yo, por tanto, no era absolutamente nada para él.

Aquello fue sólo un pequeño inicio, pero la sensación de nulidad que muchas veces se apodera de mí (una sensación, por otra parte y en otros aspectos, también noble y fructífera) se debe en mucho a tu influencia. Yo habría necesitado un poco de aliento, un poco de amabilidad, un poco de dejar-abierto mi camino; en lugar de eso tú me lo cerraste, con la buena intención, indudablemente, de que fuese por otro camino. Pero para eso yo no servía. Tú me animabas, por ejemplo, cuando desfilaba y saludaba, pero yo no era un futuro soldado, o me animabas cuando podía comer fuerte o incluso acompañar la comida con cerveza, o cuando sabía cantar canciones que no entendía o repetir como un papagayo tus frases favoritas, pero nada de eso formaba parte de mi futuro. Y es significativo que incluso hoy en el fondo sólo me des ánimos cuando las cosas te afectan también a ti, cuando se trata de tu dignidad personal, que yo estoy ofendiendo (por ejemplo con mis proyectos matrimoniales) o que está siendo ofendida en mi persona (por ejemplo, cuando me insulta Pepa)[4]. Entonces me infundes aliento, me haces recordar lo que valgo, los buenos partidos que yo podría tener perfectamente, y para Pepa la reprobación es total. Pero aparte de que a la edad que tengo ya soy casi insensible a los estímulos, de qué me iban a servir, si sólo llegan cuando no se trata de mí en primer término.

En aquella época -y en aquella época en todo momento- hubiera necesitado el estímulo.

¡Si ya estaba yo aplastado por tu mera corporeidad! Me acuerdo, por ejemplo, de cómo muchas veces nos desvestíamos juntos en una cabina. Yo flaco, enclenque, esmirriado, tú fuerte, alto, ancho. Ya en la cabina, mi aspecto me parecía lastimoso, y no sólo delante de ti, sino del mundo entero, pues tú eras para mí la medida de todas las cosas. Pero cuando salíamos de la cabina delante de la gente, yo de tu mano, un pequeño esqueleto, inseguro, descalzo sobre las planchas de madera, con miedo al agua, incapaz de imitar los movimientos natatorios que tú, con buena intención pero en realidad para mi gran oprobio, me enseñabas todo el tiempo, entonces estaba completamente desesperado y todas mis malas experiencias en todos los terrenos venían a coincidir maravillosamente en tales momentos. Cuando más a gusto me encontraba, era si alguna vez tú te desvestías primero y yo podía quedarme solo en la cabina y aplazar el oprobio de la aparición pública hasta que tú venías por fin a ver qué pasaba y me sacabas de allí. Te estaba agradecido porque tú no parecías notar mi angustia, y también estaba orgulloso del cuerpo de mi padre. Por cierto, esa diferencia entre nosotros sigue existiendo hoy de un modo muy similar.

En esa misma proporción estaba tu superioridad espiritual. Tú habías llegado tan lejos debido única y exclusivamente a tu propio esfuerzo, por consiguiente tenías ilimitada confianza en tu opinión. Eso para mí, de niño, ni siquiera era tan fascinante como lo fue más tarde para el adolescente. Desde tu butaca gobernabas el mundo. Tu opinión era acertada, cualquier otra era absurda, exaltada, de locos, anormal. Y tu

---

[4] Josef Pollak, cuñado de Kafka, marido de su hermana Valli.

confianza en ti mismo era tan grande que no necesitabas ser consecuente para tener siempre razón. También podía suceder que no tuvieses opinión respecto a un tema y, en tal caso, todas las opiniones posibles a ese respecto eran, sin excepción, erróneas. Podías, por ejemplo, echar pestes contra los checos, luego contra los alemanes, luego contra los judíos, y eso no de una manera selectiva sino en todos los aspectos, hasta que al final el único que quedaba eras tú. Tú estabas dotado para mí de eso tan enigmático que poseen los tiranos, cuyo derecho está basado en la propia persona, no en el pensamiento. En cualquier caso, a mí me lo parecía.

Es verdad que, frente a mí, desde luego tuviste razón con asombrosa frecuencia; en conversaciones, por supuesto, pues apenas conversábamos, pero también en la realidad. Sin embargo, tampoco era esto algo demasiado inconcebible: yo estaba bajo tu enorme peso, en todo mi pensar, incluido el que no coincidía con el tuyo, y sobre todo en ése. Todos esos pensamientos aparentemente autónomos estaban hipotecados desde un principio por tu juicio desfavorable; soportar eso hasta la realización completa y duradera del pensamiento era casi imposible. No hablo aquí de ningún pensamiento elevado sino de cualquier pequeña empresa de la infancia. Sólo hacía falta ser feliz por cualquier cosa, estar encantado con ella, llegar a casa y decirlo, y la respuesta era un suspiro irónico, un sacudir la cabeza, un tamborileo sobre la mesa: "Yo ya he visto cosas mejores", o "Quién tuviera tus preocupaciones", o "Yo no tengo una mente tan descansada", o "¡Cómprate algo con ello!", u "¡Otro acontecimiento!". Por supuesto que no se te podía pedir que te entusiasmaras con aquellas pequeñeces infantiles, viviendo como vivías lleno de agobio y de preocupaciones. Tampoco se trataba de eso. Se trataba más bien de que, en virtud de tu carácter opuesto al mío, tú por principio a aquel niño tenías qué darle siempre esas decepciones; además, esa oposición no cesaba de aumentar debido a la acumulación de material, de tal manera que al final se impuso como una costumbre, incluso cuando alguna vez opinabas lo mismo que yo; y por último esos desengaños del niño no eran desengaños de la vida corriente sino que, por tratarse de tu persona, medida de todas las cosas, llegaban hasta la médula. El coraje, la decisión, el optimismo, la alegría por esto o por aquello no se mantenían hasta el final cuando tú estabas en contra o incluso cuando uno sólo suponía que tú estabas en contra; y eso se podía suponer en casi todo lo que yo hacía.

Esto se refería tanto a los pensamientos como a las personas. Bastaba que yo mostrase un poco de interés por alguna persona -y eso, debido a mi carácter, no sucedía muchas veces- para que tú, sin tener en cuenta mis sentimientos y sin el menor respeto por mi opinión, intervinieras de pronto insultando, calumniando, rebajando. Personas ingenuas e inocentes, como Löwy, el actor de teatro yíddish, tuvieron que pagarlo. Sin conocerle, le comparaste de una manera horrible que ya he olvidado con una sabandija, y, como hacías tantas otras veces con gente que yo estimaba, acudiste enseguida al proverbio de los perros y las pulgas. Me acuerdo ahora en especial de aquel actor porque lo que dijiste sobre él yo lo anoté entonces con la siguiente observación: "Así habla mi padre de mi amigo (al que no conoce) sólo porque es mi amigo. Esto siempre se lo echaré en cara cuando me haga reproches por mi falta de gratitud y de amor filial".

Para mí siempre fue incomprensible tu absoluta falta de sensibilidad para echar de ver qué dolor y qué vergüenza podías causarme con tus palabras y tus juicios de valor, era como si no tu- vieses conciencia alguna de tu poder. Por supuesto que yo también te he ofendido a ti con mis palabras, pero yo lo sabía siempre; me dolía, pero no podía dominarme, no podía morderme la lengua, me estaba ya arrepintiendo mientras decía la palabra; pero tú te lanzabas sin más al ataque con tus palabras, nadie te daba lástima, ni al decirlas ni después de haberlas dicho; uno estaba completamente indefenso frente a ti.

Pero así fue toda tu educación. Tienes, creo, dotes de educador; a una persona de tu misma índole seguramente le habrías sido útil con tu educación; esa persona habría comprendido cuán sensato era lo que tú le decías, y sin darle más vueltas, lo habría hecho tal cual. Pero para mí, para el niño que yo era, lo que tú me gritabas era como una orden del cielo, no lo olvidaba nunca, quedaba dentro de mí como el método más importante para juzgar el mundo, sobre todo para juzgarte a ti, y en ese punto tu fracaso fue absoluto. Como, de niño, yo estaba contigo sobre todo durante las comidas, tus enseñanzas versaban en gran parte sobre las buenas maneras en la mesa. Lo que llegaba a la mesa había que comerlo, sobre la calidad de la comida no se podía hablar. Pero muchas veces a ti la comida te parecía incomestible; le dabas el nombre de "bazofia"; aquella "bestia" (la cocinera) la había echado a perder. Como tú tenías un apetito enorme y te gustaba comer todo deprisa, muy caliente y a grandes bocados, aquel niño tenía que darse prisa, en la mesa había un lóbrego silencio, interrumpido por amonestaciones: "Primero comer, luego hablar", o "Más deprisa, más deprisa, más deprisa" o "Lo ves, yo he terminado hace tiempo".

No se podían roer los huesos, tú sí. No se podía sorber el vinagre, tú sí. Lo importante era cortar el pan en rebanadas regulares, pero que tú lo cortaras con un cuchillo chorreando salsa, eso daba igual. Había que tener cuidado de que no cayera comida al suelo, donde más había al final era debajo de ti. En la mesa sólo había que ocuparse de la comida, pero tú te limpiabas y te cortabas las uñas, afilabas lápices, te limpiabas los oídos con un mondadientes. Padre, por favor, entiéndeme, en sí eso habrían sido detalles sin la menor importancia, y si a mí me agobiaban era sólo porque tú, un ser para mí tan absolutamente determinante, no acatabas los mandamientos que me imponías a mí. Por ello el mundo quedó dividido para mí en tres partes: una en la que yo, el esclavo, vivía bajo unas leyes que sólo habían sido inventadas para mí y que además, sin saber por qué, nunca podía cumplir del todo; después, otro mundo que estaba a infinita distancia del mío, un mundo en el que vivías tú, ocupado en gobernar, en impartir órdenes y en irritarte por su incumplimiento, y finalmente un tercer mundo en el que vivía feliz el resto de la gente, sin ordenar ni obedecer. Yo vivía en perpetua ignominia: o bien obedecía tus órdenes, y eso era ignominia, pues tales órdenes sólo tenían vigencia para mí; o me rebelaba, y también era ignominia, pues cómo podía yo rebelarme contra ti; o bien no podía obedecer, por no tener, por ejemplo, tu fuerza, ni tu apetito ni tu habilidad, y tú sin embargo me lo pedías como lo más natural; ésa era, por supuesto, la mayor ignominia. De este género eran, no las reflexiones, sino los sentimientos de aquel niño.

Mi situación de entonces tal vez resulte más clara si la comparo con la de Félix.

También a él lo tratas de un modo parecido, e incluso empleas contra él un método educativo especialmente horrible cuando, si al comer ha hecho algo que te parece una porquería, no te contentas con decir como me decías a mí entonces: "¡Qué cerdo eres!", sino que añades: "Un auténtico Hermann", o "Exactamente igual que tu padre". Pero quizás -no se puede decir más que "quizás"- eso no le cause realmente a Felix un daño sensible, pues para él tú sólo eres un abuelo -si bien un abuelo de importancia especial-, no lo eres todo como lo fuiste para mí, aparte de eso Felix tiene un carácter tranquilo, es ya hasta cierto punto un hombre, al que una voz de trueno tal vez pueda aturdir pero no dejarlo marcado por mucho tiempo; y sobre todo él está relativamente poco contigo, y se halla bajo otras influencias, tú eres para él más bien algo entrañable y curioso, algo de donde puede elegir lo que le apetece tomar. Para mí tú no eras algo curioso, yo no podía elegir, tenía que tomarlo todo.

Y además sin poder hacer la menor objeción, pues a ti por principio te resulta imposible hablar tranquilamente de algo con lo que no estás de acuerdo o que, simplemente, no procede de ti. Tu carácter dominante no lo permite. En los últimos años lo explicas con tus trastornos cardíacos.

Yo no sé que hayas sido alguna vez muy diferente, todo lo más, tus trastornos cardíacos son para ti un recurso con el que ejercer tu dominación de un modo más imperioso, pues el solo hecho de pensar en ellos tiene que reprimir en el otro el menor intento de contradecirte. Esto no es un reproche, claro, sólo la constatación de un hecho. Por ejemplo con Ottla: "Con ésa no se puede hablar, enseguida le salta a uno a la cara", sueles decir tú; pero en realidad no es ella la que salta; tú confundes la cosa con la persona; es la cosa la que te salta a la vista, y tú te formas un juicio al momento sin escuchar a la persona; lo que se pueda aducir después, a ti sólo te puede irritar más, nunca convencerte. Lo único que sale entonces de tu boca es: "Haz lo que quieras; por mí, tienes toda la libertad; eres mayor de edad; no tengo por qué darte consejos", y todo ello con ese tono, ronco y terrible, de la cólera y del más absoluto rechazo, un tono que si hoy me produce menos temblor que en la infancia es sólo porque el exclusivo sentimiento de culpabilidad del niño ha sido parcialmente sustituido por la clara visión de nuestro mutuo desvalimiento.

La imposibilidad de unas relaciones pacíficas tuvo otra consecuencia, en el fondo muy natural: perdí la facultad de hablar. Seguramente tampoco habría sido nunca un gran orador, pero el lenguaje fluido habitual de los hombres lo habría dominado. Tú, sin embargo, me negaste ya pronto la palabra, tu amenaza: "¡No contestes!" y aquella mano levantada a la vez me han acompañado desde siempre. Delante de ti -cuando se trata de tus cosas, eres un magnífico orador- adquirí una manera de hablar entrecortada y balbuciente, pero hasta eso era demasiado para ti; finalmente acabé por callarme, al principio tal vez por obstinación, después porque delante de ti no podía ni pensar ni hablar. Y como tú has sido mi verdadero educador, eso repercutió en todos los aspectos de mi vida. Es indudablemente un error curioso que tú creas que yo nunca doy mi brazo a torcer.

"Siempre llevando la contraria" no ha sido desde luego mi norma de vida frente a ti, como tú crees y como me echas en cara. Al contrario: si hubiese sido menos obediente, seguro que estarías mucho más contento conmigo. Sin embargo, todas tus medidas pedagógicas han dado en el blanco; no he esquivado ni un solo golpe; tal y como soy, soy el resultado (aparte, claro, de mi constitución y las influencias de la vida) de tu educación y de mi obediencia. El hecho de que, pese a ello, ese resultado sea penoso para ti, más aún, que te niegues conscientemente a ver en ello el resultado de tu educación, se debe a que tu mano y mi material han sido completamente ajenos el uno al otro. Tú decías: "¡No contestes!", queriendo así reducir al silencio las fuerzas desagradables y opuestas a ti que había en mí; pero ese influjo era demasiado fuerte para mí, yo era demasiado obediente, enmudecía por completo, me escabullía de tu presencia y sólo osaba empezar a moverme cuando estaba tan lejos de ti que tu poder, al menos directamente, no llegaba hasta allí. Pero tú estabas allí delante y siempre te parecía que todo te "llevaba la contraria", siendo como era la natural consecuencia de tu fuerza y de mi debilidad.

Tus sumamente efectivos y, conmigo al menos, infalibles recursos retóricos en la educación eran: insultos, amenazas, ironía, risa maligna y -curiosamente- autoinculpación.

No recuerdo que me hayas insultado a mí directamente y con insultos explícitos. Ni tampoco hacía falta: ¡tenías tantos otros recursos! Además, en tus conversaciones en casa y sobre todo en la tienda, caían sobre otras personas de mi entorno tales oleadas de insultos que, de niño, a veces estaba casi ensordecido por ellos y no tenía motivos para no aplicármelos también a mí, puesto que la gente a la que insultabas no era seguramente peor que yo, y tú no estabas seguramente menos contento con ellos que conmigo. Y también en este punto estaba esa enigmática inocencia tuya que te hacía intangible, tú insultabas sin sentir el menor reparo, y encima rechazabas y prohibías que insultaran los demás.

Los insultos los reforzabas con amenazas, y eso sí que ya me concernía directamente.

Para mí era horrible por ejemplo la siguiente: "Voy a despedazarte como a un pez", aunque yo sabía que eso no iba seguido de nada malo (cuando era muy pequeño, sin embargo, no lo sabía), pero encajaba casi plenamente con la idea que yo tenía de tu poder el que también fueses capaz de eso. También era horrible cuando corrías dando voces en torno a la mesa para agarrarle a uno, por lo visto no querías hacerlo, pero fingías quererlo y la madre, por fin, parecía salvarlo a uno. A aquel niño le parecía que, una vez más, había conservado la vida gracias a tu clemencia y que el hecho de seguir vivo era un inmerecido regalo tuyo. Aquí hay que situar también tus amenazas por las consecuencias de mi desobediencia. Cuando yo empezaba a hacer algo que no te gustaba y tú me amenazabas con el fracaso, mi respeto a tu opinión era tan grande que ese fracaso, aunque tal vez viniese más tarde, ya era inevitable. Perdí la confianza en lo que hacía. Era inseguro, dubitativo. Cuantos más años iba teniendo, tanto mayor era el material que tú podías presentarme como prueba de mi nulidad; poco a poco empezaste a tener realmente razón, en cierto sentido. Otra vez me guardo de afirmar que yo haya llegado a ser así únicamente por ti; tú sólo reforzaste lo que había, pero lo reforzaste mucho, por ser tan poderoso conmigo y por emplear todo tu poder en ello.

Tenías una confianza especial en la ironía como método educativo; además se avenía muy bien con tu superioridad sobre mí. Una amonestación tuya solía tener esta forma:

"¿No lo puedes hacer como te estoy diciendo? Te resulta ya demasiado, ¿no? Claro, no tienes tiempo" y cosas similares. Y cada pregunta, acompañada además de una sonrisa y un gesto maliciosos. En cierto modo, se recibía ya el castigo antes de saber que se había hecho algo malo. También eran irritantes aquellas reprimendas en tercera persona, es decir, cuando uno ni siquiera merecía que le dijeran directamente las malas palabras; o sea, cuando tú por ejemplo hablabas formalmente con la madre, pero en realidad conmigo, que estaba allí sentado, y le decías: "Esto, por supuesto, no se le puede pedir a nuestro señor hijo" y cosas semejantes. (La contrapartida fue, por ejemplo, que, estando la madre presente, yo no osaba -y después por costumbre ya ni lo pensaba- preguntarte nada directamente. Para aquel niño era mucho menos peligroso preguntar por ti a su madre, que estaba sentada a tu lado; uno le preguntaba: "¿Cómo está papá?" y así se evitaban sorpresas.) Claro que también se dio el caso de que uno estuviese muy de acuerdo con la más sangrienta ironía, a saber, cuando se refería a otros, por ejemplo a Elli, con la que estuve a malas durante años. Para mí era una orgía de alevosidad y de alegría maligna cuando casi en cada comida decías sobre ella algo así: "¡A diez metros de la mesa tiene que sentarse esta chica, con esas anchuras!", y cuando después, en tu silla, con encono y sin la menor huella de jovialidad o de humor, sino como enemigo encarnizado, tratabas de imitar, exagerando, la enorme repugnancia que te producía el modo que tenía de estar allí sentada. ¡Cuántas veces se repitió esa y otras escenas parecidas, y qué poco has conseguido en la práctica! Creo que ello era debido a que tal despliegue de ira y de enfado no parecía estar en proporción con la cosa en sí, no se tenía la sensación de que la ira viniese causada por esa pequeñez del sentarse-lejos-de-la mesa, sino que estaba presente ya en toda su amplitud desde un principio y sólo por casualidad había elegido aquella ocasión para estallar. Como se estaba convencido de que en cualquier caso se daría un motivo, no se esforzaba uno demasiado, y también había un cierto embotamiento debido a la amenaza continua; pues de que no iba a haber palos, de eso poco a poco se iba estando casi seguro. Uno se volvía un niño gruñón, desatento, desobediente, con la mente puesta siempre en la huida, casi siempre huida interior. Así sufrías tú, así sufríamos nosotros. Desde tu punto de vista tenías toda la razón cuando, apretando los dientes y con la risa gutural que le dio a aquel niño una primera idea del in- fierno, decías amargamente (como dijiste también hace poco a propósito de una carta de Constantinopla): "¡Vaya elementos!".

En total desacuerdo con esa actitud frente a tus hijos parecía estar el hecho, muy frecuente, de que te lamentases públicamente. Confieso que de niño no podía comprenderlo en absoluto (de mayor sí) y no veía cómo podías esperar que sintieran compasión por ti. Tú eras tan gigantesco en todos los sentidos; ¿qué podía importarte nuestra compasión o incluso nuestra ayuda? La tenías que despreciar, como nos despreciabas tantas veces a nosotros. Por eso no daba crédito a esos lamentos y les buscaba una segunda intención. Fue más tarde cuando comprendí que de verdad sufrías mucho con los hijos, pero en aquel entonces, cuando, en otras circunstancias, aquellas lamentaciones habrían podido encontrar una sensibilidad infantil, abierta, sin reservas, dispuesta a cualquier ayuda, fueron para mí sólo un método demasiado evidente de educación y de humillación, y en cuanto tal método no excesivamente duro, pero con el nocivo efecto secundario de que el niño se habituó a no tomar muy en serio justamente las cosas que habría debido tomar en serio.

Afortunadamente, también había excepciones, casi siempre cuando sufrías en silencio, y el amor y la bondad, con su fuerza, superaban todos los obstáculos y conmovían de un modo inmediato. Eso sí, sucedía raras veces, pero era maravilloso. Por ejemplo, cuando en veranos calurosos te veía fatigado, adormilado en la tienda después de comer, el codo sobre el mostrador, o cuando los domingos llegabas agotado a reunirte con nosotros en el sitio donde veraneábamos; o cuando durante una grave enfermedad de nuestra madre te agarrabas a la librería, temblando por el llanto, o cuando, durante mi última enfermedad, entraste sigilosamente a verme a la habitación de Ottla, te quedaste parado en el umbral, sólo estiraste el cuello para verme en la cama, y para no molestar te limitaste a hacer un gesto con la mano. En tales ocasiones uno se echaba en la cama y lloraba de felicidad, y llora ahora otra vez, al escribirlo.

Tienes también un modo especial de sonreír, bellísimo y muy poco frecuente, una sonrisa callada, satisfecha y aprobatoria, que puede hacer completamente feliz a la persona a que va dirigida. Yo no recuerdo que, de pequeño, me haya sido dispensada a mí personalmente alguna vez, pero seguramente que ocurrió, pues por qué me lo ibas a haber negado entonces, cuando yo todavía te parecía desprovisto de culpa y era tu gran ilusión. Por lo demás, esas impresiones placenteras tampoco consiguieron a la larga otra cosa que aumentar mi sentimiento de culpabilidad y hacerme comprender aún menos el mundo.

Prefería atenerme a lo que tenía una base efectiva y permanente. Para autoafirmarme un poco frente a ti, en parte también por una especie de venganza, pronto empecé a observar, a catalogar, a exagerar pequeñas

ridiculeces que veía en ti. Qué fácilmente, por ejemplo, te dejabas deslumbrar por personas que eran -casi siempre sólo aparentemente superiores a ti, algún consejero imperial o algún otro personaje, y cómo podías hablar de eso continuamente (por otra parte, me dolían también esas cosas, que tú, mi padre, creyeses necesitar tales vanas confirmaciones de tu valía y que te dieras tono con ellas). O también observaba tu afición a las expresiones indecentes, dichas en voz bien alta, riéndote con ellas como si hubieses dicho algo verdaderamente genial, siendo como eran una pequeña y vulgar indecencia (y, una vez más, eso era para mí al mismo tiempo, una expresión de tu vitalidad, que me llenaba de bochorno). Observaciones diversas de este género las
hubo naturalmente en cantidad; yo era feliz al hacerlas, me daban ocasión de cuchichear, de bromear. Tú lo notabas a veces, te enfadabas, te parecía alevosía y falta de respeto, pero, créeme, para mí no era otra cosa que un método -inútil, por lo demás- de autodefensa, eran cosas divertidas como las que se cuentan sobre dioses y reyes y que no sólo son compatibles con el más hondo respeto sino incluso inherentes a él.

Tú también, por cierto, de acuerdo con la situación, tan semejante, en que te hallabas frente a mí, buscaste una manera de defenderte. Solías llamar la atención sobre lo exageradamente bien que yo vivía y sobre el buen trato que se me daba. Eso es verdad, pero no creo que, dadas las circunstancias, me haya servido de mucho.

Es cierto que mi madre era infinitamente bondadosa conmigo, pero para mí todo aquello estaba en relación contigo, o sea, en una relación mala. La madre tenía, inconscientemente, el papel que tiene el montero en la caza. Si, en un caso improbable, tu educación, al generar oposición, aversión o hasta odio, hubiese podido emanciparme de ti, la madre restablecía el equilibrio con su bondad, con sus palabras sensatas (en el caos de la infancia ella fue el arquetipo de la sensatez), con su mediación, y yo estaba otra vez reintegrado en ese círculo tuyo del que si no, para tu provecho y el mío, quizás habría podido evadirme. O también sucedía que no había una reconciliación propiamente dicha, que la madre sólo me protegía de ti a escondidas, me daba, me permitía algo a escondidas, y entonces yo era otra vez para ti ese ser retorcido y falso, que se sabe culpable, y que, por ser tan nulo, hasta aquello a lo que creía tener derecho no lo conseguía sino por caminos sinuosos. Lógicamente me acostumbré entonces a buscar también por esos caminos aquello a lo que, incluso a mi juicio, no tenía derecho. Lo cual volvía a aumentar el sentimiento de culpabilidad.

También es verdad que apenas me has pegado alguna vez de verdad. Pero aquellas voces, aquel rostro encendido, los tirantes que te quitabas apresuradamente y colocabas en el respaldo de la silla, todo eso era casi peor para mí. Es como alguien a quien van a ahorcar. Si lo ahorcan de verdad, ha muerto y todo ha terminado. Pero si tiene que ver todos los preliminares del ahorcamiento y sólo cuando le cuelga la soga delante de la cara se entera del indulto, puede que quede dañado para toda la vida. Por si fuera poco, a medida que se iban acumulando aquellas ocasiones en que, según tu criterio claramente manifestado, yo hubiera merecido una paliza, pero gracias a tu indulgencia me había librado de ella por muy poco, iba aumentando en mí otra vez el sentimiento de culpabilidad. Por donde se mirase, siempre incurría en falta frente a ti.

Toda la vida me has echado en cara (a solas o delante de otros, para notar lo humillante que era esto último te faltaba por completo la sensibilidad, los asuntos de tus hijos siempre han sido públicos) que, gracias a tu trabajo, he vivido sin privaciones, en medio del confort, la paz y la abundancia. Me refiero a comentarios que deben haber formado literalmente surcos en mi cerebro, como éstos: "A los siete años ya tenía yo que ir por los pueblos con el carretón". "Teníamos que dormir todos en un cuarto". "Éramos felices cuando teníamos patatas". "Durante años he tenido llagas en las piernas por faltarme ropa de invierno". "Bien pequeño ya tenía yo que ir a Pisek, a la tienda". "En casa no me daban nada, ni siquiera cuando hice el servicio, era yo quien enviaba dinero a casa". "Y con todo, y con todo: el padre siempre era el padre. ¡Quién sabe esto hoy! ¡Qué sabrán los hijos! ¡Ninguno ha pasado por algo así! ¿Lo comprende esto hoy un hijo?". En condiciones de vida diferentes, esos relatos habrían podido ser una excelente medida educativa, habrían podido dar aliento y ánimos para superar las mismas penalidades y privaciones que tuvo que soportar el padre. Pero no era eso lo que querías, pues, debido a ese esfuerzo tuyo, la situación era diferente; no había ocasión de descollar como tú lo habías hecho. Una ocasión así habría habido que hacerla surgir mediante la violencia y la subversión, uno habría tenido que escaparse de casa (suponiendo que se hubiese tenido la decisión y la fuerza necesarias para ello y que la madre no lo hubiese impedido por otros medios). Pero tú no querías nada de eso, todo eso tú lo llamabas ingratitud, exaltación, desobediencia, traición, locura. Es decir, mientras que por un lado invitabas a ello poniéndote como ejemplo, contando historias y avergonzando a los demás, por otro lado lo prohibías severísimamente. De no ser así, en el fondo deberías haber estado encantado con la aventura de Zürau de Ottla, si se prescinde de los detalles secundarios. Ella quería volver a ese ambiente rural del que tú procedías, quería tener trabajo y privaciones, como tú habías tenido, no quería disfrutar de los resultados de tu trabajo, lo mismo que tú fuiste independiente de tu padre. ¿Eran ésas unas intenciones tan horribles? ¿Estaban tan lejos de tu ejemplo y de tus enseñanzas? Bueno, las intenciones de Ottla no resultaron bien al final, quizás las llevó a la práctica de un modo algo ridículo, con demasiado revuelo, no tuvo la suficiente consideración con sus padres. ¿Pero fue culpa exclusiva suya? ¿No fueron también culpables las circunstancias y sobre todo el hecho de que tú te hubieses alejado tanto de ella? ¿Era menor ese alejamiento en la tienda (de eso querías persuadirte a ti mismo más tarde) que después, en Zürau? ¿Y no habría estado ciertamente en tu mano (a condición de que hubieses podido vencerte a ti mismo) el convertir aquella aventura en algo muy bueno si hubieses animado, aconsejado y vigilado a Ottla, o incluso con que sólo hubieses tenido más tolerancia?

A raíz de esas experiencias solías decir con amargo humor que vivíamos demasiado bien. Pero en cierto sentido ese humor no era tal. Lo que tú conseguiste luchando, nosotros lo recibimos de ti, pero la lucha por la vida exterior, a la que tú tuviste acceso de inmediato y que nosotros, naturalmente, tampoco podemos eludir, esa lucha tenemos que librarla tarde, en edad adulta, mas con las fuerzas de un niño. No digo que por eso nuestra situación sea necesariamente más desfavorable que la tuya, al contrario, es probable que ambas sean equivalentes (aunque, en esta comparación, prescindamos de los temperamentos básicos), pero sí estamos en desventaja nosotros por no poder jactarnos de nuestras penalidades ni humillar a nadie con ellas, como tú lo has hecho siempre con las tuyas. Tampoco digo que no me hubiese sido posible gozar de los frutos de tu trabajo inmenso y eficaz, revalorizarlos y seguir trabajando con ellos para satisfacción tuya, pero a eso se oponía nuestro mutuo distanciamiento.

Yo podía disfrutar lo que tú dabas, pero sólo con sonrojo, cansancio, debilidad, sentimiento de culpa. Por eso sólo podía darte las gracias por todo como dan las gracias los mendigos, con hechos no.

El primer resultado exterior de toda esa educación fue que yo evitaba cualquier cosa que me recordase tu persona, aunque fuese remotamente. En primer lugar, la tienda. De hecho, sobre todo mientras fui pequeño y era una tienda como otras, me habría tenido que gustar mucho, estaba animadísima, por la noche se encendían las luces, allí se veían y se oían muchas cosas, se podía echar una mano aquí y allá y hacer méritos, pero sobre todo admirarte a ti, con tu extraordinario talento para el comercio, cómo vendías, cómo tratabas a la gente y les gastabas bromas, eras incansable, en caso de duda sabías enseguida qué decisión tomar, en fin, hasta el verte envolver los géneros o abrir una caja era un espectáculo notable, y en su conjunto, aquello fue sin lugar a dudas una escuela nada reprobable. Pero cuando poco a poco me intimidaste en todos los sentidos, y la tienda y tú vinisteis a ser para mí una misma cosa, aquella tienda ya no resultó acogedora. Cosas que al principio me parecían normales, ahora me hacían sufrir, me abochornaban, sobre todo tu forma de tratar al personal. No sé, quizás fuese así en la mayoría de las tiendas (en la Assecurazioni Generali, por ejemplo, era parecido, en efecto, cuando yo estaba allí; cuando me marché, la explicación que le di al director -sin que fuese verdad pero tampoco completamente mentira- fue que yo no podía soportar aquellos insultos, que por lo demás nunca iban dirigidos a mí; yo tenía una sensibilidad a flor de piel, por mi experiencia familiar), pero las otras tiendas no me interesaban nada cuando era pequeño.

A ti, sin embargo, yo te oía vociferar en la tienda, insultar, enfurecerte, de un modo como no ocurría dos veces en el mundo, según pensaba yo entonces. Y no sólo eran aquellos insultos, tu tiranía tenía otras modalidades. Por ejemplo, cuando, con un solo movimiento, tirabas del mostrador al suelo los artículos que no querías que se mezclaran con otros -sólo te disculpaba un poco la inconsciencia de tu furia-, y el empleado tenía que recogerlos. O tu frase constante acerca de un empleado enfermo del pulmón: "¡Que reviente ese perro enfermo!". A los empleados los llamabas "enemigos pagados", y lo eran, pero antes de que lo fueran, tú me parecías haber sido su "enemigo pagador". Allí recibí también la gran lección de que podías ser injusto; en mí mismo, no lo habría notado tan deprisa, se había acumulado demasiado sentimiento de culpabilidad que te daba la razón. Pero allí, tal y como yo lo veía de niño -esa opinión la corregí después un poco, como es natural, pero tampoco demasiado-, había unas personas extrañas que trabajaban para nosotros y que por ese motivo tenían que vivir perpetuamente atemorizadas por ti. Yo exageraba en eso, evidentemente, por suponer sin más que el efecto que causabas en la gente era tan terrible como el que causabas en mí. Si hubiese sido así, indudablemente no habrían podido vivir. Pero como eran gente adulta, casi siempre con unos nervios a toda prueba, se sacudían tranquilamente tus insultos y el daño terminaba siendo mucho mayor para ti que para ellos. Pero a mí eso me hizo no poder soportar la tienda, me recordaba demasiado nuestra propia relación: aun prescindiendo de tu interés como empresario y de tu carácter dominante, como hombre de negocios eras tan superior a todos los que han hecho su aprendizaje contigo, que no podía satisfacerte nada de lo que ellos hacían, y un perpetuo descontento de ese género era el que debías tener conmigo.

Por eso yo estaba forzosamente de parte del personal, también, por cierto, debido a que no comprendía, ya por pura timidez, cómo se podía insultar así a una persona extraña, y por eso, por timidez y en mi propia defensa, quería de una manera u otra reconciliar contigo, con nuestra familia, al personal que yo imaginaba lleno de indignación. Para eso no bastaba ya una actitud normal, correcta, con el personal, ni siquiera una actitud discreta, sino que yo tenía que ser humilde, no sólo saludar el primero, sino, en lo posible, impedir que ellos respondieran al saludo. Y si yo, la persona insignificante, les hubiese lamido las plantas de los pies, todavía no habría bastado eso para compensar la manera como tú, el dueño y señor, arremetías contra ellos. Esa relación que yo empecé a tener entonces con mis semejantes siguió existiendo fuera de la tienda y posteriormente (algo parecido, pero no tan peligroso ni tan arraigado como en mi caso, es, por ejemplo, la propensión de Ottla a tratar con gente pobre, esa manera suya de confraternizar con las criadas, lo que a ti te molestaba tanto, y cosas así). Al final, la tienda casi me infundía miedo y en cualquier caso me era ajena ya mucho antes de empezar el bachillerato y, cuando lo empecé, el proceso siguió avanzando. Además, la tienda me parecía estar muy por encima de mi capacidad, ya que, como tú decías, agotaba incluso la tuya.

Entonces trataste (hoy esto me conmueve y me avergüenza) de que mi aversión a la tienda, a tu obra, aversión que tan dolorosa te resultaba, tuviese también su lado un poco agradable para ti, y afirmabas que yo carecía de sentido para los negocios, que tenía ideas más elevadas en la cabeza, etcétera. Esa explicación, que tú te forzabas a dar, alegraba a mi madre, lógicamente, y yo también me dejé influir por ella, en mi vanidad y mi desamparo. Pero si hubieran sido realmente sólo o sobre todo esas "ideas más elevadas" las que me apartaron de la tienda (que ahora, pero sólo ahora, detesto verdaderamente y sin paliativos), habrían tenido que manifestarse de otra manera, en lugar de dejarme nadar, tranquilo y pusilánime, por las aguas del bachillerato y de la carrera de derecho, hasta que fui a parar definitivamente a la mesa-escritorio del funcionario.

Si quería huir de ti, tenía que huir de la familia, incluso de la madre. En ella siempre se podía encontrar protección, pero siempre quedaba todo en relación contigo. Ella te quería demasiado, su fidelidad y adhesión a ti eran demasiado grandes como para poder ser a la larga una fuerza moral independiente en el combate del hijo. Instinto seguro del niño, pues con los años la madre se vinculó aún más estrechamente a ti. Mientras que, en lo concerniente a su persona, mantenía su independencia dentro de unos límites muy estrictos, con gracia y delicadeza y sin ofenderte nunca seriamente, en el transcurso de los años fue aceptando a ciegas, cada vez más plenamente, si bien más con el sentimiento que con la razón, tus juicios y condenas relativas a los hijos, especialmente en el caso -grave, por lo demás- de Ottla. Indudablemente no hay que olvidar un solo momento qué molesto, qué extraordinariamente agotador ha sido el papel de nuestra madre en la familia. Se ha matado a trabajar en la casa, en la tienda, ha sufrido por partida doble todas las enfermedades de la familia, pero el coronamiento de todo ello es lo que ha sufrido en su papel de intermediaria entre nosotros y tú. Tú siempre has sido cariñoso y atento con ella, pero en ese aspecto has tenido tan poca consideración como nosotros. La hemos vapuleado sin piedad, tú por un lado, nosotros por otro. Era una distracción, no lo hacíamos con mala intención, pensábamos sólo en la lucha que librábamos, nosotros contra ti, tú contra nosotros, y nos desfogábamos en la madre. Tampoco fue una contribución positiva a la educación de tus hijos la manera como la maltratabas -por supuesto sin culpa ninguna de tu parte por causa nuestra. Eso llegaba a justificar aparentemente nuestra -por lo demás injustificable- conducta para con ella. ¡Cuántos sufrimientos no le habremos infligido nosotros por causa tuya y tú por causa nuestra, sin contar los casos en que tú tenías razón porque nos malcriaba, aunque ese "malcriar" no haya sido seguramente en ocasiones sino un modo silencioso e inconsciente de manifestarse contra tu sistema! Por supuesto que nuestra madre no habría podido soportar todo eso si no hubiese sacado fuerzas de su amor por todos nosotros y de la felicidad que le procura ese amor.

Las hermanas me secundaban sólo en parte. La más feliz en su relación contigo era Valli. Siendo la más próxima a su madre, se adaptaba a ti de un modo parecido a ella, sin mucho esfuerzo ni daño. Por tu parte, precisamente porque te recordaba a la madre, la aceptabas con una actitud más benigna, aunque en ella no hubiese mucho material de los Kafka. Pero quizás fuera eso lo que tú querías; donde no había nada de los Kafka, no podías exigir nada de esa índole; ni tampoco tenías la sensación, que tenías con los otros hijos, de que se perdía algo que debía ser salvado por la fuerza. También es posible, por cierto, que nunca te haya gustado mucho el elemento Kafka, cuando se daba en las mujeres. La relación de Valli contigo habría sido todavía más grata si los demás no la hubiésemos perturbado un poco.

Elli es el único ejemplo de evasión, casi perfectamente lograda, de tu círculo. De ella es de quien menos lo hubiera esperado, mientras fue pequeña. Era una niña sumamente pesada, cansina, miedosa, descontenta, siempre con sentimiento de culpa, exageradamente humilde, maligna, vaga, comilona, tacaña, yo casi no podía mirarla, ni en modo alguno dirigirle la palabra, tanto era lo que me recordaba a mí mismo, de un modo tan parecido a mí estaba ella bajo el poderoso influjo de tu educación. Sobre todo su tacañería me resultaba odiosa, ya que posiblemente la mía era aún mayor. La tacañería es uno de los síntomas más claros de que se es profundamente desgraciado; yo estaba tan inseguro de todo, que sólo poseía realmente lo que tenía en las manos o en la boca o lo que al menos estaba de camino hacia esos sitios, y eso era justamente lo que a ella, que estaba en una situación parecida, le gustaba más quitarme. Pero todo eso cambió cuando en años jóvenes -esto es lo más importante- se marchó de casa, se casó, tuvo hijos, se volvió alegre, despreocupada, valiente, generosa, desinteresada, optimista. Es casi increíble que tú no hayas notado ese cambio y que en cualquier caso no lo hayas apreciado en su justo valor, tan ciego te hace el rencor que siempre le tuviste a Elli y que en el fondo le sigues teniendo, con la única diferencia de que ese rencor es ahora mucho menos actual, puesto que Elli no vive ya en casa y además tu cariño a Felix y el afecto que sientes por Karl han hecho que pierda importancia. Sólo Gerti tiene que pagarlas consecuencias de vez en cuando.

En cuanto a Ottla, apenas me atrevo a escribir sobre ella; sé que así me juego todo el efecto que tengo la esperanza de que produzca esta carta. En circunstancias normales, o sea cuando no está pasando por una dificultad o peligro especiales, lo que sientes por ella es únicamente odio; tú mismo me has admitido que, a juicio tuyo, no cesa de darte disgustos y de hacerte sufrir intencionadamente y que, mientras que tú sufres por su culpa, ella está tan satisfecha y tan alegre. O sea, una especie de diablo. Qué monstruosa alienación, mayor aún que la que hay entre tú y yo, tiene que haberse producido entre ella y tú para que sea posible un tan monstruoso desconocimiento de los hechos. Ella está tan lejos de ti que tú ya casi no la ves, y pones un fantasma en el lugar en que imaginas su presencia. Admito que con ella lo has tenido especialmente difícil. No acabo de comprender bien un caso tan complicado, pero como quiera que sea, ha habido ahí una especie de Löwy, provisto de las mejores armas de los Kafka. Entre nosotros dos no ha habido combate propiamente dicho; yo fui eliminado enseguida. Lo que quedó fue huida, amargura, duelo, lucha interior. Pero vosotros dos siempre estabais en posición de combate, siempre de refresco, siempre rebosando energía. Un espectáculo tan grandioso como desolador. En un principio estuvisteis seguramente los dos muy próximos el uno al otro, pues, de nosotros cuatro, Ottla quizás siga siendo hoy la imagen más perfecta del matrimonio entre nuestra madre y tú y de las fuerzas que concurrieron en él. Yo no sé qué os ha podido privar de la felicidad que supone la concordia entre un padre y una hija, personalmente tiendo a creer que el proceso ha sido semejante al mío. Por tu parte, tu carácter tiránico, por la suya, la testarudez de los Löwy, sensibilidad, sentido de la justicia, inquietud, y todo eso apoyado por la conciencia de fuerza de los Kafka. Posiblemente también yo influí en ella, pero no por propia iniciativa sino por el mero hecho de mi existencia. Además, ella entró la última en una relación de fuerzas ya establecida y se pudo formar su propia opinión a base del abundante material existente. Pienso incluso que durante algún tiempo vaciló en cuanto a su actitud, no sabiendo si arrojarse en tus brazos o en los de tus adversarios, por lo visto no aprovechaste la ocasión en su momento y la rechazaste, pero si hubiese sido posible, habríais sido una pareja llena de armonía. En ese caso yo habría perdido un aliado, pero el veros a los dos habría sido una compensación más que suficiente, además tú habrías dado un gran cambio a mi favor por la dicha inmensa de estar plenamente satisfecho al menos con uno de los hijos. Pero todo esto hoy no es más que un sueño. Ottla no tiene vinculación con su padre, ha de buscar ella sola su camino, como yo, y en la misma medida en que tiene más optimismo, más confianza en sí misma, más salud y más decisión que yo, es para ti más maligna y más traicionera que yo. Y lo comprendo; desde tu punto de vista, ella tiene que ser así.

Es más: la propia Ottla es capaz de verse a sí misma con tus ojos, de sentir tu dolor y de estar muy triste y desesperada, no, la desesperación se queda para mí, por ello. En aparente contradicción con todo esto, tú nos ves muchas veces juntos, cuchicheando, riendo, de vez en cuando oyes que hablamos de ti. Nos tomas por unos descarados conspiradores. ¡Menudos conspiradores! Es cierto que, desde siempre, tú has sido un tema fundamental de nuestras conversaciones y de nuestros pensamientos, pero de ningún modo estamos juntos para tramar algo contra ti sino para discutir con la mayor intensidad, de broma y de veras, con cariño, obstinación, ira, rechazo, adhesión, sentimiento de culpa, con todas las fuerzas mentales y anímicas, ese horrible proceso pendiente entre nosotros tres, para discutir juntos en todos sus detalles, desde todas las perspectivas, en todas las ocasiones, de lejos y de cerca, ese proceso en el que tú siempre aseguras que eres el juez, mientras que, al menos en lo esencial (dejo la puerta abierta a todos los errores en que naturalmente puedo incurrir), eres parte interesada, tan débil y ofuscada como nosotros.

Un instructivo ejemplo, en este contexto general, de los efectos de tu educación ha sido Irma. Por una parte era una persona ajena, llegó ya en edad adulta a tu tienda, trató contigo sobre todo como con su jefe, es decir, estuvo sometida a tu influencia sólo en parte y a una edad en que ya se tiene capacidad de resistencia. Pero por otro lado era de tu sangre, te respetaba como al hermano de su padre, y tú tenías sobre ella mucho más ascendiente que el de un simple jefe. Y sin embargo, siendo con su frágil cuerpo tan activa, inteligente, trabajadora, modesta, digna de confianza, desinteresada, fiel, teniéndote cariño como a tío y admiración como a jefe, habiendo demostrado su valía en otros empleos antes y después, para ti no fue una empleada muy buena. Estaba en efecto -empujada también, qué duda cabe, por nosotros- respecto a ti en una posición muy próxima a la de una hija, y la fuerza conformadora de tu carácter fue también tan grande con ella que empezó a ser (pero sólo en su trato contigo y es de esperar que sin sufrir tanto como una hija) olvidadiza, descuidada, de un humor negro, quizás incluso algo testaruda, en la medida en que era capaz de serlo, y en todo esto no tengo en cuenta que tenía una salud delicada, que tampoco era feliz en otros aspectos y que pesaba sobre ella la carga de una desoladora vida familiar.

Lo que para mí es enormemente significativo en tu relación con ella, tú lo resumiste en una frase que ha llegado a ser clásica entre nosotros, una frase casi sacrílega pero que demuestra muy bien tu inocencia en tu manera de tratar a la gente: "¡La cantidad de porquería que me ha dejado la difunta, que Dios tenga en su gloria!".

Podría describir más esferas de influencia tuya y de la lucha contra ella, pero ahí podría pisar terreno movedizo y tendría que hacer elucubraciones; por otra parte, siempre ha sucedido que, cuanto más te alejas de la tienda y de la familia, tanto más agradable y complaciente eres, tanto más deferente, más compasivo (quiero decir: también exteriormente), del mismo modo que por ejemplo un autócrata, cuando está fuera de las fronteras de su país, no tiene motivos para seguir siendo tiránico y sabe tratar campechanamente a las gentes más humildes. Y en efecto, en las fotografías de grupo de Franzensbad, por ejemplo, tú aparecías siempre grande y jovial, como un rey de viaje, en medio de personillas insignificantes y de gesto huraño. De eso también habrían podido sacar provecho los hijos, pero habrían tenido que ser capaces de notarlo ya de niños, lo que es imposible, y yo por ejemplo no habría tenido que vivir continuamente, como viví en realidad, en el círculo por así decir más recóndito, más reducido, más opresivo, de tu influencia.

Con eso no sólo perdí el espíritu de familia, como tú dices; sino que, al contrario, seguí teniendo ese espíritu de familia, aunque negativo en lo esencial, encaminado a liberarme (un proceso que, como es natural, nunca se acaba) interiormente de ti. Pero las relaciones con las personas ajenas a la familia posiblemente sufrieron un deterioro aún mayor debido a tu influencia. Estás en un perfecto error si crees que yo, por amor y lealtad, lo hago todo por los demás, pero, por desapego y perfidia, no hago nada por ti y por la familia. Repito por enésima vez: yo habría sido seguramente, de todos modos, una persona retraída y pusilánime, pero de eso hasta llegar a donde realmente he llegado hay un camino largo y oscuro. (Hasta aquí ha sido relativamente poco lo que he silenciado de modo intencionado en esta carta, pero ahora y más adelante tendré que silenciar algunas cosas que todavía me resulta dificilísimo admitir -ante ti y ante mí-. Digo esto para que, si aquí y allá el cuadro general llegase a ser un poco difuso, no creas que ello se debe a falta de pruebas: hay pruebas, antes al contrario, que podrían darle a ese cuadro un realismo insoportable. No es fácil encontrar el término medio.)

En este punto, basta simplemente recordar cosas pasadas: frente a ti, yo había perdido la confianza en mí mismo, adquiriendo en su lugar un inmenso sentimiento de culpabilidad. (Recordando esa inmensidad escribí yo una vez acertadamente sobre una determinada persona: "Tiene miedo de que la vergüenza le sobreviva").[5] Yo no podía ser instantáneamente distinto cada vez que me juntaba con otras personas, sino que mi sentimiento de culpa se hacía aún mayor frente a ellas, puesto que, como ya he dicho, tenía que desagraviarles por la culpa que tú, con mi parte de responsabilidad, habías contraído con ellas en la tienda. Además tú de todos modos siempre tenías algo que oponer -abierta o reservadamente- a todas las personas que trataban conmigo, también por eso tenía yo que implorar el perdón. La desconfianza que, en la tienda y en la familia, procurabas inculcarme frente a casi toda la gente (dime el nombre de una persona que, de una manera u otra, haya sido importante para mí durante la infancia y tú no la hayas puesto por los suelos al menos una vez) y que a ti, curiosamente, no te producía especial agobio (tú eras lo bastante fuerte para soportarlo, y además puede que eso, en realidad, sólo haya sido el emblema del déspota), esa desconfianza que a mí, de pequeño, no se me aparecía confirmada en ninguna parte, puesto que yo sólo veía personas de una perfección inalcanzable, se convirtió en desconfianza ante mí mismo y en miedo perpetuo a todo lo demás. Así que allí, por regla general, yo desde luego no podía liberarme de ti.

El hecho de que tú te engañaras a este respecto se debe quizás a que en el fondo no te enterabas de nada relacionado con mi trato con la gente y, desconfiado y celoso (¿niego yo que me quieras?), te imaginabas que yo tenía que compensar en otro sitio lo que perdía de vida de familia, puesto que era imposible que fuera de ella viviera de la misma manera. Por cierto que, precisamente cuando era pequeño, yo me consolaba un poco en este punto con la desconfianza que sentía frente a mi manera de

---

[5] Última frase en el libro El Proceso de Frank Kafka.

ver las cosas, y me decía a mí mismo:

"Estás exagerando, tienes la sensación, como le pasa siempre a la gente joven, de que la cosa más insignificante es una gran excepción". Pero ese consuelo casi lo he perdido más tarde, según aumentaba mi conocimiento del mundo.

Tampoco pude liberarme de ti con el judaísmo. Ahí sí habría sido imaginable una liberación, pero más aún se podría haber pensado que ambos nos hubiéramos encontrado en el judaísmo o incluso que los dos hubiéramos salido unidos de allí. ¡Pero qué judaísmo recibí de ti! En el transcurso de los años he ido adoptando más o menos tres posiciones diferentes respecto a él.

De niño me hacía a mí mismo reproches, coincidiendo en eso contigo, por no ir lo bastante al templo, por no ayunar, etcétera. Yo no creía que de esa manera hacía algo contra mí, sino contra ti, y el sentimiento de culpa, que siempre estaba al acecho, me invadía.

Más tarde, en la adolescencia, no comprendía cómo tú, con aquel simulacro de judaísmo que poseías, podías hacerme reproches porque yo (aunque sólo fuese por respeto a la tradición, como tú decías) no me esforzaba por practicar un simulacro del mismo género. Era realmente, en lo que yo podía ver, un simulacro, un juego, ni siquiera un juego. Ibas cuatro días al año al templo, estabas allí indudablemente más cerca de los indiferentes que de los que lo tomaban en serio, allí despachabas pacientemente las oraciones como una formalidad, me sumías a veces en el asombro al mostrarme en el libro de oraciones el pasaje que se estaba recitando en ese momento, y por lo demás, con tal de que estuviese en el templo (eso era lo principal), yo podía escabullirme y meterme donde me diera la gana. Así que me pasaba todas aquellas horas bostezando y dormitando (un aburrimiento tan grande sólo lo he vuelto a tener después, creo, en las clases de baile) y procuraba entretenerme un poco con los pequeños cambios que había a veces, por ejemplo cuando abrían el Tabernáculo, lo que siempre me recordaba los puestos de tiro de la feria, cuando se daba en el blanco y se abría una puerta, con la diferencia de que allí siempre salía algo interesante y aquí siempre sólo aquellos pequeños muñecos sin cabeza. Por cierto que allí también pasé mucho miedo, no sólo, como es obvio, por la mucha gente con la que se estaba en inmediato contacto, sino porque tú dijiste una vez de pasada que también a mí me podían llamar para que leyera la Torá. Eso me hizo estar tembloroso varios años. Aparte de eso, no había nada que me molestara gran cosa y me sacara de mi aburrimiento, todo lo más la Barmizwe, que por otra parte sólo exigía un ridículo esfuerzo de memoria, o sea que acababa en un ridículo examen, y luego, respecto a ti, algunos pequeños sucesos de poca importancia, como cuando te llamaban a leer la Torá y tú salías airoso de ese episodio que, a mi modo de ver, era de índole exclusivamente social, o cuando el día de la conmemoración de los difuntos tú te quedabas en el templo y a mí me mandaban salir, lo que durante mucho tiempo, probablemente por el hecho de que me mandaran salir y por faltarme totalmente una visión más profunda, me produjo la sensación, apenas consciente, de que se trataba de algo inmoral. Así estaban las cosas en el templo, en casa todo era más penoso aún, y se limitaba a la primera velada de Pascua, que se fue convirtiendo cada vez más en una comedia de mucha risa, aunque por influencia de los hijos que iban creciendo. (¿Por qué cediste a esa influencia? Porque fuiste tú quien la provocaste.) De modo que ése fue el material espiritual que me fue legado, a eso se añadía, todo lo más, la mano extendida que señalaba a "los hijos del millonario Fuchs", que estaban en el templo con su padre en las grandes solemnidades. Lo que yo no entendía es qué otra cosa mejor se podía hacer con ese material que deshacerse de él lo antes posible: el acto más respetuoso me pareció que era justamente ese deshacerse de él.

Más tarde, otra vez volví a verlo con otros ojos y comprendí por qué tenías derecho a creer que también en este aspecto yo te estaba traicionando arteramente. De tu pequeña comunidad rural, semejante a un gueto, tú te habías traído realmente algo de judaísmo, no era mucho y en la ciudad y durante el servicio militar se fue perdiendo un poco, pero en cualquier caso las impresiones y recuerdos de tu juventud bastaron para hacer posible una especie de religiosidad judía, sobre todo porque tú no estabas muy necesitado de ese género de ayuda, venías de una familia fuerte y saludable y, personalmente, apenas ibas a sufrir el menor trastorno por escrúpulos religiosos, si éstos no se mezclaban demasiado con consideraciones de orden social. En el fondo, la fe que regía tu vida consistía en creer en la absoluta legitimidad de las opiniones de una determinada clase social judía, y por tanto, puesto que esas opiniones eran intrínsecas a tu naturaleza, en creerte a ti mismo. Todavía seguía habiendo en ello bastante judaísmo, pero para seguir transmitiéndoselo a un hijo ya era muy poco, y a medida que lo fuiste entregando se fue perdiendo del todo, gota a gota. Eran en parte impresiones intransferibles de la infancia, en parte el temor que me inspiraba tu persona. También era imposible hacerle comprender a un niño, que de puro encogimiento tenía un agudo sentido de la observación, que esas pocas insignificancias que tú llevabas a cabo en nombre del judaísmo con una indiferencia acorde con su insignificancia podían tener una significación superior. Para ti tenían sentido en su calidad de pequeñas reminiscencias de otros tiempos, y por eso querías transmitírmelas a mí, pero, al no tener ya para ti un valor en sí mismas, sólo podías hacer tal cosa mediante la persuasión o la amenaza; eso, por un lado, no podía dar buen resultado, y por otro, como no llegabas a darte cuenta de tu endeble posición en este asunto, tenía que ponerte muy furioso conmigo a causa de mi aparente endurecimiento.

Todo esto no es un fenómeno aislado, la situación era muy similar entre una gran parte de la generación judía de la transición, esa generación que emigró del campo, donde el ambiente era todavía relativamente religioso, a la ciudad; sucedió de una manera espontánea, pero a nuestra relación, que desde luego no estaba exenta de aristas cortantes, vino a añadirse otra más y extremadamente dolorosa. Contra eso, tú puedes creer, lo mismo que yo, que también en este punto eres inocente, pero tienes que explicar esa inocencia con tu manera de ser y con los tiempos que te han tocado vivir, y no sólo con las circunstancias exteriores, o sea, no tienes que decir por ejemplo que has tenido demasiado trabajo y demasiadas preocupaciones como para ocuparte también de esas cosas. De ese modo acostumbras a transformar tu indudable inocencia en un injusto reproche a los demás. Eso es muy fácil de refutar siempre, y también en este caso. No se trataba de dar ningún género de enseñanza a tus hijos, sino de vivir una vida que fuera un ejemplo para ellos; si tu judaísmo hubiese sido más intenso, tu ejemplo también habría sido más convincente: esto es evidente e insisto en que no es un reproche, sino sólo un modo de rechazar tus reproches. Hace poco leíste los recuerdos de juventud de Franklin. Te los di yo a leer, en efecto, con toda intención, pero no, como comentaste irónicamente, por un breve pasaje sobre el vegetarianismo, sino por la relación entre el autor y su padre, tal y como allí se describe, y por la relación entre el autor y su hijo, tal y como viene expresada ella misma en esos recuerdos escritos para el hijo. No quiero subrayar detalles aquí.

Una cierta confirmación posterior de esta forma mía de ver tu judaísmo me la ha proporcionado tu comportamiento de los últimos años, cuando tuviste la impresión de que yo me dedicaba más a los temas judíos. Como tú tienes de entrada una aversión a todas mis ocupaciones y en especial a mi manera de tomarme interés por las cosas, también la tuviste en este caso. Pero dejando esto aparte, se podría haber esperado que hicieses aquí una pequeña excepción: era judaísmo de tu judaísmo lo que se estaba poniendo en movimiento, y con él, por tanto, la posibilidad de nuevos puntos de contacto entre nosotros. No niego que esas cosas, de haber mostrado tú interés por ellas, justamente por eso me hubiesen podido parecer sospechosas. No se me ocurre en absoluto afirmar que yo sea de un modo u otro mejor que tú a este respecto. Pero no hubo ocasión de hacer la prueba. Al intervenir yo, el judaísmo se te hizo odioso, los escritores judíos, ilegibles, te "repugnaban". Eso podía significar que tú insistías en que sólo era auténtico el judaísmo que me habías mostrado en la infancia, y que fuera de él no había nada. Pero era casi inconcebible que insistieras en eso. Entonces, esa "repugnancia" (aparte de ir dirigida ante todo, no contra el judaísmo, sino contra mi persona) sólo podía significar que tú reconocías inconscientemente la poca consistencia de tu judaísmo y de mi educación judía, que no querías en absoluto que te lo recordaran y que a esos recuerdos respondías con odio declarado. Por otra parte, esa enorme importancia que, negativamente, dabas a mi nuevo judaísmo era muy exagerada; en primer lugar, era portadora de tu maldición, y en segundo lugar, para su desarrollo era decisiva la relación básica con el prójimo, y en mi caso fue, por tanto, mortal.

Más certero has sido con tu aversión a mi quehacer literario y a todo lo relacionado con él, y que tú ignorabas. En este punto me había alejado un tanto de ti, efectivamente, y por mis propios medios, aunque eso recordase un poco al gusano que, aplastado por detrás de un pisotón, se libera con la parte delantera y repta hacia un lado. Me encontraba hasta cierto punto a salvo, pude respirar hondo; la aversión que, naturalmente, sentiste de inmediato por mi actividad literaria, en este caso, excepcionalmente, me resultó agradable. Aunque mi vanidad, mi amor propio se resentían ante la acogida, célebre entre nosotros, que reservabas a mis libros: "¡Déjalo encima de la mesilla de noche!" (casi siempre estabas jugando a las cartas cuando llegaba un libro), en el fondo me encontraba a gusto así, no sólo por malicia y rebeldía, no sólo porque me alegraba ver confirmado una vez más lo que yo pensaba sobre nuestra relación, sino también porque esa fórmula, pura y simplemente, me sonaba a una especie de: "¡Ahora eres libre!".

Era un engaño, por supuesto, no era libre o, en el caso más favorable, todavía no lo era. Lo que yo escribía trataba de ti, sólo me lamentaba allí de lo que no podía lamentarme reclinado en tu pecho. Era una despedida de ti expresamente demorada, despedida a la que tú me habías obligado, pero que iba en la dirección marcada por mí. ¡Pero qué poca cosa era todo eso! Sólo vale la pena hablar de ello porque ha ocurrido en mi vida -en otro lugar no se la percibiría en absoluto-, y también porque dominó mi vida, en la infancia como presentimiento, luego como esperanza, y después muchas veces como desesperación, dictándome -si se quiere, otra vez adoptando tu figura- mis pocas y pequeñas decisiones.

Por ejemplo, el elegir profesión. Sin duda me diste en este punto plena libertad, con tu generosidad e incluso con tu paciencia en este sentido. Pero por otra parte obraste en eso conforme a lo que es normal -y normativo para ti- en la clase media judía en cuanto a los hijos varones, o al menos adoptaste los juicios de valor de esa clase. En eso influyó también, finalmente, uno de tus malentendidos respecto a mi persona. Por tu orgullo de padre, por desconocimiento de mi verdadera existencia, por deducciones sacadas de mi debilidad constitucional, me has considerado siempre enormemente trabajador: en tu opinión, de niño no paraba de estudiar y, más tarde, de escribir. Pues bien, nada más lejos de la verdad. Lo que al contrario puede decirse, exagerando mucho menos, es que yo estudiaba poco y no aprendía nada. Desde luego no tiene nada de extraordinario que en tantos años, con una memoria mediana y una inteligencia no excesivamente limitada, algo haya quedado, pero en cualquier caso el resultado final en cuanto a saber, y sobre todo en cuanto a fundamentación del saber, no puede ser más lamentable en comparación con el derroche de tiempo y dinero en medio de una vida exteriormente tranquila y despreocupada, y en comparación sobre todo con casi toda la gente que conozco. Es lamentable, pero para mí comprensible.

Desde que sé pensar he tenido tan hondas preocupaciones relacionadas con la afirmación espiritual de la existencia que todo lo demás me era indiferente. En nuestro país, los estudiantes de bachillerato judíos tienen muchas veces sus rarezas, se dan entre ellos las cosas más inverosímiles, pero esa fría indiferencia mía, encubierta apenas, indestructible, puerilmente desvalida, llevada hasta extremos ridículos, animálicamente satisfecha de sí misma, y en un niño con una imaginación autosuficiente pero fría, no la he vuelto a encontrar en parte alguna, aunque en mi caso personal eso haya sido la única protección contra el desgaste nervioso que produce el miedo y el sentimiento de culpa. No tenía más preocupación que mi propia persona, y ésa con toda clase de variantes. Por ejemplo la preocupación por mi salud; empezaba de manera leve, aquí y allá surgía algún pequeño recelo por algún trastorno digestivo, porque se me caía el pelo, por una desviación de la columna vertebral, etc., aquello iba aumentando con un sinnúmero de matices, y acababa desembocando en una verdadera enfermedad. Pero como yo no estaba seguro de nada, y necesitaba que cada instante me aportara una nueva confirmación de mi existencia, ni había nada que fuera de mi propiedad inequívoca y exclusiva, clara y únicamente determinada por mí, en verdad hijo desheredado, obviamente también se me volvió inseguro lo más próximo, el propio cuerpo; crecí mucho, pero no sabía qué hacer con mi altura, la carga era muy pesada, la espalda se encorvó; casi no me atrevía a moverme ni menos a hacer gimnasia, seguí siendo débil, me parecía un milagro todo lo que yo seguía teniendo, por ejemplo una buena digestión, eso bastaba para que dejara de tenerla, y así estaba el camino totalmente abierto a la hipocondría, hasta que después, con aquel esfuerzo sobrehumano del querer-casarme (de eso hablaré después), tuve el vómito de sangre, a lo que puede haber contribuido en buena parte el piso del Schönbornpalais: piso que sólo necesité por creer que lo necesitaba para escribir, razón por la que también hablo de él en esta carta. O sea, todo eso no venía causado por el exceso de trabajo, como tú te has imaginado siempre. Ha habido años que, contando con una salud perfecta, he pasado más tiempo en el sofá sin hacer absolutamente nada que tú en toda tu vida, incluidas todas las enfermedades. Siempre que yo me marchaba de tu lado por el trabajo que tenía, era casi siempre para ir a tumbarme a mi cuarto.

Mi rendimiento, tanto en la oficina (donde, por otra parte, la holgazanería no llama mucho la atención y además se mantenía dentro de ciertos límites debido a mi timidez) como en casa, es mínimo; si te pudieses formar una idea exacta, te quedarías horrorizado. Probablemente no soy vago por disposición natural, pero para mí no había trabajo. Donde yo vivía era un réprobo, un condenado, un vencido, y el huir a otro sitio me suponía, sí, un esfuerzo inmenso, pero no era trabajo, pues se trataba de algo imposible, de algo -con ligeras excepciones- no asequible a mis fuerzas.

En esa situación, pues, se me dio libertad para escoger profesión. ¿Pero estaba yo capacitado a esas alturas para hacer uso de tal libertad? ¿Tenía aún la suficiente confianza en mí mismo para llegar a tener una verdadera profesión? La opinión que tenía de mí dependía de ti mucho más que de ninguna otra cosa, de un éxito exterior por ejemplo. Eso era un estímulo que duraba un instante, y fuera de eso, nada; pero en el otro lado, tu peso empujaba cada vez con más fuerza hacia abajo. Nunca aprobaré el primer grado de la es- cuela elemental, pensaba yo, pero aprobé, hasta me dieron un premio; pero el examen de ingreso en el instituto, ése no lo pasaré, pero lo pasé; pero ahora me suspenden seguro en primero de bachillerato, no, no me suspendieron, y así fui aprobando un curso tras otro. Aquello, sin embargo, no me infundía la menor seguridad, al contrario, siempre estaba convencido -y el rechazo que se veía en tu cara era prueba suficiente de ello- de que cuanto más fuese consiguiendo, tanto peor iba a resultar todo al final. Muchas veces veía yo mentalmente aquel horrible claustro de profesores (el instituto es sólo el ejemplo más placativo, pero en torno a mí la situación era semejante) que, cuando yo había aprobado primero, o sea en segundo, y cuando había aprobado segundo, o sea en tercero, y así sucesivamente, se reunían para deliberar sobre aquel caso singular que clamaba al cielo, y averiguar cómo yo, el más inepto y en cualquier caso el más ignorante, había logrado llegar solapadamente hasta aquel curso, el cual, puesta ya en mí la atención de todos, lógicamente me vomitaría al momento, para alegría de todos los justos liberados de aquella pesadilla. Vivir con tales ideas no es fácil para un niño. En esas condiciones, ¿qué me importaban las clases? ¿Quién era capaz de hacerme sentir un mínimo de interés por nada? Las clases me interesaban -y no sólo las clases sino todo lo que me rodeaba en aquellos años decisivos- más o menos como le pueden interesar a un estafador de banco, que todavía está en su puesto y tiembla de que le descubran, las pequeñas operaciones bancarias que tiene que seguir realizando a diario en su calidad de empleado del banco. Tan pequeño, tan lejano era todo en comparación con lo esencial. Todo siguió así hasta el examen de reválida, que ése sí que, en parte, lo aprobé de modo fraudulento, y luego todo había acabado, yo era libre.

Si a pesar de los límites que impone el instituto, sólo me había ocupado de mí mismo, cuánto más ahora que tenía libertad. Es decir, verdadera libertad para elegir oficio no la había para mí, yo sabía que, en comparación con lo esencial, todo me iba a ser tan indiferente como las asignaturas que estudié en el instituto, así que se trataba de encontrar un oficio que, sin herir demasiado mi vanidad, me permitiese sobre todo seguir teniendo esa indiferencia. Así pues, fue obvio que estudiara derecho. Pequeños intentos en dirección contraria, dictados por la vanidad, por una esperanza absurda, como dos semanas estudiando química, seis meses de filología germánica, sólo confirmaron aquella convicción fundamental. De modo que estudié derecho. Eso significaba que durante los meses anteriores a los exámenes finales, aparte de maltratar poderosamente mis nervios, me alimenté espiritualmente de serrín, masticado además previamente por miles de bocas. Pero en un cierto sentido aquello me gustaba, como me gustó antes en un cierto sentido el instituto y después la oficina, pues todo eso se acordaba perfectamente con mi situación.

En cualquier caso, en ese punto yo mostré una asombrosa clarividencia, ya de niño tuve claros presentimientos en lo relativo a carrera y profesión. De allí yo no esperaba la salvación, hacía tiempo que había renunciado a encontrarla por aquel camino.

Sin embargo no mostré clarividencia alguna en cuanto a la importancia y a la posibilidad de un matrimonio; ese terror, el mayor de mi vida hasta ahora, se apoderó de mí de un modo casi completamente inesperado. El niño había tenido un desarrollo tan lento que esas cosas estaban fuera de él, demasiado lejos; de vez en cuando había que pensar en ello; pero que en aquel terreno se estuviese preparando una prueba permanente, decisiva e incluso la más amarga de las pruebas, eso no se podía percibir. Pero en realidad, los intentos de contraer matrimonio fueron el más grandioso y esperanzador intento de salvación: grandioso en la misma medida fue después, por otra parte, el fracaso.

Como en este terreno todo me sale mal, me temo que tampoco conseguiré hacerte comprender esos proyectos matrimoniales. Y sin embargo el éxito de toda esta carta de- pende de ello, pues por un lado, en esos intentos concurrían todas las fuerzas positivas de que yo disponía, por otro lado concurrían también en ellos, con una especie de frenesí, todas las fuerzas negativas que he descrito como uno de los resultados de tu educación, o sea, la debilidad, la falta de confianza en mí mismo, el sentimiento de culpa, levantando literalmente una barrera entre el matrimonio y yo. La explicación también me resultará difícil porque, de tanto pensar y darle tantas vueltas a todo eso durante tantos días y tantas noches, basta que lo tenga delante de mí para que se me nuble la vista. Sólo me facilita esta explicación tu manera, en mi opinión completamente equivocada, de entender el asunto. Corregir un poco esa interpretación tuya tan absolutamente errónea no me parece excesivamente difícil.

En primer lugar, tú pones los frustrados proyectos de matrimonio a la altura de mis otros fracasos; yo no tendría nada que oponer a ello, a condición de que aceptaras la explicación que he dado de mi fracaso. Está en efecto en esa misma línea, pero tú subestimas la importancia del asunto y la subestimas hasta tal punto que, cuando hablamos los dos de eso, en el fondo estamos hablando de cosas totalmente distintas. Me atrevo a decir que en toda tu vida no te ha sucedido nada que haya tenido para ti una importancia semejante a la que han tenido para mí mis tentativas de matrimonio. Con ello no quiero decir que tú no hayas vivido experiencias tan importantes en sí mismas, al contrario, tu vida ha sido mucho más rica, más llena de preocupaciones y de apremio que la mía, pero precisamente por eso no te ha ocurrido nada semejante. Es como si uno tiene que subir cinco escalones bajos y otro un solo escalón, pero tan alto, al menos para él, como esos otros cinco juntos; el primero no sólo subirá esos cinco sino cien y mil más, habrá llevado una vida intensa y esforzada, pero ninguno de los escalones que ha subido habrá tenido para él una importancia semejante a la que tuvo para el otro aquel escalón primero y único, demasiado alto para las fuerzas de que dispone, un escalón que no puede remontar y más arriba del cual, evidentemente, tampoco llegará nunca.

Casarse, fundar una familia, aceptar todos los hijos que vengan, mantenerlos en este mundo inseguro y hasta guiarlos un poco es, estoy convencido, lo máximo que puede conseguir un ser humano. Que aparentemente lo consigan tantos, y tan fácilmente, no es una prueba en contra, pues en primer lugar no son muchos los que realmente lo consiguen, y en segundo lugar, esos no-muchos casi nunca lo "hacen", sino que simplemente es algo que les "sucede"; eso no es, ciertamente, ese grado máximo, pero sigue siendo algo muy grande y muy decoroso (sobre todo porque "hacer" y "suceder" no se pueden separar limpiamente). Y finalmente tampoco se trata en absoluto de ese máximo, sino de una lejana pero aceptable aproximación; no es necesario volar hasta el centro del sol, pero sí arrastrarse hasta algún lugar de la tierra, pequeño y limpio, donde a veces brille el sol y uno pueda calentarse un poco.

¿Cuál era mi preparación? La peor que se pueda imaginar. Se deduce ya de lo dicho hasta ahora. Pero en la medida en que el individuo se prepara directamente a ello y hay una creación directa de las condiciones generales básicas, tú no interviniste gran cosa desde fuera. Tampoco hubiera sido posible que lo hicieras, en ese terreno son determinantes la moral sexual de una clase social, de un pueblo y de una época concreta. Pero de todos modos sí que interviniste ahí, no mucho, pues la condición previa de esa intervención no puede ser sino una sólida confianza mutua, y ésa nos faltaba a los dos hacía ya tiempo en la época decisiva, y tampoco lo hiciste de un modo muy feliz, puesto que nuestras necesidades eran muy diferentes; lo que a mí me fascina, a ti puede dejarte frío, y al revés, lo que para ti es inocencia puede ser culpabilidad para mí, y al revés, lo que para ti carece de consecuencias puede ser la tapa de mi ataúd.

Recuerdo que una tarde iba yo de paseo contigo y con la madre, era en la Josephplatz, cerca de donde está hoy el Länderbank, y empecé a hablar de aquellos temas interesantes de una manera tonta y dándome tono, con aires de superioridad, orgulloso, distanciado (no era cierto), frío (era auténtico) y balbuciente, como solía hablar contigo casi siempre, y os eché en cara que no me hubierais explicado esas cosas, que habían tenido que ser los compañeros quienes se encargaron de ello, que me habían acechado peligros graves (en eso mentía descaradamente, como es mi estilo, para hacerme el valiente, porque debido a mi timidez yo no tenía una idea medio clara de esos "peligros graves"), pero al final di a entender que por fortuna ya lo sabía todo, que ya no necesitaba consejos y que todo estaba arreglado. Si había empezado a hablar de eso, era sobre todo porque me apetecía cuando menos hablar de eso, después por curiosidad y por último también para vengarme de vosotros por quién sabe qué cosas. Tú tomaste aquello, de acuerdo con tu carácter, con la mayor naturalidad, te limitaste a decir más o menos que podías darme un consejo acerca de cómo podía practicar esas cosas sin peligro. Quizás quise yo provocar justamente una respuesta así, pues es la que convenía a la lascivia de aquel niño atiborrado de carne y de cosas buenas, sin ninguna actividad física, perpetuamente ocupado consigo mismo, pero sin embargo mi pudor exterior sufrió tal ofensa, o yo creí que tenía que sufrirla, que, contra mi voluntad, ya no pude hablar contigo de aquello y, soberbio e insolente, corté la conversación.

No es fácil enjuiciar tu respuesta de entonces, por un lado es de una aplastante y, por así decir, primigenia sinceridad, por otra parte, en lo que respecta a la lección como tal, de una falta de escrúpulos perfectamente moderna. No sé qué edad tenía yo entonces, mucho más de dieciséis años seguro que no. Para un muchacho así era sin duda una respuesta bien extraña, y la distancia entre nosotros dos también resulta evidente si se piensa que aquélla fue en el fondo la primera lección directa sobre la vida que recibí de ti. Pero su verdadera significación, que ya entonces penetró en mi interior y no volvió a emerger hasta mucho más tarde, fue la siguiente: lo que tú me aconsejaste hacer entonces era, en tu opinión y mucho más aún en mi opinión de entonces, lo más sucio que podía haber. Si querías encargarte de que yo no trajese a casa físicamente nada de aquella suciedad, eso era secundario, con ello sólo te protegías tú y tu casa.

Lo esencial era, en cambio, que tú te mantenías al margen de lo que aconsejabas, un hombre casado, un hombre puro, que está por encima de esas cosas. Eso probablemente era entonces tanto más grave para mí por el hecho de que también el matrimonio me parecía algo impúdico y por eso me era imposible aplicar a mis padres las generalidades que yo había oído contar sobre el matrimonio. Con ello te volviste aún más puro, te elevaste a una esfera aún más alta. La idea de que, antes de casarte, te hubieses podido dar a ti mismo un consejo semejante me resultaba completamente impensable. Así que en ti no quedaba ni siquiera un pequeño residuo de inmundicia terrestre. Y fuiste precisamente tú quien, con unas cuantas palabras claras, me hundiste en esa inmundicia, como si yo estuviese destinado a ella. O sea, que si el mundo constaba sólo de tu persona y la mía, una idea que me resultaba muy familiar, entonces la pureza del mundo terminaba contigo, y conmigo, en virtud de tu consejo, empezaba la suciedad. En sí era incomprensible que me condenaras de esa manera, sólo una vieja culpa y un hondísimo desprecio de tu parte podían explicarme tal cosa. Y así, una vez más, estaba yo tocado, y muy gravemente, en lo más íntimo de mi ser.

Es quizás aquí donde se hace más evidente nuestra falta de culpa. A le da a B un consejo sincero adecuado a su propio concepto de la vida, un consejo no muy hermoso pero que hoy en día es perfectamente normal en una ciudad y que tal vez evite consecuencias nocivas para la salud. Ese consejo no es moralmente muy edificante para B, pero por qué no va a poder superar con el tiempo el daño que eso le haya podido causar, y por lo demás no tiene por qué seguir ese consejo, y en cualquier caso ese consejo no constituye de por sí motivo suficiente para que a B se le derrumbe todo su porvenir. Y sin embargo, algo de ese género es lo que sucede, pero sólo porque tú eres A y yo soy B.

Esa falta de culpa de los dos la veo también con toda claridad debido a un choque semejante que volvió a haber entre nosotros, en una situación completamente distinta, unos veinte años después: el hecho como tal fue atroz, pero ya mucho menos nocivo, porque a mis treinta y seis años ¿dónde había en mí nada que todavía pudiera sufrir un daño? Me refiero a una breve explicación que tuvimos uno de aquellos agitados días que siguieron a mi anuncio de mi último proyecto matrimonial.

Me dijiste más o menos lo siguiente: "Probablemente se pensó muy bien la blusa que se ponía, de eso entienden mucho las judías de Praga, y, acto seguido, tú decidiste naturalmente casarte con ella. Y además lo antes posible, la semana que viene, mañana, hoy. No te comprendo, eres una persona adulta, vives en una ciudad, y no tienes otro recurso que casarte enseguida con la primera mujer que te sale al paso. ¿No hay otras posibilidades? Si te da miedo, yo mismo iré contigo".

Dijiste cosas más claras y más detalladas, pero no me acuerdo de los pormenores, también es posible que tuviese como una nube delante de los ojos, casi me interesaba más mi madre, que, aunque totalmente de acuerdo contigo, cogió no sé qué cosa de la mesa y se marchó con ella de la habitación.

Creo que nunca me has humillado más con tus palabras y que nunca me has mostrado más claramente tu desprecio. Cuando veinte años antes hablaste conmigo de un modo parecido, hasta se habría podido ver en ello, desde tu perspectiva, un cierto respeto ante ese adolescente precoz que, en tu opinión, ya podía ser introducido sin más rodeos en la vida. Hoy esa consideración que tuviste entonces sólo podría acrecentar el desprecio, pues el adolescente que entonces tuvo un primer arranque se ha quedado atascado y hoy no lo ves enriquecido por una sola experiencia sino veinte años más deplorable. El haberme decidido por una chica no significaba nada para ti. Tú siempre habías refrenado (inconscientemente) mi capacidad de decisión y ahora creías saber (inconscientemente) el valor que tenía. No sabías nada de mis intentos de salvarme en otras direcciones, por eso tampoco podías saber nada del proceso mental que me había llevado a ese proyecto de matrimonio, tenías que tratar de adivinarlo y adivinaste, conforme a la opinión general que tenías de mí, del modo más repugnante, primitivo, grotesco. Y no vacilaste un instante en decírmelo de un modo exactamente igual. La afrenta que así me hacías no era nada para ti en comparación con la afrenta que, en tu opinión, iba a hacerle yo a tu buen nombre con ese matrimonio.

Tú, indudablemente, puedes replicarme muchas cosas a propósito de mis proyectos matrimoniales y así lo has hecho: que no puedes tener mucho respeto de mi decisión después de haber roto y haber rehecho dos veces el compromiso con F., después de haberos obligado, a la madre y a ti, a ir dos veces inútilmente a Berlín para la pedida, etcétera. Todo eso es verdad, pero ¿cómo llegó a producirse todo eso?

La idea que sustentaba los dos proyectos matrimoniales fue totalmente correcta: fundar un hogar, independizarme. Una idea que te resulta simpática, sólo que luego, en la realidad, viene a ser como ese juego infantil en que uno coge la mano del otro y hasta la aprieta diciendo a voz en grito: "¡Eh, márchate, márchate! ¿Por qué no te vas?". Lo que en nuestro caso se complica además por el hecho de que ese "¡Márchate!" tú desde siempre lo has dicho sinceramente, puesto que, también desde siempre y sin saberlo tú mismo, me has retenido o, más exactamente, me has tenido bajo tu férula, sólo en virtud de tu forma de ser.

Aunque de modo casual, ambas jóvenes habían sido extraordinariamente bien elegidas. Otro signo más de tu absoluta falta de idea es el hecho de que puedas creer que yo, el pusilánime, vacilante, suspicaz, me decida de sopetón, por ejemplo porque me encante una blusa, a casarme. Ambos matrimonios habrían sido, por el contrario, matrimonios de razón, en el sentido de que día y noche, la primera vez años, la segunda meses, empleé en ese proyecto toda mi capacidad de raciocinio.

Ninguna de esas jóvenes ha sido un desengaño para mí, sólo yo lo he sido para ellas dos. La opinión que me merecen es hoy exactamente la misma que me merecían entonces, cuando quise casarme con ellas.

Ni tampoco ha sido el caso que yo no haya tenido en cuenta en el segundo intento las experiencias del primero, o sea, que haya obrado a la ligera. Simplemente, los casos fueron muy distintos, precisamente las experiencias anteriores me podían dar esperanzas en el segundo caso, que de todos modos tuvo muchas más posibilidades de realización que el primero. En detalles no quiero entrar aquí.

¿Por qué, entonces, no me he casado? Había obstáculos concretos, pero la vida consiste justamente en aceptar tales obstáculos. Sin embargo, el obstáculo esencial, independiente por desgracia del caso concreto, es que yo, a todas luces, no soy espiritualmente apto para el matrimonio. Eso se manifiesta en el hecho de que, desde el punto y momento en que decido casarme, no puedo dormir, la cabeza me arde día y noche, ya no vivo, desesperado doy tumbos de un lado a otro. No son realmente preocupaciones la causa de todo ello; sin duda, y de acuerdo con mi carácter melancólico y meticuloso, todo va acompañado de un sinnúmero de preocupaciones, pero éstas no son lo decisivo; las preocupaciones consuman ciertamente la obra, como los gusanos acaban con el cadáver, pero el golpe definitivo viene de otra parte. Es el agobio general que produce el miedo, la debilidad, el desprecio de mí mismo.

Voy a tratar de explicarme mejor: en esto, en los proyectos de matrimonio, concurren con más fuerza que en ningún otro aspecto de mi relación contigo, dos cosas aparentemente opuestas. El matrimonio es, sin duda, garantía de la más radical auto liberación e independencia. Yo tendría una familia, lo máximo que se puede alcanzar según mi opinión, o sea, también lo máximo que has alcanzado tú, yo sería igual a ti, toda la antigua y perpetuamente nueva ignominia y tiranía habrían pasado a la historia. Eso sería en efecto maravilloso, pero ahí está también el problema. Es demasiado, tanto no se puede alcanzar. Es como si uno estuviera prisionero y no sólo tuviese intención de evadirse, cosa que tal vez llegase a lograr, sino también, y además al mismo tiempo, de hacer obras para transformar la prisión en un palacete de recreo para uso propio. Pero si se evade, no puede hacer la obra, y si hace la obra, no puede evadirse. Si yo, dada la desdichada relación especial que me une a ti, quiero independizarme, necesito hacer algo que no tenga que ver en lo posible contigo. El matrimonio es sin duda lo más grande y confiere la independencia más noble pero al mismo tiempo está estrechamente ligado a ti. Por eso, querer evadirse por esa vía tiene algo de demencial, y cualquier tentativa casi se paga con la locura.

Es precisamente esa estrecha relación la que en parte me hace tan atractivo el matrimonio. Me imagino esa igualdad que surgiría entonces entre nosotros y que tú podrías entender como ninguna otra igualdad, tan positiva porque yo podría ser un hijo libre, agradecido, desprovisto de culpa, recto, tú un padre sin agobios, sin tiranías, comprensivo, satisfecho. Pero precisamente para llegar a eso habría que invalidar todo lo sucedido, o sea, tendríamos que eliminarnos a nosotros mismos.

Pero siendo como somos, el matrimonio me está vedado

precisamente por ser tu terreno más personal. A veces me imagino un mapamundi completamente desplegado y a ti extendido transversalmente sobre él. Y entonces me parece como si yo sólo pudiese vivir en las zonas que tú no cubres o que no están a tu alcance. Y, conforme a la idea que tengo de tu tamaño, esas zonas no son ni muchas ni muy acogedoras y, concretamente, el matrimonio no se encuentra entre ellas.

Esta comparación ya prueba de por sí que no quiero decir en modo alguno que con tu ejemplo me hayas echado fuera del matrimonio, más o menos como me echaste de la tienda. Todo lo contrario, pese a las remotas semejanzas que pueda haber. Vuestro matrimonio ha sido para mí en muchos aspectos ejemplar, ejemplar en fidelidad, ayuda recíproca, número de hijos, e incluso cuando los hijos crecieron y perturbaban cada vez más la tranquilidad, vuestro matrimonio, en cuanto tal, no quedó afectado por ello. Tal vez fue precisamente ese ejemplo el que hizo que me formase una idea tan elevada del matrimonio; si mi deseo de casarme no se ha hecho realidad, eso fue debido a otras razones. La causa está en tu relación con los hijos, de la que trata toda esta carta.

Según una opinión extendida, el miedo al matrimonio viene a veces de que se teme que los hijos le hagan pagar a uno más tarde las faltas cometidas con los propios padres. En mi caso, creo, eso no tiene demasiada importancia, pues mi sentimiento de culpa procede en realidad de ti, y además está demasiado impregnado de ese carácter único que le es propio, es más, la sensación de ser algo único pertenece a su torturante esencia: impensable que pueda darse otra vez. Pero, con todo, tengo que decir que a mí me resultaría insoportable un hijo tan mudo, abúlico, seco, decaído; si no me quedara otra salida, yo seguramente huiría lejos de él, emigraría, como querías hacer tú por culpa de mi matrimonio. O sea, mi incapacidad para el matrimonio también puede ser debida a eso.

Pero mucho más importante al respecto es el miedo en cuanto a mí mismo. Eso hay que entenderlo del siguiente modo: ya he insinuado que con mi quehacer literario y con todo lo relacionado con esa actividad he hecho pequeñas tentativas de independencia, tentativas de evasión de mínimo éxito, que apenas llevarán más lejos, hay muchas cosas que me lo confirman. Y sin embargo es mi deber, o mejor dicho, la esencia misma de mi vida, velar por ellas, no dejar que se acerque a ellas ningún peligro que yo pueda ahuyentar, y ni siquiera la posibilidad de tal peligro. El matrimonio es la posibilidad de ese peligro, aunque también la posibilidad de su mayor salvaguarda, pero a mí me basta que sea la posibilidad de un peligro. ¡Qué haría yo si el matrimonio fuera en efecto un peligro! ¡Cómo iba a poder seguir viviendo en el matrimonio con la sensación, tal vez indemostrable pero en cualquier caso innegable, de ese peligro! Sin duda, frente a ese dilema puedo vacilar, pero la decisión final está clara, tengo que renunciar. La comparación del pájaro en mano y ciento volando sólo se puede aplicar aquí muy relativamente. En la mano no tengo nada, volando está todo y sin embargo -así lo determinan las condiciones del combate y las necesidades de la vida- tengo que elegir la nada. De modo semejante tuve que proceder al elegir profesión.

Pero el mayor impedimento matrimonial es la convicción, ya imposible de eliminar, de que para tener una familia y más aún para dirigirla hace falta todo lo que he visto en ti, y además todo junto, lo bueno y lo malo, orgánicamente reunido como lo está en ti, o sea, fuerza y menosprecio del otro, salud y una cierta desmesura, elocuencia e insuficiencia, confianza en sí mismo y descontento con todos los demás, sentimiento de superioridad y tiranía, conocimiento de las personas y desconfianza respecto a la mayoría de ellas, y luego también cualidades sin ninguna faceta negativa, como laboriosidad, tenacidad, presencia de espíritu, intrepidez. De todo eso yo, en comparación, no tenía nada o muy poco, ¿y osaba casarme, viendo que incluso tú tenías que luchar duramente en el matrimonio y que hasta fracasaste con los hijos? Esa pregunta no me la planteé explícitamente, por supuesto, y tampoco respondo a ella explícitamente, de lo contrario habría intervenido en el asunto la manera habitual de ver las cosas y me habría mostrado otros hombres que, siendo distintos de ti (para mencionar a uno que tienes cerca y es muy diferente: el tío Richard), se han casado y desde luego no se han derrumbado bajo esa carga, lo cual ya es mucho y a mí me habría bastado y sobrado.

Pero yo esa pregunta no me la formulaba, sino que la vivía desde la infancia. Yo no sólo me ponía a prueba en lo relativo al matrimonio, sino en cosas sin importancia; y en esas cosas sin importancia tú, con tu ejemplo y con tu educación, tal y como he tratado de describirlos, me convenciste de mi incapacidad, y lo que era cierto en cualquier bagatela y te daba la razón, tenía que ser terriblemente cierto en cuanto a lo más grande, el matrimonio. Hasta que hice esos proyectos de matrimonio, viví más o menos como un hombre de negocios, que, aunque preocupado y con malos presentimientos, vive al día sin llevar cuentas exactas.

De vez en cuando obtiene pequeños beneficios, que por ser tan poco frecuentes él ensalza y aumenta con la imaginación, y, por lo demás, sólo pérdidas día tras día. Todo lo apunta en los libros de cuentas, pero nunca hace balance. Llega entonces el balance, o sea el proyecto de matrimonio. Y tratándose, como se trata, de tan grandes sumas, es como si nunca hubiese habido el menor beneficio, todo es un único y enorme déficit. ¡Y ahora cásate sin volverte loco!

En esto acaba la vida que he llevado contigo hasta ahora, y éstas son las perspectivas de futuro.

Una vez visto mi modo de explicar el miedo que te tengo, podrías responder: "Tú afirmas que yo simplifico las cosas cuando te doy toda la culpa de la relación que tengo contigo, pero creo que tú, pese a tus aparentes esfuerzos, simplificas cuando menos tanto como yo y además lo haces de manera mucho más ventajosa para ti. En primer lugar, tú también rechazas cualquier culpa o responsabilidad de tu parte, en eso procedemos, pues, de la misma manera. Pero mientras que yo con toda sinceridad, tal y como lo pienso, te inculpo únicamente a ti, tú quieres ser al mismo tiempo ´superlisto´ y ´superdelicado´ absolviéndome también a mí de toda culpa. Esto último, obviamente, sólo lo consigues en apariencia (y eso es lo que quieres), y a pesar de toda tu ´fraseología´ sobre esencia y naturaleza y contraste y desvalimiento, lo que resulta entre líneas es que yo he sido en realidad el agresor, mientras que tú, todo lo que has hecho, lo hiciste en defensa propia. Con esa falta de sinceridad, ya habrías conseguido bastante, pues has demostrado tres cosas, primero que eres inocente, segundo que yo soy culpable, y tercero que tú, por pura magnanimidad, estás dispuesto no sólo a perdonarme sino incluso -lo que es más pero también menos a probar y hasta a creer -en contra por supuesto de la verdad- que también yo soy inocente. Con eso ya te podría bastar, pero todavía no te basta. Se te ha metido en la cabeza que vives enteramente a mi costa. Admito que luchamos el uno contra el otro, pero hay dos clases de lucha. La lucha entre caballeros, en la que miden las fuerzas adversarios independientes: cada uno está solo, pierde solo, vence solo. Y la lucha del parásito, que no sólo pica sino que chupa instantáneamente la sangre que necesita para vivir. Eso es en el fondo el soldado profesional y eso eres tú también. Eres incapaz de vivir; pero con el fin de instalarte en la vida cómodamente, libre de preocupaciones y sin reprocharte nada, demuestras que yo te he quitado toda la capacidad de vivir y que me la he metido en el bolsillo. Qué te importa entonces no ser capaz de vivir, yo soy el culpable de ello, tú en cambio te tumbas tranquilamente y dejas que yo te arrastre, física y espiritualmente, por la vida. Un ejemplo: cuando hace poco querías casarte, querías al mismo tiempo no casarte, eso lo admites en esta carta, pero, para no complicarte la vida, querías que yo te ayudase a no casarte prohibiéndote ese casamiento por la "deshonra" que tal enlace haría recaer sobre mi apellido. Eso, sin embargo, no se me ha pasado jamás por las mientes.

En primer lugar, yo nunca he querido "impedir que seas feliz", ni en ese punto ni en ningún otro, y en segundo lugar no quiero en absoluto que mi hijo me haga semejante reproche. ¿Pero me ha servido de algo el haberme dominado y haberte dado plena libertad para que te casaras? Mi aversión a ese casamiento no lo hubiera impedido, al contrario, habría sido un estímulo más para que te casaras con esa muchacha, pues la "tentativa de evasión", como tú lo llamas, habría sido así perfecta. Y el haberte dado permiso para casarte no ha impedido que me hagas reproches, puesto que demuestras que de todos modos soy yo quien tiene la culpa de que no te hayas casado. Pero en el fondo, en este punto y en todos los demás, tú a mí no me has demostrado sino que todos mis reproches estaban justificados y que aún faltaba uno que estaba más justificado que los demás: el reproche de falsedad, de servilismo, de parasitismo. Si no me equivoco, también con esta misma carta estás viviendo a mis expensas, como un parásito".

A ello respondo que la totalidad de esa objeción, que en parte puede volverse contra ti

mismo, no viene de ti sino de mí, precisamente. Esa desconfianza que tú tienes hacia todo no es, sin embargo, tan grande como la que yo tengo frente a mí mismo y en la que tú me has educado. No le niego una cierta legitimidad a esa objeción tuya, que además aporta nuevos aspectos a la caracterización de nuestras relaciones.

Como es natural, las cosas no pueden encajar unas con otras en la realidad como encajan las pruebas en mi carta, la vida es algo más que un rompecabezas; pero con la corrección que resulta de esa objeción, una corrección que no puedo ni quiero exponer con detalle, se ha llegado, a mi juicio, a algo tan cercano a la verdad que nos puede dar a ambos un poco de sosiego y hacernos más fáciles la vida y la muerte.

UN MENSAJE IMPERIAL

El Emperador, tal va una parábola, te ha mandado, humilde sujeto, que eres la insignificante sombra arrinconándose en la más recóndita distancia del sol imperial, un mensaje: el Emperador desde su lecho de muerte te ha mandado un mensaje para ti únicamente. Ha comandado al mensajero a arrodillarse junto a la cama, y ha susurrado el mensaje; ha puesto tanta importancia al mensaje, que ha ordenado al mensajero se lo repita en el oído. Luego, con un movimiento de cabeza, ha confirmado que está correcto. Sí, ante los congregados espectadores de su muerte —toda pared obstructora ha sido tumbada, y en las espaciosas y colosalmente altas escaleras están en un círculo los grandes príncipes del Imperio— ante todos ellos él ha mandado su mensaje.

El mensajero inmediatamente embarca en su viaje; es un poderoso, infatigable hombre; ahora empujando con su brazo diestro, ahora con el siniestro, taja un camino al través de la multitud; si encuentra resistencia, apunta a su pecho, donde el símbolo del sol repica de luz; al contrario de otro hombre cualquiera, su camino así se le facilita. Mas las multitudes son tan vastas; sus números no tienen fin. Si tan sólo pudiera alcanzar los amplios campos, cuán rápido él volaría, y pronto, sin duda alguna, escucharías el bienvenido martilleo de sus puños en tu puerta.

Pero, en vez, cómo vanamente gasta sus fuerzas; aún todavía traza su camino tras las cámaras del profundo interior del palacio; nunca llegará al final de ellas; y si lo lograra, nada se lograría en ello; él debe, tras aquello, luchar durante su camino hacia abajo por las escaleras; y si lo lograra, nada se lograría en ello; todavía tiene que cruzar las cortes; y tras las cortes, el segundo palacio externo; y una vez más, más escaleras y cortes; y de nuevo otro palacio; y así por miles de años; y por si al fin llegara a lanzarse afuera, tras la última puerta del último palacio —pero nunca, nunca podría llegar eso a suceder—, la capital imperial, centro del mundo, caería ante él, apretada a explotar con sus propios sedimentos. Nadie podría luchar y salir de ahí, ni siquiera con el mensaje de un hombre muerto. Mas te sientas tras la ventana, al caer la noche, y te lo imaginas, en sueños.

UN ARTISTA DEL HAMBRE

En los últimos decenios, el interés por los ayunadores ha disminuido muchísimo. Antes era un buen negocio organizar grandes exhibiciones de este género como espectáculo independiente, cosa que hoy, en cambio, es imposible del todo. Eran otros los tiempos. Entonces, toda la ciudad se ocupaba del ayunador; aumentaba su interés a cada día de ayuno; todos querían verlo siquiera una vez al día; en los últimos del ayuno no faltaba quien se estuviera días enteros sentado ante la pequeña jaula del ayunador; había, además, exhibiciones nocturnas, cuyo efecto era realzado por medio de antorchas; en los días buenos, se sacaba la jaula al aire libre, y era entonces cuando les mostraban el ayunador a los niños. Para los adultos aquello solía no ser más que una broma, en la que tomaban parte medio por moda; pero los niños, cogidos de las manos por prudencia, miraban asombrados y boquiabiertos a aquel hombre pálido, con camiseta oscura, de costillas salientes, que, desdeñando un asiento, permanecía tendido en la paja esparcida por el suelo, y saludaba, a veces, cortésmente o respondía con forzada sonrisa a las preguntas que se le dirigían o sacaba, quizá, un brazo por entre los hierros para hacer notar su delgadez, y volvía después a sumirse en su propio interior, sin preocuparse de nadie ni de nada, ni siquiera de la marcha del reloj, para él tan importante, única pieza de mobiliario que se veía en su jaula. Entonces se quedaba mirando al vacío, delante de sí, con ojos semicerrados, y sólo de cuando en cuando bebía en un diminuto vaso un sorbito de agua para humedecerse los labios.

Aparte de los espectadores que sin cesar se renovaban, había allí vigilantes permanentes, designados por el público (los cuales, y no deja de ser curioso, solían ser carniceros); siempre debían estar tres al mismo tiempo, y tenían la misión de observar día y noche al ayunador para evitar que, por cualquier recóndito método, pudiera tomar alimento. Pero esto era sólo una formalidad introducida para tranquilidad de las masas, pues los iniciados sabían muy bien que el ayunador, durante el tiempo del ayuno, en ninguna circunstancia, ni aun a la fuerza, tomaría la más mínima porción de alimento; el honor de su profesión se lo prohibía.

A la verdad, no todos los vigilantes eran capaces de comprender tal cosa; muchas veces había grupos de vigilantes nocturnos que ejercían su vigilancia muy débilmente, se juntaban adrede en cualquier rincón y allí se sumían en los lances de un juego de cartas con la manifiesta intención de otorgar al ayunador un pequeño respiro, durante el cual, a su modo de ver, podría sacar secretas provisiones, no se sabía de dónde. Nada atormentaba tanto al ayunador como tales vigilantes; lo atribulaban; le hacían espantosamente difícil su ayuno. A veces, sobreponiéndose a su debilidad cantaba durante todo el tiempo que duraba aquella guardia, mientras le quedase aliento, para mostrar a aquellas gentes la injusticia de sus sospechas. Pero de poco le servía, porque entonces se admiraban de su habilidad que hasta le permitía comer mientras cantaba.

Muy preferibles eran, para él, los vigilantes que se pegaban a las rejas, y que, no contentándose con la turbia iluminación nocturna de la sala, le lanzaban a cada momento el rayo de las lámparas eléctricas de bolsillo que ponía a su disposición el empresario. La luz cruda no lo molestaba; en general no llegaba a dormir, pero quedar traspuesto un poco podía hacerlo con cualquier luz, a cualquier hora y hasta con la sala llena de una estrepitosa muchedumbre. Estaba siempre dispuesto a pasar toda la noche en vela con tales vigilantes; estaba dispuesto a bromear con ellos, a contarles historias de su vida vagabunda y a oír, en cambio, las suyas, sólo para mantenerse despierto, para poder mostrarles de nuevo que no tenía en la jaula nada comestible y que soportaba el hambre como no podría hacerlo ninguno de ellos. Pero cuando se sentía más dichoso era al llegar la mañana, y por su cuenta les era servido a los vigilantes un abundante desayuno, sobre el cual se arrojaban con el apetito de hombres robustos que han pasado una noche de trabajosa vigilia. Cierto que no faltaban gentes que quisieran ver en este desayuno un grosero soborno de los vigilantes, pero la cosa seguía haciéndose, y si se les preguntaba si querían tomar a su cargo, sin desayuno, la guardia nocturna, no renunciaban a él, pero conservaban siempre sus sospechas.

Pero éstas pertenecían ya a las sospechas inherentes a la profesión del ayunador. Nadie estaba en situación de poder pasar, ininterrumpidamente, días y noches como vigilante junto al ayunador; nadie, por tanto, podía saber por experiencia propia si realmente había ayunado sin interrupción y sin falta; sólo el ayunador podía saberlo, ya que él era, al mismo tiempo, un espectador de su hambre completamente satisfecho. Aunque, por otro motivo, tampoco lo estaba nunca. Acaso no era el ayuno la causa de su enflaquecimiento, tan atroz que muchos, con gran pena suya, tenían que abstenerse de frecuentar las exhibiciones por no poder sufrir su vista; tal vez su esquelética delgadez procedía de su descontento consigo mismo. Sólo él sabía—sólo él y ninguno de sus adeptos— qué fácil cosa era el suyo. Era la cosa más fácil del mundo. Verdad que no lo ocultaba, pero no le creían; en el caso más favorable, lo tomaban por modesto, pero, en general, lo juzgaban un reclamista, o un vil farsante para quien el ayuno era cosa fácil porque sabía la manera de hacerlo fácil y que tenía, además, el cinismo de dejarlo entrever. Había de aguantar todo esto, y, en el curso de los años, ya se había acostumbrado a ello; pero, en su interior, siempre le recomía este descontento y ni una sola vez, al fin de su ayuno —esta justicia había que hacérsela—, había abandonado su jaula voluntariamente.

El empresario había fijado cuarenta días como el plazo máximo de ayuno, más allá del cual no le permitía ayunar ni siquiera en las capitales de primer orden. Y no dejaba de tener sus buenas razones para ello. Según le había enseñado su experiencia, durante cuarenta días, valiéndose de toda suerte de anuncios que fueran concentrando el interés, podía quizá aguijonearse progresivamente la curiosidad de un pueblo; mas pasado este plazo, el público se negaba a visitarle, disminuía el crédito de que gozaba el artista del hambre. Claro que en este punto podían observarse pequeñas diferencias según las ciudades y las naciones; pero, por regla general, los cuarenta días eran el período de ayuno más dilatado posible.

Por esta razón, a los cuarenta días era abierta la puerta de la jaula, ornada con una guirnalda de flores; un público entusiasmado llenaba el anfiteatro; sonaban los acordes de una banda militar, dos médicos entraban en la jaula para medir al ayunador, según normas científicas, y el resultado de la medición se anunciaba a la sala por medio de un altavoz; por último, dos señoritas, felices de haber sido elegidas para desempeñar aquel papel mediante sorteo, llegaban a la jaula y pretendían sacar de ella al ayunador y hacerle bajar un par de peldaños para conducirle ante una mesilla en la que estaba servida una comidita de enfermo cuidadosamente escogida. Y en este momento, el ayunador siempre se resistía.

Cierto que colocaba voluntariamente sus huesudos brazos en las manos que las dos damas, inclinadas sobre él, le tendían dispuestas a auxiliarle, pero no quería levantarse. ¿Por qué suspender el ayuno precisamente entonces, a los cuarenta días? Podía resistir aún mucho tiempo más, un tiempo ilimitado; ¿por qué cesar entonces, cuando estaba en lo mejor del ayuno? Por qué arrebatarle la gloria de seguir ayunando, y no sólo la de llegar a ser el mayor ayunador de todos los tiempos, cosa que probablemente ya lo era, sino también la de sobrepujarse a sí mismo hasta lo inconcebible, ¿pues no sentía límite alguno a su capacidad de ayunar? ¿Por qué aquella gente que fingía admirarlo tenía tan poca paciencia con él? ¿Si aún podía seguir ayunando, ¿por qué no querían permitírselo? Además, estaba cansado, se hallaba muy a gusto tendido en la paja, y ahora tenía que ponerse en pie cuan largo era, y acercarse a una comida, cuando con sólo pensar en ella sentía náuseas que contenía difícilmente por respeto a las damas. Y alzaba la vista para mirar los ojos de las señoritas, en apariencia tan amables, en realidad tan crueles, y movía después negativamente, sobre su débil cuello, la cabeza, que le pesaba como si fuese de plomo. Pero entonces ocurría lo de siempre; ocurría que se acercaba el empresario silenciosamente —con la música no se podía hablar—, alzaba los brazos sobre el ayunador, como si invitara al cielo a contemplar el estado en que se encontraba, sobre el montón de paja, aquel mártir digno de compasión, cosa que el pobre hombre, aunque en otro sentido, lo era; agarraba al ayunador por la sutil cintura, tomando al hacerlo exageradas precauciones, como si quisiera hacer creer que tenía entre las manos algo tan quebradizo como el vidrio; y, no sin darle una disimulada sacudida, en forma que al ayunador, sin poderlo re—mediar, se le iban a un lado y otro las piernas y el tronco, se lo entregaba a las damas, que se habían puesto entretanto mortalmente pálidas.

Entonces el ayunador sufría todos sus males: la cabeza le caía sobre el pecho, como si le diera vueltas, y, sin saber cómo, hubiera quedado en aquella postura; el cuerpo estaba como vacío; las piernas, en su afán de mantener—se en pie, apretaban sus rodillas una contra otra; los pies rascaban el suelo como si no fuera el verdadero y buscaran a éste bajo aquél; y todo el peso del cuerpo, por lo demás muy leve, caía sobre una de las damas, la cual, buscando auxilio, con cortado aliento —jamás se hubiera imaginado de este modo aquella misión honorífica—, alargaba todo lo posible su cuello para librar siquiera su rostro del contacto con el ayunador. Pero después, como no lo lograba, y su compañera, más feliz que ella, no venía en su ayuda, sino que se limitaba a llevar entre las suyas, temblorosas, el pequeño haz de huesos de la mano del ayunador, la portadora, en medio de las divertidas carcajadas de toda la sala, rompía a llorar y tenía que ser librada de su carga por un criado, de largo tiempo atrás preparado para ello.

Después venía la comida, en la cual el empresario, en el semisueño del desenjaulado, más parecido a un desmayo que a un sueño, le hacía tragar alguna cosa, en medio de una divertida charla con que apartaba la atención de los espectadores del estado en que se hallaba el ayunador. Después venía un brindis dirigido al público, que el empresario fingía dictado por el ayunador; la orquesta recalcaba todo con un gran trompeteo, se marchaba el público y nadie quedaba descontento de lo que había visto, nadie, salvo el ayunador, el artista del hambre; nadie, excepto él.

Vivió así muchos años, cortados por periódicos descansos, respetado por el mundo, en una situación de aparente esplendor; más, no obstante, casi siempre estaba de un humor melancólico, que se acentuaba cada vez más, ya que no había nadie que supiera tomarlo en serio. Con qué, además, ¿podrían consolarle? ¿Qué más podía apetecer? Y si alguna vez surgía alguien, de piadoso ánimo, que lo compadecía y quería hacerle comprender que, probablemente, su tristeza procedía del hambre, bien podía ocurrir, sobre todo si estaba ya muy avanzado el ayuno, que el ayunador le respondiera con una explosión de furia, y, con espanto de todos, comenzaba a sacudir como una fiera los hierros de la jaula. Mas para tales cosas tenía el empresario un castigo que le gustaba emplear. Disculpaba al ayunador ante el congregado público; añadía que sólo la irritabilidad provocada por el hambre, irritabilidad incomprensible en hombres bien alimentados, podía hacer disculpable la conducta del ayunador. Después, tratando de este tema, para explicarlo pasaba a rebatir la afirmación del ayunador de que le era posible ayunar mucho más tiempo del que ayunaba; alababa la noble ambición, la buena voluntad, el gran olvido de sí mismo, que claramente se revelaban en esta afirmación; pero en seguida procuraba echarla abajo sólo con mostrar unas fotografías, que eran vendidas al mismo tiempo, pues en el retrato se veía al ayunador en la cama, casi muerto de inanición, a los cuarenta días de su ayuno. Todo esto lo sabía muy bien el ayunador, pero era cada vez más intolerable para él aquella enervante deformación de la verdad. ¡Se presentaba allí como causa lo que sólo era consecuencia de la precoz terminación del ayuno! Era imposible luchar contra aquella incomprensión, contra aquel universo de estulticia. Lleno de buena fe, escuchaba ansiosamente desde su reja las palabras del empresario; pero al aparecer las fotografías, se soltaba siempre de la reja, y, sollozando, volvía a dejarse caer en la paja. El ya calmado público podía acercarse otra vez a la jaula y examinarlo a su sabor.

Unos años más tarde, si los testigos de tales escenas volvían a acordarse de ellas, notaban que se habían hecho incomprensibles hasta para ellos mismos. Es que mientras tanto se había operado el famoso cambio; sobrevino casi de repente; debía haber razones profundas para ello; pero ¿quién es capaz de hallarlas?

El caso es que cierto día, el tan mimado artista del hambre se vio abandonado por la muchedumbre ansiosa de diversiones, que prefería otros espectáculos. El empresario recorrió otra vez con él media Europa, para ver si en algún sitio hallarían aún el antiguo interés. Todo en vano: como por obra de un pacto, había nacido al mismo tiempo, en todas partes, una repulsión hacia el espectáculo del hambre. Claro que, en realidad, este fenómeno no podía haberse dado así, de repente, y, meditabundos y compungidos, recordaban ahora muchas cosas que en el tiempo de la embriaguez del triunfo no habían considerado suficientemente, presagios no atendidos como merecían serlo. Pero ahora era demasiado tarde para intentar algo en contra. Cierto que era indudable que alguna vez volvería a presentarse la época de los ayunadores; pero para los ahora vivientes, eso no era consuelo. ¿Qué debía hacer, pues, el ayunador? Aquel que había sido aclamado por las multitudes, no podía mostrarse en barracas por las ferias rurales; y para adoptar otro oficio, no sólo era el ayunador demasiado viejo, sino que estaba fanáticamente enamorado del hambre. Por tanto, se despidió del empresario, compañero de una carrera incomparable, y se hizo contratar en un gran circo, sin examinar siquiera las condiciones del contrato.

Un gran circo, con su infinidad de hombres, animales y aparatos que sin cesar se sustituyen y se complementan unos a otros, puede, en cualquier momento, utilizar a cualquier artista, aunque sea a un ayunador, si sus pretensiones son modestas, naturalmente. Además, en este caso especial, no era sólo el mismo ayunador quien era contratado, sino su antiguo y famoso nombre; y ni siquiera se podía decir, dada la singularidad de su arte, que, como al crecer la edad mengua la capacidad, un artista veterano, que ya no está en la cumbre de su poder, trata de refugiarse en un tranquilo puesto de circo; al contrario, el ayunador aseguraba, y era plenamente creíble, que lo mismo podía ayunar entonces que antes, y hasta aseguraba que si lo dejaban hacer su voluntad, cosa que al momento le prometieron, sería aquella la vez en que había de llenar al mundo de justa admiración; afirmación que provocaba una sonrisa en las gentes del oficio, que conocían el espíritu de los tiempos, del cual, en su entusiasmo, habíase olvidado el ayunador.

Mas, allá en su fondo, el ayunador no dejó de hacerse cargo de las circunstancias, y aceptó sin dificultad que no fuera colocada su jaula en el centro de la pista, como número sobresaliente, sino que se la dejara fuera, cerca de las cuadras, sitio, por lo demás, bastante concurrido. Grandes carteles, de colores chillones, rodeaban la jaula y anunciaban lo que había que admirar en ella. En los intermedios del espectáculo, cuando el público se dirigía hacia las cuadras para ver los animales, era casi inevitable que pasaran por delante del ayunador y se detuvieran allí un momento; acaso habrían permanecido más tiempo junto a él sino hicieran imposible una contemplación más larga y tranquila los empujones de los que venían detrás por el estrecho corredor, y que no comprendían que se hiciera aquella parada en el camino de las interesantes cuadras.

Por este motivo, el ayunador temía aquella hora de visitas, que, por otra parte, anhelaba como el objeto de su vida. En los primeros tiempos apenas había tenido paciencia para esperar el momento del intermedio; había contemplado, con entusiasmo, la muchedumbre que se extendía y venia hacia él, hasta que muy pronto —ni la más obstinada y casi consciente voluntad de engañarse a sí mismo se salvaba de aquella experiencia— tuvo que convencerse de que la mayor parte de aquella gente, sin excepción, no traía otro propósito que el de visitar las cuadras. Y siempre era lo mejor el ver aquella masa, así, desde lejos. Porque cuando llegaban junto a su jaula, en seguida lo aturdían los gritos e insultos de los dos partidos que inmediatamente se formaban: el de los que querían verlo cómodamente (y bien pronto llegó a ser este bando el que más apenaba al ayunador, porque se paraban, no porque les interesara lo que tenían ante los ojos, sino por llevar la contraria y fastidiar a los otros) y el de los que sólo apetecían llegar lo antes posible a las cuadras.

Una vez que había pasado el gran tropel, venían los rezagados, y también éstos, en vez de quedarse mirándolo cuanto tiempo les apeteciera, pues ya era cosa no impedida por nadie, pasaban de prisa, a paso largo, apenas concediéndole una mirada de reojo, para llegar con tiempo de ver los animales. Y era caso insólito el que viniera un padre de familia con sus hijos, mostrando con el dedo al ayunador y explicando extensamente de qué se trataba, y hablara de tiempos pasados, cuando había estado él en una exhibición análoga, pero incomparablemente más lucida que aquélla; y entonces los niños, que, a causa de su insuficiente preparación escolar y general —¿qué sabían ellos lo que era ayunar?—, seguían sin comprender lo que contemplaban, tenían un brillo en sus inquisidores ojos, en que se traslucían futuros tiempos más piadosos. Quizá estarían un poco mejor las cosas—se decía a veces el ayunador— si el lugar de la exhibición no se hallase tan cerca de las cuadras. Entonces les habría sido más fácil a las gentes elegir lo que prefirieran; aparte de que le molestaban mucho y acababan por deprimir sus fuerzas las emanaciones de las cuadras, la nocturna inquietud de los animales, el paso por delante de su jaula de los sangrientos trozos de carne con que alimentaban a los animales de presa, y los rugidos y gritos de éstos durante su comida.

Pero no se atrevía a decirlo a la Dirección, pues, si bien lo pensaba, siempre tenía que agradecer a los animales la muchedumbre de visitantes que pasaban ante él, entre los cuales, de cuando en cuando, bien se podía encontrar alguno que viniera especialmente a verle. Quién sabe en qué rincón lo meterían, si al decir algo les recordaba que aún vivía y les hacía ver, en resumidas cuentas, que no venía a ser más que un estorbo en el camino de las cuadras.

Un pequeño estorbo en todo caso, un estorbo que cada vez se hacía más diminuto. Las gentes se iban acostumbrando a la rara manía de pretender llamar la atención como ayunador en los tiempos actuales, y adquirido este hábito, quedó ya pronunciada la sentencia de muerte del ayunador. Podía ayunar cuanto quisiera, y así lo hacía. Pero nada podía ya salvarle; la gente pasaba por su lado sin verle. ¿Y si intentara explicarle a alguien el arte del ayuno? A quien no lo siente, no es posible hacérselo comprender.

Los más hermosos rótulos llegaron a ponerse sucios e ilegibles, fueron arrancados, y a nadie se le ocurrió renovarlos. La tablilla con el número de los días transcurridos desde que había comenzado el ayuno, que en los primeros tiempos era cuidadosamente mudada todos los días, hacía ya mucho tiempo que era la misma, pues al cabo de algunas semanas este pequeño trabajo habíase hecho desagradable para el personal; y de este modo, cierto que el ayunador continuó ayunando, como siempre había anhelado, y que lo hacía sin molestia, tal como en otro tiempo lo había anunciado; pero nadie contaba ya el tiempo que pasaba; nadie, ni siquiera el mismo ayunador, sabía qué número de días de ayuno llevaba alcanzados, y su corazón se llenaba de melancolía.

Y así, cierta vez, durante aquel tiempo, en que un ocioso se detuvo ante su jaula y se rio del viejo número de días consignado en la tablilla, pareciéndole imposible, y habló de engañifa y de estafa, fue ésta la más estúpida mentira que pudieron inventar la indiferencia y la malicia innata, pues no era el ayunador quien engañaba: él trabajaba honradamente, pero era el mundo quien se engañaba en cuanto a sus merecimientos.

Volvieron a pasar muchos días, pero llegó uno en que también aquello tuvo su fin. Cierta vez, un inspector se fijó en la jaula y preguntó a los criados por qué dejaban sin aprovechar aquella jaula tan utilizable que sólo contenía un podrido montón de paja. Todos lo ignoraban, hasta que, por fin, uno, al ver la tablilla del número de días, se acordó del ayunador. Removieron con horcas la paja, y en medio de ella hallaron al ayunador.

—¿Ayunas todavía? —le preguntó el inspector—. ¿Cuándo vas a cesar de una vez?

—Perdónenme todos —musitó el ayunador, pero sólo lo comprendió el inspector, que tenía el oído pegado a la reja.

—Sin duda —dijo el inspector, poniéndose el índice en la sien para indicar con ello al personal el estado mental del ayunador—, todos te perdonamos.

—Había deseado toda la vida que admiraran mi resistencia al hambre —dijo el ayunador.

—Y la admiramos —le repuso el inspector.

—Pero no deberían admirarla —dijo el ayunador.

—Bueno, pues entonces no la admiraremos —dijo entonces el inspector—; pero ¿por qué no debemos admirarte?

—Porque me es forzoso ayunar, no puedo evitarlo—dijo el ayunador.

—Eso ya se ve—dijo el inspector—; pero ¿por qué no puedes evitarlo?

—Porque—dijo el artista del hambre levantando un poco la cabeza y hablando en la misma oreja del inspector para que no se perdieran sus palabras, con labios alargados como si fuera a dar un beso—, porque no pude encontrar comida que me gustara. Si la hubiera encontrado, puedes creerlo, no habría hecho ningún cumplido y me habría hartado como tú y como todos.

Estas fueron sus últimas palabras, pero todavía, en sus ojos quebrados, se mostraba la firme convicción, aunque ya no orgullosa, de que seguiría ayunando.

—¡Limpien aquí! —ordenó el inspector, y enterraron al ayunador junto con la paja. Mas en la jaula pusieron una pantera joven. Era un gran placer, hasta para el más obtuso de sentidos, ver en aquella jaula, tanto tiempo vacío, la hermosa fiera que se revolcaba y daba saltos. Nada le faltaba. La comida que le gustaba se la traían sin largas cavilaciones sus guardianes. Ni siquiera parecía añorar la libertad. Aquel noble cuerpo, provisto de todo lo necesario para desgarrar lo que se le pusiera por delante, parecía llevar consigo la propia libertad; parecía estar escondida en cualquier rincón de su dentadura. Y la alegría de vivir brotaba con tan fuerte ardor de sus fauces, que no les era fácil a los espectadores poder hacerle frente. Pero se sobreponían a su temor, se apretaban contra la jaula y en modo alguno querían apartarse de allí.

Nuestra cantora se llama Josefina. Quien no la ha oído, no conoce el poder del canto. No hay nadie a quien su canto no arrebate, prueba de su valor, ya que en general nuestra raza no aprecia la música. La quietud es nuestra música preferida; nuestra vida es dura, y aunque intentáramos olvidar las preocupaciones cotidianas no podríamos nunca elevarnos a cosas tan alejadas de nuestra vida habitual como la música.

Pero no nos quejamos demasiado; ni siquiera nos quejamos: consideramos que nuestra máxima virtud es cierta astucia práctica, que en verdad nos es sumamente indispensable, y con esa sonriente astucia solemos consolarnos de todo, aun cuando alguna vez sintiéramos—lo que no ocurre nunca—la nostalgia de la felicidad que tal vez la música produce. Sólo Josefina es una excepción; le gusta la música, y además sabe comunicarla; es la única; con su desaparición desaparecerá también la música—quién sabe hasta cuándo— de nuestras vidas.

Muchas veces me he preguntado qué ocurre realmente con esa música. Somos totalmente amusicales; ¡cómo comprendemos entonces el canto de Josefina, o más bien, comprendemos entonces el canto de Josefina, o más bien, ya que Josefina niega nuestra compresión, creemos comprenderlo? La respuesta más simple sería que la belleza de dicho canto es tan grande que ni el espíritu más obtuso puede resistirla; pero esa respuesta es insatisfactoria. Si así fuera realmente, al oír ese canto deberíamos experimentar, ante todo y en todos los casos, la sensación de lo extraordinario, la sensación de que en esa garganta resuena algo que no hemos oído nunca, y que tampoco somos capaces de oír, y que tal vez Josefina y sólo ella nos capacita para oír.

En realidad, no es ésta mi opinión, no siento eso y no he notado que los demás lo sintieran. En círculos íntimos, no titubeamos en confesarnos que, como canto, el canto de Josefina no es nada extraordinario.

Para empezar, ¿es canto? A pesar de nuestra amusicalidad, poseemos tradiciones de canto; en la antigüedad, el canto existió entre nosotros; las leyendas lo mencionan, y hasta se conservan canciones, que desde luego ya nadie puede cantar. Por lo tanto, tenemos cierta idea de lo que es el canto, y es evidente que el canto de Josefina no corresponde a esa idea ¿Es entonces canto? ¿No será quizás un mero chillido? Todos sabemos que el chillido es la aptitud artística de nuestro pueblo, o mejor que una aptitud, una característica expresiva vital. Todos chillamos, pero a nadie se le ocurre que chillar sea un arte, chillamos sin darle importancia, hasta sin darnos cuenta, y muchos de nosotros ni siquiera saben que chillar es una de nuestras características. Por lo tanto, si fuera cierto que Josefina no canta, sino chilla, y que tal vez, como creo yo por lo menos, su chillido no sobrepasa los límites de un chillido común —hasta es posible que sus fuerzas ni si quiera alcancen par un chillido común, cuando un mero trabajador de la tierra puede chillar todo el día, mientras trabaja, sin cansarse—; si todo esto fuera cierto, entonces quedaría inmediatamente refutadas la pretensiones artísticas de Josefina, peor todavía faltaría resolver el enigma de su inmenso efecto.

Porque después de todo, lo que ella emite es un simple chillido. Si uno se coloca bien lejos y la escucha, o todavía mejor, si para poner a prueba su discernimiento trata de reconocer la voz de Josefina cuando ésta canta en medio de otras voces, sólo distingue, sin lugar a dudas, un vulgar chillido, que en el mejor de los casos apenas se diferencia por su delicadez o su debilidad. Y sin embargo, si no está ante ella, ya no oye un simple chillido; para comprender su arte es necesario no sólo oírla, sino también verla. Aun cuando sólo fuera nuestro chillido cotidiano, nos encontramos ante todo con la peculiaridad de alguien que se prepara solemnemente para ejecutar un acto cotidiano.

Cascar una nuez no es realmente un arte, y en consecuencia nadie se atrevería a congregar a un auditorio para entretenerlo entonces ya no se trata meramente de cascar nueces. O tal vez se trate meramente de cascar nueces, pero entonces descubrimos que nos hemos despreocupado totalmente de dicho arte porque lo dominábamos demasiado, y este nuevo cascador de nueces nos muestra por primera vez la esencia real del arte, al punto que podría convenirle, para un mayor efecto, ser un poco menos hábil en cascar nueces que la mayoría de nosotros.

Tal vez acontece lo mismo con el canto de Josefina; admiramos en ella lo que no admiramos en nosotros; por otra parte, ella está en ese sentido totalmente de acuerdo con nosotros. Yo me encontraba presente una vez que alguien, como a menudo ocurre, se refirió al chillido popular, tan difundido, y en verdad se refirió muy tímidamente, pero para Josefina era más que suficiente. No he visto nunca una sonrisa tan sarcástica y arrogante como la suya en ese momento; ella, que es la personificación de la perfecta delicadeza, y hasta se destaca por su delicadeza entre nuestro pueblo, tan rico en finos tipos femeninos, llegó a parecer en ese instante francamente vulgar; pero su gran sensibilidad la permitió darse cuenta, y se dominó.

De todos modos, niega toda relación entre su arte y el chillido. Sólo siente desprecio hacia los que son de opinión contraria, y probablemente odio inconfesado. Esto no es simple vanidad, porque dichos opositores, entre los que en cierto modo me cuento, no la admiran seguramente menos que la multitud, pero Josefina no se conforma con la mera admiración, quiere ser admirada exactamente de la manera que ella prescribe; la simple admiración no le importa. Y cuando uno está frente a ella, la comprende; la oposición sólo es posible desde lejos; cuando uno está frente a ella, sabe: lo que chilla no son chillidos.

Como chillar es uno de nuestros hábitos inconscientes, podría suponerse que también en el auditorio de Josefina se oyen chillidos; nos encanta su arte, y cuando estamos encantados, chillamos; pero su auditorio no chillo, guarda un silencio de ratón; como si nos volviéramos partícipes de la anhelada calma, de la que nuestro chillar nos apartaría, callamos ¿No extasía su canto, o no será más bien el solemne silencio que envuelve su débil vocecita? Sucedió una vez que una tonta criatura comenzó también a chillar, con toda inocencia, mientras Josefina cantaba.

Ahora bien, era exactamente lo mismo que Josefina nos hacía oír; frente a nosotros, su chillidos cada vez más débiles, a pesar de todos los ensayos, y en medio del público, el chillido infantil e involuntario; hubiera sido imposible señalar una diferencia; y sin embargo silbamos y siseamos inmediatamente a la intrusa, aunque en realidad era totalmente innecesario, porque ésta se habría retirado de todos modos arrastrándose de terror y vergüenza, mientras Josefina lanzaba su chillidos triunfal y en un completo éxtasis extendía los brazos y estiraba el cuello hasta más no poder.

Por otra parte, siempre ocurre así, cualquier pequeñez, cualquier contingencia, cualquier contrariedad, un crujido del suelo, un rechinar de dientes, un defecto de la iluminación le sirve de pretexto para realzar el efecto de su canto; cree cantar sin embargo ante oídos sordos; aprobación y aplauso no le faltan, pero sí verdadera compresión, según ella, y hace tiempo que se resignó a la incomprensión. Por eso le agradaban tanto las interrupciones; cualquier circunstancia exterior que se oponga a la pureza de su canto, que pueda ser vencida con poco esfuerzo, o hasta sin esfuerzo, simplemente afrontarla, puede contribuir a despertar a la multitud, y a enseñarle, si no la comprensión, por lo menos un supersticioso respeto.

Si así le sirven las pequeñeces ¡cuánto más las grandes contingencias! Nuestra vida es muy inquieta, cada día nos trae nuevas sorpresas, temores, esperanzas y sustos, que el individuo aislado no podría soportar si no contara día y noche, siempre, con el apoyo de sus camaradas; pero aun así sería bastante difícil; muchas veces miles de espaldas tambalean bajo una carga destinada a uno solo. Entonces Josefina considera que ha llegado su hora. Se yergue, delicada criatura; su pecho vibra angustiosamente, como si hubiera concentrado todas sus fuerzas en el canto, como si se hubiera despojado de todo lo que en ella no es directamente necesario al canto, toda fuerza, toda manifestación de vida casi, como si se hubiera desnudado, abandonado, entregado totalmente a la protección de los ángeles guardianes, como si en su total arrobamiento en la música un solo hálito frío pudiera matarla. Pero Justamente cuando así aparece los que nos decimos oponentes solemos comentar:

—Ni siquiera puede chillar; tiene que esforzarse tan horriblemente no para cantar (no hablemos de cantar), sino para obtener algo vagamente parecido al chillido habitual del país.

Así comentamos, pero esta impresión, como he dicho

inevitablemente, es sin embargo fugaz, y rápidamente desaparece. Pronto, también nosotros nos sumergimos en el sentimiento de la multitud, que en cálida proximidad escucha, conteniendo el aliento.

Y para reunir en torno a ella esta multitud de gente de nuestro pueblo, un pueblo casi siempre en movimiento, que corre de un lado para otro por motivos no siempre muy claros, le basta a Josefina generalmente echar la cabecita hacia atrás, entreabrir la boca, volver los ojos hacia lo alto, y adoptar en general la posición que anuncia su intención de cantar. Puede hacer esto donde se le ocurra, no hace falta que sea un lugar visible desde lejos, cualquier rincón escondido y escogido al azar según el capricho del instante, le sirve. La noticia de que va a cantar se difunde inmediatamente, y pronto acuden enteras procesiones. Claro que a veces surge inconvenientes, porque Josefina canta preferentemente en tiempos de agitación; múltiples preocupaciones y peligros nos obligan a seguir caminos divergentes, a pesar de la mejor voluntad no podemos reunirnos tan rápidamente como josefina desearía, y se ve obligada a esperar cierto tiempo suficiente; entonces se pone francamente furiosa, patalea, maldice de manera muy poco virginal; hasta llega a morder. Pero ni siquiera semejante conducta perjudica su reputación; en vez de contener sus exageradas pretensiones, todos se refuerzan por satisfacerlas; se envían mensajeros para convocar más público; se le oculta esta circunstancia; por todos los caminos de los alrededores se ven centinelas apostados, que hace señales a los concurrentes para que se apresure; esto continúa hasta reunir un auditorio tolerable.

¿Qué impulsa a la gente a molestarse tanto por Josefina? Problema tan difícil de resolver como el del canto de Josefina, y estrechamente relacionado con él. Se podría suprimirlo, e incluirlo totalmente en el segundo problema mencionado, si fuera posible asegurar que en consideración a su canto la gente es incondicionalmente adicta a Josefina. Pero no es éste el caso; nuestro pueblo desconoce casi la adhesión incondicional; nuestro pueblo, que ama sobre toda la astucia inocua, el susurro infantil y la charla inocente y superficial, ese pueblo no puede en ningún caso entregarse incondicionalmente, y Josefina lo sabe muy bien, y justamente contra eso combate con todo el vigor de su débil garganta.

Por supuesto, no debemos exagerar las consecuencias de estas consideraciones tan generales; el pueblo es adicto a Josefina, pero no lo es incondicionalmente. Por ejemplo, no sería capaz de reírse de ella. Llega a admitir que muchos aspectos de Josefina son risibles; y la risa es de por sí una de nuestras características constantes; a pesar de todas las miserias de nuestra existencia, la risa moderada es en cierto modo nuestra habitual compañera; pero de Josefina no nos reímos. A menudo tengo la impresión de que el pueblo concibe su relación con Josefina como si este ser frágil, indefenso, y en cierto modo notable (según ella notable por su poder lírico), le estuviera confiado, y él debiera cuidar de ella; el motivo no es claro para nadie; pero el hecho parece indiscutible. Pero nadie se ríe de lo que le han confiado: reírse sería faltar al deber; la máxima malicia de que a veces son capaces los maliciosos al hablar de Josefina es ésta: "La risa no se acaba cuando vemos a Josefina".

Así cuida el pueblo de Josefina, como el padre cuida a la criatura que le tiene su manecita, no se sabe bien si para pedir o para exigir. Podría creerse que nuestro pueblo no es capaz de desempeñar esas funciones paternales, pero en realidad, y por lo menos en este caso, las desempeña admirablemente; ningún individuo aislado podría hacer lo que hace en este sentido la totalidad del pueblo. Desde luego, la diferencia de fuerza entre el pueblo y el individuo es tan extraordinaria, que basta que atraiga al protegido al calor de su proximidad, para que éste esté suficientemente protegido. Pero nadie se atreve a hablar de estos temas con Josefina. "Me burlo de vuestra protección", dice en esos casos. Sí, í, búrlate, pensamos. Y en realidad, su rebelión y gratitud son infantiles, y el deber de un padre es pasarlas por alto.

Pero hay algo en las relaciones entre el pueblo y Josefina que es más difícil de explicar todavía. Y es esto. Josefina no sólo no cree que el pueblo la protege, cree que es ella quien protege al pueblo. Piensa que su canto nos salva en las crisis políticas o económicas, nada menos, y cuando no aleja la desgracia, por lo menos nos inspira fuerza para soportarla. Ella no lo dice, ni explícitamente ni implícitamente, porque en verdad que habla poco, se calla entre los charlatanes, pero lo dicen los destellos de sus ojos, y lo pro—clama su boca cerrada (en nuestro pueblo, pocos pueden tener la boca cerrada; ella puede).

A cada mala noticia —y hay días en que las malas noticias abundan, incluyendo las falsas y semi verdaderas— ella se yergue, porque generalmente está tendida de abarcar con la mirada a su rebaño, como el pastor ante la tormenta. Se sabe que también los niños suelen aducir pretensiones análogas, en su irreprimible e impetuosa puerilidad, pero en Josefina no son tan infundadas como en ellos. Es verdad que no nos salva, ni nos infunde de ninguna fuerza especial; es fácil adoptar el papel de salvador de nuestro pueblo, habituado al sufrimiento, temerario, de rápidas decisiones, conocedor del rostro de la muerte, sólo aparentemente tímido en esa atmósfera de audacia que sin cesar lo rodea, y además tan fecundo como arriesgado; es fácil, digo, considerarse a posterori el salvador de este pueblo que siempre ha sabido de algún modo salvarse a sí mismo, aun a costa de sacrificios que estremecen de espanto al historiador (aunque en general descuidamos por completo el estudio de la historia). Y sin embargo también es verdad que en las situaciones angustiosas escuchamos mejor que en otras ocasiones la voz de Josefina. Las amenazas suspendidas sobre nosotros nos vuelven más silenciosos, más humildes, más dóciles a la dominación de Josefina; con gusto nos reunimos, con gusto nos apiñamos, especialmente porque la ocasión tiene tan poco que ver con nuestra torturante preocupación; es como si bebiéramos apresuradamente —sí, hay que darse prisa, demasiado a menudo Josefina se olvida de esta circunstancia— una copa común de paz antes de batalla. Es menos un concierto de canto que una asamblea popular, y en verdad, una asamblea donde exceptuando el débil chillido de Josefina impera un absoluto silencio; la hora es demasiado seria para desperdiciar en charlas.

Una relación de este tipo, naturalmente, no satisface a Josefina. A pesar de su inquietud y su nerviosidad, consecuencias de lo indefinido de su posición, hay muchas cosas que no ve, cegada por sus engreimientos, y sin mayor esfuerzo puede conseguirse que pase por alto muchas otras; un enjambre de aduladores se ocupa constantemente de esto, rindiendo un verdadero servicio público; pero cantar en un rincón de una asamblea popular, inadvertida, secundaria, aunque en sí sería deshonroso, ella no lo consentiría jamás, y preferiría negarnos el don de su canto.

Pero esto no es necesario, porque su arte no pasa inadvertido. Aunque en el fondo estamos preocupados por cosas muy diferentes, y el silencio reina no sólo porque ella canta, y muchos ni siquiera miran, y prefieren hundir el rostro en la piel del vecino, y Josefina parece por lo tanto esforzarse inútil—mente en su escenario, hay algo sin embargo en su canto —y esto no puede negarse—que nos conmueve. Esos chillidos que lanza mientras todos están entregados al silencio, nos llegan como un mensaje del pueblo entre a cada uno de nosotros; el tenue chillido de Josefina en medio de esos momentos de graves decisiones es casi como la miserable existencia de nuestro pueblo en medio del tumulto del mundo hostil. Josefina es impone, con su nada de voz, con su nada de técnica se impone y nos llega al alma; nos hace bien pensar en eso. En esos momentos, no soportaríamos a una verdadera artista del canto, suponiendo que hubiera alguna entre nosotros, y unánimemente nos alejaríamos de la insensatez de semejante concierto. Que Josefina no descubra jamás que la escuchamos justamente porque no es un gran cantante. Algún presentimiento de esto ha de tener, porque si no ¿con qué motivo negaría tan apasionadamente que la escuchamos?; pero igual sigue cantando, tratando de alejar a chillidos ese presentimiento.

Pero hay otras cosas que podrían consolarla; a pesar de todo, es probable que la escuchemos del mismo modo que se escucha a una artista del canto; provocando emociones que una artista famosa trataría en vano de provocar entre nosotros, y que sólo son posibles justamente por la pobreza de sus medios. Esto se relaciona sobre todo con nuestro modo de vivir.

Nuestro pueblo desconoce la juventud, apenas conoce una mínima infancia. Es cierto que regularmente aparecen proyectos en los que se otorga a los niños una libertad especia, una protección especial; en los que su derecho a cierta negligencia, a cierto espíritu inconsciente de travesura, a un poco de diversión, es reconocido, y se fomenta su ejercicio; en cuanto se presentan esos proyectos, todos los aprueban, nada aprobarían con más agrado, pero tampoco hay nada que la realidad de nuestra vida permita menos cumplir; se aprueban los proyectos, se intenta su aplicación, pero pronto todo vuelve a ser lo que era antes. Nuestra vida es tal, que un niño apenas puede correr un poco y distinguir otro tanto del mundo que le rodea, ya debe ganarse la vida como un adulto; las zonas en que por razones económicas debemos vivir dispersos son demasiados extensas, nuestros enemigos son demasiados, los peligros que nos acechan por todos lados, incalculables; no podemos alejar a los niños de la lucha por la existencia, hacerlo significaría para ellos una muerte prematura.

A estas melancólicas consideraciones se agrega otra que no es nada melancólica: la fecundidad de nuestra raza. Una generación —y cada una es más numerosa aún que la anterior— es inmediatamente desplazada por la siguiente; los niños no tienen tiempo de ser niños. Otros pueblos pueden criar cuidadosamente a sus niños, pueden edificar escuelas para esos niños, y de esas escuelas surgen diariamente torrentes de niños, el futuro de la raza, pero durante mucho tiempo de niños, el futuro de la raza, pero durante mucho tiempo esos niños que día tras día salen de las escuelas son los mismos. Nosotros no tenemos escuelas, pero de nuestro pueblo surgen a brevísimos intervalos innumerables multitudes de niños, alegremente balbuceando o me ando, porque todavía no saben chillar, rodando o gateando impulsados por el ímpetu general, porque todavía no saben correr, llevándose torpemente todo por delante, porque todavía no pueden ver, ¡nuestros niños! Y no como los niños, ya no es más niño, porque se apiñan detrás de él los nuevos rostros de niños, imposibles de diferenciar a causa de su cantidad y su premura, rosados de felicidad. Verdaderamente, por más hermosa que sea esa abundancia, y por más que nos la envidien los demás, con razón, no podemos de ningún modo proporcionar a nuestros niños una verdadera infancia. Y esto trae consecuencias.

Una especie de inagotable e inarraigable infancia caracteriza a nuestro pueblo; en oposición directa con lo mejor que tenemos, nuestro infalible sentido común, nos conducimos muchas veces de la manera más insensata, y justamente con la misma insensatez de los niños, localmente, pródigamente, grandiosamente, frívolamente, y todo por el placer de alguna diversión trivial. Y aunque nuestra alegría naturalmente ya no puede alcanzar la intensidad de la alegría infantil, algo de ésta sin duda sobrevine. Y también Josefina ha sabido aprovechar desde el primer momento esta puerilidad de nuestro pueblo.

Pero nuestro pueblo no sólo es pueril, en cierto sentido también es prematuramente senil, la niñez y la vejez no son en nosotros como en los demás. No tenemos juventud, somos inmediatamente adultos, y luego somos adultos demasiado tiempo, y cierto cansancio y cierta desesperanza originados por esa circunstancia nos marca con señales visibles, a pesar de la resistencia y la capacidad de esperanza que nos caracterizan. Esto también se relaciona seguramente con nuestra amusicalidad, somos demasiado viejos para la música, sus emociones, sus éxtasis no concuerdan con nuestra pesadez; cansados, la desdeñamos; nos conformamos con nuestro chillido; un chillido de vez en cuando nos basta. Quién sabe si no habrá carácter de nuestras gentes los anularía antes de que comenzaran a desarrollarse.

En cambio, Josefina puede llamarlo, no nos molesta, nos cae bien, podemos soportarlo perfectamente; si alguna traza de música hay en su canto, está reducida a su mínima expresión; así conservamos cierta tradición musical, sin molestarnos en lo más mínimo.

Pero Josefina representa algo más para este pueblo tan definido.

En sus conciertos, sobre todo durante las épocas difíciles, sólo los que son muy jóvenes se interesan por la cantante como tal, sólo ellos la miran con asombro, miran cómo echa hacia afuera los labios, cómo expele el aire entre sus bonitos dientes delanteros, y cómo desfallece de pura admiración ante los sonidos que ella misma emite, y aprovecha esos desfallecimientos para elevarse hacia nuevas y cada vez más increíbles perfecciones; pero la verdadera masa del pueblo —es fácil advertirlo— se recoge en los propios pensamientos.

Aquí, en los breves intervalos entre las luchas, el pueblo sueña;

como si los miembros de cada individuo se distendieran, como si por una vez el sufriente pudiera tenderse y reposar en el vasto y cálido lecho del pueblo. Y en medio de esos sueños resuena intermitente el chillido de Josefina; ella lo llama canto perlado, nosotros tartamudeo; pero, de todos modos, éste es su lugar apropiado, más que en cualquier otra parte; casi nunca encontrará la música momento más adecuado. Algo hay allí de nuestra pobre y breve infancia, algo de una dicha perdida que no puede volver a encontrarse, pero también algo de nuestra vida activa cotidiana, de sus pequeñas alegrías, incomprensibles y sin embargo incontenibles e imposibles de obliterar. Y todo esto expresado no mediante sonidos rotundos, sino suaves, murmurantes, confidenciales, a veces un poco roncos.

Naturalmente, son chillidos ¿Por qué no? El chillido es el habla de nuestro pueblo, sólo que muchos chillan toda la vida y no lo saben, pero aquí el chillido se libera de los grilletes de la vida cotidiana y al mismo tiempo nos libera a nosotros, durante un breve instante. Juro que no quisiéramos faltar a estos conciertos.

Pero de aquí a la pretensión de Josefina, que de ese modo nos infunde nuevas fuerzas y etcétera y etcétera, hay un buen trecho. Por lo menos para las personas normales, no para sus aduladores.

—¿Cómo podría ser de otro modo? —dicen con la más descarada arrogancia—, ¿cómo se podría explicar si no esas enormes concurrencias, especialmente en momentos de peligro directo e inminente, que muchas veces hasta han llegado a entorpecer las medidas requeridas para alejar a tiempo dicho peligro?

Ahora bien, esto último es lamentablemente cierto, pero no debería contarse como uno de los títulos de honor de Josefina, especialmente si se considera que cuando el enemigo sorprendía y diseminaba dichas asambleas, y muchos de los nuestros perdían la vida, Josefina, la culpable de todo, sí, que tal vez había atraído al enemigo con sus chillidos, siempre aparecía escondida en el rincón más seguro, y era siempre la primera en escapar silenciosa y velozmente, protegida por su escolta. Sin embargo, en el fondo, todos lo saben, y no obstante acuden apresuradamente dónde y cuándo se le ocurre a Josefina volver a cantar. De aquí se podría deducir que Josefina está prácticamente más allá de la ley, que puede hacer todo lo que se le ocurre, aun cuando entrañe un peligro para la comunidad, y que todo se le perdona. Si así fuera, las pretensiones de Josefina serían entonces perfectamente comprensibles, si, en esa libertad que el pueblo le permite, en esa exención que a nadie más se concede y que va esencialmente contra la ley, uno podría ver un reconocimiento de la incomprensión que Josefina aduce, como si la gente se maravillara impotente ante su arte, no se sintiera digna de él, y tratara de compensar la tristeza que dicha incomprensión provoca en Josefina mediante un sacrificio verdaderamente desesperado, y decidiera que así como el arte de ella está más allá de su entendimiento, así también su persona y sus deseos están más allá de su jurisdicción. Ahora bien, esto es absolutamente falso; tal vez el pueblo, individualmente, se rinde demasiado pronto ante Josefina, pero en conjunto, así como no se rinde incondicionalmente ante nadie, tampoco se rinde ante Josefina.

Desde hace mucho tiempo, tal vez desde el comienzo de su carrera artística, Josefina lucha por obtener la exención de todo trabajo, en consideración a su canto; se le evitarían así las preocupaciones relativas al pan cotidiano, y todo lo que nuestra lucha por la existencia implica, para transferirlo —aparentemente—a la comunidad. Un fácil entusiasta —y alguno hubo entre nosotros—podría meramente deducir de lo insólito de esta petición, y de la actitud espiritual que semejante petición implica, la íntima justicia de la misma. Pero nuestro pueblo deduce otras conclusiones, y declina tranquilamente la exigencia.

Ni tampoco se preocupa demasiado por refutar sus implicaciones básicas. Josefina aduce, por ejemplo, que el esfuerzo del trabajo daña su voz, que en realidad el esfuerzo del trabajo no es nada al lado del esfuerzo de cantar, pero que le impide descansar suficientemente después del canto y recuperar fuerzas para nuevas canciones, y por lo tanto se ve obligada a agotarse completamente, y en esas condiciones no puede alcanzar nunca la cima de sus posibilidades. La gente la escucha y no le hace caso. Esta gente, tan fácil de conmover a veces, otras veces no se deja conmover por nada. La negativa es en ciertas ocasiones tan neta, que hasta Josefina se amilana, parece someterse, trabaja como es debido, canta lo mejor que puede, pero sólo durante un tiempo, y luego reanuda el ataque con nuevas fuerzas (porque en este sentido sus fuerzas son inagotables).

Ahora bien, es evidente que Josefina no pretende en realidad lo que dice pretender. Es razonable, no elude el trabajo; de todos modos, entre nosotros la holgazanería es desconocida, y además si le concedieran lo que pide seguramente seguiría viviendo como antes, el trabajo no sería un obstáculo para el canto, y después de todo, su canto no mejoraría gran cosa; en realidad lo que ella pretende es simplemente un reconocimiento público, franco, permanente y superior a todo lo conocido hasta ahora, de su arte. Pero, aunque casi todo lo demás parece a su alcance, este reconocimiento la elude persistentemente. Quizá debió dirigir su ataque desde el primer momento en otra dirección, quizás ella misma se dé cuenta ahora de su error, pero ya no puede echarse atrás, porque echarse atrás significaría traicionarse a sí misma; ahora tiene que resignarse a vencer o morir.

Si realmente tuviera enemigos, como dice, podría divertirse mucho con el simple espectáculo de esta lucha, sin mover un dedo. Pero no tiene ningún enemigo, y aunque aquí y allá no haya faltado nunca quien la criticara, esta lucha no divierte a nadie. Justamente porque en este caso nuestro pueblo adopta una actitud fría. Justamente porque en este caso nuestro pueblo adopta una actitud fría y judicial, lo que muy raramente ocurre entre nosotros; y aunque uno apruebe dicha actitud, la simple idea de que alguna vez el pueblo pueda adoptarla con nosotros, destruye toda alegría. Lo importante, ya en el rechazo como en la petición, no es la cuestión en sí, sino el hecho de que el pueblo sea capaz de oponerse tan implacablemente a un camarada, y tanto más implacablemente cuanto más paternalmente lo protege en otros sentidos; y aún más que paternalmente: servilmente.

Supongamos que en vez del pueblo se tratara de un individuo; se podría creer que este individuo fue cediendo ante la voluntad de Josefina, sin cesar de alimentar un ardiente deseo de poner fin algún día a su sumisión; que se sacrificó sobrehumanamente porque creyó que a pesar de todo habría un límite para su capacidad de sacrificio: sí, se sacrificó más de lo necesario, sólo para acelerar el proceso, sólo para ser más que Josefina e incitarla a deseos siempre renovados, hasta obligarla a sobrepasar todo límite con esa última exigencia; y oponer finalmente su negativa, la cónica, porque hacía mucho que estaba preparada. Ahora bien, la situación no es ésta en absoluto, el pueblo no necesita de esas astucias, además su respeto hacia Josefina es genuino y comprobado, y la exigencia de Josefina es de todos modos tan exagerada que una simple criatura le hubiera predicho el resultado; sin embargo, dada la idea que Josefina se ha formado del asunto, podía ocurrir que también interviniera estas consideraciones, para agregar una amargura más al dolor de la negativa. Pero sean cuales fueren sus consideraciones, no le impiden proseguir la lucha. Esta lucha ha llegado a intensificarse en los últimos tiempos; hasta ahora ha sido sólo verbal, pero ya empieza a emplear otros medios, para ella más eficaces, pero en nuestra opinión, más peligrosos.

Muchos creen que Josefina apremia su insistencia porque se siente envejecer, porque su voz se debilita, y por lo tanto le parece que llegó el momento de librar la última batalla y lograr el reconocimiento. Yo no lo creo. Josefina no sería Josefina, si esto fuera cierto. Para ella no existe ni vejez ni debilitamiento de la voz. Si algo exige, no lo exige impelida por circunstancias exteriores, sino obligada por una lógica interna. Aspira a la más alta corona, no porque momentáneamente parezca menos accesible, sino porque es la más alta; si dependiera de ella, querría una más alta todavía.

Este desdén hacia las dificultades eternas no le impide de todos modos utilizar los métodos más ruines. Para ella, su derecho es inapelable; entonces, ¿Qué importa cómo lo impone? Sobre todo, porque en este mundo, tal como ella lo ve, los métodos lícitos están destinados al fracaso. Quizá por eso ha trasladado la lucha por sus derechos del campo de la música a otro campo que no la interesa tanto.

Sus partidarios han hecho saber de su parte que ella se considera absolutamente capaz de cantar de tal modo que importe un verdadero placer a todo el mundo, cualquiera que sea su nivel social, hasta la más remota oposición; un verdadero placer no en el sentido de la gente, que declara haber experimentado siempre placer ante el canto de Josefina, sino un placer en el sentido que Josefina desea. No obstante, agrega ella, como no pueda falsificar lo elevado ni halagar lo vulgar, se ve obligada a seguir siendo tal como es. Pero en lo que se refiere a su campaña de liberación del trabajo, el asunto cambia; claro que es una campaña a favor de la música, preciosa de su voz, cualquier medio es por lo tanto válido.

Así se ha difundido por ejemplo el rumor de que, si no aceptan su exigencia, Josefina está decidida a abreviar las partes de coloratura. Yo no sé nada de coloraturas, y no he advertido la menor coloratura de sus cantos. No obstante, Josefina amenaza con abreviar las coloraturas, no suprimirlas por ahora, sino simplemente abreviarlas. Es posible que haya cumplido su amenaza, pero por lo menos para mí no se advierte la menor diferencia en su canto. El pueblo en su totalidad la ha escuchado como de costumbre, sin hacer ninguna referencia a las coloraturas, y tampoco ha cambiado su actitud ante la exigencia de Josefina. Sin embargo, es indudable que la mentalidad de Josefina, como su figura, es a menudo de una gracia exquisita.

Es así por ejemplo que después de aquel concierto, como si su decisión sobre la coloratura hubiera sido demasiado severa o demasiado apresurada para el pueblo, anunció que en el concierto siguiente volvería a cantar completas todas las partes de coloratura. Pero después del concierto siguiente volvió a cambiar de idea, suprimiría definitivamente las grandes arias de coloratura, y hasta que no se decidiera favorablemente su pleito, no volvería a cantarlas. Ahora bien, la gente oyó todos esos anuncios, decisiones y contra decisiones sin darle la menor importancia, como un adulto meditabundo que cierra sus oídos ante la cháchara de una criatura, fundamentalmente bien intencionado, pero inaccesible.

De todos modos, Josefina no se amilana. Es así que hace poco pretendió haberse lastimado un pie mientras trabajaba, lo que le imposibilitaba cantar de pie; como no podía cantar sino de pie, se vería obligada a abreviar sus canciones. Aunque renquea y necesita el apoyo de sus partidarios, nadie cree que se haya lastimado realmente. Aun admitiendo la extraordinaria delicadeza de su cuerpecito, no dejamos de ser un pueblo de obreros, y Josefina pertenece a ese pueblo; si cada vez que nos hiciéramos un rasguño renqueáramos, el pueblo entero renquearía incesantemente. Pero, aunque se hace transportar como una inválida, aunque se muestra en público en este patético estado más de lo habitual, la gente escucha sus conciertos tan agradecida y tan encantada como antes, pero no se preocupa mucho porque hay abreviado las canciones.

Como no puede seguir renqueando eternamente, imagina otra cosa, alega cansancio, mal humor, debilidad. Al concierto se agrega ahora el teatro. Vemos a los partidarios de Josefina, que la siguen y le suplican y le imploran que cante. Ella quisiera complacerles, pero no puede. La consuelan, la adulan, casi la llevan en andas hasta el lugar previamente elegido donde se supone que ha de cantar: no puede. Finalmente, prorrumpiendo en lágrimas inexplicables, ella cede, pero cuando evidentemente exhausta se dispone a cantar, fatigada, con los brazos no ya extendidos como antaño, sino fláccidos y caídos junto al cuerpo, lo que produce la impresión de que quizá sean un poco cortos; justo cuando va a empezar, no, es realmente imposible, un movimiento desganado de la cabeza nos lo anuncia, y se desmaya ante nuestros ojos.

Después, a pesar de todo, se repone y canta, a mi entender más o menos como de costumbre; quizá, si uno tiene oído para los más finos matices de la expresión, descubre un poco más de sentimiento que de costumbre, lo que es de agradecer. Y al terminar está menos cansada que antes, y con firme andar, si uno se atreve a designar así sus pasitos, se aleja rechazando la ayuda de sus admiradores, y contemplando como helados ojos a la multitud que le abre paso respetuosamente.

Así ocurría hace unos días; pero la última novedad es otra; en el momento en que debía iniciar un concierto, desapareció. No sólo la buscan sus partidarios, muchos otros comparten la búsqueda, pero es inútil; Josefina ha desaparecido, no cantará, ni siquiera habrá que adularla para que cante, esta vez nos ha abandonado completamente.

¿Es extraño lo mal que calcula esa astuta, tan mal que uno pensaría que no calcula nada, y que sólo se deja llevar por su destino, Ella misma abandona el canto, ella misma hace trizas el poder que ha llegado a tener sobre todos los corazones ¿Cómo pudo obtener ese poder, si tan mal conoce esos corazones? Se oculta y no canta, pero el pueblo, tranquilo, sin decepción visible, señoril, una masa en perfecto equilibrio, constituida de tal modo que, aunque las apariencias lo nieguen, sólo puede dar y nunca recibir, ni siquiera de Josefina, ese pueblo sigue su camino.

Pero el camino de Josefina declina. Pronto llegará el momento en que su último chillido suene y se apague para siempre. Ella es apenas un pequeño episodio en la eterna historia de nuestro pueblo, y este pueblo superará su pérdida. Para nosotros no será fácil; ¿cómo haremos para reunirnos en completo silencio? En la realidad, ¿no era nuestras reuniones también silenciosas cuando estaba Josefina? ¿Era, después de todo, su chillido notoriamente más fuerte y más vivo que lo que será en el recuerdo? ¿Era acaso en vida de Josefina algo más que un mero recuerdo? ¿No habrá sido quizá porque en algún sentido era inmortal, que la sabiduría del pueblo apreció tanto el canto de Josefina?

Quizá nosotros no perdamos demasiado, después de todo; mientras tanto, Josefina, libre ya de los afanes terrenos, que según ella están sin embargo destinados a los elegidos, se aleja jubilosamente en medio de la multitud innumerable de los héroes de nuestro pueblo, para entrar muy pronto como todos sus hermanos, ya que desdeñamos la historia, en la exaltada redención del olvido.

Érase un buitre que me picoteaba los pies. Ya había desgarrado los zapatos y las medias y ahora me picoteaba los pies. Siempre tiraba un picotazo, volaba en círculos inquietos alrededor y luego proseguía la obra.

Pasó un señor, nos miró un rato y me preguntó por qué toleraba yo al buitre.

—Estoy indefenso—le dije— vino y empezó a picotearme, yo lo quise espantar y hasta pensé torcerle el pescuezo, pero estos animales son muy fuertes y quería saltarme a la cara. Preferí sacrificar los pies: ahora están casi hechos pedazos.

—No se deje atormentar —dijo el señor—, un tiro y el buitre se acabó.

—¿Le parece? —pregunté— ¿quiere encargarse del asunto?

—Encantado —dijo el señor—; no tengo más que ir a casa a buscar el fusil, ¿Puede usted esperar media hora más?

—No sé —le respondí, y por un instante me quedé rígido de dolor; después añadí —: por favor, pruebe de todos modos.

—Bueno— dijo el señor—, voy a apurarme.

El buitre había escuchado tranquilamente nuestro diálogo y había dejado errar la mirada entre el señor y yo. Ahora vi que había comprendido todo; voló un poco, retrocedió para lograr el ímpetu necesario y como un atleta que arroja la jabalina encajó el pico en mi boca, profundamente. Al caer de espaldas sentí como una liberación; que, en mi sangre, que colmaba todas las profundidades y que inundaba todas las riberas, el buitre irreparablemente se ahogaba.

EL ESCUDO DE LA CIUDAD

En un principio no faltó la organización en las disposiciones para construir la Torre de Babel; de hecho, quizás el orden era excesivo. Se pensó demasiado en guías, intérpretes, alojamientos para obreros y vías de comunicación, como si se dispusiera de siglos. En esos tiempos, la opinión general era que no se podía construir con demasiada lentitud; un poco más y hubieran abandonado todo, y hasta desistido de echar los cimientos. La gente razonaba de esta manera: lo esencial de la empresa es el pensamiento de construir una torre que llegue al cielo. Lo demás es del todo secundario. Ese pensamiento, una vez comprendida su grandeza, es inolvidable: mientras haya hombres en la tierra, existirá también el fuerte deseo de terminar la torre. Por consiguiente, no debe preocuparnos el futuro.

Al contrario: el saber de los hombres adelanta, la arquitectura ha progresado y seguirá progresando; de aquí a cien años el trabajo para el que precisamos un año se hará tal vez en pocos meses, y más resistente, mejor. Entonces, ¿a qué agotarnos ahora? Eso tendría sentido si cupiera la esperanza de que la torre quedará terminada en el espacio de una generación. Esa esperanza era imposible. Lo más creíble era que la nueva generación, con sus conocimientos superiores, condenara el trabajo de la generación anterior y demoliera todo lo adelantado, para recomenzar. Tales pensamientos paralizaron las energías, y se pensó menos en construir la torre que en construir una ciudad para los obreros.

Cada nacionalidad quería el mejor barrio, y esto dio lugar a disputas que culminaban en peleas sangrientas. Esas peleas no tenían fin; algunos dirigentes opinaban que demoraría muchísimo la construcción de la torre y otros que más valía aguardar que se reestableciera la paz. Pero no sólo en pelear pasaban el tiempo; en las treguas se dedicaban a embellecer la ciudad, lo que provocaba nuevas envidias y nuevas peleas. Así pasó la era de la primera generación, pero ninguna de las siguientes fue distinta; sólo aumentó la destreza técnica y con ella el ansia guerrera. Aunque la segunda o tercera generación reconoció la insensatez de una torre que llegara hasta el cielo, ya estaban demasiado comprometidos para abandonar los trabajos y la ciudad.

El vaticinio de que cinco golpes sucesivos de un puño gigantesco aniquilarán la ciudad, está presente en todas las leyendas y cantos de esa ciudad. Por esa razón el escudo de armas de la ciudad incluye un puño.

UNA PEQUEÑA FÁBULA

¡Ay! —dijo el ratón—. El mundo se hace cada día más pequeño. Al principio era tan grande que le tenía miedo. Corría y corría y por cierto que me ale—graba ver esos muros, a diestra y siniestra, en la distancia. Pero esas paredes se estrechan tan rápido que me encuentro en el último cuarto y ahí en el rincón está la trampa sobre la cual debo pasar.

—Todo lo que debes hacer es cambiar de rumbo—dijo el gato... y se lo comió.

¿Fue un caluroso día de verano. Mi hermana y yo pasábamos frente a la puerta de un cortijo que estaba en el camino de regreso a casa. No sé si golpeó esa puerta por travesura o distracción. No sé si tan solo amenazó con el puño sin llegar a tocarla siquiera. Cien metros más adelante, junto al camino real que giraba a la izquierda, empezaba el pueblo. No lo conocíamos, pero al cruzar frente a la casa que estaba inmediatamente después de la primera, salieron de ahí unos hombres haciéndonos unas señas amables o de advertencia; estaban asustados, encogidos de miedo. Señalaban hacia el cortijo y nos hacían recordar el golpe contra la puerta. Los dueños nos denunciarían e inmediatamente comenzaría el sumario.

Yo permanecía calmo, tranquilizaba a mi hermana. Posiblemente ni siquiera había tocado, y si en realidad lo había hecho, nadie podría acusarla por eso. Intenté hacer entender esto a las personas que nos rodeaban; me escuchaban, pero absteniéndose de emitir juicio alguno. Después dijeron que no sólo mi hermana sino también yo sería acusado. Yo asentía sonriente con la cabeza. Todos volvíamos nuestra vista atrás, hacia el cortijo., tan atentamente como si se tratara de una lejana cortina de humo tras la cual fuera a aparecer un incendio. Lo que pronto vimos, en realidad, fue a unos jinetes que entraron por el portón del cortijo. Una polvareda, al levantarse, lo cubrió todo; sólo brillaban las puntas de las enormes lanzas. Apenas la tropa había desaparecido en el patio, cuando debió, al parecer, hacer dar vuelta a sus corceles, pues volvió a salir en dirección nuestra.

Aparté a mi hermana de un empellón, yo me encargaría de poner todo en orden. Ella no quiso dejarme solo. Le expliqué que para que se viera mejor vestida ante los señores debía, al menos, cambiarse de ropas. Por fin me hizo caso e inició el largo camino a casa. Ya estaban los jinetes junto a nosotros y casi al tiempo de apearse preguntaron por mi hermana.

—No está aquí de momento —fue la temerosa respuesta— pero vendrá más tarde.

La contestación se recibió con indiferencia. Parecía que, ante todo, lo importante era haberme hallado. Destacaban, de entre ellos, el juez, un hombre joven y vivaz, y su silencioso ayudante llamado Assmann. Me invitaron a pasar a la taberna campesina. Lentamente, balanceando la cabeza, jugando con los tiradores, comencé a caminar bajo las miradas severas de los señores. Aún creía que una sola palabra sería suficiente para que yo, que vivía en la ciudad, fuese liberado, incluso con honores, en ese pueblo campesino. Pero luego de atravesar el umbral de la puerta, pude escuchar al juez que se acercó a recibirme.

—Este hombre me da lástima.

Sin duda alguna, no se refería con esto a mi estado actual sino a lo que me esperaba en el futuro. La habitación se parecía más a la celda de una prisión que a una taberna rural. De las grandes losas de la pared, oscura y sin adornos, pendía, en alguna parte, una argolla de hierro, y en el centro de la habitación algo que era medio catre y medio mesa de operaciones.

¿Podría yo respirar otros aires que los de una cárcel? He aquí el gran dilema. O, mejor dicho, lo que sería el gran dilema, si yo tuviera alguna perspectiva de ser dejado en libertad.

Tengo un animal curioso mitad gatito, mitad cordero. Es una herencia de mi padre. En mi poder se ha desarrollado del todo; antes era más cordero que gato. Ahora es mitad y mitad. Del gato tiene la cabeza y las uñas, del cordero el tamaño y la forma; de ambos los ojos, que son huraños y chispeantes, la piel suave y ajustada al cuerpo, los movimientos a la par saltarines y furtivos. Echado al sol, en el hueco de la ventana se hace un ovillo y ronronea; en el campo corre como loco y nadie lo alcanza. Dispara de los gatos y quiere atacar a los corderos. En las noches de luna su paseo favorito es la canaleta del tejado. No sabe maullar y abomina a los ratones. Horas y horas pasa al acecho ante el gallinero, pero jamás ha cometido un asesinato.

Lo alimento a leche; es lo que le sienta mejor. A grandes tragos sorbe la leche entre sus dientes de animal de presa. Naturalmente, es un gran espectáculo para los niños. La hora de visita es los domingos por la mañana.

Me siento con el animal en las rodillas y me rodean todos los niños de la vecindad.

Se plantean entonces las más extraordinarias preguntas, que no puede contestar ningún ser humano. Por qué hay un solo animal así, por qué soy yo el poseedor y no otro, si antes ha habido un animal semejante y qué sucederá después de su muerte, si no se siente solo, por qué no tiene hijos, como se llama, etcétera.

No me tomo el trabajo de contestar: me limito a exhibir mi propiedad, sin mayores explicaciones. A veces las criaturas traen gatos; una vez llegaron a traer dos corderos. Contra sus esperanzas, no se produjeron escenas de reconocimiento. Los animales se miraron con mansedumbre desde sus ojos animales, y se aceptaron mutuamente como un hecho divino.

En mis rodillas el animal ignora el temor y el impulso de perseguir. Acurrucado contra mí es como se siente mejor. Se apega a la familia que lo ha criado. Esa fidelidad no es extraordinaria: es el recto instinto de un animal, que, aunque tiene en la tierra innumerables lazos políticos, no tiene un solo consanguíneo, y para quien es sagrado el apoyo que ha encontrado en nosotros.

A veces tengo que reírme cuando resuella a mi alrededor, se me enreda entre las piernas y no quiere apartarse de mí. Como si no le bastara ser gato y cordero quiere también ser perro. Una vez —eso le acontece a cualquiera—yo no veía modo de salir de dificultades económicas, ya estaba por acabar con todo. Con esa idea me hamacaba en el sillón de mi cuarto, con el animal en las rodillas; se me ocurrió bajar los ojos y vi lágrimas que goteaban en sus grandes bigotes. ¿Eran suyas o mías? ¿Tiene este gato de alma de cordero el orgullo de un hombre? No he heredado mucho de mi padre, pero vale la pena cuidar este legado.

Tiene la inquietud de los dos, la del gato y la del cordero, aunque son muy distintas. Por eso le queda chico el pellejo. A veces salta al sillón, apoya las patas delanteras contra mi hombro y me acerca el hocico al oído. Es como si me hablara, y de hecho vuelve la cabeza y me mira deferente para observar el efecto de su comunicación. Para complacerlo hago como si lo hubiera entendido y muevo la cabeza. Salta entonces al suelo y brinca alrededor.

Tal vez la cuchilla del carnicero fuera la redención para este animal, pero él es una herencia y debo negársela. Por eso deberá esperar hasta que se le acabe el aliento, aunque a veces me mira con razonables ojos humanos, que me instigan al acto razonable.

Ordené que trajeran mi caballo del establo. El sirviente no entendió mis órdenes. Así que fui al establo yo mismo, le puse silla a mi caballo y lo monté. A la distancia escuché el sonido de una trompeta y le pregunté al sirviente qué significaba. Él no sabía nada ni escuchó nada. En el portal me detuvo y preguntó:

—¿Adónde va el patrón?

—No lo sé—le dije—simplemente fuera de aquí, simplemente fuera de aquí. Fuera de aquí, nada más, es la única manera en que puedo alcanzar mi meta.

—¿Así que usted conoce su meta? —preguntó.

—Sí—repliqué—te lo acabo de decir. Fuera de aquí, esa es mi meta.

¡RENUNCIA!

Era muy temprano por la mañana, las calles estaban limpias y vacías, yo iba a la estación. Al verificar la hora de mi reloj con la del reloj de una torre, vi que era mucho más tarde de lo que yo creía, tenía que darme mucha prisa; el sobresalto que produjo este descubrimiento me hizo perder la tranquilidad, no me orientaba todavía muy bien en aquella ciudad. Felizmente había un policía en las cercanías, fui hacia él y le pregunté, sin aliento, cuál era el camino. Sonrió y dijo:

— ¿Por mí quieres conocer el camino?

—Sí —dije—, ya que no puedo hallarlo por mí mismo.

—Renuncia, renuncia—dijo, y se volvió con gran ímpetu, como las gentes que quieren quedarse a solas con su risa.

EL ZOPILOTE

Un zopilote estaba mordisqueándome los pies. Ya había despedazado mis botas y calcetas, y ahora ya estaba mordiendo mis propios pies. Una y otra vez les daba un mordisco, luego me rondaba varias veces, sin cesar, para después volver a continuar con su trabajo. Un caballero, de repente, pasó, echó un vistazo, y luego me preguntó por qué sufría al zopilote.

—Estoy perdido —le dije—. Cuando vino y comenzó a atacarme, yo por su—puesto traté de hacer que se fuera, hasta traté de estrangularlo, pero estos animales son muy fuertes... estuvo a punto de echarse a mi cara, más preferí sacrificar mis pies. Ahora están casi deshechos.

—¡Vete tú a saber, dejándote torturar de esta manera! —me dijo el caballero—. Un tiro, y te echas al zopilote.

—¿En serio? —dije—. ¿Y usted me haría el favor?

—Con gusto —dijo el caballero— sólo tengo que ir a casa por mi pistola. Po—dría usted esperar otra media hora?

—Quién sabe —le dije, y me estuve por un momento, tieso de dolor. Entonces le dije—: Sin embargo, vaya a ver si puede... por favor.

—Muy bien—dijo el caballero— trataré de hacerlo lo más pronto que pueda.

Durante la conversación, el zopilote había estado tranquilamente escuchando, girando su ojo lentamente entre mí y el caballero. Ahora me había dado cuenta que había estado entendiéndolo todo; alzó ala, se hizo hacia atrás, para agarrar vuelo, y luego, como un jabalinista, lanzó su pico por mi boca, muy dentro de mí. Cayendo hacia atrás, me alivió el sentirle ahogarse irremediablemente en mi sangre, la cual estaba llenando cada uno de mis huecos, inundando cada una de mis costas.

IV. EL FOGONERO

Al entrar en el puerto de Nueva York a bordo de un barco que se iba deteniendo, Karl Robmann, un joven de diecisiete años al que sus padres pobres habían enviado a América por tener un hijo con una criada que lo había seducido, creyó ver la Estatua de la diosa Libertad, que divisaba desde hacía un buen rato, como si estuviera dentro de un rayo de sol que fulgurara de repente. El brazo con la espada parecía recién alzado y en torno a su silueta soplaban aires libres.

"Qué alta", se dijo. Y como no se había hecho aún a la idea de marcharse se vio empujado poco a poco hasta la baranda de cubierta por una creciente multitud de mozos de equipaje que se le adelantaban sin parar.

Un joven al que había conocido vagamente durante la travesía le dijo al pasar: "¿Es que no tiene ganas de bajar?". "Pero si ya estoy listo", le respondió Karl sonriendo y, en parte por la alegría, en parte porque era un muchacho robusto, decidió echarse la maleta al hombro. Pero mientras posaba la vista en su conocido, que se alejaba con los otros agitando un poco el bastón, se percató de que se había olvidado el paraguas abajo. Rápido preguntó al conocido, que no pareció precisamente alegrarse, si tendría la amabilidad de quedarse un momento al cuidado de su maleta, echó un vistazo al sitio para poder volver sin problema y se fue a toda prisa. Al llegar abajo comprobó que un pasillo que debía abreviar mucho su camino había sido cortado por vez primera, lo cual seguramente estaba en relación con el desembarco completo de la tripulación; por eso tuvo que buscar fatigosamente su ruta entre un sinfín de cuartuchos, pasillos que siempre se torcían, escaleras que se sucedían sin pausa unas a otras y una cámara vacía con un escritorio abandonado, hasta que finalmente, y como sólo había hecho ese recorrido una o dos veces y siempre en compañía, llegó a verse totalmente perdido.

En su desconcierto, como no veía a nadie y lo único que podía oír era el ruido incesante de miles de pisadas sobre su cabeza o, a lo lejos, el último aliento de las máquinas paradas, comenzó a aporrear una puertecita cualquiera con la que se tropezó en su deambular. "Está abierto", dijeron desde dentro. Y Karl abrió con un verdadero suspiro de alivio. "¿Por qué da esos golpes?", preguntó un hombre enorme que apenas si se volvió para mirarle. De algún tragaluz se precipitaba una luz sin brillo que llegaba consumida desde las estancias superiores del barco hasta la miserable cabina en la que, como apilados uno junto al otro, se encontraban una cama, un armario, un sillón y el hombre. "Me he perdido", dijo Karl. "Durante el viaje no lo noté, pero es un barco terriblemente grande". "Sí, lleva usted razón", dijo el hombre con cierto orgullo y sin dejar de trastear el cierre de una pequeña maleta que intentaba cerrar apretándola con las dos manos y aguzando el oído para escuchar si se encajaba el cerrojo.

"Pero pase", continuó diciendo el hombre, "no va a quedarse ahí fuera". "¿No molesto?", preguntó Karl. "¿Por qué iba a molestar?". "¿Es usted alemán?", intentó cerciorarse Karl, que había oído hablar de los peligros que amenazaban a los recién llegados, especialmente por parte de los irlandeses. "Lo soy, lo soy", respondió el otro. Pero Karl dudaba todavía. Entonces el hombre agarró de golpe el pomo de la puerta y tirando con fuerza de él empujó a Karl adentro. "No puedo soportar que me miren desde el pasillo", dijo el hombre volviendo a ocuparse de la maleta. "Todo el que pasa se queda mirando. No hay alma que aguante esto". "Pero si el pasillo está vacío", dijo Karl, que se encontraba en una posición muy incómoda, apretujado contra los pies de la cama. "Sí, ahora sí", dijo el hombre. "Pues de ahora se trata", pensó Karl. "Con este hombre es difícil hablar". "Túmbese en la cama, así tendrá más espacio", le dijo el hombre. Y Karl se arrastró como pudo dentro de la cama después de un par de intentos fallidos que le hicieron reír. Pero apenas se había acostado cuando gritó: "¡Por Dios!, me he olvidado completamente de la maleta".

"¿Dónde la ha dejado?". "Arriba, en cubierta, un conocido me la está guardando". "¿Cómo se llama?". Karl echó mano a un bolsillo secreto que le había cosido su madre para el viaje en el forro de la chaqueta y sacó una tarjeta de visita. "Se llama Butterbaum, Franz Butterbaum". "¿Y le hace mucha falta esa maleta?". "Claro". "¿Entonces, ¿cómo es que se la deja a un desconocido?". "Había olvidado abajo un paraguas y he corrido a cogerlo, pero no quería ir cargando con la maleta. Luego me he perdido". "¿Viaja solo, sin acompañante?". "Sí". Quizás haría bien acercándome a este hombre, se le pasó a Karl por la cabeza, dónde voy a encontrar un amigo mejor. "Y ahora también ha perdido la maleta. Por no hablar del paraguas". El hombre se sentó en el sillón, era como si el asunto de Karl hubiera ganado algo de interés para él. "Pero no creo que la maleta esté perdida del todo". "Bienaventurados los que creen", dijo el hombre rascándose con fuerza su pelo corto, oscuro y tupido. "Cuando estás en un barco, las costumbres cambian en cada puerto. Tal vez en Hamburgo su Butterbaum le habría vigilado la maleta. Aquí, en cambio, lo más probable es que no haya ni rastro de ninguno de los dos". "Pues entonces tengo que subir ahora mismo a ver", dijo Karl, girándose para buscar la salida. "Quédese", dijo el hombre y, dándole un brusco empujón en el pecho, lo volvió a tumbar.

"Pero ¿por qué?", preguntó enojado Karl. "Porque no tiene sentido", dijo el hombre. "En un momento voy yo también, vamos juntos. O bien la maleta ha sido robada y entonces no hay ayuda posible y puede usted llorar hasta el fin de sus días, o bien esa persona sigue ahí, lo cual quiere decir que es tonto y va a seguir guardándola o que sencillamente es un hombre honrado y la ha dejado en su sitio. Así que la encontraremos mejor cuando el barco se haya vaciado del todo. Y el paraguas igual". "¿Sabe usted moverse en el barco?", preguntó Karl con desconfianza. Y es que le parecía que en aquel razonamiento por lo demás convincente de que las cosas serían más fáciles de encontrar con el barco vacío podía haber gato encerrado. "Pero si soy fogonero", dijo el hombre. "Es usted fogonero", exclamó Karl con alegría, como si aquello satisficiese todas las expectativas. Y se apoyó en un codo para poder ver al hombre más de cerca. "Justo delante de la cabina donde dormía con los eslovacos había una escotilla a través de la cual se podía ver la sala de máquinas". "Sí, ahí es donde he trabajado", dijo el fogonero. "Siempre me ha interesado mucho la técnica", dijo Karl, que parecía instalado en sus propias cavilaciones. "Seguramente me habría hecho ingeniero si no hubiera tenido que venirme a América". "¿Y por qué tuvo que irse?". "¡Por nada, por nada!", dijo Karl deshaciéndose de toda la historia con un gesto de la mano. Y al tiempo miró al fogonero sonriendo como si pidiera indulgencia por aquello que no había confesado. "Pero habrá una razón", dijo el fogonero, y no se sabía si con ello estaba rechazando una explicación o requiriéndola. "En este momento yo también podría hacerme fogonero", dijo Karl. "Ahora a mis padres les trae del todo sin cuidado lo que quiera ser". "Pues mi puesto se va a quedar libre", dijo el fogonero, metiendo con gravedad las manos en los bolsillos y retrepándose sobre la cama para estirar las piernas, que tenía enfundadas en unos pantalones plisados de una tela arrugada y color gris semejante al cuero. Karl tuvo que pegarse más a la pared. "¿Va a dejar el barco?". "Claro, de hecho, nos despedimos hoy mismo". "¿Por qué?, ¿es que no le gusta este barco?". "Bueno, es una cuestión de circunstancias, no importa si a uno le gusta o si no. Pero es cierto, tampoco me gusta. Seguramente no piensa en serio lo de hacerse fogonero. Aunque justo eso podría facilitar las cosas. Yo desde luego se lo desaconsejo rotundamente. Si tenía intención de estudiar en Europa, ¿por qué aquí no? Las universidades americanas son incomparablemente mejores". "Es posible", dijo Karl, "pero casi no tengo dinero para estudiar. Aunque he leído de alguien que de día trabajaba en una tienda y de noche estudiaba hasta que llegó a hacerse doctor, y creo que hasta alcalde. Pero para eso se necesita mucha constancia y me temo que yo no la tengo. Aparte de eso, en la escuela no me fue especialmente bien. No me costó mucho abandonarla. Y aquí las escuelas son quizás más severas. Inglés casi no sé. Además, me parece que aquí no se tiene mucha simpatía por los extranjeros".

"¿Ya se ha dado usted cuenta? Está bien, entonces estaremos de acuerdo. Mire, este es un barco alemán, ¿no es cierto? Pertenece a la compañía Hamburgo-América. ¿Por qué entonces la tripulación no es alemana? ¿Por qué el jefe de máquinas es rumano? Se llama Schubal. Es increíble, ese canalla maltrata a los alemanes; y eso que este barco es alemán. No piense —le faltaba el aliento y se daba aire con la mano— que me quejo por quejarme. Ya sé que no tiene usted influencia, que es sólo un pobre muchacho. Pero esto es demasiado". Y dio varios golpes en la mesa sin dejar de mirarse el puño a cada golpe. He servido ya en muchísimos barcos. Y dijo veinte nombres uno detrás de otro como si fuesen una sola palabra. A Karl le daba vueltas la cabeza. Siempre me he distinguido en mi trabajo, me han alabado mucho, mi trabajo ha sido del gusto de todos los capitanes, incluso pasé varios años en el mismo velero —se puso de pie como si fuese el momento álgido de su existencia—. Y aquí en este cacharro en el que todo está medido con regla y no se necesita ingenio alguno no valgo para nada, no soy más que un estorbo para Schubal, un holgazán, merezco que me echen y recibo mi sueldo sólo por compasión.

"¿Puede entenderlo usted?, porque yo no". "Pero no consienta eso", dijo Karl agitado. Casi había perdido la sensación de estar sobre el suelo inseguro de un barco en la costa de un continente desconocido; en la cama del fogonero se sentía como en casa. "¿No ha ido a ver al capitán?, ¿no ha hecho valer sus derechos delante de él?". "Ah, váyase, váyase mejor, no quiero tenerle más aquí. No escucha lo que digo, pero sí me da consejos. ¡Cómo voy a ir a ver al capitán!". El fogonero volvió a sentarse hundiendo el rostro entre sus manos. No se me ocurre un consejo mejor, dijo Karl para sus adentros, y pensó que debería haber ido a recoger su maleta en vez de quedarse allí dando consejos y que encima los tuvieran por inútiles. Cuando su padre le había hecho entrega de la maleta para que se la quedase, le había preguntado de broma: "¿Cuánto te durará?".

Y quizá ahora aquella maleta tan cara estaba de verdad perdida. El único consuelo que le quedaba era que su padre no podría enterarse de lo más mínimo de su situación actual, incluso aunque investigase. La compañía naval sólo podría informar a lo sumo de su llegada a Nueva York. En cambio, lo que sí lamentaba Karl era que apenas había podido usar las cosas de la maleta, y eso a pesar de que, por ejemplo, hacía tiempo que necesitaba cambiarse de camisa. Sin duda había economizado justo en lo que menos debía; ahora que al comienzo de su carrera era tan conveniente presentarse bien vestido, sin embargo, tendría que aparecer con una camisa sucia. Desde luego las perspectivas habían sido demasiado optimistas. Porque de lo contrario la pérdida de la maleta no habría sido tan grave. De hecho, el traje que llevaba puesto era incluso mejor que el de la maleta, en realidad un traje de emergencia que su madre había tenido que remendar poco antes de salir.

En ese momento se acordó de que en la maleta iba también un pedazo de salami de Verona, un regalo que le había empaquetado también su madre y del que sólo había podido probar una mínima parte, porque durante el viaje no había tenido apetito y le había bastado con la sopa que distribuían en la entrecubierta del barco. En cambio, en este momento habría querido tener a mano el salami para poder obsequiar al fogonero. Porque es fácil ganarse a ese tipo de gente dejando caer alguna pequeñez del estilo, eso era algo que Karl sabía por su padre, quien sabía ganarse a los empleados de menor rango del negocio repartiéndoles cigarrillos. Pero ahora Karl no tenía para regalar más que el dinero y, habiendo perdido la maleta, por el momento no quería tocarlo. Así que sus pensamientos volvían una y otra vez a la maleta. Y es que se preguntaba por qué razón la había vigilado con tanta atención durante el viaje para luego dejar que se la llevaran tan fácilmente. Se acordó de las cinco noches de travesía durante las cuales había sospechado todo el tiempo de un pequeño eslovaco que dormía a su izquierda y que, según creía, le tenía echado el ojo a su maleta.

Había bastado que Karl, vencido por el cansancio, se adormeciera por un momento para que el eslovaco tirase hacia sí de la maleta con ayuda de un bastón largo con el que de día jugueteaba y practicaba. Porque, aunque el eslovaco era más inofensivo de día, en cuanto llegaba la noche comenzaba a incorporarse en la cama a cada momento mirando con tristeza en dirección a la maleta de Karl. El propio Karl había podido verlo, porque siempre había alguien que, con la inquietud propia del emigrante, tenía encendida aquí y allá alguna lucecita, a pesar de estar prohibido en las normas de a bordo, e intentaba descifrar los folletos incomprensibles de las agencias de inmigración. Si se daba el caso de que una de aquellas luces estaba cerca, entonces Karl podía dormitar un poco, pero si estaba lejos o no había ninguna luz, tenía que mantener los ojos abiertos. Aquella tensión lo había acabado agotando y, además, al final había sido totalmente en vano. Ah, aquel Butterbaum, si alguna vez fuese capaz de encontrarlo donde fuese…

En aquel instante comenzaron a sonar viniendo de muy lejos unos golpes breves y ligeros como de pies de niños que entraron en el silencio absoluto reinante y se fueron acercando y haciendo más fuertes cada vez, hasta que acabaron convirtiéndose en una serena marcha de hombres. Al parecer, y como es natural tratándose de un pasillo, iban en fila y, aparte, se escuchaba un tintineo como de armas. Karl, que estaba a punto de estirarse en la cama y descabezar un sueño liberado ya de preocupaciones en torno a eslovacos y maletas, se asustó y golpeó al fogonero para avisarlo de que la cabeza de la fila ya había alcanzado la puerta. «Es la orquesta del barco», dijo el fogonero.

"Han tocado en la cubierta y ahora van a hacer su equipaje. Ahora sí, todo está listo, vamos", agarró a Karl de la mano y en el último momento cogió una estampa de la Virgen que colgaba de la pared sobre la cama, se la metió en el bolsillo de la chaqueta y se apresuró a abandonar la cabina al lado de Karl.

"Ahora voy a ir a la oficina y les voy a decir a esos señores lo que pienso. Ya no hay nadie y no hace falta andarse con miramientos". El fogonero repitió aquello mismo de diferentes maneras. Ya de camino se escoró a un lado dando un paso largo para pisar una rata que se les había cruzado, pero lo único que logró es que desapareciera más aprisa por el agujero. El fogonero era un hombre algo lento de movimientos y aunque sus piernas fuesen largas también eran demasiado pesadas.

Atravesaron un par de compartimentos pertenecientes a las cocinas en donde algunas mujeres con delantales manchados   —parecía que se tiraban agua— estaban lavando platos dentro de tinas muy grandes. El fogonero llamó a una tal Line, la cogió del talle y así anduvo con ella un trecho mientras ella se le apretaba coquetamente contra el brazo. "Van a pagarnos ahora, ¿quieres venir?", preguntó él. "Para qué molestarse. Mejor tráeme tú el dinero", respondió ella. Luego se escurrió bajo el brazo y se fue corriendo. "¿Dónde has pescado a ese muchacho tan guapo?", preguntó sin esperar respuesta. En ese momento se escuchó la risa de todas las muchachas que, entretanto, habían interrumpido su trabajo.

Pero ellos continuaron y llegaron hasta una puerta que tenía arriba un pequeño frontispicio sostenido por pequeñas cariátides de oro. El conjunto guardaba una apariencia demasiado lujosa como para tratarse de un barco. Karl se percató de que no había pisado aquella zona durante todo el viaje, seguramente porque estaría reservada a los pasajeros de primera y segunda clase, sin embargo, ahora habían abierto las puertas para la limpieza general. De hecho, por el camino se habían cruzado con varios hombres que llevaban escobas al hombro y que habían saludado al fogonero. A Karl le sorprendió toda aquella actividad de la que apenas si había tenido noticia en la entrecubierta. A lo largo de los pasillos colgaban los cables de las conducciones eléctricas y todo el rato se oía el repicar de una campanilla.

El fogonero llamó respetuosamente a la puerta y cuando del otro lado se escuchó un "adelante", movió la mano e invitó a Karl a entrar sin miedo con un movimiento. Y, en efecto, éste entró, pero prefirió quedarse junto a la puerta. Por las tres grandes ventanas pudo ver las olas y, al contemplar su alegre movimiento, el corazón le latió como si a lo largo de aquellos cinco días no le hubieran dejado en todo el tiempo ver el mar sin interrupciones: grandes barcos cruzaban su rumbo unos con otros cediendo al golpe de las olas cada uno según su magnitud; de hecho, si uno entrecerraba los ojos un poco, parecía que aquellos barcos se balanceaban sin agua y sólo a causa de su peso. De sus mástiles colgaban banderas pequeñas y alargadas que, aunque castigadas por toda la travesía, aún se agitaban de acá para allá.

También se oían salvas que provenían probablemente de barcos de guerra. Uno de ellos pasaba no muy lejos y los tubos de sus cañones, vestidos de metal, se vieron como acariciados por el reflejo de la marcha segura, suave y no del todo horizontal del barco. Lo que no podía verse desde la puerta eran las barcas pequeñas y los botes, que se atisbaban sólo en la lejanía, colándose en los huecos que se abrían entre los grandes barcos. Y detrás de todo aquello estaba Nueva York, mirando a Karl con las cien mil ventanas de sus rascacielos. Sí, en aquel cuarto uno sí sabía dónde estaba.

Tres señores estaban sentados a una mesa redonda; uno de ellos era el oficial del barco y llevaba un uniforme de la Marina color azul. Los otros dos eran encargados de la autoridad portuaria y llevaban uniformes negros americanos. Sobre la mesa se apilaban varios documentos en los que el oficial, pluma en mano, depositaba la mirada antes de pasárselos a los otros, que, bien los leían, bien los extractaban y archivaban en sus portafolios. Si es que no ocurría que uno de ellos, que producía un ruidito constante con los dientes, le dictara algo a su colega para que lo anotase en un acta.

Junto a la ventana, sentado a un escritorio y dando la espalda a la puerta, estaba un señor más pequeño, ocupado con unos voluminosos archivadores que se alineaban en un recio estante a la altura de la cabeza. A su lado había una caja de caudales abierta y, al menos a primera vista, vacía.

La segunda ventana no tenía a nadie y proporcionaba las mejores vistas. Al lado de la tercera, en cambio, dos hombres conversaban a media voz. Uno de ellos, que también llevaba el uniforme de la Marina, se apoyaba en la ventana y jugueteaba con la empuñadura del sable. El otro se encontraba vuelto hacia la ventana y, al moverse, dejaba a la vista una parte de las condecoraciones que su interlocutor llevaba en el pecho. Este último iba de paisano y tenía un bastoncito fino de bambú que, al descansar el hombre las manos en las caderas, se separaba también un poco del cuerpo igual que una espada.

Karl no tuvo mucho tiempo para mirarlo todo, porque pronto llegó un ujier y le preguntó al fogonero en voz baja qué deseaba haciendo un gesto con el que parecía decir que aquél no era el lugar. El fogonero respondió también en voz baja y dijo que deseaba hablar con el cajero mayor. Pero el ujier rehusó por cuenta propia aquella demanda agitando la mano. Aun así, y dando un gran rodeo para evitar la mesa redonda, se dirigió de puntillas hasta el hombre de los archivadores. Éste —pudo verse claramente— se quedó petrificado con las palabras del ujier, aunque finalmente se volvió y, con gesto de rechazo, agitó severamente las manos mirando hacia el fogonero y, para asegurarse, también hacia el ujier. Así que éste volvió a donde el fogonero estaba y en un tono confidencial le dijo: "¡Lárguese inmediatamente de esta sala!".

Después de aquella respuesta el fogonero bajó la mirada hacia Karl como si éste fuera el corazón al que confiar en silencio sus penas. Sin pensarlo un instante más, Karl se arrancó y cruzó la sala rozando incluso el sillón del oficial. El ujier echó a correr a su encuentro, iba agachado y llevaba los brazos abiertos como si estuviera cazando bichos. Pero Karl alcanzó primero la mesa del cajero mayor y se aferró a ella para evitar que el ujier intentara tirarlo al suelo.

Por supuesto, la habitación entera se animó de repente. El oficial que estaba sentado a la mesa se puso en pie de un salto, los encargados de la autoridad portuaria miraron tranquilos pero atentos, los hombres de la ventana se aproximaron caminando al mismo paso y sólo el ujier se apartó, convencido de que su terreno acababa allí donde empezaban a interesarse los de mayor rango. El fogonero esperaba al lado de la puerta el instante en que se necesitase su ayuda. Finalmente, el cajero mayor se giró decididamente hacia la derecha en su butaca.

Acto seguido, Karl se hurgó en el bolsillo secreto sin preocuparse de ocultarlo a la vista de toda aquella gente, sacó su pasaporte y lo dejó abierto sobre la mesa para ahorrarse más presentaciones. El cajero mayor no mostró demasiado interés por aquel pasaporte y, haciendo algo como un chasquido, lo apartó con la punta de los dedos. Así que Karl volvió a guardarlo como si con ello ya se hubiera satisfecho la formalidad. "Me permito afirmar", comenzó a decir, "que en mi opinión se ha cometido una injusticia con el señor fogonero. Hay aquí un cierto señor Schubal que no para de molestarlo. Él mismo relata haber prestado un excelente servicio en muchas embarcaciones cuyo nombre es capaz de enumerar, es diligente, es feliz con su trabajo y por ello resulta incomprensible que, en este barco, en el que además la tarea no es especialmente difícil, como sí lo sería por ejemplo en un velero, no pueda cumplir con ella adecuadamente. Por tanto, no puede tratarse más que de una calumnia que obstaculiza su carrera y lo priva de un reconocimiento que de otro modo no le faltaría. He referido solamente los términos generales, ya que las reivindicaciones más específicas ha de presentárselas a ustedes él mismo".

Karl había dirigido su intervención a todos los señores, porque de hecho todos ellos lo estaban escuchando y porque parecía mucho más probable dar con un hombre justo entre todos ellos que esperar que el único justo fuera precisamente el mismo cajero mayor. Con astucia, Karl había pasado por alto el que hiciera poco tiempo que conocía al fogonero. Por lo demás, podía haber hablado mucho mejor si no le hubiese afectado la turbación que expresaba el rostro del señor con el bastoncito de bambú, a quien había podido ver por vez primera desde su actual posición.

"Es cierto todo, palabra por palabra", dijo el fogonero antes de que nadie le preguntase e incluso de que nadie lo mirara. Y esa precipitación del fogonero habría supuesto un grave error si el hombre de las condecoraciones, que como Karl adivinó no podía ser más que el capitán del barco, no hubiera estado determinado ya a escuchar al fogonero. De hecho, le alargó la mano y lo llamó con una voz tan firme como un golpe de martillo: "¡Venga usted aquí!". Ahora todo iba a depender de la actuación del fogonero, porque de la justicia de su causa Karl no dudaba en absoluto.

Afortunadamente, en esta ocasión sí pudo comprobarse que el fogonero había visto mucho mundo. Con ejemplar tranquilidad sacó pronto de su pequeña maleta un fajo de documentos y un cuaderno y, como dándolo por sobreentendido, se dirigió al capitán ignorando por completo al cajero mayor mientras disponía sus papeles en el poyete de la ventana. Al cajero mayor no le quedó otra que hacer el esfuerzo y acercarse él mismo. "Todo el mundo sabe que este hombre es un pleiteador, se pasa más tiempo en la caja que en la sala de máquinas. Ha hecho desesperar al mismo Schubal, que es el hombre más tranquilo del mundo. ¡Pero escúcheme!", dijo volviéndose al fogonero, "¡esta vez su impertinencia ha llegado demasiado lejos! Cuántas veces ha habido que echarlo de las salas de pago, tal y como merecían sus reclamaciones total y completamente injustificadas…, cuántas veces ha venido corriendo desde allí hasta la caja principal, cuán a menudo hemos tenido que explicarle de la mejor manera que su superior es Schubal y que es con él con quien debe usted entendérselas como todo buen subordinado. Y ahora viene incluso aquí aprovechando la presencia del capitán, y no sólo no se avergüenza de molestarle, sino que se atreve a traer como portavoz de sus disparates y acusaciones a este muchacho que es nuevo en el barco y a quien por lo visto le ha enseñado bien la lección".

Karl se contuvo con todas sus fuerzas para no saltarle encima. Pero ya estaba allí el capitán, que dijo:

"Oigamos lo que este hombre tiene que decir. Además, hace ya un tiempo que Schubal viene actuando con demasiada independencia. Aunque con ello no he querido decir nada a su favor". Aquellas últimas palabras estaban dirigidas al fogonero. Estaba claro que no podía interceder por él inmediatamente, pero al menos el asunto parecía bien encarrilado. El fogonero comenzó a argumentar, teniendo que superar al principio sus reservas a dirigirse a Schubal en calidad de señor. Qué alegría para Karl, que se había quedado junto al escritorio abandonado del cajero mayor y se entretenía accionando por gusto la bandeja de un peso de correos. El señor Schubal es injusto. El señor Schubal prefiere a los extranjeros. El señor Schubal había echado al fogonero de la sala de máquinas y lo había puesto a limpiar retretes, cosa que desde luego no es tarea para un fogonero. En una ocasión el fogonero llegó a poner en duda hasta la propia eficiencia laboral del señor Schubal, que según él era más aparente que real. En este punto Karl fijó en el capitán una mirada decidida, aunque confiada, como si fueran dos colegas, todo para que no se dejara influir por la expresión torpe del fogonero ni la fuera a usar en su contra. Y es que de sus muchas frases no se desprendía apenas nada en concreto y, aunque el capitán continuaba mirando adelante y en sus ojos pudiera leerse la determinación de escuchar al fogonero hasta el final, en cambio los otros señores comenzaron a impacientarse hasta que finalmente la voz del fogonero dejó de reinar sobre la atmósfera del cuarto dando paso así al temor. En primer lugar, fue el señor vestido de paisano el que puso en marcha su bastoncito de bambú y comenzó a dar golpes suaves en el entarimado de madera; los otros señores miraban alrededor de acá para allá; los encargados de la autoridad portuaria, que evidentemente tenían prisa, tomaron de nuevo sus actas y comenzaron a examinarlas distraídamente; el oficial del barco volvió a acercar la silla a la mesa y, por fin, el cajero mayor, que creía tener ya ganada la partida, dio un gran suspiro irónico.

El único que parecía escapar a la distracción general era el ujier, él sí compartía en parte el dolor de aquel pobre hombre sometido a los poderosos. Por eso miraba a Karl y asentía gravemente con la cabeza, como queriendo darle una explicación.

Mientras tanto, tras la ventana, la vida del puerto seguía su curso: una embarcación plana y cargada con una montaña de bidones apilados milagrosamente para evitar que rodaran con las olas pasó delante y dejó el cuarto casi completamente a oscuras; pequeños botes a motor que Karl habría mirado de tener tiempo zumbaban en línea recta obedeciendo a los volantazos de un hombre erguido junto al timón. También flotaban en el mar algunas boyas que tan pronto emergían del agua como volvían a cubrirse para hundirse de nuevo ante la mirada perpleja. Por último, estaban los botes de los trasatlánticos, conducidos por marineros que remaban con ímpetu y abarrotados de pasajeros que se sentaban quietos y expectantes en el mismo lugar en que los habían colocado, si bien algunos de ellos no podían evitar volver la cabeza ante la escenografía cambiante, el movimiento sin fin, la inquietud que se transmitía a los hombres desamparados y a sus obras.

Todo invitaba a la acción, a la claridad, a la expresión precisa. Y en cambio el fogonero qué hacía: hablaba y hablaba cubierto de sudor y sus manos temblorosas no podían sujetar los papeles que había dispuesto frente a la ventana. De cada punto cardinal se precipitaba una nueva razón para seguir quejándose y, en su opinión, cualquiera de ellas habría bastado para enterrar al tal Schubal. Sin embargo, todo lo que acertaba a exponer al capitán era un penoso laberinto hecho de todas sus razones. Entretanto hacía ya un rato que el señor del bastoncito silbaba suavemente mirando al techo, mientras que los encargados de la autoridad portuaria mantenían retenido al ujier junto a la mesa. Sólo la calma del capitán disuadía al rabioso cajero mayor de intervenir e impacientaba al ujier, que esperaba con ansia una orden referida al fogonero.

Ni siquiera Karl se podía estar quieto, y decidió aproximarse lentamente al grupo mientras su cabeza carburaba a toda prisa para saber cómo actuar. Era urgente, un segundo más y los dos podían salir volando fuera de la oficina. El capitán debía de ser un buen hombre, pensó Karl, y además debía de tener un motivo especial para mostrarse como un jefe ecuánime, pero tampoco era un juguete que se pudiera tratar al antojo de cada cual, que era como el indignado fogonero lo estaba tratando.

Por eso Karl le dijo: "Tiene que hablar usted de una forma más simple y clara, el capitán no puede juzgar nada tal y como lo cuenta, ¿cree que puede saberse de memoria el nombre y apellidos de todos los maquinistas y ordenanzas que refiere a cada momento? Ordene sus reivindicaciones, diga primero las más importantes y, a continuación, por orden, las otras. Quizás además entonces no sea preciso mencionar la mayor parte. ¡A mí siempre me lo expuso con tanta claridad!…". Si en

América se pueden robar maletas, también podrá mentirse de vez en cuando, pensó para excusarse.

Si al menos hubiera servido para algo… ¿pero no era demasiado tarde? Porque, aunque el fogonero se interrumpió al oír aquella voz familiar, sus ojos llenos de lágrimas por el herido honor varonil, por los malos recuerdos y por la gravedad del momento presente no acertaban siquiera a reconocer a Karl. De hecho, era imposible, y Karl lo comprendió calladamente al mirar a aquel hombre ahora también callado: cómo cambiar de un momento para otro la manera de hablar si además uno tiene la certeza de haber dicho lo que tenía que decir, y todo sin obtener reconocimiento alguno. Para colmo el fogonero creía que no había hecho más que comenzar. Pero lo que no podía pretender es que los señores lo escucharan otra vez desde el principio. Y en un momento así llega Karl, su único partidario, que, queriéndole dar buenos consejos, lo único que consigue es evidenciar que está todo, todo perdido.

Si en vez de mirar por la ventana hubiera venido antes…, se dijo Karl bajando la mirada delante del fogonero y golpeándose los lados de las piernas por la costura del pantalón como con gesto de desaliento.

Pero el fogonero no lo comprendió y encima imaginó que Karl trataba de reprocharle algo, así que, con la sana intención de aclararlo y para coronar su actuación, comenzó a discutir con Karl. Mientras tanto, los señores de la mesa redonda mostraban su indignación por el inútil alboroto que alteraba sus importantes quehaceres; el cajero mayor encontraba cada vez menos comprensible la paciencia del capitán y se disponía ya a intervenir; el ujier, perfectamente integrado otra vez entre sus señores, fijaba una mirada furibunda en el fogonero y, por fin, el señor con el bastoncito de bambú, con el que el capitán había cruzado alguna mirada amistosa, harto ya de escuchar al fogonero, sacó un pequeño cuaderno de notas y, ocupado en otras tareas, dejó vagar la vista entre las páginas y también por el rostro de Karl.

"Lo sé, si yo lo sé", dijo Karl, que se esforzaba por apaciguar el torrente de palabras del fogonero y que, a pesar de la discusión, aún guardaba para él una sonrisa amistosa. "Amigo, yo sé que tiene usted razón, mucha razón, nunca lo he dudado". Y por miedo a los golpes habría querido sujetarle las manos, que tanto se movían arriba y abajo, o, mejor aún, llevarlo a una esquina y susurrarle un par de palabras tranquilizadoras que no pudiera oír nadie más. Pero el fogonero estaba totalmente fuera de sí. Karl llegó a consolarse pensando que, en un caso extremo, el fogonero podría reducir a los siete señores allí presentes con la fuerza que da la desesperación. Y, en última instancia, encima de la mesa del escritorio se dejaba ver un tablero con los infinitos botones de la corriente eléctrica, de manera que una sola mano puesta allí podría bastar para poner en pie a todo un barco con sus pasillos llenos de gente hostil.

De repente, el señor del bastoncito de bambú, que hasta el momento había mostrado tan poco interés, se aproximó a Karl y, con voz no muy alta pero suficientemente clara pese al griterío del fogonero, preguntó: "¿Pero usted cómo se llama?". En ese instante, como si hubiera estado esperando una señal detrás de la puerta, alguien llamó. El ujier miró al capitán y este último asintió. Luego acudió a la puerta y la abrió. Fuera esperaba un hombre de estatura mediana con una vieja levita imperial, su aspecto no parecía el de un operario de máquinas. Era Schubal. Si Karl no hubiese podido leer la satisfacción en los ojos de todos los presentes, incluido el capitán, entonces, en cualquier caso, lo habría podido averiguar, para su horror, al ver cómo el fogonero tensaba los brazos y apretaba los puños, como si aquellos puños apretados fueran lo único que le importase en la vida y estuviera dispuesto a sacrificarlo todo por su culpa. Y es que, en efecto, en ellos residía toda su fuerza, incluida aquella que lo mantenía en pie.

Y ahora su enemigo estaba allí delante, feliz y a sus anchas, con un traje de fiesta y un registro bajo el brazo, probablemente la lista con los salarios y registros laborales del fogonero, mirando a todos los presentes sin disimulo para comprobar el ánimo de cada uno. Además, los siete eran amigos suyos y, aun cuando el capitán hubiera expresado anteriormente alguna objeción respecto a él o más bien, quizás, hubiera fingido tenerla, ahora, después de las molestias que el fogonero le había causado, muy probablemente no tendría ya lo más mínimo que decir en su contra. E incluso en el mejor de los casos, si tuviera lugar un interrogatorio, ¿estaría aún el fogonero en condiciones de hablar y de responder sí o no? Allí estaba, con las piernas separadas, las rodillas ligeramente dobladas, la cabeza un poco levantada y el aire entrando y saliendo de su boca abierta igual que si no tuviera pulmones para respirar. Pues con un hombre como el fogonero nunca se es lo suficientemente severo y, si acaso algo había que reprocharle a Schubal, era el no haber puesto coto a su obstinación, para que no llegara nunca a atreverse a aparecer delante del capitán tal y como acababa de hacer.

Quizás aún era de esperar el efecto que pudiera tener en la disputa el hecho de producirse delante de un público; en eso aquella reunión no era desigual, pues, aunque Schubal supiese bien cómo actuar, quizás no iba a poder llegar hasta el final sin cometer un solo fallo. Un leve atisbo de su ruindad habría bastado para evidenciarla a los ojos de los señores, de eso ya se encargaría Karl. No en vano ya conocía las destrezas, las cualidades y las veleidades de cada uno de ellos. En este sentido el tiempo transcurrido en aquella sala no había sido en vano. Si por lo menos el fogonero estuviese bien plantado en su puesto, pero la verdad es que parecía completamente incapaz de luchar. Si hubieran dejado en sus manos a ese Schubal, habría sido capaz de abrir con sus puños aquel cráneo odioso igual que un cascarón. Pero seguramente no era capaz de dar siquiera los pasos que los separaban. ¿Cómo es que Karl no había previsto aquello tan fácil de prever: que Schubal podía venir por propia iniciativa o porque el capitán lo ordenase? ¿Por qué no había discutido por el camino un plan de guerra concreto en vez de entrar sin ningún preparativo?

Aun así, Karl se sentía tan fuerte y con la mente tan clara como acaso nunca lo había estado en casa. Si sus padres hubieran podido verlo defendiendo el bien en una tierra ajena y delante de personas importantes… Y aunque aún no hubiera logrado la victoria, allí estaba, dispuesto para la victoria final. Pero si lo hubieran visto, ¿habrían cambiado de opinión sobre él, se habrían sentado a su lado elogiándolo? ¿Una vez, al menos una vez en la vida, lo mirarían a los ojos y verían en ellos la devoción que les tenía?

¡Cuántas preguntas tan inciertas y qué mal momento para hacérselas!

"He venido porque, según creo, el fogonero me acusa de no sé qué fraudulencia. Una muchacha de las cocinas me ha dicho que lo ha visto dirigiéndose hacia aquí. Señor capitán y señores míos todos, estoy dispuesto a refutar todas las acusaciones en base a la documentación de que dispongo, así como a los testigos imparciales e ininfluenciables que aguardan a declarar detrás de la puerta". Ésas fueron las palabras de Schubal, eso sí era un claro discurso humano; de hecho, a juzgar por el cambio que tuvo lugar en los semblantes del auditorio, se habría dicho que era la primera vez después de mucho tiempo que escuchaban una voz humana. Bien es cierto que aquel bello discurso también tenía sus lagunas, pero no parecían haberlo notado. ¿Por qué, por ejemplo, la primera palabra técnica que se le había ocurrido había sido "fraudulencia"? ¿Es que acaso era mejor comenzar por esa acusación en lugar de referirse a los prejuicios nacionalistas del fogonero? ¿Por el camino se había encontrado con una muchacha de las cocinas y eso ya le había bastado a Schubal para entender el resto? ¿No era más bien la culpabilidad lo que había aguzado su ingenio? ¿Había venido directamente con los testigos y aun así decía que eran imparciales e ininfluenciables?

Era una trampa, nada más que una trampa, ¿y sin embargo aquellos señores lo admitían como si fuese un comportamiento justo? ¿Por qué había dejado que transcurriera el tiempo entre el aviso de la cocinera y su entrada en la sala? ¿No era quizás para que el fogonero fatigara a los señores hasta tal punto que perdieran la claridad de juicio, que era lo que más atemorizaba a Schubal? ¿No había esperado todo el rato detrás de la puerta para llamar justo en el momento en que, por culpa de aquella pregunta insignificante del señor, el fogonero estuviese perdido?

Era todo evidente y el mismo Schubal sin quererlo lo había mostrado tal cual, sólo que a los señores era preciso decírselo de un modo aún más comprensible. Necesitaban que algo los removiese. ¡Vamos, Karl, apresúrate, emplea el menor tiempo posible antes de qu e los testigos lleguen y lo inunden todo!

Sólo que en ese momento el capitán le hizo a Schubal un gesto de aprobación y éste, comprendiendo que su asunto parecía tener que retrasarse un poco, se hizo a un lado junto al ujier, con el que acababa de confabularse: los dos comenzaron a conversar en voz baja, lanzando miradas de lado hacia Karl y hacia el fogonero y agitando con convicción las manos. Schubal parecía estar preparando su próximo gran parlamento.

"Señor Jakob, ¿no quería preguntarle algo al joven?", dijo el capitán en medio del silencio general al hombre del bastoncito de bambú.

"En efecto", respondió éste, agradeciendo la atención con una ligera inclinación. Y de nuevo le preguntó a Karl: "¿Usted cómo se llama?".

Karl pensó que en beneficio de la cuestión general lo mejor era acabar cuanto antes con la insistencia de aquel curioso, así que esta vez optó por no sacarse el pasaporte como era su costumbre, sino que directamente respondió:

"Karl Robmann".

"Pero entonces…", dijo el tal señor Jakob dando un paso adelante con una sonrisa de incredulidad. Y el mismo capitán, el cajero mayor, el oficial del barco y hasta el ujier se sorprendieron mucho al oír el nombre de Karl. Solamente los encargados de la autoridad portuaria y Schubal permanecieron indiferentes.

"Pero entonces", repitió el señor Jakob acercándose a Karl con cierta rigidez, "entonces yo soy tu tío Jakob y tú eres mi querido sobrino. Lo he sospechado desde el primer momento", añadió volviéndose al capitán antes de abrazar y besar a Karl, que parecía sólo un espectador de todo aquello.

Y cuando Karl se hubo librado, fue él quien preguntó: "¿Y usted? ¿Cómo se llama?". Lo hizo cortésmente, pero también con total frialdad y calibrando las consecuencias que aquel nuevo incidente podía tener para el fogonero. Por el momento, al menos, nada indicaba que Schubal pudiera beneficiarse de él.

"Muchacho, sea consciente de la suerte que tiene", dijo el capitán temiendo que la pregunta hubiese podido menoscabar la dignidad del señor Jakob, que se enjugaba la cara dándose golpecitos con un pañuelo y asomándose a la ventana para evitar que los otros vieran su agitación. "El que se ha dado a conocer como su tío es el senador Edward Jakob. Contra toda expectativa le aguarda a usted una brillante carrera, vaya tomando conciencia de ello lo mejor que pueda ahora mismo y no se altere".

"Es cierto que tengo un tío Jakob en América, pero, si he comprendido bien, Jakob es el apellido del señor senador".

"Así es", respondió expectante el capitán.

"Bueno, pues mi tío Jakob, hermano de mi madre, es Jakob de nombre de pila, pero se apellida igual que mi madre, que de soltera era Bendelmayer".

"¡Señores!", exclamó el senador, que, calmado ya, abandonaba su estación de reposo frente a la ventana. Todos, con excepción de los encargados de la autoridad portuaria, rompieron en una carcajada, algunos de ellos realmente conmovidos, otros en cambio inconmovibles.

Tanta gracia no puede tener lo que he dicho, pensó Karl.

"¡Señores!", repitió el senador, "asisten ustedes contra su voluntad y la mía propia a una pequeña escena de familia, así que me veo en el deber de darles una explicación, pues creo que sólo el señor capitán (y a esta mención se siguió un intercambio de reverencias) está bien informado al respecto".

Ahora sí que tengo que prestar atención, se dijo Karl comprobando con satisfacción al mirar a un lado que la vida volvía a habitar la figura del fogonero.

"Todos estos largos años de mi estancia en América —y la palabra estancia no hace justicia a un ciudadano americano que como yo lo es con toda su alma—, pues bien, todos estos largos años he vivido sin contacto alguno con mis familiares europeos por razones que primero no vienen aquí al caso y segundo serían muy penosas de contar para mí. No en vano, espero con temor el momento en que me vea obligado a relatárselas a mi querido sobrino, ya que por desgracia será imposible evitar una referencia explícita a sus padres y allegados".

Es mi tío, no hay duda, se dijo Karl, que estaba muy atento a la explicación. "Seguramente ha tenido que cambiarse de nombre".

"Mi querido sobrino se ha visto sencillamente —sí, diré la palabra porque es la que de verdad describe los hechos— expulsado de casa por sus propios padres, igual que se echa por la puerta a un gato que molesta.

Con ello no pretendo en modo alguno justificar lo que él hizo para merecer tal castigo, justificar no es algo muy propio de América, si bien su culpa es de un calibre tan grande que sólo mencionarla entraña ya suficiente disculpa".

No está nada mal, pensó Karl, aunque tampoco quiero que se lo cuente a todos. Pero además cómo va a saberlo, quién se lo va a haber contado. Aunque veremos, tal vez sí, tal vez lo sabe todo.

"El hecho es que se vio», continuó diciendo el tío mientras se inclinaba ligeramente y se apoyaba en el bastón, logrando con ello restar al asunto una parte de su solemnidad, «se vio seducido por una criada, una persona de treinta y cinco años, Johanna Brunner. No quisiera ofender a mi sobrino con la palabra seducido, pero es realmente difícil encontrar otra palabra igual de adecuada".

Karl, que se había acercado adonde estaba su tío, se volvió para ver la impresión que estaba causando la historia en los rostros de los presentes. Ninguno se reía, todos escuchaban con mucha atención y seriedad. Al fin y al cabo, no es lo común reírse del sobrino de un senador a la primera que se presenta. En todo caso podía decirse que era precisamente el fogonero el que miraba a Karl sonriéndose un poco, lo cual por un lado era sólo señal de que recobraba la vida y por el otro no dejaba de ser perdonable. Después de todo, cuando estaban en su cabina, Karl había tratado de mantener en secreto algo que ahora era completamente público.

"Pues bien, la tal Brunner", continuó diciendo el tío, "tuvo un hijo con mi sobrino, un joven sano y fuerte que fue bautizado con el nombre de Jakob, sin duda en honor a mi humilde persona, de quien mi sobrino debió de hacer alguna mención que, aunque no dudo que fuera ocasional, causaría una gran impresión en la muchacha. Afortunadamente, digo yo. Más tarde, con tal de evitar que el escándalo les alcanzase y para no hacerse cargo de los gastos de manutención del niño, los padres —y debo decir que no conozco las leyes del país en cuestión ni las circunstancias de los padres para cualquier otro respecto y que todo lo que sé es debido a dos cartas de petición que conservo de su época de noviazgo, dos cartas a las que no contesté y que constituyen mi único contacto con ellos en todo este tiempo; un contacto unilateral, claro está— para evitar, como he dicho, el escándalo y los gastos de manutención, enviaron a su hijo, esto es, a mi sobrino, a América; además, y, como puede comprobarse, sin equiparlo de un modo adecuado ni suficiente. De modo que si la tal criada no me hubiera contado toda la historia en una carta que recibí anteayer, después de muchos rodeos y en la que se incluía una descripción física de mi sobrino, así como la oportuna mención del nombre de su barco, el muchacho entonces habría acabado muy cerca de aquí, maleándose en cualquier callejón del puerto de Nueva York. Si mi propósito fuera entretenerles, podría leerles a los señores algunos pasajes de la carta —y sacó del bolsillo dos enormes pliegos de papel llenos hasta los topes de una escritura muy angosta—. Sin duda no los dejaría indiferentes, ya que está escrita con una bien meditada astucia, aunque también con sencillez y cariño hacia el padre de la criatura; sin embargo, no quisiera entretenerles más allá de lo que es preciso para aclararles la situación, ni tampoco es mi intención herir los sentimientos de mi sobrino, que puede leer la carta siempre que lo desee en la tranquilidad del cuarto que le está esperando".

Pero Karl no albergaba ningún sentimiento hacia la muchacha. En el espesor de un pasado que veía alejarse cada vez más podía imaginarla sentada en la cocina con el codo apoyado en la tapa de la alacena; ella se quedaba mirándolo cuando iba a la cocina, a por un vaso de agua o a cumplir cualquier encargo de su madre. Algunas veces veía que escribía una carta en esa misma complicada postura junto a la alacena, mientras lo miraba buscando inspiración en su rostro. Otras veces se cubría los ojos con la mano, y entonces no se la podía saludar. Otras estaba dentro del cuartito que tenía al lado de la cocina y se arrodillaba delante de una cruz de modo que al pasar Karl la miraba con timidez por la rendija de la puerta. Otras cerraban la puerta de la cocina cuando Karl entraba y sujetaba el pomo con la mano hasta que él le pedía que lo dejara ir. Otras daban una vuelta por la cocina y cuando Karl se cruzaba en su camino daba un salto dentro del cuarto riéndose como una bruja. Otras eran ella quien iba a por algo que él ni siquiera estaba buscando y sin cruzar una palabra se lo ponía en las manos. Pero un día inesperadamente dijo

"Karl" y, antes que a él le diera tiempo a salir de su asombro, ya lo había conducido entre muecas y gemidos dentro de su cuartito y había echado la llave. Luego llevó las manos al cuello de él y, casi cortándole la respiración, le pidió que la desnudara, aunque en realidad era ella quien lo estaba desnudando a él y lo tumbaba en su cama, acariciándolo y cuidándolo como si no debiese pertenecerle a nadie más que a ella hasta el fin de los tiempos. "Karl, Karl mío", suspiraba mirándolo como si quisiese asegurarse de que le pertenecía sólo a ella, mientras que él se hundía a ciegas en la incómoda montaña de cálidas mantas que había dispuesto. Acto seguido ella se tumbó a su lado a la espera de que él le confesase algún secreto, pero él no sabía qué decirle y ella se enfadó o fingió enfadarse, lo agitó con sus brazos, se acercó a él para escuchar su corazón y le ofreció su pecho para que hiciese lo mismo. Luego apretó el vientre desnudo contra el de él rebuscando con la mano entre sus piernas de un modo tan repugnante que él se retorció sacando la cabeza y el cuello fuera de las almohadas. Entonces ella empujó con su vientre varias veces como si fuesen el mismo cuerpo. Y ésa fue tal vez la razón por la cual a él le sobrevino aquella terrible sensación de desamparo. Finalmente regresó llorando a su cama después de que ella le insistiese para que volvieran a verse. Eso había sido todo; y a pesar de eso su tío estaba dispuesto a hacer de ello una gran historia. Aunque también la criada se había acordado y había avisado al tío de su llegada. Desde luego había sido un gesto bonito por su parte y algún día éste había de recompensárselo.

"Y ahora», exclamó el senador, «quiero que digas alto y claro si soy o no tu tío".

"Eres mi tío", dijo Karl besándole la mano y recibiendo a cambio otro beso en la frente. "Estoy muy contento de haberte encontrado, pero te equivocas si piensas que mis padres dicen cosas malas de ti. Al margen de eso, en tu narración ha habido un par de errores; quiero decir que no todo fue exactamente como lo has contado. Pero es cierto que desde aquí no puedes juzgar bien las cosas y, por otra parte, no creo que importe mucho que los señores no conozcan cada pormenor de un suceso que no les concierne».

"Bien dicho", dijo el senador conduciendo a Karl junto al capitán, que participaba muy atento en la conversación: "¿No es cierto que tengo un sobrino estupendo?".

"Me hace muy feliz", dijo el capitán con una de esas reverencias que sólo saben ejecutar bien los que han sido educados en el ejército, "me hace muy feliz, señor senador, que haya conocido a su sobrino. Es un honor muy especial para mi barco haber prestado su espacio para un encuentro como este. No obstante, la travesía en tercera clase ha debido de ser muy fatigante, aunque, claro, cómo saber quién viaja y dónde. Una vez, por ejemplo, el hijo menor de un gran magnate húngaro —ahora no recuerdo su nombre ni el motivo de su viaje— vino también en la entrecubierta sin que yo me enterara hasta mucho más tarde. Y es cierto que hacemos lo posible para que el viaje en tercera clase sea más llevadero, mucho más por ejemplo que las compañías americanas, pero ciertamente aún no hemos conseguido que la travesía resulte agradable en esa parte del barco".

"Yo no he tenido molestia".

"Él no ha tenido molestia", repitió el tío con una carcajada.

"Lo que sí creo que he perdido es mi ma…", y en ese momento se acordó de todo lo que había pasado y de lo que aún quedaba por hacer. Echó la vista atrás y comprobó que todos los presentes los miraban absortos desde sus respectivos sitios. Los únicos que parecían molestos, si es que acaso levantaban un momento la vista, eran los encargados de la autoridad portuaria, que, con una mezcla de severidad y autosuficiencia, lamentaban haber llegado en un momento tan inoportuno; a ellos sí que parecían importarles más los relojes de bolsillo que aquello que ocurría o podía ocurrir en el cuarto.

Después del capitán, el primero en expresar sus sentimientos fue curiosamente el fogonero. "Le doy mi más sincera enhorabuena", dijo estrechando la mano de Karl en lo que parecía también un gesto de admiración. Pero cuando se disponía a dirigir las mismas palabras al senador, éste se apartó como si en ello el fogonero estuviera excediendo sus derechos. Inmediatamente el fogonero desistió también.

Pero los demás habían entendido lo que debían hacer y se movieron formando un buen barullo alrededor de Karl y del senador. Así ocurrió que Karl llegó a recibir una felicitación del mismísimo Schubal sin dejar de aceptarla ni de agradecerla. Por último, los encargados de la autoridad portuaria interrumpieron el silencio restablecido con dos palabras en inglés que produjeron un efecto un tanto ridículo.

Sin embargo, el senador, que estaba dispuesto a saborear hasta el fin la feliz ocasión, quiso hacer memoria para los demás y para sí mismo de otros detalles más triviales, y los otros no sólo consintieron, sino que hasta parecieron interesados. Por ejemplo, dijo haber anotado en su cuaderno los rasgos más característicos mencionados en la carta de la cocinera para el caso de que fuesen precisos en alguna ocasión. De hecho, durante el parloteo insoportable del fogonero, había sacado ese cuaderno para contrastar como en un juego las indicaciones obviamente inexactas de la camarera con la apariencia real de Karl.

Y así es como uno encuentra a su propio sobrino", concluyó con un tono que casi invitaba a otra nueva ronda de felicitaciones.

"¿Y al fogonero qué le va a pasar ahora?", preguntó Karl desatendiendo el relato final de su tío. Y es que creía que su nueva condición le permitía decir todo lo que pensaba.

"Al fogonero le pasará lo que tenga que pasarle", dijo el senador, "y lo que el señor capitán estime oportuno. Creo que hemos tenido más que suficiente fogonero por hoy, y estoy seguro de que el resto de los presentes también lo cree".

"Pero esa no es la cuestión cuando lo que está en juego es la justicia", respondió Karl, que, situado como estaba entre el capitán y su tío e influenciado por esa cercanía, creyó que la decisión final podría estar en su mano. En cambio, el fogonero sí que parecía haber perdido toda esperanza. Tenía las manos a medio meter en la cintura del pantalón, que había quedado a la vista con sus nerviosos movimientos, al igual que su camisa de rayas. Pero aquello no le preocupaba lo más mínimo. Había contado todas sus penas y ahora no le podía importar enseñar el par de trapos que le cubrían el cuerpo hasta que quisieran echarlo. Imaginaba que era a Schubal y al ujier a los que, por ser los de menor rango, había de corresponderles ese último servicio para con él. Ahora Schubal se quedaría en paz y no volvería a desesperarse como había dicho el cajero mayor. Y el capitán podría ya contratar solamente a rumanos, se hablaría rumano en todo el barco y tal vez todo iría mejor. Nunca más un fogonero se pondría a hablar en la caja principal. Tan sólo de su último cacareo se guardaría un buen recuerdo, porque gracias a él el senador había tenido ocasión de conocer a su sobrino. Por lo demás, el sobrino había intentado repetidamente servirle de ayuda, anticipando así sobradamente la gratitud por su trabajo en el reencuentro. Por eso al fogonero no se le ocurriría exigirle nada más. En cualquier caso y por mucho que fuera el sobrino de un senador, aún le quedaba mucho para alcanzar el rango de capitán de barco, y era sólo de la boca del capitán de la que había de salir la palabra maldita. Inmerso en ese tipo de consideraciones, el fogonero no buscaba siquiera la mirada de Karl, pero tampoco sus ojos encontraban donde posarse en aquel cuarto lleno de enemigos.

"No malinterpretes la situación", le dijo el senador a Karl, "quizá es una cuestión de justicia, pero también al mismo tiempo una cuestión de disciplina y ambas cosas, pero especialmente esta última se rigen aquí por el criterio del capitán".

"Así es", murmuró el fogonero, y aquellos que lo oyeron y fueron capaces de comprenderlo se sonrieron con extrañeza.

"Además, ya hemos interrumpido demasiado tiempo las tareas del capitán, que por otra parte deben de ser muchísimas con la llegada a Nueva York. Así que ya es hora de abandonar el barco en lugar de mediar más y convertir en asunto de Estado un insignificante altercado entre dos maquinistas. Entiendo a la perfección tu comportamiento, querido sobrino, pero es eso precisamente lo que me da el derecho a alejarte inmediatamente de aquí".

"Enseguida mandaré botar una embarcación para usted", dijo el capitán sin poner, para asombro de Karl, la más mínima objeción a las palabras del tío, las cuales además debían de entenderse como una autoexposición. El cajero mayor se precipitó hacia el escritorio y transmitió la orden al contramaestre.

El tiempo apremia, se dijo Karl, pero es imposible hacer nada sin ofender a todo el mundo. Además, no puedo abandonar a mi tío cuando hace sólo un momento que me ha encontrado. El capitán es cortés, pero nada más, su cortesía se acaba donde empieza la disciplina. En cambio, mi tío ha hablado de corazón. Con Schubal sí que no quiero hablar, hasta me duele haberle dado la mano. Y los otros no son más que peleles.

Mientras así razonaba, se fue acercando lentamente al fogonero, le sacó la mano derecha de la cintura y la sostuvo como jugueteando entre sus manos.

"¿Por qué no dices nada tú?", preguntó, "¿por qué lo permites todo?".

El fogonero arrugó la frente como buscando la palabra correcta y bajó la vista a su mano y a la de Karl.

"Has sufrido la mayor injusticia posible en este barco, yo lo sé muy bien". Karl pasó sus dedos por entre los dedos del fogonero mientras éste miraba en derredor con los ojos brillándole; era como si experimentara una dicha que nadie pudiera ultrajar jamás.

«Tienes que defenderte, decir sí y no, de lo contrario nadie podrá saber nunca la verdad. Me tienes que prometer que lo harás, porque me temo, con razón, que en adelante no podré ayudarte». Y entonces Karl se echó a llorar besándole la mano y estrechando esa misma mano agrietada y casi sin vida contra la mejilla, como si fuese un tesoro al que debiera renunciar para siempre. Pero el tío senador ya había llegado a su altura y tiraba de él, aunque realmente no con mucha fuerza. «Se diría que el fogonero te ha hechizado», dijo, y miró al capitán por encima de la cabeza de Karl buscando su complicidad. «Te sentiste abandonado y encontraste al fogonero; por eso ahora le estás agradecido. Eso es muy loable, pero no exageres, hazlo por mí, y empieza ya a saber cuál es tu lugar».

En ese instante comenzó a oírse ruido fuera, gritos y a alguien aporreando la puerta incluso con violencia. Entró un marinero con pinta de bruto y un delantal de muchacha puesto encima. «Hay gente fuera», gritó mientras aún se revolvía dando codazos como si todavía estuviese en medio del tumulto. Al fin se recompuso y quiso hacer el saludo al capitán, pero entonces se acordó del delantal, se lo arrancó de encima y lo tiró al suelo diciendo: "Qué asco, me han puesto un delantal". Acto seguido se cuadró, hizo chocar los tacones y saludó. Alguno quiso reírse, pero el capitán repuso severamente: «Parece que estamos de buen humor. ¿Quién está ahí fuera?». «Son mis testigos», dijo Schubal dando un paso adelante. «Ruego humildemente que disculpe su inadecuada conducta. Después de tanto viaje algunos marineros se ponen como locos». «Hágalos entrar en el acto», ordenó el capitán, y a continuación se volvió al senador y continuó hablando con celeridad, si bien en un tono más amable: «Tenga ahora la bondad, estimado señor senador, de acompañar al marinero. Él los conducirá a usted y a su señor sobrino hasta el bote. Creo que no hace falta insistir en el gran placer y el honor que ha supuesto conocerlo en persona. Sólo espero que tengamos pronto ocasión de reemprender nuestra conversación sobre el estado de la Marina americana, y ojalá que entonces nos interrumpan otra vez si es que ha de ser por una causa tan grata como la de hoy». «Bueno, por ahora tengo bastante con un sobrino», dijo riendo el tío.

«También mi más sincero agradecimiento y mis mejores deseos. No es del todo improbable que podamos charlar y coincidir de nuevo y ya sin prisas con motivo de nuestro… —y al decir esto estrechó contra sí a Karl— viaje a Europa». «Pues me alegraría mucho», dijo el capitán. Los dos señores se dieron la mano. En cambio, Karl sólo tuvo tiempo de alargar la suya al capitán sin cruzar una sola palabra. Y es que no había transcurrido ni un segundo cuando el capitán se vio rodeado por unas quince personas que, algo intimidadas al principio, pero aun así haciendo mucho ruido, entraron al cuarto guiadas por Schubal. El marinero pidió al senador permiso para salir y abrió un pasillo entre todo el gentío para que Karl y él pudieran atravesar en medio de las reverencias de todos. No parecía, en realidad, que los moviera ninguna mala intención, aunque sí es cierto que la discusión entre Schubal y el fogonero no había sido para ellos más que una comedia, y por eso no podían parar de reír incluso ahora, en presencia del capitán. Karl pudo distinguir entre ellos a Line, la muchacha de las cocinas, que le hacía guiños entre risas mientras se ataba el delantal de antes, que había resultado ser suyo.

Siguiendo todo el tiempo al marinero, abandonaron las oficinas hasta torcer por un pequeño pasillo que después de un par de pasos desembocaba en una trampilla; de ella colgaba una escalerilla que conducía al bote dispuesto para ellos. Con una sola frase, el cabecilla saltó a bordo y los marineros se levantaron e hicieron el saludo. Aún estaba el senador advirtiendo a Karl que tuviera cuidado al bajar cuando en el peldaño más alto éste rompió a llorar con todas sus fuerzas. El senador puso la mano bajo el mentón de Karl y lo sostuvo abrazándolo fuerte y acariciándolo con la otra mano. Y así es como descendieron peldaño tras peldaño hasta alcanzar abrazados el bote. Entonces el senador dispuso un buen sitio para Karl enfrente de él. A una señal suya los marineros empujaron el bote afuera del barco y un poco más tarde ya estaban en plena faena. Al alejarse unos dos metros, Karl descubrió con sorpresa que el lugar en el que se encontraban venía a dar justo bajo las ventanas de la caja principal; las tres ventanas estaban ocupadas por los testigos de Schubal, que les saludaban muy expresivos haciéndoles señas. Hasta el mismo tío les devolvió el saludo, mientras un marinero hacía la proeza de enviarles un beso con la mano sin dejar de remar a toda prisa. Era como si el fogonero ya no existiera. Karl miró con más detenimiento a su tío, cuyas rodillas casi rozaban las suyas, y empezó a dudar que aquel hombre pudiera sustituir al fogonero alguna vez. También el tío apartó de él la mirada y se puso a mirar las olas que hacían mecerse el bote.